고전 여행자의 책

■ 이 도서의 국립중앙도서관 출판예정도서목록(CIP)은
서지정보유통지원시스템 홈페이지(http://seoji.nl.go.kr)와
국가자료종합목록 구축시스템(http://kolis-net.nl.go.kr)에서 이용하실 수 있습니다.
(CIP제어번호 : CIP2020022308)

고전 여행자의 책

삶의 질문에 답하는 동서양 명저 116

허연

마음산책

고전 여행자의 책

삶의 질문에 답하는 동서양 명저 116

1판 1쇄 발행 2020년 6월 20일
1판 2쇄 발행 2021년 10월 1일

지은이 | 허연
펴낸이 | 정은숙
펴낸곳 | 마음산책

편집 | 권한라 · 성혜현 · 김수경 · 이복규   디자인 | 최정윤 · 오세라
마케팅 | 권혁준 · 권지원 · 김은비   경영지원 | 박지혜

등록 | 2000년 7월 28일(제13-653호)
주소 | (우 04043) 서울시 마포구 잔다리로 3안길 20
전화 | 대표 362-1452 편집 362-1451   팩스 | 362-1455
홈페이지 | www.maumsan.com
블로그 | blog.naver.com/maumsanchaek
트위터 | twitter.com/maumsanchaek
페이스북 | facebook.com/maumsan
인스타그램 | instagram.com/maumsanchaek
전자우편 | maum@maumsan.com

ISBN 978-89-6090-621-1 03800

* 이 책은 『고전 탐닉』(2011), 『고전 탐닉 2』(2012)의 합본 개정판입니다.
* 책값은 뒤표지에 있습니다.

나는 사랑한다.

상처를 입어도

그 영혼의 깊이를 잃지 않는 자를.

□ 일러두기

1. 이 책은 『고전 탐닉』(2011), 『고전 탐닉 2』(2012)의 합본 개정판이다.
2. 외국 인명, 지명, 독음 등은 외래어 표기법을 따르되 관용적인 표기와 동떨어진 경우 절
   충해서 실용적 표기를 따랐다.
3. 주는 글줄 상단에 맞추어 작게 표기했다.
4. 국내에 소개된 작품명은 번역된 제목을 따랐고, 국내에 소개되지 않은 작품명은 원어 제
   목을 독음대로 적거나 우리말로 옮겼다.
5. 매체, 영화, 공연, 음악, 텔레비전 프로그램 등은 〈 〉로, 편명, 단편, 논문은 「 」로, 책 제
   목은 『 』로 묶었다.

고전, 구원이자 초월

『고전 탐닉』을 새롭게 편집해서 출간하게 되었다. 인간의 역사에 구태의연함이란 없다. 지금 우리가 하는 고민은 모두 백 년 전, 천 년 전 이미 누군가가 했던 것이다. 우리가 사는 이 세상은 그 고민의 결과물이다. 개정판 『고전 여행자의 책』은 세상의 설계도를 엿보고 싶어 하는 당신에게 좋은 길잡이가 될 것이다.

2020년 6월

허연

학창 시절 학교는 나의 질문에 답해주지 못했다. 고동치는 내 호기심과 열망에 대해 이야기해주지 않았고, 모순투성이인 현실에 대해서도 설명해주지 않았다. 나를 들끓게 했던 사랑의 연원에 대해서도, 매 순간 나를 괴롭히던 불안에 대해서도, 아무 말도 해주지 않았다. 나는 그때부터 도서관에 드나들었다. 움베르토 에코의 소설 『장미의 이름』을 보면 스승 윌리엄 수사와 함께 양피지 문서가 가득한 도서관에 들어간 주인공 아드소의 독백이 나온다. 이 독백은 고전의 가치가 무엇인지를 상징적으로 웅변해준다.

몇 세기에 걸쳐 이어진 약속의 장소. 한 양피지와 다른 양피지 사이에서 눈에 띄지 않게 이루어지는 대화의 장소. 살아 있는 어떤 것. 인간의 지배에서 벗어난 권력의 요람, 수많은 지성에서 비롯한 비밀의 보고, 그 비밀을 만들어냈거나 전승한 사람들의 죽음마저 초월한 존재가 바로 도서관이었던 것이다.

고등학교 시절 학교 근처에 있던 공립도서관 서가는 내게 가장 강력하고 신비로운 스승이었다. 오래된 종이에서 나는 특유의 냄새를 풍기며 나란히 꽂혀 있는 책들을 보며, 그 책들 사이를 오가며, 세상에 대한 두려움에서 잠시나마 벗어날 수 있었다. 서가의 책들은 내게 경외와 설렘의 대상이자 삶의 단서였다. 서가 앞에 서 있으면 흡사 내가 오래된 고대 거석 문명의 입석立石들을 보고 있다는 착각에 빠지곤 했다. 나는 그 입석들 앞에서 "세상의 모든 것을 알고야 말겠다"라며 종주먹을 쥔 채 서 있는 한 명의 당돌한 소년이었다.

내게 책 읽기는 구원의 형식이기도 했다. 어린 시절 나는 가톨릭 신부가 되거나 그림을 그리는 사람으로 살고 싶었다. 하지만 둘 다 이루지 못했다. 나의 무능과 결단력 부족, 환경 같은 것들이 뒤엉켜 만들어낸 결과였지만, 나는 그 상처를 오랫동안 지니고 살아야 했다. 꿈을 포기한 이후 이런저런 핑계를 만들며 제도에 적응하지 못했던 나는, 그저 그런 반항아로 학창 시절을 보내야 했다.

나는 그렇게 한없이 작은 존재였다. 그렇지만 그대로 무너지고 싶지는 않았다. 내 부적응의 이유를 나 자신에게 설명하고 싶었다. 학교에서 가르쳐주는 나열된 연표 같은 지식 말고 다른 게 필요했다.

그때 고전은 내게 구원의 다른 이름이었다. 나는 고전을 읽으며 거대 공간과 거대 시간을 사는 방법을 배웠다. 고전으로 인해, 비록 몸은 연일 부조리한 일들이 벌어지는 작은 나라에 살고 있지만 꿈을 꿀 수 있었고, 내가 세상의 어디쯤 존재하는지 좌표를 볼 수 있었다. 인간과 세상에 대한 비밀의 문을 하나씩 여는 것 같았다.

나는 "독서는 우리가 달성할 수 있는 유일한 세속적 초월"이라는 미국의 문학비평가 해럴드 블룸의 말을 좋아한다. 수없이 쏟아져 나와 있는 그 어떤 독서 관련 명언도 이 말만큼 매력적인 말은 없다. 그렇다, 고전을 읽는 것은 '초월'을 경험하는 것이다.

우연한 기회에 내가 그동안 읽었던 고전들을 정리할 기회를 가지게 됐고, 그 결과물이 책으로 나오게 됐다. 나는 책을 쓰면서 철저히 '사적私的 고백'을 하리라 마음먹었다. 사실관계를 손상하지 않는 선에서, 내가 만난 나만의 고전들을 이야기하고 싶었다.

고전에 대한 해설서는 많다. 하지만 고전이 차지하고 있는 위치가 너무나 자명하기 때문에 이런저런 해설서들은 결국 고전의 개괄적인 위치를 설명하는 데 그치는 경우가 많다. 다른 접근 방법으로 선택한 것이 바로 '사적 고백'이었다. 내가 그 책들을 어떻게 만났고 어떻게 이해했으며, 그 책들이 내게 와서 무엇이 되었는지를 말하고 싶었다.

작업은 쉽지 않았다. 고전들은 대부분 새로운 방식으로 세상을 해석하고자 한 노력의 결과물이었기 때문에 버거울 정도로 난해했다. 몇 번이나 포기하고 싶었지만 그때마다 "상처를 입어도 그 영혼의 깊이를 잃지 않는 자를 사랑한다"라고 했던 니체의 말을 떠올리며 무모한 도전을 계속할 수 있었다.

처음 작업의 기회를 만들어준 신문사 선후배들과 책을 만들어준 마음산책 식구들에게 감사하다. 괴팍하고 예민한 나를 이해의 눈으로 바라봐준 가족과 친구들에게도 고맙다는 말을 전하고 싶다. 그리고 인류에게 환희이자 과제인 '명저'를 남겨준 거장들에게 고개 숙여 인사하고 싶다.

2011년 6월

허연

차례

1 불완전한 인간의 운명과 성찰의 기록

2 진리를 향한 위험하고 위대한 여정

3 절망 속에서도 희망을 노래하는 인간의 자화상

4 세상을 해부하다 새 길을 개척하다

5 삶의 본질에 관한 보고서

6 현실에 눈뜨며 유토피아를 꿈꾸다

1

불완전한
인간의 운명과
성찰의 기록

알베르 카뮈, 『이방인』(1942)

인간의 부조리 파헤친
실존주의 문학의 정수

　스물여덟 살 때 어머니가 돌아가셨다. 연락을 받고 병원까지 가는 30분, 시간이 그렇게 더디게 간 적이 없었다. '하늘이 무너진다'라는 말이 어떤 뜻인지 그제야 알 것 같았다. 아무것도 보이지 않고, 아무것도 생각나지 않았다. 하지만 그것도 잠시, 어느새 나는 나로 돌아와 있었다. 어머니의 영정사진 앞에서 육개장을 맛있게 퍼먹었고, 영안실 앞 공중전화로 여자친구에게 전화를 하기도 했다. 삼우제를 지내고 일상으로 돌아왔을 때 지인들이 말했다. "밥은 제대로 먹고, 눈 좀 붙였느냐" "상심이 크겠지만 기운 내라" 등등…….

　나는 그들 앞에 정직하지 못했다. 밥도 먹을 만큼 먹었고 틈틈이 잠도 잤고 여자친구에게 전화도 했다고 도저히 말할 수가 없었다. 그때 알베르 카뮈의 『이방인』을 생각했다. 세상과 나의 부조리함에 치를 떨면서.

알베르 카뮈 Albert Camus　1913년 프랑스 식민지였던 알제리에서 태어났다. 알제대학교 철학과에 입학해 평생의 스승이 된 장 그르니에를 만나 큰 영향을 받았다. 결핵으로 교수가 될 것을 단념하고, 졸업한 뒤에는 진보적 신문에서 기자로 일했다. 한때 공산당에 가입했던 그는 비판적인 르포와 논설로 알제리에서 추방당하기도 했고, 말로, 지드, 사르트르 등과 교류하며 본격적인 작품 활동에 몰입했다. 1942년 첫 소설 『이방인』을 발표하면서 주목받는 작가로 떠올랐다. 집단적 폭력의 공포와 부조리를 형상화한 소설 『페스트』(1947)로 문학계의 반향을 일으켰고, 1951년에는 마르크시즘과 니힐리즘에 반대하며 평론 『반항적 인간』을 발표했다. 1957년 44세의 젊은 나이로 노벨문학상을 수상한 후 장편소설 『최초의 인간』 집필 작업에 들어갔으나 1960년 자동차 사고로 생을 마쳤다. 이외에도 『시지프의 신화』 『전락』 『안과 겉』 등의 작품을 썼다.

소설 『이방인』의 주인공 뫼르소는 나와 비슷한 상황에서 '정직'을 택했다. 세상과 인간의 근본적인 부조리함에 대해 작은 반항을 시도한 것이다.

한 아랍인을 살해한 혐의로 법정에 선 뫼르소는 어머니 장례식이 끝나자마자 해수욕을 하고 애인과 밀회를 즐겼으며 영화를 관람했다고 담담히 자백한다. 이 자백은 피고 뫼르소를 빠져나올 수 없는 궁지로 몰아넣는다. 검찰 측은 자백을 바탕으로 뫼르소가 충분히 살인을 저지를 수 있는 인물이라고 배심원들을 설득했고 결국 뫼르소는 사형 판결을 받는다. 소설 속 정황을 보면 뫼르소가 극형을 면할 요건이 아주 없는 것도 아니다. 그 아랍인이 자신의 친구와 말다툼을 하고 있었고, 상대가 손에 칼을 들고 있었기 때문이다. 하지만 뫼르소는 자기변호를 하지 않는다. 왜 살인을 했느냐는 질문에 "죽일 의도는 없었지만 단지 태양이 너무 뜨거워서"라고 답할 뿐이었다. 정당방위였다거나 실수였다거나 뉘우치고 있다거나 하는 식의 자기구제를 포기한다. 나름의 방식으로 게임의 규칙에 대한 반항을 선택한 것이다.

뫼르소의 이 같은 정신세계는 사랑에서도 마찬가지였다.

애인 마리가 "날 사랑해요?"라고 묻자, 그는 "그건 아닌 것 같다"라고 대답한다. 보통 사람 같으면 연인 관계가 지속되고 있는 상황에서는 확신이 없다 해도 "그럼 사랑하지"라고 말했을 것이다. 하지만 뫼르소는 세상의 외피적 질서를 포기하고 감정을 솔직하게 털어놓음으로써 스스로 이방인이 되기를 자처한다.

사회적 시각으로 보면 이 소설은 비판적으로 읽힐 수 있다. 식민지 시대, 프랑스인이 별 이유 없이 피지배국 알제리 국민을 살해했고 거기다 법정에서는 뻔뻔하게도 태양이 너무 뜨거웠다는 증언을 하고 있으니 말이다. 하지만 프랑스의 알제리 탄압을 첨예하게 비판한 대표적인 지식인 카뮈가 그걸 몰랐을 리 없다. 그는 소설 속에서 가장 난처한 상황, 최악의 상황을 만들고 싶었던 것이다. 『이방인』은 사건 위주로 읽기보다는 주인공의 심리와 진술 중심으로 읽어야 그 진의를 쉽게 깨달을 수 있다.

살인과 사형이라는 극악한 소재로 카뮈가 전달하고자 했던 것은 무엇일까. 책에 수록된 피에르 루이 레의 해설을 보면 단서를 찾을 수 있다.

저마다 말로 대가를 치르려 하고 감정을 과장되게 표현함으로써 자신을 보호하려고 드는 세계에 대해서 뫼르소는 이방인이다. 뫼르소는 이중인격자가 되기를 거부한다. 그는 자신의 실제 됨됨이와 상치되는 외관과 언어를 거부한다.

실존주의 문학의 정수라 불리는 『이방인』은 뫼르소라는 인간형을 통해 사회와 개인, 규칙과 본능 사이를 유영하는 인간의 내면을 보여준다.

프랑스 갈리마르 출판사에 따르면 『이방인』은 지금까지 프랑스에서만 모두 733만여 부가 판매되었으며, 현재 전 세계 101개 언어로 번역되었다. 사형 선고를 받은 뒤 신앙과 구원의 유혹을 떨치고 자신의 죽음과 정면으로 대면한 인물 뫼르소, 그는 하나의 문학적 '사건'으로 남아 거의 80년째 읽히고 있다.

헤르만 헤세, 『데미안』(1919)

청춘 소설의
위대한 바이블

우리가 어떤 사람을 미워한다는 건, 바로 우리 자신 속에 들어앉아 있는 그 무엇을 미워하는 것이지. 우리 자신 속에 있지 않은 것들은 우리를 자극하지 않거든.

『데미안』을 읽었던 날은 지금도 기억에 생생하다. 고등학교 시절, 같은 성당에 다니던 여학생의 손에 들려 있던 『데미안』을 보았다. 왠지 그 책을 읽으면 그 여학생의 정신세계에 대한 단서를 얻을 수 있을지도 모른다는 호기심에 책을 들었고, 이내 깊이 빠져들었다. 『데미안』은 당시 내겐 '청춘의 성서'로 다가왔다. 그리고 나는 '데미안병'을 오랫동안 앓아야 했다.

헤르만 헤세의 『데미안』은 싱클레어라는 소년의 성장기다. 싱클레어의 성장은 단계별로 명확하게 나뉘어 있다. 싱클레어는 유복한 집

헤르만 헤세 Hermann Hesse 1877년 남독일 칼프에서 태어났다. 동양에 선교사로 있었던 아버지의 뜻에 따라 신학교에 입학했다. 속박된 기숙사 생활을 견디지 못하고 그곳을 나왔다. 노이로제가 회복된 후 다시 고등학교에 들어갔으나 곧 퇴학하고, 서점 점원이 되었다. 1904년 첫 소설 『페터 카멘친트』를 발표했다. 이즈음 인도를 방문했고 후에 석가모니의 초기 생애를 그린 소설 『싯다르타』(1922)에 당시의 경험을 반영했다. 정신분석을 연구하며 카를 융과 친분을 쌓았다. 이때의 연구는 『데미안』(1919)에 나타난다. 제1차 세계대전 중에는 중립국 스위스에 살면서 군국주의와 민족주의를 배격하고 독일의 전쟁 포로들과 수용자들을 위한 잡지를 편집하기도 했으며, 스위스의 영주권을 얻어 그곳에 정착했다. 『지와 사랑』(1930), 『유리알 유희』(1943) 등 후기 문학작품에서는 인간 본성의 이중성을 집중적으로 탐구했다. 1962년 세상을 떠났다. 이외에도 『수레바퀴 밑에서』 『나르치스와 골드문트』 『황야의 이리』 등의 작품을 썼다.

에서 가족과 함께 살았다. 그에게 세계는 벽난로 앞에서 크리스마스 선물을 풀어보는 따뜻한 공간이다.

그러나 싱클레어의 행복은 동네 악동 크로머를 만나며 깨지기 시작한다. 싱클레어는 크로머의 환심을 사기 위해 거짓말을 하고 그 때문에 크로머에게 협박을 당하다가 부모님의 돈을 훔치는 등 비행을 저지른다. 크로머로 인해 싱클레어는 세상에 어두운 면이 존재한다는 걸 알게 된다.

그때 다른 지역에서 전학 온 데미안이 나타나 크로머에게서 싱클레어를 구해준다. 구원자인 데미안은 싱클레어에게 카인과 아벨, 즉 선과 악에 대한 기본적인 인식을 심어준다. 데미안이 떠나고 도시 학교에 진학한 싱클레어는 외로움에 시달리며 다시 타락의 세계에 들어선다. 자기부정의 세계에 빠져든 싱클레어는 매일 술을 마시고 욕망에 시달리며 어둠의 세계에 들어간다.

공허 속에 살아가던 싱클레어는 새로운 숭배의 대상을 찾아 헤맨다. 그때 나타난 여인이 베아트리체다. 싱클레어는 베아트리체에게 빠져들고 그녀의 초상화를 그리기 시작한다. 초상화의 인물은 완성해갈수록 데미안을 닮아간다.

그리고 얼마 후 싱클레어는 오르간 연주자 피스토리우스를 만나게 되고, 그에게서 선과 악의 양면성을 지닌 신 '압락사스abraxas'에 대한 이야기를 듣는다.

제1차 세계대전이 터지자 싱클레어와 데미안은 군인이 되어 전쟁에 참전한다. 부상을 입고 야전병원으로 후송된 싱클레어는 그곳에서 마지막으로 데미안을 만난다. 그리고 어느 날 아침 싱클레어는 심각한 부상을 입은 데미안의 죽음을 목격한다. 죽기 전 데미안이 남긴 "내가 필요할 때가 오면 내면에 귀를 기울여라"라는 말을 떠올리며 싱클레어는 자신이 또 다른 데미안이 되어가고 있음을 깨닫는다.

소설 『데미안』에서 '압락사스'는 매우 중요한 개념이다. 데미안이 싱클레어의 책에 꽂아준 편지의 한 구절은 전 세계 젊은이들의 머릿속에 각인된 채 무한히 확장되는 유명한 텍스트다.

> 새는 알에서 나오려고 투쟁한다. 알은 세계이다. 태어나려는 자는 하나의 세계를 깨뜨려야 한다. 새는 신에게로 날아간다. 신의 이름은 압락사스이다.

압락사스는 삶과 죽음, 참과 거짓, 저주와 축복, 빛과 어둠을 통칭하는 하나의 신성이다. 즉 인간이 살아가야 하는 세상의 모든 특징을 한 몸에 지닌 상징이다. 싱클레어는 알을 깨고 나와 자기 자신을 비롯한 세상과 마주한다.

누구든 태어난 이상 어른이 되어간다. 수많은 사건들과 부딪치면서 때로는 환희를 느끼고 때로는 상처를 받으며 세상으로 나아간다. 그렇게 자기 자신 앞에 서는 것이다.

> 자신을 판정하는 데 안일한 사람은 있는 그대로 금지된 것에 복종하고 말지. (…) 그것이 더 쉽거든.

세월이 흘러 나이를 먹고 오랜만에 『데미안』을 뒤적거리니 아주 오래된 질문 하나가 떠오른다. 알을 깨고 나온 싱클레어는 어떻게 중년이 되고 늙어갔을까? 그리고 그는 과연 행복했을까?

『데미안』은 주인공 싱클레어가 '인간에게는 자기 자신이 인도하는 길을 가는 것보다 어려운 일은 없다'라는 사실을 깨닫고, 오로지 내면의 길을 파고드는 과정을 담고 있다. 이 책은 제1차 세계대전 직후, 패전으로 혼란에 빠져 있던 독일 청년들에게 계시와도 같았으며, 문학계에도 일대 반향을 불러일으켰다. 헤르만 헤세의 초기 작품의 서정성과 낭만성이 사라지는 전환점이 되는 작품으로, 신비적 직관과 초인 사상의 영향이 드러나 있다. 데미안이란 말은 데몬(Dämon)과 같은 뜻으로 '악마에 홀린 것'이라는 뜻에서 유래한다.

스콧 피츠제럴드, 『위대한 개츠비』(1925)

성공에 대한 야망과
실패한 아메리칸드림의 비극

당대 최고의 시인이자 문단의 신이었던 T.S. 엘리엇에게 『위대한 개츠비』라는 통속적인 제목의 신간 소설 한 권이 배달된다. 대중작가로 이름을 날리던 스콧 피츠제럴드가 쓴 소설이었다. 책을 들고 몇 장을 읽어본 엘리엇은 이내 묘한 매력에 사로잡힌다. 보석처럼 빛나면서도 연민을 불러일으키는 허무한 문장으로 가득한 책을 단숨에 다 읽은 엘리엇은 피츠제럴드에게 편지를 쓴다.

지난 몇 년 동안 어떤 작가의 신간도 당신 소설만큼 흥미롭고 감동적인 작품은 없었소.

신이 난 피츠제럴드는 편지를 들고 다니며 만나는 사람마다 보여주면서 "이것 봐. 내 소설이 지금까지 나온 미국 소설 중 최고야"라고 자랑을 했다.

피츠제럴드는 그런 인물이었다. 알량하고 경솔하지만 도저히 미

스콧 피츠제럴드 F. Scott Fitzgerald 1896년 미네소타 주 세인트폴에서 태어났다. 가난한 어린 시절을 보내며 돈과 성공에 대한 집념이 강해졌다. 프린스턴대학에 입학했으나 학업은 뒤로하고 문학과 연극에 열중하는 바람에 성적 부진으로 졸업이 불가능했고, 결국 자퇴하고 만다. 그 후 미군에 종군하여 제1차 세계대전에 참전했다. 1919년 재기 넘치는 장편소설 『낙원의 이쪽』을 출간하며 성공을 거두었고, 1925년 대표작인 『위대한 개츠비』를 발표하며 문단의 총아로 떠오른다. 1934년, 9년 만에 장편소설 『밤은 부드러워』를 출판한다. 1940년 할리우드 영화계의 이야기를 담은 『라스트 타이쿤』을 집필하던 중 심장마비로 사망했다. 이외에도 『말괄량이와 철학자들』 『재즈 시대의 메아리』 등의 작품을 썼다.

워할 수 없는 천재. 모든 걸 가진 척했지만 결핍으로 가득했던 남자.

『위대한 개츠비』의 주인공 개츠비는 피츠제럴드 자신의 분신이다. 『위대한 개츠비』는 닉 캐러웨이라는 주변 인물을 화자로 등장시켜, 남자 주인공 개츠비와 여자 주인공 데이지의 이야기를 풀어나간다.

중서부 노스다코타의 가난한 농가에서 태어난 개츠비는 부와 출세를 꿈꾼다. 제1차 세계대전이 일어나고 군에 입대한 그는 어느 날 상류계급 여성 데이지를 만나 사랑에 빠진다. 얼마 후 개츠비는 해외로 파병됐고, 데이지는 개츠비와의 약속을 지키지 않고 세습 부자 뷰캐넌과 결혼한다.

전선에서 돌아온 개츠비는 미친 듯이 돈을 벌기 시작한다. 자신이 가난하기 때문에 데이지가 떠났다는 자격지심에 시달린 것이다. 밀주업, 증권, 석유 사업 등으로 엄청난 부를 일군 그는 데이지가 살고 있는 집 건너편에 저택을 마련하고 보란 듯이 밤마다 파티를 연다. 개츠비는 데이지와 재회하지만 결국 영원한 사랑을 얻지 못한다. 그러던 중 데이지가 개츠비의 리무진을 운전하다 사고로 정비공의 부인을 죽이는 일이 발생하고, 아내를 잃은 정비공은 개츠비가 운전한 것으로 오해해 그를 살해한다. 개츠비의 삶은 이렇게 허망하게 끝난다. 개츠비의 장례식은 초라했다. 연일 파티에 오던 사람들도 참석하지 않았고 동업자들도 오지 않았다. 데이지와 뷰캐넌마저 여행을 떠났고, 단 세 명만이 허망한 아메리칸드림의 종말을 지켜봤다.

이 소설은 20세기 초 청교도적 경건함이 무너지기 시작한 미국의 전모를 아주 적절하게 보여준다. 당시 월스트리트에는 주식 부자들이 넘쳐났고, 연예계와 스포츠 스타들이 미디어를 장식했으며, 집집마다 자동차가 보급되기 시작했다. 미국의 젊은이들은 도시로 몰려들어, 누구나 부자가 되고 미인을 차지하고 밤마다 파티를 여는 아메리칸드림을 이루려 했다. 『위대한 개츠비』는 바로 그 시대의 자화상이었다.

사실 피츠제럴드의 삶 역시 그랬다. 서부 시골 출신으로 프린스턴 대학을 중퇴한 후 광고 회사를 다니던 피츠제럴드는 시카고 은행가의 딸을 만나 사랑에 빠지지만 신분의 벽만 느낀 채 좌절한다. 이후 대법원 판사의 딸인 젤다와도 미래가 불확실하다는 이유로 약혼을 취소당한다. 나중에 유명 작가가 되고 나서 젤다와 결혼하지만 그의 마음 깊은 곳에는 이미 콤플렉스가 각인된 뒤였다.

피츠제럴드가 사랑 하나만을 위해 전 인생을 건, 돈키호테와 햄릿을 반반씩 섞어놓은 듯한 개츠비를 통해 보여주고 싶었던 것은 무엇일까. 다음 부분을 보자.

시간이 흐를수록 우리에게서 점점 더 멀어지던 그 녹색 불빛을, 그 광란의 미래를 개츠비는 굳게 믿고 있었다. 그렇게 우리는 끊임없이 파도에 밀려가면서도 물살을 거슬러 배를 저어갔다.

개츠비는 사랑을 한순간도 포기하지 않았다. 그리고 그것이 가져다줄 허망함을 뻔히 알면서도 그 길을 갔다. 그가 살았던 시대가, 피츠제럴드 스스로 명명한 '상실의 시대'였기 때문이었을까?

『위대한 개츠비』는 무라카미 하루키, J. D. 샐린저 등이 가장 존경하는 작가로 꼽은 스콧 피츠제럴드의 대표작으로, 화려한 '재즈 시대'를 배경 삼아 아메리칸드림이 얼마나 큰 비극으로 바뀔 수 있는지, 물질주의와 계급적 동경, 부에 대한 갈망 등 미국을 지배하는 관념이 무엇인지를 펼쳐낸 걸작이다. 모던라이브러리 선정 '20세기 100대 영미 문학' 2위, 〈타임〉 선정 '20세기 100대 영문 소설'에 뽑혔다.

현대인의 불안을 헤집는
20세기 문학의 문제적 신화

노벨문학상 후보에 매번 거론되는 밀란 쿤데라는 프란츠 카프카의 소설에 대해 "검은색의 기이한 아름다움"이라는 절묘한 헌사를 남겼다.

카프카의 대표작 『변신』은 충격적이다. 아마 이 소설이 처음 출간됐던 1915년에는 그 강도가 상상을 초월했을 것이다. 이제 막 리얼리즘 흉내를 내기 시작한 당시 문단에서 소설 『변신』은 제대로 대접을 받지 못했다. 하지만 '불안을 조장하는 괴상한 작가'라고 불리던 카프카는 사망 후 아주 멋지게 부활했다. 평론가들은 그에게 '신화'라는 새로운 수식어를 붙였다.

짧은 소설 『변신』의 줄거리는 간단하다. 보험회사 외판원으로 한 집안의 큰아들이자 기둥이었던 주인공 그레고르 잠자는 어느 날 자고 일어나 보니 끔찍한 벌레로 변해 있는 자신을 발견한다. 그날 이후 그는 벌레로서의 삶을 살다가 썩은 사과에 등을 얻어맞은 채 죽어간다.

프란츠 카프카 Franz Kafka 1883년 프라하에서 태어났다. 프라하대학에서 법률을 공부했으며, 졸업 후 프라하의 국영 보험회사에서 14년간 직장 생활을 하면서 밤에는 글을 썼다. 그가 문학에만 전념하지 못했던 것은 가부장인 아버지의 영향이 컸다. 물질적인 성공과 사회적인 출세만을 중시했던 아버지는 카프카의 작품에서 거인족의 일원, 무시무시하고 혐오스러운 폭군 등 가장 인상적인 인물 유형으로 등장한다. 1915년 출간된 『변신』이 그의 작품 중 가장 널리 알려진 소설이다. 『심판』(1925), 『성』(1926) 등은 사후 출판되었다. 1917년 9월, 폐결핵 진단을 받았고, 1924년 빈 근교의 결핵 요양소에서 사망했다. 카프카는 사후 그의 모든 서류를 소각해달라고 유언을 남겼으나, 친구인 막스 브로트가 카프카의 유작, 일기, 편지 등을 출판하여 현대 문학사에 카프카의 이름을 남겼다. 이외에도 『실종자』 『유형지에서』 『시골 의사』 등의 작품을 썼다.

소설에서 잠자가 죽는 장면은 서늘할 정도로 냉정하게 묘사돼 있다.

그의 등에 박힌 썩은 사과, 온통 먼지로 쌓인 곪은 언저리도 그는 이제 느끼지 못했다. 없어져버려야 한다는 그의 생각은 아마도 누이동생의 그것보다 더 단호했다. 사위가 밝아지기 시작하는 것도 그는 보았다. 그러고는 그의 머리가 자신도 모르게 아주 힘없이 떨어졌고, 콧구멍에서 마지막 숨이 약하게 흘러나왔다.

이 소설은 20세기 초까지 인간들이 도저히 벗어나지 못했던 철옹성 같은 기본 틀 몇 개를 철저히 해체했다.

그 첫 번째가 '몸'이다. 카프카는 당시 사람들이 신이 내려준 것이라고 철석같이 믿었던 바로 그 몸을 해체해버렸다. 자기 자신을 등딱지가 달린 흉측한 벌레로 만들면서까지 카프카는 기존 세계관에 도전하고 싶어했던 것이다.

두 번째로 카프카가 해체한 건 '가족'이었다. 벌레가 된 잠자가 돈을 벌어오지 못하자 그는 가족으로부터 아들의 자격을 박탈당한다. 늘 곁에 있고, 언제까지나 무한한 사랑으로 자신을 지켜줄 것 같았던 가족은 시간이 지나면서 점점 지쳐간다. 사람들이 절대적이라고 믿었던 혈연이 어느 순간 아무것도 아닐 수 있다는 '비밀 아닌 비밀'을 카프카는 이 소설을 통해 묘사했다.

세 번째로 카프카는 '공간', 즉 집을 해체한다. 사건이 벌어지기 전 그의 집은 아늑하고 사랑이 있는 일반적인 집이었다. 그러나 가장이 벌레로 변한 다음 그의 집은 생계를 위해 하숙집으로 변하고, 집이라는 공간은 낯선 이방인들이 차지하게 된다.

카프카는 이 소설 한 편을 통해 당시 움트기 시작한 '산업사회가 잉태한 현대성'이라는 것에 의문 부호를 단 것이다.

카프카가 『변신』에서 천착했던 문제들은 21세기인 지금도 여전히 문제로 남아 있는 것들이다. 따라서 첨단 문학이론이 횡행하는 지금도 그에 대한 새로운 분석과 평가가 끊임없이 쏟아지는 것이 무리는 아니다.

소설 『변신』은 카프카의 DNA와 경험, 그리고 현실이 함께 버무려져 탄생한 작품이다. 체코 프라하의 유대인 가정에서 태어난 카프카는 어디에도 속하지 못하는 이방인이었다. 심약하고 왜소해서 남성 중심 사회에 낄 수도 없었고, 독일어를 사용하는 유대인이었으므로 체코 사회에도 낄 수가 없었다. 심지어 유대민족주의 운동인 시오니즘을 신봉하지 않았기 때문에 같은 유대인들 사이에도 소외됐다. 문학과 예술에 재능이 있었지만 자식의 출세를 원하는 가부장적인 아버지 때문에 법학을 공부해야 했고, 결국 죽기 얼마 전까지 보험회사 직원이라는 어울리지 않는 삶을 살아야 했다.

『변신』의 주인공 잠자는 카프카 자신이다. 카프카는 죽기 전 가장 친한 친구에게 자기의 모든 원고를 불태워달라고 부탁했다. 그 약속은 지켜지지 못했지만, 덕분에 우리는 한 예민한 남자를 통해 세상의 이면을 생각해보는 기회를 얻었다.

『변신』은 일상에 당연한 것으로 침투해 있는 비합리성을 카프카 특유의 그로테스크하고 몽상적인 이미지와 간명한 언어로 폭로했다. 출간 당시 카프카는 표지에 "벌레 그 자체를 그리지 마시오"라고 요청했다. 실제로 초판 표지에 그려진 것은 어두운 방으로 통하는 문에서 얼굴을 가리며 멀어져가는 젊은 남자였다. 환상과 현실이 기괴하게 결합된 『변신』의 분위기를 강렬하게 담고 있었다. 카프카는 생전에 몇 편의 중단편만을 발표했으며 죽을 때까지 크게 주목받지 못했다. 『변신』이 그의 작품 중 가장 널리 알려진 소설이다. 사후 출판된 소설 가운데 특히 『심판』(1925)과 『성』(1926)은 20세기 인간의 불안과 소외를 그린 대표적인 작품으로 평가받는다.

조지 오웰, 『동물농장』(1945)

모든 전체주의에 던지는
뼈아픈 풍자적 경고

　스페인 내전은 현대사에 많은 논란거리를 남긴 전쟁이다. 1936년 좌파 정부군을 주축으로 한 공화파와 프랑코가 이끄는 파시스트 반란군이 시작한 이 전쟁은 시간이 지나면서 점점 외연이 넓어진다.

　소비에트와 전 세계에서 온 의용군으로 이뤄진 국제 여단은 공화파를 지지했고, 나치 독일과 무솔리니는 프랑코를 지지했다. 이렇게 저렇게 얽히기 시작한 스페인 내전은 결국 프랑코의 승리로 끝이 났지만 현대사에 씻지 못할 많은 상처를 남긴다.

　바로 그 상처를 기록한 여러 예술가들이 있었다. 종군기자로 내전에 참가했던 헤밍웨이는 『누구를 위하여 종은 울리나』를 통해 자유와 인간의 소중함을 이야기했고, 피카소는 프랑코의 사주를 받은 히틀러가 저지른 게르니카의 비극을 그림으로 남겼다. 로버트 카파는 공화파 병사가 총에 맞아 죽는 순간을 담은 그 유명한 사진으로 역사를 기록했고, 시인 로르카는 프랑코에 의해 죽음으로써 시대를 증언했다.

조지 오웰 George Orwell　1903년 인도 아편국 관리였던 아버지의 근무지인 인도 모티하리에서 태어났다. 영국 명문 사립학교를 졸업한 뒤 영국의 경찰 간부로서 식민지 버마에서 근무했다. 양심의 가책으로 경찰직을 사직한 뒤, 자발적으로 파리와 런던의 하층계급의 세계에 뛰어들고, 그 체험을 바탕으로 르포 『파리와 런던의 밑바닥 생활』(1933)을 발표했다. 잉글랜드 북부 탄광촌을 취재하여 탄광 노동자의 생활을 담은 『위건 부두로 가는 길』(1937)을 쓰고, 스페인 내전에 참전하여 부상과 배신을 당한 경험을 기술한 『카탈로니아 찬가』(1938)를 펴냈다. 짧은 인생 말년에 쓴 『동물농장』(1945)과 『1984』(1948)로 20세기를 대표하는 세계적인 작가로 이름을 남겼다. 1950년 세상을 떠났다.

여기에 또 한 명, 스페인 내전 현장에 있었던 소설가가 있다. 영국 작가 조지 오웰이다.

공화파에 지원해 총상까지 입은 그는 스페인 내전에서 경험한 인간의 나약함과 권력의 속성에 대해 고민하기 시작한다. 그리고 1945년 특이한 소설 한 편을 세상에 내놓는다. 『동물농장』이라 이름 붙인 이 책은 스탈린 독재를 우화적으로 차용했지만 본질적으로는 파시즘과 나치즘을 비롯한 모든 전체주의를 겨냥한 작품이다.

줄거리는 이렇다. 어느 농장에서 처우에 불만을 품은 동물들이 반란을 일으킨다. 반란 주동자는 메이저라는 늙은 돼지와 그를 추종하던 돼지 나폴레옹과 스노우 볼이다. 소설을 읽어보면 메이저는 마르크스나 레닌을, 나폴레옹은 스탈린을, 스노우 볼은 트로츠키를 희화화했다. 실제 소비에트에서처럼, 반란이 성공한 후 스노우 볼은 간교한 나폴레옹에 의해 축출된다. 스탈린이 트로츠키를 숙청한 것을 우화한 것이다. 나폴레옹은 비밀경찰인 개를 앞세워 공포정치를 실시하고, 농장 운영을 결정하는 일요회의도 폐지한다. 또 풍차 건설을 빌미로 구성원의 자유를 억압하고, 농장주 존스가 쳐들어온다는 명분 아래 반대파들과 불만 세력을 처단한다. 오웰은 독재의 시작을 이렇게 묘사한다.

죽은 듯한 침묵이 흘렀다. 놀라고 겁먹은 동물들은 줄지어 천천히 마당을 걷고 있는 돼지들의 행렬을 지켜보며 한쪽에 몰려 서 있었다. 마치 온 세상이 거꾸로 된 것 같았다.

총칼을 든 지배자들과 겁먹은 개미 떼처럼 구석에서 눈치를 살피는 사람들. 영화에서든 보도사진에서든 어디선가 많이 본 듯한 독재의 한 장면이다. 그러면서 지배계급들은 과거의 농장주 존스보다 더 호화로운 생활을 즐긴다. 혁명 이전에 목메어 외치던 가치들이 이미 어디론가 사라져버린 것이다.

누가 돼지이고 누가 인간인지, 어느 것이 어느 것인지 이미 분간할 수 없었다.

이 소설의 운명은 참 특이했다. 처음 출간됐을 때는 소비에트가 제2차 세계대전 연합국이라는 이유로 서구 사회에서 환영받지 못했고, 소비에트가 적성국으로 분류되기 시작하자 갑자기 '추천도서'로 변모했다. 뼛속까지 사회주의자였던 오웰의 책이 자본주의 국가에서 필독도서가 되는 아이러니는 그 이후에도 오래 지속됐다.

20세기가 끝날 무렵 세계 유력 언론들은 만장일치로 『동물농장』을 20세기 최고의 문학작품 중 하나로 뽑았다. 편 가름을 넘어 모든 억압과 인간성 말살에 대한 경종으로 읽혔기 때문이다. 굳이 몇 나라를 거론하지 않더라도 『동물농장』은 스탈린으로 끝을 맺지 않았다. 지금도 지구 곳곳에는 유사 동물농장들이 여전히 건재하기 때문이다.

『동물농장』은 1944년 집필이 끝났으나, 제2차 세계대전 당시 소련과 동맹관계 때문에 영국에서 출판이 거부되었다가 이듬해에야 출판된 당대의 문제작이다. '옛날 이야기'라는 부제가 붙은 이 소설은 최초로 스탈린주의를 비판한 풍자소설이기도 하다. 조지 오웰은 "이 작품은 잘못 흘러간 혁명의 역사를 다룬다. 또한 혁명의 원칙을 왜곡할 때마다 동원했던 온갖 변명들의 역사를 살핀다"라며 소비에트 파시즘의 실태를 폭로하여 자유에 대한 자각을 불러일으키려 했다.

도스토옙스키, 『카라마조프 가의 형제들』(1880)

인간 모순에 정면으로 맞선
날카롭고 방대한 대서사시

　대문호 톨스토이가 임종할 때 그의 옆에는 단 한 권의 책이 놓여 있었다. 도스토옙스키가 쓴 『카라마조프 가의 형제들』이었다.

　톨스토이와 도스토옙스키는 동시대를 살았지만 한 번도 만난 적이 없다. 같은 러시아인이자 추종을 불허하는 대가였지만 문학세계와 삶은 너무도 달랐다. 톨스토이 문학이 자연적인 건강함을 바탕으로 한 것이라면, 도스토옙스키의 문학은 병적이고 도시적이었다. 톨스토이가 부와 명예를 얻는 동안 도스토옙스키는 시베리아 유형지와 상트페테르부르크의 도박장을 전전해야 했다.

　이렇듯 다른 운명을 살았음에도 톨스토이는 "세상에 있는 책 모두를 태워버리더라도 도스토옙스키의 작품은 남겨놓아야 한다"라고 말했을 정도로 그를 흠모했다. 톨스토이뿐 아니다. 카뮈, 카프카, 헤세, 헤밍웨이, 마르케스를 비롯해 자신의 문학적 입지 중심에 도스토

표도르 도스토옙스키 Fyodor Dostoyevsky　1821년 모스크바에서 태어났다. 1846년 『가난한 사람들』로 '제2의 고골'이라는 극찬을 받으며 화려하게 데뷔했다. 당시 농노제 사회에서 자본주의 사회로 급변하는 과도기 러시아 사회의 고뇌를 형상화한 작품이다. 그러나 이어서 발표한 『백야』와 『이중인격』은 혹평을 면치 못했다. 1849년 봄 페트라스키 사건에 연좌되어 사형선고를 받았으나, 황제의 특사로 징역형으로 감형되어 시베리아로 유형을 갔다. 이후 생활고로 4년간 해외에서 살면서 『죄와 벌』(1866), 『백치』(1868) 등을 썼으며, 외유에서 돌아와 안정된 생활 속에 10년에 걸쳐 장편 『미성년』(1875)과 『카라마조프 가의 형제들』(1880)을 썼다. 그는 당대에 첨예하게 대립했던 사회적, 철학적 문제들을 제기하고 삶의 가치를 전하며, 이른바 '도스토옙스키의 세계'를 구축했다. 인간의 내면을 섬세하고도 예리하게 해부하는 독자적인 소설 기법과 다면적인 인간상은 이후 작가들에게 전범이 되었다. 이외에도 『학대받은 사람들』, 『지하생활자의 수기』, 『악령』 등을 썼다. 1881년 사망했다.

엡스키가 있음을 시인한 작가들은 셀 수 없이 많다.

왜 그랬을까. 결론부터 말하자면 이렇다. 인간에 대해, 인간 존재의 비극성에 대해 그렇게 치밀하면서도 거대하게 조망한 작가는 없었기 때문이다.

『카라마조프 가의 형제들』은 가장 도스토옙스키적인 작품이다. 이 책에서 그의 번뜩이는 예지와 고뇌를 만나는 건 어렵지 않다. 평생 운명과 싸운 작가답게 그는 작품 속에서 이렇게 외친다.

내 일평생에 대해 스스로를 응징하노라. 내 일생을 벌하노라.

소설에는 다섯 명의 문제적 주인공이 등장한다. 아버지 표도르 카라마조프는 탐욕스럽고 방탕한 노인이고 큰아들 드미트리는 아버지를 닮아 음탕하지만 고결함을 동경하는 순수도 함께 지니고 있다. 둘째 아들 이반은 대학을 졸업한 지식인으로 "천국행 입장권을 반납하겠다"라고 말하는 무신론자이자 허무주의자다. 셋째 아들 알렉세이는 수도원에서 신앙의 길을 걷는 매우 종교적인 인물이다. 사생아인 스메르자코프는 아버지 표도르와 백치 여인 사이에서 낳은 아들로 간질을 앓고 있다. 묵묵한 머슴처럼 보이지만 표도르에 대한 분노가 뿌리 깊은 인물이다.

표도르와 장남 드미트리는 그루센카라는 여인을 두고 서로 증오하게 된다. 표도르가 아들의 연인인 그루센카에게 연정을 품으면서 촉발된 반목은 걷잡을 수 없이 깊어지고 어느 날 표도르는 죽은 채 발견된다. 무신론자인 이반에게 영향을 받은 스메르자코프의 소행이었다. "신이 만든 세상을 인정하지 않는 이상 인간은 모든 걸 용서받을 수 있다"라는 이반의 말에 세뇌된 스메르자코프가 아버지를 죽인 것. 하지만 스메르자코프는 간질 발작 때문에 혐의에서 벗어나고, 아버지와 크게 반목했던 드미트리가 살인범으로 체포된다. 결국 스메르자코프는 자살하고, 드미트리는 아버지를 증오했던 마음의 죄를 인정하듯 순순히 20년형을 선고받는다.

언뜻 단순해 보이는 줄거리 속에는 정신과 육체, 무신론과 유신론 등 대립하는 가치들 간의 갈등이 속속들이 아로새겨져 있다. 도스토옙스키 소설의 매력은 바로 여기에 있다. 단순한 싸움처럼 보이지만 그들의 행위나 논쟁 속에는 인간 존재에 대한 궁극적인 물음이 파편처럼 녹아 있다.

『죄와 벌』에서도 알 수 있듯이 도스토옙스키는 인간 영혼에 가장 가까이 간 작가다. 인간 내면의 온갖 모습이 적나라하게 펼쳐지는 그의 작품을 읽는다는 것은 곧, 인간 모순과 정면으로 맞닥뜨린다는 것을 의미한다. 그렇다. 산다는 것이 바로 모순일지도 모른다. 그의 외침이 아직도 귀에 생생하다.

삶을 너무도 사랑하노라. 너무 사랑해서 추잡할 정도였노라. 삶을 위해 마시자. 삶을 위하여 건배.

『카라마조프 가의 형제들』은 도스토옙스키가 죽기 몇 달 전에 완성한 그의 최고의 소설이다. 작품 전체를 관통하는 가장 커다란 화두는 바로 신과 신념에 대한 것이다. 이 소설은, 인간은 단지 고통과 그리스도를 통해서만이 구원을 얻을 수 있으며, 삶은 지성이 아닌 감정과 사랑만으로 살아갈 수 있다는 도스토옙스키의 근본적 신념을 집대성한 걸작이다.

알렉산드르 솔제니친, 『이반 데니소비치의 하루』(1962)

인간 존중에 대한
소설적 보고서

그의 형기가 시작된 날로부터 끝나는 날까지 만 10년, 즉 3653일
이 이와 같은 날들이었다. 사흘이 더 붙은 것은 그사이에 윤년이 끼
어 있었기 때문이다.

알렉산드르 솔제니친의 『이반 데니소비치의 하루』는 이반데니소
비치 슈호프라는 주인공이 견뎌내야 했던 3653일간의 유형 생활 중
하루를 묘사한 소설이다. 그리 많이 배우지도, 그리 생각이 깊지도
않은 평범한 사람이 유형지에서 보낸 하루가 소설 줄거리다. 그 하
루를 통해 솔제니친은 지배 권력에 의해 억압된 한 사람이 어떻게
자존감을 잃고 본능에 의존해 연명하는지를 풍자적으로 그려낸다.

평범한 농부였던 슈호프는 제2차 세계대전에 참전했다가 독일군
포로가 된다. 전쟁이 끝나고 풀려났지만 독일 스파이라는 누명을 쓰
고 강제 노동 수용소에 유배된다. 소설은 그의 하루를 아주 세밀하

알렉산드르 솔제니친 Aleksandr Solzhenitsyn 1918년 카프카스의 키슬로보츠크에서 태어났다. 1945년
포병 대위로 동프로이센에서 근무하던 중, 스탈린을 비판한 편지를 쓴 것이 문제가 되어 체포당한 뒤, 강
제 노동 수용소에서 유형 생활을 겪었다. 12년 뒤 복권되어 중학교 교사로 있으면서, 1962년 『이반 데니
소비치의 하루』를 발표해 일약 세계적인 작가가 되었다. 장편 『암 병동』(1968), 『연옥 속에서』(1968) 등도 당
국의 탄압으로 국외에서 출판되었다. 이러한 탄압에도 굴하지 않았던 그는, 강제 노동 수용소의 내막을
폭로한 『수용소 군도』의 국외 출판을 계기로 1974년 강제 추방되었다. 1994년, 20년간의 망명 생활을 마
치고 러시아 시민권을 회복했다. 1970년 노벨문학상을 수상했으며, 2008년 심장마비로 세상을 떠났다.
이외에도 『마뜨료나의 집』, 『공공을 위해서는』 등의 작품을 썼다.

게 들여다본다.

주인공은 하루 동안 몸이 아팠고, 요령을 피우며 작업을 했고, 감시원을 속이고 죽 한 그릇을 더 먹었고, 잎담배를 구했으며, 줄칼 조각을 들키지 않고 숙소로 가지고 들어왔다는 것에 만족한다. 그리고 수용소에 들어오기 전 음식을 음미하면서 천천히 먹지 않았던 것을 후회하면서 잠자리에 든다. 그는 수용소의 비인간적인 처우에 저항하지도 않고, 탈출 같은 것은 꿈도 꾸지 않는다. 이 과정을 솔제니친은 매우 담담한 필치로 그려낸다. 심지어 유머러스할 정도다.

최악의 상황에 처한 인간을 풍자적으로 묘사한 이유는 무엇일까. 솔제니친은 이 소설을 단순한 회상록이나 고발로 마무리하고 싶지 않았던 것이다. 그는 단순한 기록으로 끝날 수 있었던 글에 문학성을 부여한 것이다.

솔제니친 스스로 수용소 생활을 경험했기에 자칫 잘못하면 이 글은 한 맺힌 고발로 끝나버릴 수 있었다. 솔제니친이 문학성을 얹어 준 이 작품은 전 세계 서점가에서 화제가 됐고, 마침내 소비에트 독재의 횡포를 세상에 알리는 단초가 됐다. "문학적으로는 물론 정치적으로도 큰 의미를 지녔다"라고 평가받는 이유도 그것이다.

솔제니친의 삶은 파란만장했다. 카프카스 키슬로보츠크에서 태어난 그는 로스토프대학에서 수학을, 모스크바대학에서 문학을 공부한다. 제2차 세계대전이 일어나자 포병 장교로 입대한 솔제니친은 친구에게 보낸 편지에서 스탈린을 "콧수염 남자"라고 빗댄 것이 탄로나 당국에 체포된다. 결국 정권의 눈 밖에 난 그는 반혁명 혐의로 시베리아 수용소에 투옥되어 10년을 보낸다. 그의 데뷔작 『이반 데니소비치의 하루』는 이때 구상한 것이다.

대작 『수용소 군도』 등으로 1970년 노벨문학상을 받았지만 옛 소런 정치체제와 타협을 거부한 그는 결국 1974년 반역죄로 추방된다. 추방된 이후 미국 버몬트에 머물다 소련이 붕괴하면서 1994년 러시아 시민권을 회복했다. 솔제니친은 2008년 사망할 때까지 전체주의를 비롯해 인간을 억압하는 모든 것에 맞서 싸웠다. 서구 세계의 물신주의도 예외는 아니었다.

그는 문학으로 살았고, 문학으로 저항했다. 그가 만년에 한 말은 두고두고 회자되는 명언이다.

위대한 작가는 자신이 속한 나라에선 제2의 정부다. 그렇기 때문에 어떤 정권도 위대한 작가를 좋아한 적이 없다.

투옥과 유배, 망명과 귀환으로 점철된 인생을 살았던 솔제니친은 하나의 지표다. 한 작가가 문학을 통해 어떻게 세상을 바꾸는지를 전 인생을 통해 보여주기 때문이다.

솔제니친의 첫 작품 『이반 데니소비치의 하루』는 1962년 발표와 동시에 세계적 베스트셀러가 되었다. 스탈린 시대의 강제 수용소 내부를 묘사하는 것이 종래에 금기였을 뿐만 아니라, 이 소설 자체가 19세기 러시아문학의 전통을 계승하는 본격 문학이었기 때문이다. 이 소설은 고통받는 사람들에 대한 연민과 지배 권력에 대한 분노를 담는 데 그치지 않는다. 수용소 바깥과 큰 차이 없이 평범하고 단조롭게 지나가는 하루를 묘사함으로써, 관성이 지배하는 일상의 공포까지 보여준다.

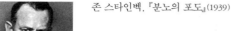
존 스타인벡, 『분노의 포도』(1939)

절망 속에서 발견하는
인간의 생명력과 희망의 가능성

울음으로도 다 표현할 수 없는 슬픔이 있다. 다른 모든 성공을 뒤엎어버리는 실패가 있다. 비옥한 땅, 곧게 자라는 나무들, 튼튼한 줄기, 다 익은 열매. 하지만 펠라그라를 앓고 있는 아이들은 그냥 죽어갈 수밖에 없다. 사람들이 버려진 감자를 건지려고 그물을 가지고 오면 경비들이 그들을 막는다. 사람들이 버려진 오렌지를 주우려고 덜컹거리는 자동차를 몰고 오지만 오렌지에는 이미 휘발유가 뿌려져 있다. 산처럼 쌓인 오렌지가 썩어 문드러지는 것을 지켜보는 사람들의 눈 속에는 패배감이 담겨 있다. 그리고 점점 커가는 분노가 있다. 분노의 포도가 사람들의 영혼을 가득 채우며 점점 익어간다.

읽고 나면 가슴이 먹먹해지는 책이 있다. 책을 손에서 놓고도 한참을 멍하게 앉아 있게 되는 책. 존 스타인벡의 『분노의 포도』가 그랬다.

존 스타인벡 John Steinbeck 1902년 미국 캘리포니아 주에서 태어났다. 가정 형편이 어려워 고등학교 시절부터 농장 일을 거드는 등 고학으로 스탠퍼드대학 생물학과에 진학했지만 학자금 부족으로 중퇴, 문필 생활에 투신하기로 결심했다. 뉴욕에서 신문기자가 되었으나, 객관적인 사실 보도가 아닌 주관적인 기사만 썼다는 이유로 해고되어, 갖가지 막노동으로 생계를 이었다. 1937년 『생쥐와 인간』이 베스트셀러가 되며 기반을 다졌고, 1939년 『분노의 포도』로 퓰리처상을 받았다. 스타인벡은 이 작품으로 1930년대 대표적인 작가가 되었다. 그의 명성은 주로 무산계급을 다룬 1930년대의 자연주의 소설로 얻은 것이다. 1952년 발표한 야심작 『에덴의 동쪽』은 제임스 딘 주연의 영화로 만들어지기도 했다. 이외에도 『승부 없는 싸움』 『긴 골짜기』 등의 작품을 썼다. 1968년 사망했다.

『분노의 포도』는 대공황의 그늘이 짙게 남아 있던 1930년대 미국이 배경이다. 스타인벡은 정직하게 살다가 하루아침에 이주노동자로 전락한 조드 일가를 통해 당시 미국사회의 현실을 고발한다. 같은 시대에 쓰인 『위대한 개츠비』가 허영에 찬 상류사회를 통해 미국의 이면을 드러냈다면, 『분노의 포도』는 벼랑 끝으로 몰린 하층민의 현실에서 근대 자본주의의 어둠을 파헤친다.

오클라호마에 살던 조드 가족은 가뭄과 모래폭풍으로 모든 것을 잃는다. 은행 이자를 갚지 못해 토지를 몰수당한 그들은 '젖과 꿀이 흐르는 약속의 땅' 캘리포니아를 향해 떠난다. 우여곡절 끝에 66번 도로를 따라 캘리포니아에 도착한 조드 일가는 순진하게도 신께 감사의 기도를 드린다. 하지만 그곳에 신은 없었다.

그들을 기다리던 건 대농장주들의 착취와 상인들의 농간뿐이었다. 창고에는 먹을 것이 쌓여갔지만 하층 노동자 가정의 아이들은 영양실조로 죽어갔다. 개미 떼처럼 일자리와 먹을 것을 찾아 헤매는 사람들의 마음속에는 '분노의 포도'가 익어가고 있었다.

하지만 『분노의 포도』는 절망으로만 읽히지는 않는다. 존 스타인벡은 소설 가장 밑바탕에 희망의 장치들을 만들어 놓았다.

교회의 허구를 비판하고 비참한 현실 속으로 걸어 들어와 구원을 실천하다 죽어가는 설교자 짐 케이시는 소설 속에서 메시아 역할을 한다. 그는 이렇게 말한다.

어쩌면, 어쩌면 우리가 사랑하는 건 모든 남자와 모든 여자인지 몰라. 어쩌면 그게 바로 인간의 정신인지도 몰라. 어쩌면 모든 사람이 하나의 커다란 영혼을 가지고 있는 것인지도 몰라.

계급이나 빈부에 상관없이 사람들은 모두 같은 크기의 커다란 영혼을 가지고 있다는 케이시의 말은 이 소설이 보편성을 획득하는 중요한 장치로 작용한다. 이 밖에도 케이시의 영향을 받아 성숙한 인간으로 변모해가는 큰아들 톰 조드, 아이를 유산한 직후 굶어 죽어가는 노인에게 성녀 같은 표정으로 자신의 젖을 물리는 조드 가의 딸 로저샨은 이 작품이 말하려는 주제를 보여준다.

스타인벡이 처음 『분노의 포도』를 발표했을 때 오클라호마를 비롯한 몇 개 주에서 이 소설은 불태워지고, 금서로 지정됐으며, 그는 정보당국의 요시찰 인물이 됐다. 하지만 약 30년이 흐른 1962년, 세상은 그에게 노벨문학상을 선사했다. "예리한 사회 인식으로 인간의 존엄성을 구현했다"라는 게 스웨덴 한림원의 선정 이유였다.

『에덴의 동쪽』이라는 작품으로 더 유명한 존 스타인벡은 가난한 고학생에서 노동자로, 다시 신문기자에서 대문호로 파란 많은 삶을 살았던 인물이다. 어떤 위치에서 어떤 글을 쓰든 그가 버리지 못했던 가치가 하나 있다. 그것은 '그래도 역시 사람만이 희망'이라는 명제였다.

『분노의 포도』는 1930년대 미국 남부 텍사스에서 캐나다 국경에 이르는 미국 전역을 배경으로 노동자의 비참한 생활을 그린 대작이다. 「출애굽기」의 구성을 본떠 묘사한 이 소설은 1939년 출간되자마자 선풍적인 반응을 얻었다. 1940년 퓰리처상을 받았으며, 같은 해 존 포드 감독에 의해 영화로 만들어졌다. 1962년 존 스타인벡이 노벨문학상을 받았을 때 스웨덴 한림원은 이 작품을 높이 평가하며 이 작품의 성과가 그가 노벨문학상을 받은 주된 이유라고 밝혔다.

제임스 조이스, 『율리시스』(1922)

인간사 속성 꿰뚫어본
기념비적 원전

삶은 늘 행복하면서도 불행하다. 유모차에 앉아 졸고 있는 아이의 얼굴에선 행복을 발견하지만, 불편한 몸으로 채소를 팔고 있는 노파를 보면 불행해진다. 전화 한 통에도 천국과 지옥을 오가는 게 사람 감정이다. 이런 삶의 속성을 가장 정확하게 꿰뚫어본 사람이 제임스 조이스다.

나는 『율리시스』에 아주 많은 수수께끼를 숨겨두었다. 앞으로 수세기 동안 대학교수들은 내가 뜻하는 바를 거론하기에 분주할 것이다.

아일랜드 작가 제임스 조이스의 이 오만한 선언은 현실이 됐다. 실제로 "『율리시스』로 문학박사를 받은 사람이 『율리시스』를 끝까지 읽은 사람보다 많다" 하는 우스갯소리가 있다. 『율리시스』로 학위를 받은 사람조차 책을 끝까지 읽지 못한 경우가 많다는 이야기다. 그

제임스 조이스 James Joyce 1882년 아일랜드의 더블린에서 태어났다. 그리스어, 라틴어, 프랑스어, 독일어 등에 통달했고, 일찍부터 입센, 셰익스피어, 단테, 플로베르 등의 작품을 탐독했다. 제1차 세계대전이 일어나자 취리히로 피난했으며, 1920년에 파리로 가서 새로운 문학의 핵심 인물이 되었고, 그의 주변에 각국의 작가들이 모여들었다. 1907년 연애시를 모은 시집 『실내악』을 발표하고, 1914년에는 단편집 『더블린 사람들』을 출간했다. 그 후 〈에고이스트〉지에 연재한 『젊은 예술가의 초상』(1917)이 '의식의 흐름'을 따른 심리 묘사로 크게 주목받았다. 『율리시스』는 음란하다는 이유로 고소당하기도 했지만, 조이스라는 이색 작가의 존재를 세계에 알리는 기회가 되었다. 제2차 세계대전 시 독일군의 침략을 피해 다시 취리히로 가던 도중 병으로 사망했다.(1941) 이외에도 『망명자들』, 『피네간의 경야』 등의 작품을 썼다.

만큼 『율리시스』는 독자를 괴롭히는 책이다. 의식의 흐름 기법으로 쓰였기 때문에 인과관계에 익숙한 사람들에게는 곤혹스러운 소설임이 분명하다. 하지만 시각을 조금 바꿔보면 이 책은 문체의 박물관이자, 인간 심리의 백과사전이자, 묘사가 불가능할 법한 것들까지 묘사해낸 기념비적인 작품이다.

변기에 웅크리고 앉아 그는 자기가 만든 신문을 펼쳐서, 벗은 무릎 위에 놓고 뒤적거렸다. 어제 (…) 있었던 변비 증상이 완전히 가셔야 할 텐데. (…) 됐어. 그래. 아하.

이 화장실 장면처럼 소설 『율리시스』는 주인공 리오폴드 블룸의 하루를 현미경처럼 낱낱이 그려낸다. 정확히 말하면 1904년 6월 16일 아침 8시에서 다음 날 새벽 2시까지 18시간 동안 일어난 일을 묘사한다.

신문사 광고 판매인인 주인공 블룸의 하루 일상에는 인간사의 모든 일이 등장한다. 먹고, 일하고, 다투고, 고민하고, 배설하고, 목욕하고, 지치고, 술 마시고 하는 것에서 출산한 지인을 병문안 가고, 장례식에 참석하는 등 삶에서 죽음까지가 단 하루 동안 펼쳐진다.

이 소설을 쉽게 이해하려면 그리스신화에 나오는 인물 오디세우스율리시스의 그리스식 표현를 알면 된다. 오디세우스는 트로이전쟁에 참전한 후 우여곡절 끝에 20년 만에 집으로 돌아온 인물이다.

블룸은 더블린을 떠도는 현대판 오디세우스다. 오디세우스가 다시 집으로 돌아오기까지 걸린 20년을 조이스는 단 하루로 압축한 것이다. 신화에 나오는 괴물과 거인들은 소설 속에서 술집 여자, 싸움꾼, 밤무대 가수 등으로 대체된다. 이런 식이다.

저것 좀 보게나. 짐승들이 먹이를 처먹고 있는 것 같군. 남자들. 남
자들. 남자들. 소리를 지르며 벌컥벌컥 술을 들이켜고, 너저분한 음식
을 한입 가득 게걸스럽게 씹으면서, 술에 젖은 콧수염을 훔치고 있는
(…).

정오 무렵 술집을 묘사한 이 대목에서는 신화에서 오디세우스가 사
람을 잡아먹는 괴물에게 잡혀 있는 장면이 오버랩된다.

『율리시스』는 1960년대까지 조이스의 조국 아일랜드에서 출간되지
못했다. 배설, 섹스, 자위 등이 직설적으로 묘사되어 당시 기준으로 음
란하다는 평가를 받은 것이다. 미국과 영국에서도 오랫동안 출판이 금
지됐다.

조이스를 복권한 것은 다름 아닌 '세월'이었다. 후세 문학도들은
영어 외에도 프랑스어, 독일어, 이탈리아어 등 10개국 언어가 등장하
고 고어, 사어, 비속어, 은어를 포함한 3만 단어가 장대하게 펼쳐진
이 책을 읽으며 현대소설의 기원을 찾아냈다.

해마다 6월 16일이면 더블린에서는 '블룸의 날Bloom's Day' 행사가
성대하게 열린다. 전 세계에서 몰려온 사람들은 『율리시스』의 주인
공이 걸었던 길을 걸으며 어깨를 짓누르고 있는 삶의 무게를 다시
한 번 떠올린다.

『율리시스』는 처음에 미국 〈리틀리뷰〉, 영국의 〈에고이스트〉에 1부가 연재되었으
며, 게재 금지된 뒤 검열을 피해 파리에서 출간되었다. '의식의 흐름' 및 '내면의 독
백' 기법을 종횡무진으로 구사한, 20세기 최대의 실험소설이다. 특히 매리온 부인
이 비몽사몽 중에 하는 마지막 부분의 독백은 구두점 없이 40페이지가 넘게 이어지
며, 여성 심리의 무의식적 표현으로 유명하다. 버지니아 울프, 윌리엄 포크너 등에
게 영향을 끼친 현대소설의 최고봉으로 꼽는다.

단테, 『신곡』(1321)

구원을 열망하는
인간의 조건

조숙했던 소년 단테는 아홉 살 때 아버지 손에 이끌려 피렌체 귀족인 폴코 가문 파티에 참석한다. 그곳에서 단테는 자신의 일생을 지배하게 될 소녀와 조우한다. 소녀의 이름은 베아트리체였다.

당시의 느낌을 단테는 훗날 이렇게 적는다.

생명의 기운이 너무나 심하게 요동치는 바람에 가장 미세한 혈관마저도 떨리기 시작했다.

단테와 베아트리체는 첫 만남 이후 9년 만에 다시 길거리에서 마주친다. 둘 다 집안에서 정혼한 상대와 결혼을 한 뒤였다. 말 한마디 못하고 잠시 스쳐 지나간 이 만남이 두 사람의 마지막이었다. 그로부터 6년 뒤 베아트리체는 갑자기 세상을 떠났고, 단테는 이루지 못한 사랑을 가슴에 안고 평생을 살았다. 단테에게 베아트리체는 단순한 여인을 뛰어넘어 영감을 불어넣은 뮤즈였다.

알리기에리 단테 Alighieri Dante   1265년 피렌체의 귀족 가문에서 태어났다. 계모 밑에서 자란 탓에 모성애에 대한 막연한 그리움과 동경을 품고 성장한다. 9세에 동갑내기 베아트리체를 보고 애정을 느끼는데, 이 진귀한 유년 시절의 경험이 단테의 인생행로를 좌우한다. 정치 입문 5년 만인 35세에 도시국가 최고의 지위인 통령에 선출되는 등 화려한 정치 생활을 하기도 한다. 그러나 이후 당파 싸움에 휘말려 지위를 박탈당하고 국외로 추방된다. 1301년 고향으로 돌아갈 기회를 얻지만 끝내 포기하고 방랑 생활을 계속하며 『신곡』의 집필에 몰두했다. 말년에 라벤나에 머물며 집필하다가 56세에 세상을 떠났다. 남긴 작품으로 『새로운 삶』 『향연』 『제정론』 등이 있다.

「지옥」「연옥」「천국」 편으로 구성된 『신곡』 「천국」 편에는 어김없이 베아트리체가 등장한다.

거룩한 여인 베아트리체는 이제 연옥에서 신의 나라인 천국까지
그를 인도하는 안내자가 되었다. 그녀의 청정한 영혼은 신의 사랑과
완전한 평화가 있는 낙원으로 그를 데려갈 것이다.

중세문학 최고의 금자탑이라 평가받는 『신곡』의 주인공은 바로
단테 자신이다. 서사시 형식으로 되어 있는 『신곡』은 「지옥」「연옥」
「천국」 편이 각각 33개의 곡canto으로 되어 있고 「지옥」 편에 1개의
서곡이 붙어 있어, 전체가 모두 100곡으로 구성되어 있다. 『신곡』의
원제는 『알리기에리 단테의 희극』이다. 비극으로 시작하지만 해피엔
딩이기 때문에 이런 제목을 붙인 듯하다.

그런데 책 제목이 『신곡』이 된 사연이 재미있다. 단테 신봉자였던 보
카치오가 작품 앞에 '신적인divina'이라는 수식어를 붙여 '신적인 희극a
Divina Commedia'이라고 부르기 시작했고 이것을 일본학자가 '신곡神曲'이
라고 번역한 것이다. 국내에 처음 번역된 작품이 일본어 중역판이었을
테니 당연히 한국에서도 『신곡』으로 팔려나갔다.

『신곡』은 주인공 단테가 끔찍한 지옥에서 사흘을 보내고, 참회하
는 소리가 가득한 연옥에서 사흘을 보낸 다음, 꿈에도 그리던 베아
트리체를 만나 천국에서 신의 사랑에 눈을 뜬다는 이야기다. 권선징
악이라는 뻔한 주제에 이야기 구조도 단순하지만 『신곡』에는 어느
작품도 흉내 낼 수 없는 거대한 신전 같은 웅장함이 있다.

『신곡』은 단테가 정치적인 문제로 피렌체에서 추방된 뒤 세상을
떠나기까지 20여 년 유랑 생활 동안 쓴 인고의 산물이다. 따라서 『신

곡』에는 당시 최고의 지식인이었던 단테의 모든 열정과 지식이 그대로 녹아 있다. 선과 악, 정치와 종교, 철학과 예술 등 인간사 모든 화두를 끌어안은 빛나는 상상력의 결과물이다. 『신곡』에는 플라톤, 토마스 아퀴나스 등 고대 철학자에서 여러 황제와 교황들, 제우스나 오디세우스 같은 신화 속 인물들과, 유다나 솔로몬 등 성서 속 인물들까지 등장해 천태만상인 인간 군상을 그려낸다.

단테는 이 작품을 통해 추악한 현실을 고발하고, 중세의 모든 학문을 종합해냈으며, 서사문학의 전통을 세웠다.

『신곡』이 유럽 역사에 끼친 영향은 지대하다. 이 작품으로 이탈리아어가 피렌체 지방 언어를 중심으로 통일되면서 단일국가 개념이 생겼고, 이것에 자극을 받은 다른 유럽 국가들도 언어적 동질성을 바탕으로 한 '민족주의'에 눈뜨기 시작했다. 또한 『신곡』은 중세의 사상이 괴테나 헤겔, 쇼펜하우어 같은 후대 철학자들에게 전승되는 다리 역할을 했다. 대문호 괴테가 『신곡』을 두고 "인간의 손으로 만든 최고의 것"이라는 헌사를 바친 것도 무리는 아니다.

단테에게 베아트리체는 곧 천국이었던 모양이다. 단 두 번의 만남으로 '천국'을 가질 수 있었던 단테는 행복한 남자다. 비록 그의 현실은 고통스러웠을지라도.

『신곡』은 단테가 1304년에 쓰기 시작해 1321년에 완성했다. 100곡, 총 1만 4233행에 이르는 대작이다. 우의적인 면에서 볼 때 『신곡』 속 여러 가지 체험은, 단테가 파란만장한 인생을 통하여 얻은 영혼의 성장 과정을 나타낸 것이다. 망명 이후 심각한 정치적, 윤리적, 종교적 문제로 고민했던 그가 해결 방법을 찾아내기까지의 이야기라고도 할 수 있다. 또한 그는 라틴어가 아닌 이탈리아어를 시어로 선택함으로써 이탈리아문학 발달에 결정적인 영향을 미쳤다.

라이너 마리아 릴케, 『두이노의 비가』(1923)

감수성과 낭만의 상징이자
현대시의 위대한 순교자

내 눈빛을 꺼주소서, 그래도 나는 당신을 볼 수 있습니다
내 귀를 막아주소서, 그래도 나는 당신의 목소리를 들을 수 있습니다
발이 없어도 당신에게 갈 수 있고
입이 없어도 당신의 이름을 부를 수 있습니다
—릴케가 루 살로메에게 바친 『기도 시집』에서

세기말의 우울이 유럽을 휩싸고 있던 1897년 5월의 뮌헨. 시인 라이너 마리아 릴케는 소설가 야콥 바서만의 집에서 안드레아스 루 살로메를 만난다. 릴케는 열네 살 연상의 유부녀 살로메를 처음 본 순간, 이 사랑의 폭풍이 평생 자신을 따라다닐 것임을 직감한다.

루 살로메는 당대 최고의 지식인이자 예술가들에게 영감을 주는 뮤즈였다. 니체, 프로이트 같은 천재들이 살로메의 영향권 아래 있었다. 니체가 살로메를 처음 봤을 때 했다는 "우리는 어느 별에서 내려

라이너 마리아 릴케 Rainer Maria Rilke   1875년 체코 프라하에서 태어났다. 1890년 육군고등실업학교에 진학했지만, 몸이 허약해 이듬해 그만두었다. 릴케는 이 시절의 좌절과 외로움을 견디려 시를 쓰기 시작했으며, 1894년에는 자비로 첫 시집 『삶과 노래』를 출간했다. 1895년부터 칼페르디난트대학, 뮌헨대학 등에서 예술사, 문학사, 철학, 법학 등을 공부했다. 『기도 시집』 『형상 시집』 등의 시집을 발표하며 작가로서 이름을 떨쳤으며, 말년에 발표한 『두이노의 비가』는 보들레르를 잇는 서구시의 정점이라고 평가받았다. 『말테의 수기』(1910)는 릴케가 몽타주 기법을 도입한 소설로, 문학적 모더니즘의 효시가 되었으며, 대도시적 인식 구조를 문학으로 형상화한 최초의 소설이라 불린다. 1926년 백혈병이 악화되어 스위스 발몽 요양소에 머물며 치료를 받으면서도 시를 쓰고 발레리를 번역했던 릴케는, 그해 12월 세상을 떠났다.

와서 이제야 만난 거죠"라는 말은 지금도 유명하다. 물론 살로메는 그 스스로도 훌륭한 작가이자 평론가였으며 심리학자이기도 했다.

릴케는 박력이라곤 없는 남자였다. 몸은 왜소했고, 피부는 유럽인이라고 믿을 수 없을 정도로 검었으며 모성 결핍에 시달리는 무명 시인이었다. 집으로 돌아와서도 살로메를 잊을 수 없었던 릴케는 용기를 내서 살로메에게 편지를 보낸다.

"친애하는 부인, 당신과 내가 보낸 어제 그 황혼의 시간은 처음이 아니었습니다"로 시작하는 달콤한 연애편지였다. 여기서 릴케가 처음이 아니라고 표현한 건, 이미 그녀의 에세이집 『유대인 예수』를 읽고 감명을 받은 적이 있었기 때문이다.

살로메와의 만남은 릴케의 모든 것을 바꿔버린다. 이름을 '르네'에서 '마리아'로 바꿨고, 필체까지 살로메를 흉내 냈으며, 옷차림과 말투도 달라진다. 무엇보다 릴케는 시인으로 성숙하기 시작한다. 살로메의 소개로 니체를 알게 된 그는 더 넓은 인식의 지평을 향해 나아가기 시작했다. 낭만과 감수성의 대명사인 시인 릴케는 이렇게 탄생했다.

살로메를 알기 전 릴케는 모성 결핍 속에 성장기를 보냈다. 1875년 오스트리아의 지배를 받던 체코의 프라하에서 칠삭둥이로 태어난 그는, 어린 나이에 죽은 첫딸을 잊지 못한 어머니의 손에 여자아이처럼 키워졌다. 일곱 살 때까지 여자 옷을 입고 지냈을 정도다. 어머니는 여자아이처럼 자란 릴케를 군사학교에 보냈다. 지옥 같은 기숙사 생활을 탈출한 그는 프라하대학, 뮌헨대학, 베를린대학 등에서 예술사, 문학사, 철학 등을 공부했고 시를 쓰기 시작했다.

릴케는 산문 『말테의 수기』 『젊은 시인에게 보내는 편지』와 수많은 시편들을 남겼다. 나는 개인적으로 릴케의 저작 중 최고의 걸작으로 『두이노의 비가』를 꼽는다. 삶과 죽음, 종교와 논리, 정신과 육체의 경계를 훌쩍 뛰어넘은 시집 『두이노의 비가』는 릴케 미학의 완성품이다.

"내가 이렇게 울부짖은들 천사의 대열에서 누가, 들어주랴. 설혹한 천사가 있어 갑자기, 나를 가슴에 껴안는다 해도, 그 힘찬 존재 때문에, 나는 사라지고 말리라. 왜냐하면 아름다움이란, 우리가 가까스로 견딜 수 있는 무서움의 시작에 불과하므로, 우리가 아름다움을 그토록 찬미함은 파멸하리만큼, 아름다움이 우리를 멸시하기 때문"이라는 절규는 릴케 이전에도 그 이후에도 불가능한, 릴케만이 할수 있는 통찰이다.

전 10편으로 이루어진 『두이노의 비가』는 시인 릴케의 절정이다. 독일 비가悲歌의 전통을 이어받은 이 위대한 연작시는 정신성을 중시하는 근현대 시문학의 거대한 원형이다.

릴케는 1926년 쉰한 살의 나이로 사망했다. 알려진 것과 달리 장미 가시에 찔려 죽지는 않았다. 장미 가시에 찔린 것이 백혈병을 악화시켰다는 설은 있지만 그것이 직접적인 사인은 아니었다. 워낙 장미를 좋아했던 릴케였기에 호사가들이 만들어낸 전설마저도 그와 너무나 잘 어울린다. 그의 묘비에는 이렇게 적혀 있다.

장미여, 오 순수한 모순이여, 기쁨이여
그 많은 눈꺼풀 아래 그 누구의 잠도 아닌 잠이여

두이노에서 쓰기 시작한 『두이노의 비가』는 10여 년에 걸쳐 완성되었다. '일치와 대립의 결합'이라는 평가를 받고 있으며, 이후의 젊은 서정 시인들에게 커다란 영향을 미쳤다. 릴케는 평생 '인간이라는 존재는 무엇인가'를 탐구했다. 결국 그는 삶과 죽음, 시간과 공간의 구분을 없앤 '전일소一의 세계'에야말로 인간 존재의 궁극적의의가 있다고 생각하게 되었다. 이러한 인간관을 사물, 삶, 죽음, 그리고 사랑에 몸을 바치는 여성 등의 테마로 노래한 것이 이 작품이다.

장 폴 사르트르, 『구토』(1938)

실존주의에 기반한 소시민적 권태와
부르주아의 위선 비판

　장 폴 사르트르는 드골 정권으로서는 눈엣가시였다. 1958년 독립
을 원하는 알제리 해방 전선과 이를 막으려는 프랑스군 사이에서 전
쟁이 일어난다. 알제리 독립을 지지했던 당대 지성 사르트르는 정부
에 대한 불복종 선언을 주도하면서 사사건건 드골과 각을 세운다.

　제2차 세계대전 영웅인 드골은 지지층이 탄탄한 대통령이었다. 드
골 지지자들은 사르트르가 사는 아파트에 폭탄 테러를 하고, 집회를
열어 반역자 사르트르를 처형하라고 외쳤다. 측근들은 사르트르를
구속할 것을 수없이 요구했다. 하지만 드골은 "볼테르를 감옥에 가
둘 수는 없다"라며 그들의 요구를 일축했다.

　볼테르가 누구인가. 18세기 사상가 볼테르는 프랑스 지성과 양심
의 상징적 존재다. 드골은 사르트르를 볼테르와 동급으로 인정한 것
이다. 이 에피소드 때문에 역사는 두 사람 모두를 승자로 기억한다.

장 폴 사르트르 Jean-Paul Sartre　1905년 파리에서 태어났다. 훗날 사르트르는 자서전에서, 선천적 근
시와 사시 등으로 어린 시절에 겪은 심리적 부담에 대해 밝힌다. 파리고등사범학교에서 철학, 심리학, 사
회학을 공부하며 평생의 반려자가 되는 시몬 드 보부아르를 만났다. 1929년 교수 자격 시험에 수석으로
합격한 뒤 교직에 몸담았다. 1938년 첫 소설 『구토』를 출판해 문학계에 널리 알려졌으며, 1943년 『존재와
무』를 내놓아 철학자로서의 입지를 굳힌다. 제2차 세계대전 전후 메를로퐁티와 '사회주의자유'라는 이름
의 저항 단체를 조직하고 '앙가주망(참여)'의 사상가로 변모했으며 실존주의의 부상과 더불어 세계적 명성
을 얻었다. 1964년 자서전 『말』로 노벨문학상 수상자로 선정되었으나 수상을 거부했다. 1973년 갑작스럽
게 실명하면서 저술 활동을 중단했고, 1980년 사망했다. 주요 작품으로 『실존주의는 휴머니즘이다』 『변증
법적 이성 비판』 등이 있다.

끝내 신념 편에 섰던 사르트르와 그 신념을 존중한 호방한 무인 드골 모두 프랑스인들에게 사랑받는 위인으로 남았다.

드골에게 치외법권을 인정받은 사르트르를 이야기할 때 반드시 등장하는 단어는 '실존주의existentialism'다. 그의 실존주의가 최초로 발화된 소설이 바로 『구토』다. 1938년에 쓰인 『구토』는 그의 첫 장편 소설이자 출세작이다.

로캉탱이라는 고독한 지식인이 실존적 자아에 눈을 떠가는 과정을 일기체로 써 내려간 이 소설은 처음 읽는 사람에겐 다소 난해하다. 기승전결이 분명한 줄거리에 익숙해진 독자들은 소설이 내포한 의미를 파악하는 데 오랜 시간을 써야만 한다.

이 소설을 이해하기 위해서는 사르트르가 말하는 '존재'와 '본질'이라는 개념을 이해해야 한다. 사르트르 실존주의의 근간은 "존재는 본질에 앞선다"라는 명제에서 시작한다. 존재existence는 규정되기 이전의 있는 그대로의 상태를 말한다. 본질은 규정된 이후다. 본질을 뜻하는 프랑스어 'essence'가 법이나 규칙을 의미하는 뜻으로도 쓰인다는 사실을 연상하면 이해가 쉽다.

예를 들어 볼펜이 있다고 하자. 이 볼펜의 본질은 이미 규정되어 있다. 볼펜은 이미 어디에 어떻게 쓰일지 본질이 결정된 다음 생산된다. 즉 볼펜은 본질이 정해진 다음에 존재가 생겨나는 것이다. 종교론자들은 인간 역시 본질이 정해진 다음 존재한다고 생각한다. 인간이 신에 의해 창조됐기 때문에 인간의 본질은 이미 신이 정해놓았다는 논리다.

하지만 무신론자였던 사르트르는 인간은 존재보다 앞서 본질이 규정되어서는 안 된다고 주장했다. 그는 인간은 스스로 본질을 만들어가는 존재라고 봤다. 인간은 세상에 내던져진 존재며 아무리 무겁고 힘들어도 스스로 본질을 만들어가야 한다는 것이 실존주의의 논리다.

소설 『구토』에서 주인공 로캉탱은 이렇게 말한다.

> 물체들, 사람들은 그것들을 사용하고 제자리에 가져다 놓는다. 그것들은 유용하지만 오직 그뿐이다. 그것들이 나를 만진다는 것은 참을 수 없는 일이다. 바닷가에서 조약돌을 쥐었을 때 그것은 일종의 역겨움, 구토였다.

내가 조약돌을 만지는 것이 아니라 조약돌이 나를 만지고 있다는 느낌이 들었을 때 주인공은 구토감을 느낀다. 이 상상력을 바탕으로 사르트르는 소설 속에서 소시민적 권태와 부르주아의 위선을 비판한다. 사르트르는 급진적일 정도로 인간의 자유와 책임을 추구했다. 그것이 '신 없는 세계'에서 인간이 나아가야 할 유일한 길이라고 생각한 것이다.

외부에서 자신을 규정하는 것이 그렇게 싫었을까. 1964년 그는 "개인에게 주어지는 영예는 싫다"라며 노벨문학상을 거부한다. 그는 실존주의 전사였다. 소설 속 한 구절처럼.

> 다시 걷는다. 나는 고독하다. 그러나 나는 도시로 가는 군대처럼 행진한다.

실존을 자각하는 순간 구토를 시작한 로캉탱은, 철학 교사로 있으면서 작가적 명성을 얻기 위해 분투하던 사르트르의 분신이다. 작품은 실존주의 철학의 근저를 이루는 작가의 체험에 기반했다. 사르트르는 이 작품을 통해 모든 존재에는 존재의 이유가 없다고 생각하여 깊은 절망에 사로잡히나, 소설을 쓰는 것이 하나의 구제가 될지도 모른다는 가느다란 희망을 가지면서 결론을 맺는다.

스탕달, 『적과 흑』(1830)

사랑과 저항의
문학적 상징

소설의 주인공 가운데 시대를 초월해 가장 매력적이라는 평을 듣는 인물이 『적과 흑』의 쥘리엥 소렐이다. 쥘리엥 소렐은 때로는 멜로의 상징으로 때로는 혁명의 다른 이름으로 세계 젊은이들에게 각인되어 있다.

비천한 가문에서 태어나 이카로스의 날개를 달고 세상을 조롱하려 했던 남자, 결국 한 여인을 사랑했음을 인정하고 순순히 단두대의 이슬로 사라진 남자. 그 남자에게 어찌 연민을 가지지 않을 수 있으랴.

스탕달의 소설 『적과 흑』은 하층계급 집안에서 태어난 청년이 자신의 야망을 이루어가는 과정과 그 파멸을 다룬 소설이다.

가난한 목수의 셋째 아들로 태어난 쥘리엥은 일보다 책 읽기를 좋아하는 똑똑하고 잘생긴 청년이었다. 나폴레옹을 숭배했던 청년은 나폴레옹이 몰락하고 봉건 왕정이 다시 돌아오는 시대상에 분노했고 귀족층에 적의를 가지고 있었다.

스탕달 Stendhal 1783년 프랑스 그르노블에서 태어났다. 1800년 용기병 소위가 되어 이탈리아로 떠난 이후 나폴레옹 제정의 관료가 되지만, 1814년 나폴레옹의 몰락과 더불어 실직했다. 그 후 7년간 밀라노에 머물면서 음악, 그림, 연극을 즐기고 글을 써서 발표하기 시작했다. 이 시기에 『이탈리아 미술 편력』, 『연애론』 등을 집필했고 1830년에는 대표작 『적과 흑』을 발표했다. 그해 7월, 혁명으로 들어선 새 정부는 그를 이탈리아 주재 프랑스 영사에 임명했다. 이 기간에도 정력적으로 글을 써서 『앙리 브륄라르의 삶』을 집필하고, 1839년 그의 양대 걸작 중 하나로 꼽히는 『파르마의 수도원』을 완성했다. 1842년 파리에서 뇌졸중으로 세상을 떠났다. 발자크와 함께 19세기 프랑스 소설의 양대 거장으로 평가된다.

그러던 그에게 어느 날 기회가 찾아온다. 시장의 집에 가정교사로 들어가게 된 것이다. 신학을 공부하면서 익힌 뛰어난 라틴어 실력 덕분이었다. 시장의 부인 레날은 쥘리엥의 섬세함과 외모에 마음을 빼앗긴다. 밀회에 빠진 레날 부인의 심리를 묘사한 장면은 리얼리즘 묘사의 원전이라 할 만하다.

> 그녀는 후회로 가슴을 치고 있었다. 지난밤 쥘리엥이 자기 방에 왔을 때 그 행동을 나무랐던 걸 후회하고 있었던 것이다. 그녀는 그 때문에 쥘리엥이 오늘 밤에는 안 올까 봐 떨고 있었다. 그 두 시간의 기다림이 200년과 같았다.

귀족에 대한 통쾌한 도발로 시작된 만남이었지만 시간이 지나면서 쥘리엥도 레날 부인을 사랑하게 된다. 하지만 쥘리엥을 몰래 사모하던 하녀에게 둘의 사랑은 발각되고, 결국 쥘리엥은 시장 집에서 쫓겨난다.

시장의 집을 나와 브장송대학에서 신학을 공부하던 쥘리엥은 피라르 신부의 소개로 드 라몰 후작의 집에서 비서로 일하게 된다. 신부는 후작에게 쥘리엥을 소개하면서 이렇게 말한다. 쥘리엥의 캐릭터를 아주 적절하게 설명하는 부분이다.

> 이 청년은 비천한 출신이지만 높은 기개를 지니고 있습니다. 그의 자존심을 상하게 하면 그는 아무런 쓸모가 없게 될 것입니다. 그는 바보처럼 되어버릴 것입니다.

후작 집에는 귀족 청년들의 사랑을 한 몸에 받는 아름다운 딸 마틸드가 있었다. 쥘리엥의 열정을 자극하기에 충분한 조건이었다. 하늘의 뜻이었을까. 마틸드도 쥘리엥에게 마음을 빼앗기고 결국 마틸드는 쥘리엥의 아이를 갖게 된다. 딸이 아이를 갖게 되자 둘 사이를 반대하던 후작도 결국 결혼을 승낙한다. 귀족이 될 수 있는 기회가 눈앞에 다가온 것이다.

그러나 얼마 후 후작의 집으로 레날 부인의 편지가 도착하고 쥘리엥의 행실은 낱낱이 까발려진다. 결혼은 무산되고 쥘리엥은 권총을 들고 레날 부인을 찾아가 총을 발사한다. 부인은 크게 다치지 않았지만 이 일로 쥘리엥은 감옥에 수감된다. 감옥에서 자신이 진정으로 레날 부인을 사랑했음을 깨달은 쥘리엥은 살인 의도가 있었음을 부인하지 않고 귀족을 농락한 괘씸죄까지 더해져 결국 사형선고를 받는다.

마틸드가 그의 장례식을 치러주고, 옥바라지를 했던 레날 부인은 쥘리엥이 죽은 지 사흘 만에 숨을 거둔다.

책에는 쥘리엥이 편안한 마음으로 죽음을 맞이하는 것으로 묘사되어 있다. 이제 진정한 사랑을 알았고 더 이상 욕심 부리지 않아도 되는 순간이 왔기 때문이었을까.

1830년에 쓰인 이 소설은 두 가지 상반된 가치를 지닌다. 계급 메커니즘에 도전한 뛰어난 사회소설이면서 섬세한 심리 묘사로 만들어낸 리얼리즘 연애소설이기도 하다.

"나라고 늘 검은 옷만 입으란 법은 없지……"라고 독백하던 사내는 그렇게 반역과 낭만을 남긴 채 떠났다.

『적과 흑』은 1827년 신문에 보도된 실화를 기초로 쓴 소설이다. 스탕달은 왕정복고 시대의 프랑스 사회를 예리하게 비판함으로써, 프랑스 근대소설 최초의 걸작을 써냈다. 이 작품은 프랑스혁명 이후의 사회에서 일어나는 갖가지 행위의 은밀한 동기와, 사람들의 내면적인 특성을 말해주는 심리소설이다. '적赤'은 나폴레옹 군대를 상징하는 군복의 이미지로 자유주의자를 의미하고, '흑黑'은 나폴레옹의 몰락 후, 왕정복고 시대에 다시 권력을 행사하게 된 사제복의 이미지로, 보수 왕당파를 의미한다.

앙드레 말로, 『인간의 조건』(1933)

상하이 혁명가들의
자유의지를 그려낸 인간 소설

일본의 민족 시인 이시카와 다쿠보쿠는 자신들의 영웅 이토 히로부미를 저격한 안중근에게 "나는 안다. 테러리스트의 슬픈 마음을, 말과 행동으로 나누기 어려운, 단 하나의 그 마음을"이라는 내용의 시를 바친다.

프랑스 소설가 앙드레 말로의 『인간의 조건』을 읽는 동안 자꾸만 이 시가 떠올랐다. 안중근, 그도 다른 사람처럼 평범한 행복을 누리고 싶지 않았을까. 도대체 무엇이 그를 그 자리에 서게 했을까. 그는 왜 죽음이 기다리고 있는 일을 선택했을까. 그는 어떻게 기꺼이 죽음을 맞이했을까…….

말로의 소설 『인간의 조건』에는 몇 명의 테러리스트가 등장한다. 때는 1920년대 말 중국 상하이. 장제스가 이끄는 국민당과 공산당은 북방 군벌을 토벌하기 위해 통일 전선을 조직한다.

앙드레 말로 André Malraux   1901년 파리에서 태어났다. 1923년 북北라오스 고고학 조사단에 참가해 당시 프랑스령 인도차이나에 갔으며, 도착 후에는 조사단과 헤어져 따로 크메르 문화의 유적을 발굴했다. 그 때문에 도굴 혐의로 금고형을 받았으나, 지드를 비롯한 여러 친구들의 노력으로 석방되었다. 1925년 다시 인도차이나에 가서 현지 민족주의자들의 독립운동을 돕고, 중국에 가서는 공산당과 제휴한 광둥의 국민당 정권에 협력했다. 1926년 귀국하여 한 중국인과 프랑스인 사이의 왕복 서간 형식의 문명론적 작품 『서구의 유혹』(1926)을 발표했으며, 상하이 쿠데타를 무대로 한 『인간의 조건』(1933) 등의 소설을 발표해 문단에 확고한 위치를 차지했다. 스페인 내전에는 민간 항공군 대장으로 반反 파시즘 전선에 참여하고, 제2차 세계대전에는 레지스탕스 대원으로 적극 가담했다. 드골 장군의 정권 아래 공보장관과 문화부장관을 지내며 강력한 문화 행정을 펼쳤다. 1976년 생을 마쳤다. 이외에도 『정복자』 『희망』 『신들의 변신』 등의 작품을 썼다.

토벌이 끝나자 이질적인 두 집단 사이에는 갈등이 시작됐고, 우월한 무력을 지니고 있었던 장제스는 총구를 돌려 공산주의파에 대한 대대적인 학살을 시작한다. 장제스의 배신에 분노한 몇 명의 이상주의자들은 타협하라는 공산주의파 지도부의 지시를 거부한 채 국민당군에 맞선다. 이른바 상하이 폭동이다.

소설의 주인공은 바로 그 폭동을 주도한 이상주의자들이다. 그중 한 사람인 기요는 베이징대학 교수였던 프랑스인 아버지와 일본인 어머니 사이에서 태어난 낭만적인 지식인이다. 그는 핍박받는 중국 인민들을 위해 자신을 바치기로 결심하고 혁명의 대열에 뛰어든다. 상하이 폭동을 주도한 그는 결국 체포되고 모진 고문을 당한다. 육체의 고통 앞에 나약할 수밖에 없는 자기 자신을 회의하던 기요는 결국 청산가리를 먹고 자살한다.

또 다른 주인공 첸은 가장 과격한 테러리스트다. 기요가 대중과의 연대를 통해 혁명을 완수하려고 했다면 첸은 적과 동지의 양분법으로 시대에 저항한 고독한 인물이었다. 그는 장제스 암살을 시도하다 실패하고 결국 거사 현장에서 죽음을 맞는다.

또 한 명의 주인공은 카토프다. 러시아 출신 직업 혁명가인 그는 의학도이기도 하다. 그의 모습은 혁명의 완수를 위해 이국땅에서 죽어간 의학도 출신 혁명가 체 게바라를 떠올리게 한다.

카토프가 죽는 장면은 둔기로 머리를 한 대 얻어맞은 듯한 강렬함으로 다가온다. 체포된 카토프와 동지들은 차례차례 증기기관차의 시뻘건 불길 속에 던져질 운명에 처한다. 카토프는 자신이 가지고 있던 청산가리를 공포에 질려 있는 동료에게 주고 자신은 산 채로 불길 속에 던져진다. 잔혹하게 불에 타 죽는 운명을 피할 수 있는 마지막 구원을 동료에게 양보한 것이다. 소설 속에서 그의 모습은 흡사 순교자를 연상하게 한다.

작가 앙드레 말로는 죽음으로써 '인간의 조건'을 뛰어넘고자 했던 주인공들을 통해 끊임없이 인간의 가능성과 위대함을 이야기하고자 한다.

기요가 죽은 다음 아버지 지조르는 기요의 독일인 아내 메이에게 이렇게 말한다.

한 사람을 만들려면 아홉 달이 필요하지만 죽이는 데는 단 하루로 족해. 우리는 그걸 뼈저리게 깨달은 셈이지. 그러나 메이, 한 인간을 완성하는 데는 아홉 달이 아니라 60년이라는 세월이 필요해. 그런데 그 인간이 다 만들어졌을 때, 이미 유년기도 청년기도 다 지난 한 인간이 되었을 때, 그때는 이미 죽는 것밖에 남지 않은 거란다.

이상주의자들은 알았던 것이다. 결국 인간은 언젠가 소멸한다는 것을. 어차피 소멸할 바에는 내가 옳다고 믿는 것을 위해 소멸하는 것이 가치가 있다는 것을. 그 길을 선택할 수 없는 범인凡人들에게 그들은 거대한 이야기로 오랫동안 남아 있다.

앙드레 말로는 한 인물의 위대함은 언어나 사유가 아닌 행위, 특히 죽음을 맞는 모습에서 드러난다고 믿었다. 그의 작품 『인간의 조건』은 마르크스주의 소설도, 격변의 근대사에 초점을 맞춘 역사소설도 아니다. 한 편의 기막힌 '인간 소설'일 뿐이다.

"오랫동안 꿈을 그리는 사람은 마침내 그 꿈을 닮아간다"라는 말을 남긴 앙드레 말로는 『인간의 조건』을 통해 허무주의적 고독감에서 탈출하려는 인간의 필사적인 모습을 그렸다. 그는 문학을 통해 역사 속의 개인들을 형상화하고 역사를 통해 새로운 문학의 길을 제시하고자 했다.

월트 휘트먼, 『풀잎』(1855)

전통을 깬 자유롭고
혁명적인 시 세계

　피터 위어 감독의 영화 〈죽은 시인의 사회〉의 마지막 장면을 떠올려보자. 규율과 결과만이 존재하는 숨 막히는 학교를 개혁하려 했던 키팅 선생이 결국 교단을 떠나던 날, 학생들은 하나둘 책상 위로 올라가 "오, 캡틴, 마이 캡틴!"을 외친다.

　'오, 캡틴, 마이 캡틴!'은 미국을 상징하는 시인 월트 휘트먼이 쓴 시의 한 구절이자 제목이다. 휘트먼은 1865년 링컨이 갑작스럽게 세상을 떠난 뒤 추모시 네 편을 남겼는데 「오, 캡틴, 마이 캡틴!」은 그 중 한 편이다.

　　오, 캡틴, 마이 캡틴!
　　일어나 저 종소리를 들으소서
　　일어나 보십시오. 당신을 위해 깃발이 휘날립니다
　　당신을 위한 나팔소리가 울리고, 당신을 위해 꽃다발이

월트 휘트먼 Walt Whitman　1819년 뉴욕 주 롱아일랜드에서 태어났다. 11세에 학교를 그만두고 심부름 꾼, 인쇄소 식자공으로 일하면서 독학했다. 덕분에 미국 작가들에 대한 무조건적인 존경심이나 영국 작가들에 대한 모방을 가르치는 전통적인 교육의 영향을 받지 않았다. 1835년 고향에 돌아가 초등학교 교사, 신문 편집 일에 종사했다. 그 후 뉴욕으로 옮겨 저널리스트로 활동했다. 1850년대에 들어서는 민중의 생태를 관찰하고, 아버지의 목수 일을 도우며 많은 시간을 독서와 사색으로 보냈다. 1855년 『풀잎』을 자비 출판했다. 휘트먼의 자선 일기인 『나 자신의 노래』(1882)는 『풀잎』과 더불어 그의 대표작으로 꼽힌다. 이 작품을 출간한 이후 휘트먼은 캠던에 머물며 자연과 소통하고 사람들과 교류했다. 그러나 중풍이 재발해 쓰러졌고, 1892년 폐렴으로 세상을 떠났다.

준비되어 있습니다

(…)

좀처럼 누구를 찬양하지 못하는 자들이 시인이다. 그렇다면 그는 왜 공개적으로 정치가를 찬양했을까. 왜 "4월이면 늘 피어나는 라일락 꽃처럼 죽음을 딛고 부활할 것"이라고 했을까.

휘트먼은 링컨보다 열 살 아래였다. 열한 살 때부터 노동에 시달리며 독학으로 세상의 이치를 깨친 휘트먼은 초등학교도 다니지 못한 시골 변호사 출신인 이 정치가에게 묘한 연민을 느꼈다. 주류 정치세력에 외면당한 채 남북전쟁이라는 고통스러운 역사를 이끌어가는 링컨을 보며 그는 "알 수 없는 깊은 슬픔을 보았다"라고 말하기도 했다. 인간은 한 명 한 명 모두 위대한 가치를 지닌 우주라고 생각했던 휘트먼에게 밑바닥에서 잡초처럼 시작해 미국 통합을 위해, 민주주의를 위해 싸운 링컨은 '고독한 선장'이었다.

휘트먼은 평생 한 권의 시집 『풀잎』을 붙잡고 씨름했다. 그는 1855년 처음 자비로 『풀잎』을 출판한 이후 1892년 사망할 때까지 끊임없이 수정해 개정판을 계속 펴냈다. 전통적인 영시 형식과 운율을 과감하게 벗어버린 『풀잎』에 담긴 시편들은 휘트먼 자신의 이야기이자 꿀벌이나 떡갈나무 같은 자연의 이야기이고, 농부, 마부, 뱃사공, 흑인들의 이야기다. 시집 『풀잎』 서문에는 다음과 같은 시가 수록되어 있다.

대지와 태양과 동물들을 사랑하라
부를 경멸하라
모든 이에게 자비를 베풀고

어리석은 일에는 맞서라

당신의 수입과 노동을 다른 사람을 위한 일에 돌려라

폭군들을 미워하고 신에 대해 논쟁하지 마라

당신이 모르는 것, 알 수 없는 것을 공경하고

학교, 교회, 책에서 배운 것들을 의심하라

당신의 영혼을 모독하는 것들을 멀리하고

당신의 몸이 장엄한 시가 되게 하라

(…)

휘트먼은 1819년 5월 31일 뉴욕 주 롱아일랜드에서 가난한 퀘이커 교도 농부의 아들로 태어났다. 그는 법률사무소 심부름꾼, 인쇄공 등을 전전하면서 혼자 문학과 철학, 역사를 공부했다. 덕분에 그는 영국문학을 모방하는 데 급급했던 기존 문단에서 벗어나 자유롭고 혁명적인 자신의 시 세계를 구축할 수 있었다.

그는 미국식 자유시의 창시자였다. 동시에 그는 무정부주의적 경향을 띠는 대다수 시인과는 달리 애국심의 화신이었다. 그는 "시인의 증거는 시인이 국가에 헌신하는 만큼"이라고 말했을 정도로 시인과 국가의 상호관계를 중시했다. 내전을 경험한 그에게 국가는 보호자이자 약속이었고, 대중을 지켜줄 수 있는 마지막 보루였다.

역사학자들이 미국을 형성하는 데 가장 크게 기여한 인물 100인을 뽑은 적이 있다. 그 조사에서 휘트먼은 22위를 차지했다. 정치가도 군인도 아닌 시인이 미국 역사에 기여했다고 인정받은 까닭은 휘트먼의 범시민적 평등관이 미국 시민사회 형성에 큰 영향을 미쳤기 때문이다.

〈뉴스위크〉 선정 세계 100대 명저, 노벨연구소 선정 세계문학 100선에 들어간 이 시집에는, 모든 사람을 자신과 동등한 존재로 받아들이는 휘트먼의 사상이 고스란히 담겨 있다. 그는 스스로를 "월트 휘트먼, 미국인, 불량자들 중 하나, 하나의 우주"라고 일컬었다고 한다. 『풀잎』의 혁신적인 자유시 형식, 성에 대한 묘사, 민주주의적 감수성에 대한 찬미, 그리고 '시인의 자아는 시, 우주, 독자와 하나'라는 낭만주의적 주장은 미국 시문학에 큰 영향을 끼쳤다.

제인 오스틴, 『오만과 편견』(1813)

'조건'보다 '사랑'! 로맨틱 코미디의
효시이자 영문학의 기념비적 작품

지금이야 드라마나 영화에서 로맨틱 코미디가 대세지만 사실 로맨틱 코미디의 역사는 매우 짧다. 여성과 남성이 사회적으로 평등한 조건에 놓이고, 그것을 바탕으로 동등하게 논쟁을 벌일 수 있게 된 이후에 등장한 것이 로맨틱 코미디라는 장르이기 때문이다.

지금으로부터 200년쯤 전 이미 로맨틱 코미디 소설을 써낸 사람이 있었다. 영국 여성 작가 제인 오스틴이다. 내가 보기에 그녀가 쓴 소설 『오만과 편견』은 로맨틱 코미디 문학의 효시다. 더 나아가 이 소설은 안정적인 결혼만이 여성의 유일한 생계 대책이던 시절, 한 여성 작가가 세상에 던진 일종의 독립선언서 같은 작품이다.

영국인이 가장 사랑한다는 소설 『오만과 편견』은 엘리자베스라는 당찬 아가씨와 귀족계급 청년 다아시가 결혼에 성공하기까지의 이야기다.

엘리자베스는 중류층 집안의 둘째딸이다. 엘리자베스의 부모는

제인 오스틴 Jane Austen 1775년 영국에서 태어났다. 정규 교육은 1782년경 언니와 함께 옥스퍼드에서 개인 지도를 받으면서 시작되었다. 1783~1784년경 레딩의 애비스쿨로 옮겨가 1787년경까지 다녔으며, 그 뒤에는 계속 집에서 교육받았다. 오스틴이 처음으로 글을 쓴 것은 1787년경이며, 그때부터 1795년까지 쓴 많은 글이 필사본 노트에 깨끗하게 보존되어 있다. 처음 출판된 『이성과 감성』(1811)을 비롯해 『오만과 편견』(1813) 등의 걸작이 빛을 보았으나, 『설득』(1818)을 탈고한 1816년경부터 건강을 해쳐 이듬해 42세에 사망했다. 평생을 독신으로 지냈으며, 담담한 문체, 제한된 사건과 배경을 가진 이야기를 통해 존재의 희비극을 드러냈던 그녀의 작품은 특히 20세기에 들어서면서 높이 평가되었다. 이외에도 『맨스필드 파크』 『에마』 등의 작품을 썼다.

하루빨리 과년한 딸들을 출가시키고 싶어한다. 바로 그때 귀족계급인 빙리가 옆집으로 이사를 온다. 엘리자베스의 어머니는 딸들을 선보일 요량으로 빙리가 주최한 무도회에 참석한다. 어머니 작전대로 엘리자베스의 언니인 큰딸 제인과 빙리, 그리고 둘째인 엘리자베스와 빙리의 친구 다아시는 서로에게 좋은 첫 느낌을 받는다. 두 커플 중 언니 커플은 순조로운 과정을 거쳐 결혼에 골인하지만 엘리자베스 커플은 그렇지 않다.

중류계급에 가진 것 하나 없지만 당당한 엘리자베스와 모든 걸 다 갖춘 오만한 남자 다아시의 밀고 당기기가 시작된 것이다. 이 밀고 당기기를 묘사하는 부분 때문에 작가 오스틴은 영국문학에 유머와 풍자를 본격적으로 도입했다는 평을 듣는다. 소설 속 엘리자베스는 언니보다 미모는 덜하지만 훨씬 똑똑하고 재기발랄하다. 귀족 청년 다아시는 엘리자베스를 마음에 두고 있기는 하지만 엘리자베스 집안의 속 보이는 의도를 파악하고는 망설인다.

반전은 이 장면이다. 어느 날 신분 차이를 비롯한 모든 것을 이겨내기로 한 다아시가 엘리자베스에게 청혼을 한다. 하지만 엘리자베스는 보기 좋게 청혼을 거절한다. 이유는 그가 '오만하다'는 것이었다. 엘리자베스는 자기 마음에 들지 않으면 결혼하지 않겠다는 의지를 굽히지 않는다.

하지만 시간이 흐르면서 엘리자베스는 다아시가 사려 깊은 인물이라는 것을 알게 된다. 다아시에 대한 자신의 생각이 '편견'이었음을 깨닫게 된 것이다. 마침내 둘은 결혼한다. 책은 오만의 개념을 단 한 줄로 기막히게 정리한다.

오만과 허영은 달라. 오만은 우리 스스로 우리를 어떻게 생각하느냐와 더 관련이 있고, 허영은 다른 사람들이 우리를 어떻게 생각해주었으면 하는 것과 관련이 있거든.

혹자들은 『오만과 편견』을 두고 남녀가 사랑싸움하는 그저 그런 이야기라는 비판을 들이대기도 한다. 하지만 만약 그랬다면 이 소설이 문학사에 남을 수 있었을까. 소설이 쓰였던 무렵, 영국은 철저한 가부장 사회였다. 부모가 모든 재산을 장남에게 물려주는 것이 법처럼 되어 있었다. 따라서 아버지가 죽기 전까지 출가하지 못한 딸은 남자 형제 집에서 얹혀살든가 아니면 거리에 나앉아야 했다. 그 시절, 조건보다 사랑이 중요하다고 외친 주인공을 그린 소설이 지니는 의미는 결코 작지 않다.

여주인공들이 남자를 평가하는 날카로운 시선도 놀랍다. 작가 오스틴은 남녀의 성 차이나 속성에 대해 꿰뚫고 있었던 것이다.

여담이지만 제인 오스틴 본인은 행복하지 않았다. 1775년 목사 집안에서 태어난 오스틴은 열한 살 때부터 독학으로 소설을 쓰기 시작했으나 여성이라는 이유로 크게 주목받지 못했다. 스물한 살 때 남자 집안의 반대로 결혼에 실패한 후 평생 혼자 살았고 마흔둘의 나이로 삶을 마감했다. 그녀가 같은 재능을 가지고 200년 뒤에 태어났다면 어땠을까. 안타까운 마음이 드는 건 왜일까.

서머싯 몸이 선정한 세계 10대 소설, 〈뉴스위크〉 선정 세계 100대 명저 등에 빠지지 않는 『오만과 편견』은, 제인 오스틴이 '첫인상'이라는 제목으로 완성하여 출판을 의뢰했으나 처음에는 거절당했다. 그 후 『이성과 감성』(1811)의 출판에 힘을 얻어 제목을 『오만과 편견』으로 고쳐 1813년에 출판할 수 있었다. 문학성과 예술성뿐 아니라 오락성과 대중성 역시 뛰어나다는 점, 섬세한 인물 심리 묘사로 세기의 명저로 남았다.

버지니아 울프, 『등대로』(1927)

의식의 흐름 기법 완성한
현대소설의 슬픈 여전사

한 잔의 술을 마시고
우리는 버지니아 울프의 생애와
목마를 타고 떠난 숙녀의 옷자락을 이야기한다.

버지니아 울프는 그의 작품보다 박인환의 시 「목마와 숙녀」로 우리에게 익숙해진 작가다. 사람들은 울프의 소설보다 그의 특이한 이름과 가느다란 얼굴을 먼저 떠올린다.

울프는 문학사에 뚜렷한 흔적을 남긴 작가다. 그는 이른바 '의식의 흐름'이라는 문학적 기법의 개척자다. 20세기가 끝을 맺을 무렵 〈뉴욕타임스〉를 비롯한 해외 유력 언론은 세기의 명저를 꼽으며 그의 이름을 윗자리에 올렸다.

울프는 1882년 영국 런던에서 태어났다. 문학평론가의 딸이었던 그는 일찌감치 문학을 동경했다. 하지만 여성이라는 장벽은 쉽게 문

버지니아 울프 Virginia Woolf   1882년 영국 런던에서 태어났다. 1895년 어머니가 죽은 뒤 우울증 증세를 보이기 시작해 평생 두통과 결핵 등에 시달렸다. 여성이 대학에서 공부하거나 선거권을 가지는 일 등 모든 것이 '도전'이었던 시대를 살면서도 1904년 〈가디언〉에 서평을 실은 후 활발한 저술 활동을 시작했다. 1915년 첫 작품 『출항』을, 1919년에는 『밤과 낮』을 발표했다. 이때까지는 전통적 소설 형식을 따랐으나 『제이콥의 방』(1922)에서는 주인공이 주위 사람들에게 주는 인상과 주위 사람들이 주인공에게 주는 인상을 대조해 새로운 소설 형식을 시도했다. 이 같은 수법을 보다 더 발전시킨 작품이 『댈러웨이 부인』(1925)이다. 1927년에는 『등대로』를 발표, '의식의 흐름' 기법으로 인간 심리의 가장 깊은 곳을 탐구했다. 1931년 발표한 『파도』는 소설이라기보다 시에 가까우며 그녀의 사상의 궁극적 목표와 한계를 말해준다. 1941년 우즈 강에 투신자살했다. 이외에도 『올랜도』 『일반 독자』 『자기만의 방』 등의 작품을 썼다.

학의 길을 열어주지 않았다.

놀랍게도 울프의 공식 학력은 '무학'이다. 그가 작가의 길을 걷게 된 건 '블룸즈버리 그룹'이라는 모임 덕이 컸다. 경제사상가 존 케인스와 소설가 E. M. 포스터가 멤버였을 정도로 모임의 수준은 상당히 높았다. 오빠인 토비가 결성한 이 모임에 참석하면서 울프는 어깨너머로 지식을 쌓았고, 그들의 도움으로 발표 지면을 얻을 수 있었다.

울프의 대표작은 『등대로』다. 제목에서 느껴지듯 등대를 향해 가려는 가족의 이야기다. 소설은 3부로 구성되어 있다.

1부에서 램지 가家 사람들은 어느 날 별장에 모여 외딴 섬에 있는 등대를 찾아가기로 한다. 하지만 불순한 날씨와 아버지의 비협조로 등대에 가지 못한다. 아버지는 죽어가는 고등어를 발로 짓이기며 "우리는 모두 외롭게 죽어간다"라고 읊조리는 괴팍하고 이중적인 사람이다. 어머니 램지 부인은 실망한 가족을 다독인다.

2부 「세월이 흘러서」는 그 이후 10년 동안의 이야기다. 제1차 세계대전이 있었던 10년 동안 구성원들의 희망이자 멘토였던 램지 부인을 비롯한 몇몇 가족이 죽고, 별장은 황폐해진다.

3부 「등대」는 10년의 세월이 지나 살아남은 사람들이 다시 모여 등대에 간다는 이야기다. 램지 부인은 죽고 없지만 그 따스함과 현명함은 구성원들 마음속에 여전히 살아 있다.

램지 가는 겉보기에는 19세기 유럽 중산층 가족의 그저 그런 모습을 하고 있다. 어른들은 점잖음을 떨며 차를 마시거나 책을 읽고, 아이들은 구김살 없는 듯 뛰어논다. 하지만 울프는 소설의 구성원들 마음속에 들어가본 것처럼 그들 내면의 갈등과 억압을 절묘하게 묘사해낸다.

소설에서 등대는 영원한 진리나 이상을 의미한다. 완고한 남편에 비해 학식은 보잘것없지만 부드럽고 감성적인 램지 부인은 지혜의 상징이다. 그녀는 매순간 사소한 일 속에서 영원을 발견하는 통찰을 보여주고, 가족을 비롯한 별장 구성원들은 그녀에게서 거부할 수 없는 아름다움을 느낀다. 울프가 등대를 통해 얼마나 깊고 본질적인 세계를 그리고자 했는지 다음 대목을 보면 알 수 있다.

우리는 각자 홀로 죽어가노라. 그러나 나는 좀 더 거센 파도 밑에서 그보다 더 깊은 심연에 가라앉노라. 우리는 침묵을 무릅쓰고 달린다. 우리는 침몰할 것이 분명하다.

『등대로』는 읽는 시각에 따라 페미니즘 소설이 되기도 하고, 모더니즘 혹은 계몽주의 소설로 분석되기도 한다. 이 점이 바로 울프 소설의 매력이다. 꺼내 읽을 때마다 다른 느낌으로 다가오는, 뭐라고 딱 잘라 말할 수 없지만 강렬한 느낌만은 분명한 것, 그게 바로 울프 소설의 매력이다. 누구는 『등대로』에서 사랑을 읽고 또 누구는 희망을 읽고, 또 누구는 반대로 허무를 읽는다.

울프는 1941년 어느 날 큼직한 돌덩이를 외투 주머니에 가득 넣고 강물 속으로 걸어 들어가는 것으로 삶을 마감했다. 그렇게 심연을 향해 간 것이다.

버지니아 울프는 대표적인 모더니스트 소설가이자, 페미니즘, 평화주의, 사회주의 이론가로서 20세기를 풍미했으며 1960년대 새롭게 부흥한 페미니스트들의 시금석이 되었다. 『등대로』에서 울프는 인간 존재의 본질과 정신의 내부를 탐구하기 위해 시간의 인과성을 과감히 파괴하고 삶과 죽음을 중복하며 현재와 과거를 신비롭게 나열했다. 시간의 무상함과 인간 존재의 허무함을 비관적인 시점에서 바라보는 것이 아니라, 사라지는 것의 아름다움을 서정적인 필체로 표현했다.

괴테, 『젊은 베르테르의 슬픔』(1774)

사랑의 보편성을 깨닫게 한
낭만주의 소설의 원조

과연 벌을 받아야 할 죄를 짓는 것입니까? 로테! 로테! 나는 이제
마지막에 다다른 것 같습니다. 나의 생각은 혼란스러워지고 벌써 일
주일 전부터 사고력을 잃었습니다. 아무것도 바라지 않으니 떠나는
것이 좋을 듯 싶습니다.

'베르테르 효과Werther effect'라는 게 있다. 유명인을 따라서 자살하는
사람이 늘어나는 현상을 뜻하는 말인데, 동조 자살 혹은 모방 자살이
라고도 한다. 이 용어는 요한 볼프강 폰 괴테의 서간체 소설『젊은 베
르테르의 슬픔』에서 따온 것이다.『젊은 베르테르의 슬픔』은 18세기 전
유럽을 떠들썩하게 한 신드롬이자 가장 성공한 문화상품이었다. 사람
들이 소설에서 흉내 낸 건 자살뿐만이 아니었다. 낭만적인 새로운 사
랑을 꿈꾸며 이혼하는 사람들이 늘어났고 주인공 베르테르가 즐겨 입

요한 괴테 Johann Goethe 1749년 프랑크푸르트 암마인에서 태어났다. 13세에 첫 시집을 낼 정도로
조숙한 문학 신동이었으나 부친의 권유로 대학에서는 법학을 전공했다. 1772년에는 제국고등법원의 실
습생으로서 몇 달 동안 베츨러에 머물렀다. 이때 샤를로테 부프와의 비련을 겪고 『젊은 베르테르의 슬픔』
(1774)을 썼으며 이 작품으로 일약 문단에서 이름을 떨쳤다. 그는 시인 실러와 굳은 우정을 맺었는데, 실러
의 깊은 이해에 용기를 얻어, 오랫동안 중단했던 『파우스트』에 재착수했다. 만년의 문학 활동 중 특징적
인 것은 '세계문학'의 제창과 그 실천이었다. 괴테는 그 무렵 이미 유럽문학의 최고 위치를 차지하고 있었
고, 그 위치에서 프랑스·이탈리아·영국, 나아가서 신대륙인 미국의 문학을 조망할 수 있었다. 24세에 구
상하기 시작하여 생을 마감하기 바로 한 해 전에 완성한 역작 『파우스트』를 마지막으로 1832년 세상을
떠났다. 이외에도 『색채론』, 『이탈리아 기행』, 『빌헬름 마이스터의 수업시대』 등의 작품을 썼다.

었던 푸른 연미복과 노란 바지가 대유행했으며, 베르테르식 화술을 따라하는 젊은이들이 넘쳐났다.

도대체 소설의 어떤 점이 18세기 유럽을 뒤흔든 것일까. 줄거리는 단순하다. 남자 주인공 베르테르가 이미 약혼자가 있는 여주인공 로테를 만나 열렬한 사랑에 빠지지만 결국 실의와 좌절 끝에 권총 자살로 삶을 마감한다는 이야기다.

이 소설은 상당 부분 괴테 자신의 경험담이다. 1772년 베츨러 시의 법원 실습생으로 일하던 스물네 살의 괴테는 친구 케스트너의 약혼녀 샤를로테 부프를 만나 사랑에 빠진다. 소설의 여주인공 로테의 모델이 된 인물이 바로 샤를로테다. 또 괴테가 사랑의 열병을 앓고 있던 무렵 공교로운 사건이 발생한다. 상관의 부인을 연모하던 친구 예루잘렘이 권총으로 자살을 한 것이다.

괴테는 이 두 가지 사건을 소재로『젊은 베르테르의 슬픔』을 쓰기로 마음먹고, 불과 50일 만에 총 82편의 편지로 구성된 두툼한 소설 한 권을 완성해낸다.

"나는 체험하지 않은 것은 한 줄도 쓰지 않았다. 그러나 단 한 줄의 문장도 체험한 것 그대로 쓰지는 않았다"라는 괴테의 창작 철학이 그대로 반영된 결과였다.

소설에는 매혹적인 감정 표현과 청춘의 열정, 그리고 사랑의 아픔이 구구절절 녹아 있다. 당시 사랑의 개념은 지금과는 많이 달랐다. 그때만 해도 사랑은 누구나 할 수 있는 보편적인 것이 아니었다. 귀족은 귀족대로 평민은 평민대로 지켜야 할 규범과 분수가 있었다. 그러나 낭만주의자 괴테는 '사랑의 조건은 오직 열정'이라고 생각했고, 그 생각을 소설 속에서 구현했다. 그는 딱딱한 종교적 이성과 신분 질서를 감옥이라고 생각했다. 다음 부분을 보자.

사랑이 없는 세계에서 산다면 우리의 마음은 어떻게 될까. 램프 없는 환등기와 다를 바 없을 걸세. 작은 램프를 끼워야 갖가지 영상이 스크린에 나타나지. 한낱 일시적인 환영에 지나지 않는다 해도 우리가 그 앞에서 어린아이처럼 가슴 설렌다면 그것이 행복일 걸세.

괴테는 인간 누구에게나 사랑에 대한 열정이나 감정이 존재한다는 사실을 대중에게 일깨워주었고, 그 반응은 실로 엄청났다. 괴테라는 슈퍼스타가 탄생하는 순간이자 계몽주의가 지닌 합리성이라는 엄격한 테두리가 감성에 의해 무너지는 순간이기도 했다.

베르테르는 자살 직전 이런 편지를 쓴다.

로테. 나는 두려움 없이 차갑고 으스스한 술잔을 들고 죽음을 들이켭니다. 나에게 당신이 준 술잔입니다. 두려워하지 않습니다. 이것으로 내 생의 모든 소망이 이루어지는 것입니다. 이토록 냉정하게, 이토록 두려움 없이 죽음의 철문을 두드릴 수가 있다니!

자살마저도 병적인 나약함의 결과가 아니라 열정으로 승화한 낭만주의자 괴테의 가치는 시간이 지나도 빛이 바래지 않는다. 문학이 신화나 전설을 벗어나 인간을 노래할 수 있다는 사실을 확인시켜주었기 때문이다.

괴테에게 삶이란 상반된 경향들을 자연스럽게 조화시키는 가운데 타고난 재능을 실현해가는 성숙의 과정이었다. 이러한 사상은 『젊은 베르테르의 슬픔』에 모두 녹아 있다. 이 소설은 발표 당시 베르테르식 열병을 야기할 정도로 엄청난 영향을 끼쳐 1775년 판금당하기도 했다. 이 소설과 더불어 독일 근대소설이 탄생했다는 평가를 받는다.

윌리엄 셰익스피어, 『햄릿』(1601)

갈등하는 인간의 표본, 스토리텔링의 원형이자 심리 묘사의 교과서

영국 런던에서 서북쪽으로 150킬로미터 정도 떨어져 있는 스트랫퍼드어폰에이번이라는 작은 마을에 가면 윌리엄 셰익스피어의 생가가 있다. 언뜻 보기에도 작고 초라한 이 집을 서너 명 정도 되는 일행이 구경하려면 거의 숙박비에 가까운 요금을 내야 한다. 이뿐만이 아니다. 마을에는 셰익스피어와 관련된 모든 것들이 비싼 값에 팔린다. 각종 입장료는 물론이거니와 기념품, 서적에 이르기까지 사람들은 적지 않은 시간과 비용을 순순히 내놓기 위해 이곳에 온다. 왜일까?

셰익스피어는 하나의 정전正典이다. 전 세계 모든 사람들이 한 번쯤은 접하는 스토리텔링의 원형이자 심리 묘사의 교과서이고, 영어 문장의 보고이다.

『햄릿』은 복수에 관한 이야기다. 덴마크 왕자인 햄릿은 아버지의 죽음 이후 왕위를 물려받은 삼촌 클라디우스와 천륜을 버리고 클라

윌리엄 셰익스피어 William Shakespeare 1564년 영국 스트랫퍼드어폰에이번에서 태어났다. 유복한 가정 환경 덕분에 어린 시절부터 그래머 스쿨을 다니며 고전 수사학을 배우고 라틴어 교육을 받았다. 이러한 고전 교육은 작가로서 그의 이력에 평생 영향을 미친다. 『헨리 6세』 3부작 등으로 극작가로서 이름을 알리기 시작한 그는 1594년 체임벌린 경의 극단에 참여했다. 그곳에서 20여 년간 광범위한 작품 세계를 펼쳐 보이며 성공한 극작가로서 부와 명성을 누렸다. 1590년대에 『한여름 밤의 꿈』, 『베니스의 상인』 등으로 명성을 다졌고, 1603년 제임스 1세가 즉위하자 궁정에서도 작품을 상연한다. 『햄릿』을 포함해 『오셀로』, 『리어 왕』, 『맥베스』 등 이른바 4대 비극이 이 시기의 작품이다. 말년에는 『겨울 이야기』, 『폭풍우』 등 로맨스극으로 알려진 작품을 썼다. 런던에서의 활동을 줄이고 주로 스트랫퍼드어폰에이번에서 생활하다가 1616년 사망했다. 이외에도 『줄리어스 시저』, 『심벨린』 등의 작품을 썼다.

디우스의 아내가 된 어머니 거트루스에 대한 복수를 결심한다.

햄릿은 복수에 성공하기까지 번민과 고뇌의 시간을 보낸다. 불타는 복수심과 인생에 대한 회의 사이에서 햄릿은 그 유명한 구절 "사느냐 죽느냐 그것이 문제로다To be, or not to be, that is the question"를 읊조리며 갈등한다.

햄릿의 복수는 너무나 큰 희생을 치른다. 결국 삼촌과 어머니를 죽음으로 내몰지만, 뒤엉키고 꼬인 사건 속에서 사랑했던 여인 오필리어를 비롯해 오필리어의 오빠와 아버지 등도 모두 죽고, 햄릿 자신도 "이런 것인데, 과연 인생은 무슨 의미인가? 살아가는 것은 무슨 의미인가? 남는 것은 침묵뿐인데"라는 말을 던지며 죽는다.

내가 생각하기에 『햄릿』은 단선적인 흑백논리를 가장 완벽하게 뛰어넘은 거의 최초의 문학작품이다. 『햄릿』 이전의 문학작품들이 선과 악, 신과 속세, 영웅과 악당이라는 이분법적 논리에 길들여져 있었다면 『햄릿』은 갈등하는 인간의 표본을 보여주었다. 복수를 하자니 겁도 나고, 부조리를 보고 분노하는 한편으로는 생의 무의미함에 시달리기도 하는 그런 인간의 내면을 그려낸 것이다.

또한 『햄릿』은 당시로서는 파격적으로 궁정의 내부를 여과 없이 드러냈다. 당시 대중이 고고한 줄만 알고 살았던 궁정 내부에서 벌어지는 일들, 즉 질투와 음모 같은 것들을 실감나게 그린 것이다. 이 때문에 『햄릿』은 대중에게는 사랑받았지만 주류 사회의 조롱에 시달렸다.

셰익스피어의 파격이 당시 작가들에게 얼마나 멸시를 당했는지는 기록으로도 알 수 있다. 당대 최고의 극작가 로버트 그린은 셰익스피어에 대해 "라틴어는 조금밖에 모르고 그리스어는 더욱 모르는 촌놈이 극장가를 뒤흔든다"라고 비꼬았다.

그런데 재미있는 건, 셰익스피어가 라틴어와 그리스어 실력은 조금 모자랐는지 모르지만 모국어인 영어 실력은 최고였다는 사실이다. 그의 작품에 쓰인 단어는 약 2만 개다. 그중 당시로서는 처음 쓰인 신조어가 약 2000개에 달한다고 한다.

셰익스피어가 처음 사용해 관용어구로 정착된 영어 표현은 부지기수다. 기억이나 상상을 뜻하는 'in the mind's eye', 반칙을 뜻하는 'foul play', 멋진 신세계를 뜻하는 'brave new world' 등은 모두 셰익스피어가 처음 사용한 관용어구다. 셰익스피어가 만든 관용어구들은 오늘날 경제학, 스포츠, 심리학 등 다양한 분야에서 아주 중요한 의미로 쓰인다.

이뿐만이 아니다. 마르셀 프루스트, 윌리엄 포크너, 올더스 헉슬리 등 작가들이 셰익스피어의 관용어구를 자신의 소설 제목으로 차용한 경우는 헤아릴 수 없을 정도로 많다. 셰익스피어가 영문학의 정전이 될 수 있는 이유다. 셰익스피어는 이처럼 문학작품을 통해 영어를 세계어의 반열에 올려놓았다. 영국인들이 오죽하면 "인도를 주어도 바꾸지 않겠다"라고 했을까.

문학비평가 벤 존슨은 셰익스피어가 "당대뿐 아니라 모든 시대에 통용되는 작가"라고 극찬했다. 영국의 비평가 새뮤얼 콜리지는 "셰익스피어는 1000가지의 마음을 지닌 사람이다"라고 말했다. 셰익스피어의 작품은 내용 면에서 비극과 희극, 역사극까지 망라한다. 자신이 극작가이자 시인, 배우 그리고 극단 운영자였던 셰익스피어는 이 작품들을 통해 역사 전체를 망라하며 인간의 심오한 내면을 역동적으로 그려냈다. 또한 보편적인 정서와 경험을 그만의 마술적 언어로 형상화하였다. 셰익스피어의 4대 비극은 극작품의 절정으로, 세계 문학사에서 가장 위대한 작품으로 추앙받는다.

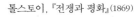

톨스토이, 『전쟁과 평화』(1869)

"삶은 그 자체로
위대하고 찬란하다"

어째서 지금까지 이 높은 하늘이 눈에 띄지 않았을까? 그러나 이
제라도 겨우 이것을 알게 되었으니 나는 정말 행복하다. 이 끝없는
하늘 외에는, 모든 것이 공허하고 모든 것이 기만이다.

전쟁터에서 부상을 입고 쓰러진 안드레이는 의식을 되찾고는 이
렇게 중얼거린다. 죽음의 문턱까지 다녀온 순간 올려다본 하늘은 얼
마나 아름다웠을까. 그동안 전부라고 믿어왔던 욕망과 명예와 부가
얼마나 헛되게 느껴졌을까.

레프 톨스토이는 대하소설 『전쟁과 평화』를 통해 역사를 이끌고
가는 힘의 원천을 찾아 헤맨다. 황제에서 하녀까지 무려 559명의 인
물을 등장시키며 써내려 간 소설에서 그가 찾아낸 것은 '생명력'이
었다. 살아 있음의 위대함, 그것은 톨스토이에겐 그 무엇과도 바꿀

레프 톨스토이 Lev Tolstoi 1828년 러시아 야스나야 폴랴나에서 태어났다. 카잔대학에 입학해 동양어
와 법을 공부하다가 자퇴했다. 1851년 카프카스에 주둔한 포병대에 들어갔고, 크림전쟁에 참전한 경험을
토대로 『세바스토폴리 이야기』(1855~1856)를 써서 작가로서의 명성을 확고히 했다. 1862년 결혼한 뒤, 볼
가 스텝 지역에 있는 영지를 경영하며 농민들을 위한 교육 사업을 계속했고, 대표작 『전쟁과 평화』(1869)
와 『안나 카레니나』(1877)를 집필하는 등 작품 활동도 활발히 했다. 『바보 이반』『사람은 무엇으로 사는가』
등을 통해 러시아 귀족을 비판하다가 출판 금지를 당했다. 하지만 독자들은 필사본 등으로 몰래 읽었고,
외국에서는 그의 작품이 베스트셀러가 되었다. 톨스토이는 극단적인 도덕주의자가 되어 저작물에서 개
인의 이득을 취하는 것이 부도덕하다는 생각으로 자신의 저작권을 포기하는 선언을 했다.(1891) 마지막 소
설인 『부활』(1899)은 평화주의를 표방하는 두호보르 종파를 위한 자금을 모으려고 쓴 것이었다. 1910년 장
녀와 함께 집을 떠나 방랑길에 올랐으나 아스타포보라는 작은 시골 기차역에서 사망했다.

수 없는 역사의 동력이자 축복이었다.

〈뉴스위크〉가 역대 최고의 책으로 선정한 『전쟁과 평화』는 1805년 1차 나폴레옹 전쟁에서 혁명의 기운이 일기 시작한 1820년까지, 15년 동안 러시아 역사의 격변을 배경으로 쓰였다. 사실 이 소설에는 너무나 다채로운 인간 군상들이 등장하기 때문에 주인공을 특정하기조차 어렵다.

톨스토이는 소설에서 영웅을 만들지 않았다. 작품을 이끌어가는 중심 인물들은 각기 그의 통찰을 거쳐서 나온 분신 같은 존재들이다. 그들은 갈등하고 좌절하고 다시 일어서기를 반복한다.

명예욕이 강하고 현실적인 명문가 출신 안드레이 공작은 아우스터리츠 전투에서 큰 깨달음을 얻은 뒤 귀환해 새로운 인생을 살기 위해 노력한다. 그는 로스토프 공작의 딸 나타샤와 사랑에 빠지지만, 그녀가 염문에 휩싸이자 절망감에 빠져 볼로디노 전투에 참가해 죽음을 자초한다.

순진한 몽상가로서 진리를 찾아 헤매는 안드레이의 친구 피에르는 악의 화신인 나폴레옹을 암살하려다가 포로 수용소에 갇히는 신세가 된다. 이곳에서 피에르는 농부 카라타예프를 알게 되고, 그를 통해 삶의 진정한 의미를 깨닫는다.

둘의 교차점에 위치하는 인물이 나타샤다. 나타샤는 생명력의 상징이다. 때로는 변덕스럽지만 귀엽고, 때로는 사랑과 즐거움에 매달리는 평범한 여인이지만 마음 깊은 곳에는 진정한 인간애를 지닌 인물이다. 죽어가는 안드레이를 간호하고, 그가 죽은 뒤에는 피에르의 사랑을 받아들여 결혼하는 나타샤가 비윤리적으로 보이지 않는 것은, 소설에서 차지하는 그녀의 위치 때문이다. 그녀는 현실과 이상 모두를 사랑했고, 결국 끝까지 살아남아 희망의 씨앗을 뿌리는 역할을 한다.

나타샤는 위대한 여인도 순수의 상징도 아니다. 염문을 뿌리고, 반성하고, 창가에서 노래를 부르고, 무도회에서 춤에 빠져드는 현실 속의 여인이다. 하지만 나타샤는 자기 앞에 펼쳐진 모든 삶을 정직하게 아낌없이 살아낸다. 책을 읽어가다보면 왜 『전쟁과 평화』이후 수많은 문학작품과 영화에서 '나타샤'라는 상징이 등장하는지 이해하게 된다. 나타샤는 삶의 어느 부분도 포기하지 않은, 생명력 넘치는 여인의 전형이다.

환상적인 크리스마스의 밤, 썰매를 타고 숲속으로 사라져가는 나타샤의 모습에는 평범한 여인과 성녀의 복합적 이미지가 함께 담겨 있다.

톨스토이에게 삶은 신앙이다. 톨스토이가 가장 애정을 가지고 창조해낸 주인공은 아마도 안드레이였을 것이다. 그는 절망과 희망을 넘나들면서 인간의 어리석음과 싸우다가 결국 자신의 삶을 실험실에 내던지듯 죽음을 선택한다. 소설 곳곳에 잠복해 있는 그의 독백은 아주 오랫동안 기억에 남는다. 다음 구절처럼 말이다.

내 생활이 나만을 위해 흘러가는 것은 옳지 않다. 다른 사람의 삶이 나와 아무 관계도 없는 것처럼 살아서는 안 된다.

『전쟁과 평화』에서 톨스토이는 객관적인 서술로 다양한 인물 유형의 심리를 예리하게 분석하고 세세한 관찰을 전개한다. 복잡한 등장인물들을 격동하는 역사적 배경 속에 완전하게 배치한 이 소설의 구조는 서양 문학사상 위대한 기술적 업적으로 꼽힌다.

어니스트 헤밍웨이, 『노인과 바다』(1952)

"난 마지막까지 견딜 수 있어.
너도 그래야 해."

아는 선배의 미술 전시장에 간 적이 있다. 개막하는 날이라 전시장에는 손님이 많았다. 그중 내 눈길을 끄는 사람이 있었다. 특이하게도 머리에 흰 두건을 두른 노인이었다. 구석에 앉아 정면을 응시하고 있는 노인의 외모에서는 범접할 수 없는 존재감이 느껴졌다. 호기심이 발동해 다른 선배에게 물었다.

"저 구석에 앉아 계신 노인은 누구예요?"

"응, 화가의 아버지. 어부래."

노인은 어부였다. 검은 피부에 빛나는 눈, 깊은 주름, 힘줄이 튀어나온 팔뚝, 굳게 다문 입술. 노인의 몸 전체에는 파도와 싸워온 그의 인생이 묻어 있었다. 그것은 어떤 젊은이도 가질 수 없는 생명력 같은 것이었다. 가까운 곳에서 어부를 처음 본 순간이기도 했다. 나는 그날, 내가 그토록 지루하게 읽었던 소설 『노인과 바다』에 담긴 의미를 어렴풋하게나마 이해할 수 있을 것 같았다.

어니스트 헤밍웨이 Ernest Hemingway 1899년 시카고 근처의 오크파크에서 태어났다. 낚시와 사냥을 즐겼던 아버지에게서 남성적인 기질을, 음악가인 어머니에게서 예술적인 기질을 물려받은 그는 고교 시절부터 문예지에 글을 발표하는 등 문학적 재능을 보였다. 전쟁을 소재로 한 소설 『무기여 잘 있거라』(1929), 『누구를 위하여 종은 울리나』(1940) 등은 양차 세계대전에 참전한 그의 경험을 바탕으로 한 것으로, 이 작품들은 헤밍웨이를 20세기 최고의 작가 반열에 올려놓았다. 그는 또한 사냥과 낚시를 즐겨, 두 차례나 아프리카에서 수렵 여행을 했다. 『아프리카의 푸른 언덕』, 『킬리만자로의 눈』 등은 이때의 경험을 소재로 한 작품이다. 1953년 『노인과 바다』(1952)로 퓰리처상을, 1954년 노벨문학상을 받았다. 1961년 사냥총으로 자살했다.

어니스트 헤밍웨이에게 노벨문학상을 안겨준 소설 『노인과 바다』는 쿠바의 작은 마을을 배경으로 늙은 어부의 이야기를 다룬다.

산티아고 노인은 외롭게 사는 어부다. 그의 유일한 친구는 동네 꼬마 마놀린이다. 부모는 마놀린이 젊고 고기를 잘 잡는 어부에게 일을 배우길 원하지만, 노인에 대한 마놀린의 존경은 변하지 않는다. 마놀린은 밤마다 눈이 잘 안 보이는 노인의 고기잡이 도구를 손질해주고, 음식도 가져다준다.

그러던 어느 날 부모의 성화에 못 이긴 소년은 배를 바꿔 타고, 노인은 어부들의 꿈인 거대한 청새치를 잡기 위해 먼바다로 혼자 떠난다. 닻을 올린 지 85일째 되던 날 노인은 걸프 만에 도착해 낚시를 던진다. 그날 오후 노인의 낚시에는 믿을 수 없을 정도로 큰 청새치가 걸린다. 하지만 노인의 힘으로는 청새치를 배 위로 끌어올릴 수 없었다. 그는 낚시를 빠져나가려는 청새치와 오랜 싸움을 시작한다. 노인은 독백으로 혹은 청새치에게, 삶의 본질을 묘사하는 말을 툭툭 던진다.

"이 녀석아, 나는 마지막까지 견딜 수 있단다. 그러니까 너도 끝까지 견뎌야만 해. 하긴 그건 말할 필요도 없는 일이지."

3일간의 사투 끝에 청새치를 제압한 노인은 전리품을 배에 매달고 마을로 출발한다. 하지만 부푼 꿈도 잠시, 청새치의 피에 유인된 상어들이 달려든다. 노인은 마지막 힘까지 다해 상어들과 싸운다.

"인간은 패배하기 위해 태어나진 않았어. 죽을 수는 있지만 패배할수는 없어."

노인은 빈손으로 돌아온다. 상어 떼의 습격으로 뼈만 남은 청새치, 파손된 어구, 만신창이가 된 몸이 전부였다. 얼마 후 집에 쓰러져 있는 노인을 마놀린이 발견한다. 그리고 노인은 패배를 인정한다.

"패배하고 나면 모든 게 쉬워져. 난 이렇게 쉬운 건지 몰랐었지."

마놀린과 다시 한번 고기잡이를 나가기로 약속한 노인은 잠이 들고, 아프리카 해변의 사자 꿈을 꾼다.

논술 참고서 같은 것을 보면 『노인과 바다』의 주제를 논할 때 '불굴의 인간 정신'이니 '포기하지 않는 희망'이니 하는 표현을 쓴다. 사실 나는 여기에 전적으로 동의하지 않는다. 노인은 패배하지 않으려고 노력했고, 패배한 순간 그 패배를 인정했다. 그리고 편안해졌다. 어쩌면 노인은 패배를 인정함으로써 진정한 승자가 되었는지도 모른다. 물론 노인이 잠이 드는 마지막 대목이 노인의 죽음을 묘사한 것이라는 주장도 있다. 그 주장대로 노인이 사투를 벌인 후유증으로 죽어갔다고 해도 이 소설은 '의지'를 찬양했다기보다는 '삶' 그 자체를 찬양한 작품이다. 누구에게나 살아 있다는 것은 고독한 투쟁이기 때문이다.

『노인과 바다』 속 바다는 희망과 절망 모두를 삼켜버리는 무한의 공간이다. 또한 노인의 삶을 이어주는 터전이자, 노인을 죽음으로 몰고 갈 수 있는 공간이다. 청새치에게 노인의 위협은, 노인을 위협하는 상어 떼와 다르지 않다. 헤밍웨이는 온갖 가치가 공존하여 단정하기 어려운 것이 바로 삶이라는 철학을 이 소설에 담았다. 극단적인 상황에서의 삶과 죽음의 문제, 인간의 선천적인 존재 조건의 비극과, 그 운명에 맞닥뜨린 개인의 승리와 패배 등이 그것이다.

잭 케루악, 『길 위에서』(1957)

진정한 자유를 찾는
청춘들의 초상

   난 순진한 눈으로 뉴욕의 미친 꿈을 보았다.

  방황 없이 젊은 날을 보낸 사람은 드물다. 그리고 방황에는 늘 경전經典이 있게 마련이다.

  시대와 문화권에 따라 다르겠지만 나는 도어스와 밥 딜런, 들국화의 음악, 딜런 토머스의 시, 체 게바라와 제임스 딘의 포스…… 이런 것을 끌어안고 방황을 견뎠던 것 같다. 그리고 그 중심에는 늘 잭 케루악의 소설 『길 위에서』가 있었다.

  이 소설은 비밀스러운 청춘의 텍스트 같은 책이다. 지금도 미국 대학도서관에서 가장 많이 대출되는 책 중 하나이자 반납이 가장 안되는 책이라고 한다.

잭 케루악 Jack Kerouac   1922년 미국 매사추세츠 주에서 태어났다. 1940년 컬럼비아대학에 입학하나 학업을 중단하고 갖가지 직업을 전전하다가 제2차 세계대전에 해군으로 참전한다. 종전 후 자퇴하고 작가 윌리엄 버로스, 닐 캐시디, 앨런 긴즈버그 등과 함께 미국 서부와 멕시코를 도보로 여행한다. 이때의 체험을 바탕으로 쓴 『길 위에서』(1957)를 발표하여 일약 '비트 세대'의 주도적 작가로서 주목받았다. 이 소설에 감흥을 받은 젊은이들이 도취의 세계를 찾아 방랑하면서 1960년대 히피 운동을 탄생시키는 도화선을 만들었다. 형식이나 기교에 구속되지 않는 창작을 주장하며 반문명적인 자세를 취했다. 작품의 대부분은 기성 사회와 윤리를 떠나 감각적인 자기만족을 찾으며 방랑하는 비트의 생활을 바탕으로 하며, 자전소설적 색채가 강하다. 1969년 47세의 나이로 사망했다. 이외에도 『지하의 사람들』 『멕시코시티 블루스』 『다르마 행려』 등의 작품을 썼다.

우리의 찌그러진 여행 가방이 다시 인도 위에 쌓였다. 아직 갈 길이 멀다. 하지만 문제되지 않았다. 길은 삶이니까.

케루악이라는 신비로운 청년이 3주 만에 써내려간, 구두점도 제대로 안 찍힌 소설이 훗날 〈타임〉이나 〈뉴스위크〉 선정 100대 명저에 포함될 것을 예상한 사람은 아무도 없었다.

케루악은 타자지를 길게 이어 붙인 40미터짜리 종이 위에 커피와 각성제에 취한 채 주술을 풀어놓듯 작품을 완성했다. 처음 두루마리 원고를 읽은 편집자들은 경악을 금치 못했다. 여백도, 단락 구분도 없이 기존 소설의 모든 기법을 해체한 이 원고는 6년이라는 긴 세월 동안 여러 출판사를 전전한 끝에 1957년 출간됐다.

책이 나오자 대중은 편집자들이 발견하지 못했던 강렬한 매력을 찾아냈고, 결국 문학사는 새롭게 쓰였다.

케루악의 소설에는 다른 소설에는 없는 것이 있었다. 세상이 시키는 대로 살면서 부딪히는 권태를 한 방에 날려버리는 '미련할 정도로 순수한 도전'이 그것이다. 억압되고 모순된 사회에서 모범생이 되느니 아웃사이더가 되고 말겠다는 케루악의 선언은 단순한 선동이나 유행이 아니었다. 새로운 가치를 찾아 헤맨 아픔의 기록이었다.

모든 혼란과 헛소리를 뒤로하고 우리에게 유일하게 고귀한 행위가 드디어 시작되었다. 즉, 움직이는 것. 우리는 움직였다.

소설 『길 위에서』는 실패한 젊은 작가 샐 파라다이스가 자유로운 영혼의 소유자 딘 모리아티를 만나 여행하는 과정을 담고 있다. 그들은 뉴욕에서 LA까지, 다시 멕시코까지 약 1만 3000킬로미터를 히치하이크로 여행한다.

그 여정에서 두 주인공은 획일적인 일상을 벗어난 자유를 만끽하고, 짧지만 강렬한 사랑과 술, 그리고 음악에 빠진다. 하지만 이것이 전부는 아니다. 그들은 수많은 삶의 모습과 만나고 헤어지면서 삶의 의미를 찾아 헤맨다. 주류 세계에 가려진 변방의 쓸쓸함, 아직 산업화에 물들지 않은 서부의 고즈넉함을 만나는 것도 이 소설의 매력이다. 마치 유장한 재즈 연주곡이 전개되듯 그렇게 음악처럼 흘러간다.

다시 뉴욕으로 돌아온 샐 파라다이스의 눈앞에는 '미친 꿈' 하나가 똬리를 틀고 있었다.

> 나는 길에 익숙해진 순진한 눈으로 수백, 수천만의 사람들이 한 푼이라도 더 벌기 위해 끝없이 으르렁대는 뉴욕의 절대적 광기와 환상적 혼잡함을, 그 미친 꿈을 보았다.

케루악은 1922년 미국 매사추세츠에서 프랑스계 노동자의 아들로 태어났다. 컬럼비아대학을 중퇴한 그는 해군에 입대한 직후 정신분열증 진단을 받는다. 군에서 나온 그는 선원 등의 직업을 전전하다가 뉴욕의 한 모임에서 작가 앨런 긴즈버그, 닐 캐시디 등을 만나 유랑 생활을 시작한다. 그 유랑 생활의 기록이 바로 소설 『길 위에서』다.

『길 위에서』가 베스트셀러가 되면서 케루악은 전후 미국의 경직된 가치관에 도전해 부속품이 되기를 거부한 젊은 작가 그룹, '비트 세대beat generation'의 상징적 인물이 된다.

리바이스 청바지와 에스프레소, 컨버터블 자동차, 지금도 계속 만들어지는 수많은 로드 무비. 이 모든 것은 여전히 잭 케루악의 각주다.

잭 케루악은 형식에 구애되지 않는 자유로운 문체와 열정적인 이야기가 어우러진 『길 위에서』의 제목을 '비트 세대'로 할 생각이었다. 그는 신화를 넘어 고전이 된 이 두루마리 소설로 '비트의 제왕'으로 등극해 전 세계 젊은이들을 '길 위'로 이끌었으나, 기성 평단에서는 혹평을 받았다. 그는 1960년대 히피 운동과 국제 히피족의 상징이 되기도 하였다.

가와바타 야스나리, 『설국』(1937)

허무 속에 담긴
동양의 미학

1968년 예순아홉 살의 가와바타 야스나리가 하얀 머리칼을 반짝이며 노벨문학상 시상식장에 섰다. 키 큰 백인들 사이에서 그는 쉽게 눈에 들어왔다. 극도로 왜소한 체구에 쏘아보는 듯한 커다란 눈, 가와바타는 겨울 들판에 혼자 서 있는 당찬 어린아이 같았다. 그의 수상 연설은 선배 시인 료칸의 절명시를 인용하면서 시작됐다.

내 삶의 기념으로서
무엇을 남길 건가
봄에 피는 꽃
산에 우는 뻐꾸기
가을은 단풍 잎새

'허무'라고밖에는 표현할 수 없는 이 황량한 수상 소감은 서양인

가와바타 야스나리 川端康成 1899년 일본 오사카에서 태어났다. 1920년 도쿄제국대학 영문과에 입학했으나 곧 국문과로 전과했다. 1924년 대학 졸업 후 반半자전적인 작품 『이즈의 무희』(1926)로 문단에 발을 들여놓았다. 그는 서정적인 미의 세계를 추구하며 독자적인 서정 문학의 장을 열었다. 『설국』(1948)은 1935년부터 쓰기 시작했는데 결말 부분을 여러 번 고쳐 써 12년이 지난 뒤에야 완성되었다. 『설국』의 속편 격으로 구상한 『천 마리 학』은 1949년에 쓰기 시작했으나 완성하지 못했다. 이 두 작품과 『산의 소리』(1949~1954)가 그의 최고 걸작으로 꼽힌다. 1968년 일본인 최초로 노벨문학상을 받았다. 1972년 급성 맹장염으로 수술을 받은 후 퇴원 한 달 만에 가스 자살로 생을 마감했다. 주요 작품으로 『서정가』 『고도』 『잠자는 미녀』 등이 있다.

들 마음에 '동양의 미학'이라는 짙은 여운을 남겼다.

　가와바타의 소설은 한마디로 하자면 덧없는 아름다움이다. 그 유명한『설국』의 첫 구절은 이렇게 시작한다.

　　국경의 긴 터널을 지나자 설국이었다. 밤의 밑바닥까지 하얘졌다.
　신호소에 기차가 멈췄다.

　이 명문장은 소설 전체의 분위기를 단번에 보여준다. 주인공 시마무라가 도쿄에서 열차를 타고 시미즈 터널을 지나 니가타 현 에치고 유자와 역에 도착하는 순간을 묘사한 이 문장에서 압권은 '설국'이라는 표현이다. 어두운 터널을 지나 어떤 이국땅에 뚝 떨어진 느낌이 간절하게 와닿는다. 간혹 '설국'을 '눈의 고장'이라고 번역하기도 하는데 아무래도 그 맛이 덜하다. 일본에는 시코쿠四國나 난코쿠南國처럼 '국國'자가 들어가는 지명이 많다. 특정 지역을 '국'으로 표현하는 문화는 일본에선 흔하다.

　『설국』은 주인공 시마무라와 두 여인을 통해 이야기가 전개된다. 시마무라를 향한 순정을 지닌 게이샤 고마코와, 시마무라가 묘한 감정을 느끼는 여인 요코는 소설의 중요한 장치다. 하지만 이들은 커다란 갈등을 만들어내지는 않는다. 소설은 구체적인 인과관계보다는 주인공들의 감정 흐름, 주변 관찰 등으로 밋밋하게 채워진다. 이 밋밋함이『설국』의 큰 매력이다. 연정을 품고는 있지만 결국 아무것도 하지 못하는 주인공들의 허무한 행태에는 오히려 깊은 울림이 있다.

　우리에게 익숙한 다른 소설들과 달리『설국』에는 극단적인 갈등 구조가 없다. 승자도 패자도 없고, 선한 사람과 악한 사람의 구분도 없다. 물론 이념이나 계급 갈등도 없다. 깊이 들여다보면 시작도 끝도 없다. 그저 어떤 장면을 냉정한 시각으로 촬영한 아주 느린 흑백 필름을 보는 듯하다.

가와바타 야스나리는 오사카 명문가에서 태어났지만 네 살이 되기 전 부모를 잃고, 백내장으로 시력을 상실한 할아버지와 함께 어둡고 고독한 성장기를 보냈다. 종일 멍하니 벽을 응시하고 앉아 있는 할아버지와 살았던 기억이 가와바타의 삶을 지배했다. 살을 에는 듯한 무감각한 시선, 어떤 일에도 흥분하지 않는 냉정함, 신비롭기까지 한 싸늘하고 허무한 세계관은 그때 이미 만들어진 것이었다.

차가운 정물화 같은 그의 허무가 서구인들을 열광하게 한 것은 어쩌면 당연한 결과였다. 서구인들에게 『설국』은 하나의 발견이었다. 어떤 신神에게도 의지하지 않고 홀로 삶의 덧없음을 꿰뚫어버린 가와바타는 그렇게 전설이 됐다.

가와바타는 죽음도 극적이었다. 후지산이 보이는 집에서 그는 가스 자살로 삶을 마감했다. 유서도 단서도 없는 죽음이었다.

나는 일본 연수 시절 폭설이 내린 날을 골라 기차를 타고 에치고 유자와에 간 적이 있다. 기차의 속도는 소설이 쓰이던 당시보다 훨씬 빨랐지만 터널을 지나니 거짓말처럼 하얀 설국이 펼쳐졌다. 내 키보다 높게 쌓인 눈더미 사이로 난 길을 걸어 가와바타가 소설을 완성한 다카한여관을 찾아갔다. 그가 『설국』을 완성했던 방에서 커다란 창으로 마을을 내려다봤다. "눈이 시려서 눈물이 나요"라고 말하던 고마코의 목소리가 들리는 듯했다.

『설국』은 스토리의 소설이 아니라 분위기의 소설이다. 시간이 멈춘 듯하고 일상은 현실감을 잃으며 감각은 순정해지는 어떤 분위기. 현실과 현실 바깥, 인간의 유한함과 자연의 무한함의 경계를 무너뜨리는 '터널'을 지나 우리는 일본 서정문학의 정점을 만나게 된다.

2

진리를 향한
위험하고
위대한 여정

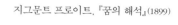
지그문트 프로이트, 『꿈의 해석』(1899)

무의식의 세계를 열어젖힌
정신분석의 시금석

지그문트 프로이트의 친구 중에 희곡 작가가 있었다. 친구는 어느 날 한 문학 단체의 일원이 된다. 사실 그는 단체에는 관심이 없었다. 오로지 자신의 희곡을 무대에 올릴 수 있도록 도움을 받는 것이 목표였다. 목표를 이루기 위해 그는 매주 금요일 꼬박꼬박 모임에 나간다. 그리고 얼마 후 공연이 결정되자 그는 번번이 매주 금요일에 열리는 모임을 잊어버린다. 미안한 마음이 쌓여가자 그는 다시 모임에 나가기로 한다. 그러나 큰마음을 먹고 모임에 나갔지만 회의장 문은 굳게 닫혀 있었다. 그날은 토요일이었던 것이다.

프로이트는 이 같은 실수에는 반드시 무의식이 역할을 했다고 봤다. 우연의 일치가 아닌, 친구의 무의식이 토요일에 회의장을 찾아가게 했다는 것이다.

지그문트 프로이트의 이름은 늘 찰스 다윈과 함께 거론된다. 둘의 공통점은 인간을 왜소한 존재로 규정지었다는 데 있다. 다윈은 진화

지그문트 프로이트 Sigmund Freud 1856년 모라비아의 프라이베르크에서 태어났다. 빈대학 의학부에 입학해 생리학자 에른스트 브뤼케 교수의 생리학 연구소에서 일했고, 1885년에는 파리 살페트리에르 병원장 샤르코 밑에서 장학생으로 있으면서 히스테리와 최면술에 특히 관심을 가졌다. 이것은 정신분석학을 창안하는 데 매우 중요한 동기가 된다. 1886년 프로이트는 병원을 개원하고 신경증 환자들을 치료하기 시작했다. 치료와 동시에 많은 자료들을 수집하고 논문을 발표했다. 『꿈의 해석』『정신분석 강의』 등 두 권의 방대한 저서를 출판하면서 정신분석학이라는 새로운 분야를 창안했다. 이후 1938년 오스트리아가 나치 독일에 합병되자 빈 정신분석학회가 해산되고 프로이트는 유대인이라는 이유로 책과 재산을 몰수당해 영국으로 망명했다. 1939년 미완성 원고 『정신분석학 개관』을 남겨두고 사망했다.

론을 통해 인간이 신의 창조물이 아니라 하등동물에서 진화한 결과물이라고 단언했다. 프로이트는 인간이 주체적이고 합리적인 판단에 의해 행동하는 것이 아니라 통제할 수 없는 무의식에 의해 규정된다고 주장했다.

오스트리아에서 태어난 정신과 의사였던 프로이트의 출발점은 '꿈'이었다. 꿈은 인간이 깨어 있을 때 발견하지 못했던 잠재의식이 투영된 스크린이라고 그는 주장했다. 따라서 꿈에는 오래된 과거에서 잠들기 직전까지의 욕망과 경험이 담겨 있고, 따라서 그 사람을 이해하는 가장 근본적인 척도는 꿈을 분석하는 것이라고 주장했다.

꿈이 어떻게 만들어지는지, 그 생성 과정에 대해 새롭게 인식한 관점에서 보면 모순들은 말끔히 해결된다. 꿈을 재현하는 과정에서 왜곡이 일어나는 것은 사실이지만, 이러한 왜곡은 꿈의 사고가 검열 때문에 겪게 되는 가공의 일부에 지나지 않는다. 그럼에도 연구가들은 이 부분을 우리를 미혹시키는 것으로 잘못 생각하고 있다. 그들은 심리적인 결정을 과소평가한다.

프로이트가 1899년 『꿈의 해석』을 출간한 이후 지금까지 그의 이론은 '비과학'이라는 비난에서 자유롭지 못하다. 검증 가능한 법칙과 원리를 중시하는 과학주의적 입장에서 보면 『꿈의 해석』은 주술에 불과하다. 그렇다면 반증 가능성이 희박한 프로이트의 '주술'이 세상을 뒤흔든 이유는 무엇일까.

프로이트는 인류에게 그 이전에 존재하지조차 않았던 개념을 제공했다. 프로이트 이전에 인간에 대한 전제는 '합리적 존재'라는 것이었다. 무의식의 세계는 금기처럼 여겨졌다. 심지어 19세기 말까지

"남자는 정신병에 걸리지 않는다"라는 말도 안 되는 학설이 정설로 받아들여질 정도였다. 프로이트는 여기에 반기를 들고 신개념을 창시한다. '정신분석'이라는 용어도 프로이트가 처음 쓰기 시작했다.

『꿈의 해석』에서 시작한 프로이트 이론의 핵심은 인간 본능에 대한 정리다. 그는 인간의 본능이 구강기·항문기·남근기·생식기의 발달 단계를 거치는데 특정 발달 단계를 원만하게 거치지 못했을 경우 그 여파가 이후 행동에 지대한 영향을 미친다고 봤다.

인간의 심리 구조를 이드(본능), 에고(자아), 슈퍼에고(초자아) 세 가지로 분류한 것도 놀랍다.

이드는 비합리적이고 충동적인 부분이며, 에고는 현실을 기준으로 한 합리적 요소이고, 슈퍼에고는 도덕적 측면을 의미한다. 그가 만들어낸 이 개념들은 훗날 인류사에 아주 중요한 논거를 제시했다. 오이디푸스콤플렉스, 리비도, 타나토스, 에고 등의 용어들은 프로이트에 의해 세상에 나왔고 이제는 의학, 심리학, 철학, 문학 등 거의 전 분야에 없어서는 안 되는 기초 개념으로 자리 잡았다.

인간은 하루 중 3분의 1은 일하고, 3분의 1은 잠자고, 3분의 1은 여가로 보낸다. 일하는 3분의 1을 파헤친 사람이 마르크스라면, 여가를 정리한 사람은 피에르 부르디외이고, 나머지 3분의 1을 분석한 사람은 프로이트다. 프로이트의 도전은 위대했다.

『꿈의 해석』에 나오는 "꿈은 무의식으로 가는 지름길"이라는 프로이트의 주장은 그의 마지막 글까지 계속되었다. 꿈에 나타나는 상징, 꿈과 의식 및 무의식의 연관성을 탐구했던 프로이트는 꿈의 괴상한 모습을 이론적으로 설명했을 뿐만 아니라, 꿈을 해석하는 방법을 개발했으며 그 잠재적인 치료 능력에 대해서까지 밝혔다.

찰스 다윈, 『종의 기원』(1859)

"생명은 어느 날 갑자기
창조되지 않았다"

종은 결코 불변하는 것이 아님을 확신하게 되었네. 꼭 살인죄를 자
백하는 것 같군.

해군 측량선에 승선해 갈라파고스 제도를 비롯해 여러 섬을 탐사
하고 돌아온 찰스 다윈은 1844년 친구에게 이런 편지를 보낸다.

다윈의 『종의 기원』은 인류가 믿고 의지했던 모든 것을 송두리째
바꿔놓은 치명적인 책이었다. 그 치명적인 매력 때문에 다윈은 극단
적인 비난에 시달렸고, 철저하게 이용당했다. 적자생존 이론은 히틀
러의 게르만 우월주의와 강대국들의 식민 지배를 정당화하는 구실
이 됐다. 반대로 마르크스는 자본주의에 대항하는 도구로 진화론을
활용했다. 적자생존을 '계급투쟁'으로 정리한 결과였다. 이처럼 다윈
의 진화론은 때로는 지배 이데올로기로, 때로는 해방의 이데올로기

찰스 다윈 Charles Darwin 1809년 의사 로버트 다윈의 막내아들로 태어났다. 친할아버지인 이래즈머
스 다윈은 이름난 과학자이자 철학자였다. 1825년 에든버러대학에서 의학을 배웠으나 중퇴했다. 1828년
케임브리지대학으로 전학하여 신학을 공부했다. 어릴 때부터 동식물에 관심을 가졌고, 케임브리지대학의
식물학 교수 J. 헨슬로와 친교를 맺어 그 분야의 지도를 받았다. 1831년 22세 때 박물학자로서 비글호에
승선했다. 5년 동안의 탐사에서 많은 동식물을 관찰했고, 그 결과를 수십 권의 노트에 기록했다. 1839년
관찰 기록을 담은 『비글호 항해기』를 출간하여 진화론의 기초를 확립했다. 1859년 『종의 기원』을 발표해
큰 반향을 불러일으켰다. 다윈은 이후에도 자신의 학설을 보완해 좀 더 명확하게 할 연구를 계속하며 『사
육에 의한 동식물의 변이』(1868), 『인간의 유래와 성 선택』(1871) 등을 발표했다. 1882년 사망했다. 이외에
도 『식물의 운동력』 『인간과 동물의 감정 표현』 등의 저서를 남겼다.

로 이용됐다.

사실 이 같은 오해는 '진화'에 대한 잘못된 이해에서 비롯한다. 『종의 기원』에서 가장 인상적인 구절 하나를 떠올려보자.

> 살아남은 종은 가장 강한 종도, 가장 지능이 높은 종도 아니다. 변화에 가장 빠르게 적응한 종일 뿐이다.

다윈이 말한 진화는 진보가 아니다. 오히려 진보보다는 변화에 가깝다. 진화는 정해진 목적 없이 진행된다. 그리고 '좋은 진화'와 '나쁜 진화'가 따로 있는 것도 아니다. 다윈이 말한 적자생존은 주어진 환경에 따라 우연히 결정되는 것이지, 여기에 비교우열은 존재하지 않는다. 하등생물임에도 불구하고 지구상에 꿋꿋이 살아남아 삶을 영위하는 생물들이 그것을 증명한다.

다윈의 『종의 기원』은 1859년 11월 영국 런던의 존머리사에서 출간됐다. 린네 학회에서 발표했던 논문을 500쪽 정도로 요약한 것이었는데 초판 1250부가 하루 만에 다 팔려나갔다고 한다. 책이 확산되는 것을 우려한 한 기독교인이 매절을 했기 때문이라는 설도 있지만 이후 꾸준히 판본이 나온 것을 보면 『종의 기원』이 지식 사회에 큰 호응을 얻은 것만은 확실하다.

다윈 이전의 사람들은 모든 생물종이 현재의 모습대로 누군가에 의해 설계되고 창조되었다고 믿었다. 또한 생물종에는 위계질서가 있어서 유일하게 영혼을 지닌 인간만이 세상을 지배할 권리가 있다고 생각했다. 하지만 『종의 기원』은 신과 인간의 지위를 여지없이 무너뜨렸다.

처음에 그토록 단순했던 것에서 가장 아름답고 가장 경이로운 무수한 형상들이 진화해왔고, 지금도 진화하고 있는 생명에는 장엄함이 있다.

신도 인간도 아닌 모든 생명에게 바친 이 헌사는 인류의 역사를 '다윈 이전'과 '다윈 이후'로 나누는 결정적인 세계관을 제시했다.

『종의 기원』은 총 15장으로 구성돼 있다. 책은 품종개량에 관한 내용을 다루면서 진화 메커니즘을 증명하기 시작한다. 이런 식이다. 인위적으로 가축이나 농작물의 품종을 개량할 수 있으며, 이렇게 변형된 형질은 그 후손에게서 다시 나타나고 이것이 반복되면 새로운 품종이 만들어진다. 결국 이런 변화는 자연계에서도 끊임없이 진행되며 그 어떤 종도 고정불변하지는 않는다는 것이다.

부유한 귀족 의사 집안에서 태어난 다윈은 시체 해부가 너무 끔찍하다며 의사의 길을 포기하고 케임브리지대학에서 신학을 공부했다. 1831년 아버지의 반대를 무릅쓰고 해군 측량선 비글호에 승선해 5년간 대서양과 태평양을 횡단한 다윈은, 그때 수집한 자료를 바탕으로 불손하기 짝이 없는 책 『종의 기원』을 썼다.

과격한 창조론자였던 선장의 우격다짐, 배 위에서 벌어지는 흑인 노예에 대한 학대가 그의 연구를 더욱 부채질했다. 소심한 천재 한 명이 '종의 맨 꼭대기에 우월한 백인 남자가 있다'라고 믿었던 빅토리아 시대 일반론에 비수를 꽂았던 것이다.

『총, 균, 쇠』의 저자 제러드 다이아몬드는 다윈의 진화론에 대해 "지난 2세기 동안 인류가 생각해낸 모든 개념 중에서 가장 심원하고 강력한 개념"이라고 평가했다. 최근 몇 년 사이에 전 세계적으로 학문적 유행이 된 학문 융합, 일명 '통섭'도 다윈의 진화론을 바탕으로 이뤄지고 있다. 많은 과학 이론들이 100년도 채 되지 않아 사라지거나 뒤집히는 상황에서 다윈의 진화론은 시간이 지날수록 대중 속으로 파고 들며 힘을 더해가고 있다.

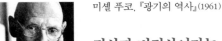

미셸 푸코, 『광기의 역사』(1961)

정상과 비정상이라는
이분법 비판한 명저

프랑스 최고의 엘리트 교육기관 그랑제콜에 이상한 학생이 한 명 나타난다. 미셸 푸코라는 특이한 이름을 가진 이 학생은 그랑제콜에서 금기시했던 동성애적 성향을 보이고, 수업 시간에 자살을 기도하는 등 물의를 일으킨다. 결국 그는 그랑제콜에 입학한 지 2년 만에 아버지 손에 이끌려 생트 안 정신병원으로 간다. 병원에 입원한 이 독특한 학생은 거꾸로 자신을 치료하는 정신과 의사들에 대한 연구를 시작한다.

시간이 흘러 다시 학계로 돌아온 그는, 연구 성과를 정리해 스웨덴 국립 웁살라대학에 박사학위를 신청한다. 논문을 심사한 교수들은 "논문이라기보다는 현란한 문학에 가깝다"라는 이유로 학위 수여를 거부한다. 푸코는 "정신분석은 상상력의 맥락을 알아야 한다"라고 강변했지만 받아들여지지 않았다.

좌절한 푸코는 다시 프랑스 소르본대학에 논문을 제출했고 우여곡절 끝에 통과된다. 이 논문이 바로 『광기의 역사』다. 1961년 단행

미셸 푸코 Michel Foucault 1926년 프랑스 푸아티에에서 태어났다. 대학에서 철학을 전공한 후 지식은 어떤 과정을 거쳐 형성되고 변화하는지 탐구했다. 억압적인 권력의 구조를 예리하게 파헤쳤으며 정신병의 원인을 사회적 관계 속에서 밝혀내려 했다. 1961년 『광기의 역사』로 세계에서 주목받는 철학자로 떠올랐다. 정신병과 사회적 관계를 밝힌 『임상의학의 탄생』(1963)과 역사를 통해 지식의 발달 과정을 분석한 『말과 사물』(1966)을 썼으며, 『지식의 고고학』(1969)에서는 전통적인 사상사를 비판했다. 1970년대에는 부르주아 권력과 형벌제도에 대한 분석의 결과물인 『감시와 처벌』(1975)를 저술했다. 푸코는 지식은 권력과 관계를 맺고 있으며 모든 지식은 정치적이라고 주장했다. 1984년 에이즈로 사망했다.

본으로 출간된 이 논문은 유럽 사회가 광기를 어떻게 인식해왔는지를 분석한 책이다. 이를 통해 정상과 비정상의 관계, 더 나아가 주류 사회가 '광인'이라고 규정한 세계에 가한 폭력을 분석한다.

책은 '광기'의 개념이 형성되고 유포된 과정을 고고학적 방법으로 추적해 이성 중심의 사회가 만들어낸 '차별과 배제의 논리'를 설명한다. 왜 이성은 비이성을 질병으로 치부했는지, 비이성으로 분류된 것들을 어떻게 감금하고 억압했는지를 파헤친다.

『광기의 역사』가 명저 반열에 오를 수 있었던 건 이성에 대한 근본적인 반성의 메시지를 담았기 때문이다. 푸코는 이성이 지배하는 사회가 어떻게 독단으로 흐르는지를 보여주면서, 그 독단에 대한 강력한 경고를 보냈다. 푸코는 흔히 '정상'이라고 불리는 집단이 자신들과 다른 집단을 어떻게 배제하고 타자로 만들었는지를 면밀하게 분석했다. 이성 중심으로 흘러온 인간의 역사에 던진 푸코의 문제의식은 매우 충격적인 것이었다. 누구도 부정할 수 없는 탄탄한 근거를 가지고 있었기에 더욱 그랬다. 다음 부분을 보자.

아름다움은 추함을, 부는 빈곤을, 영광은 치욕을, 앎은 무지를 은폐한다.

이 구절을 다시 뜯어보면 푸코 철학의 전모를 파악할 수 있다. 사실 우리가 사는 이성 중심의 사회에서 아름다움은 권력이다. 부도, 영광도, 안다는 것도 결국 권력이다. 그 권력은 자신들과 다른 것들을 비정상으로 치부하고 억압한다. 필요에 따라 그들의 목소리를 감췄고, 그들을 감시했으며, 그들을 처벌했다. 그렇다면 이성과 광기의 경계선은 어디인가. 푸코는 이렇게 말한다.

화가와 시인들의 기발한 착상은 광기의 완곡한 표현이다.

기독교가 인정받기 전 예수를 믿었던 모든 사람은 당시 사회로부터 광인 취급을 받았다. 오랫동안 나병 환자를 비롯한 병자들도 광인 취급을 받았고, 동성애자 역시 광인 취급을 받고 격리됐다. 심지어 16세기 무렵엔 '바보들의 배'라는 걸 만들어 비정상으로 분류된 사람들을 모아 커다란 배에 태워 바다로 보내버리기까지 했다.

푸코는 "광기란 역사의 문제이며 이성은 우리를 조용히 혹사했다"라고 말했다. 광기를 개인의 심리적 측면으로만 보는 것은 옳지 않으며, 보다 심층적인 측면에서 설명되어야 한다는 게 그의 생각이었다. 푸코의 이론은 지성계에 지대한 영향을 미쳤다. 특히 20세기에 발아한 후기구조주의나 페미니즘에 끼친 영향은 절대적이었다.

급진적인 행동파 교수였던 푸코는 당대의 예민한 문제에 대해 발언하기를 서슴지 않았다. "나는 직접적, 개인적 경험 없이는 아무것도 쓰지 않았다"라고 말했던 그는 1984년 에이즈로 사망했다. 주류 사회가 터부시할 만한 죽음이었지만 장례식에는 들뢰즈를 비롯한 수많은 당대 지식인들이 몰려들어 마지막 길을 애도했다. 적어도 지성계에서 그의 죽음은 배제되지 않았다.

프랑스의 평론가 모리스 블랑쇼는 "이 책은 원칙적으로 중세에서 19세기까지 감금된 광기에 관한 이야기"라고 말한 바 있다. 그는 덧붙여 "요컨대 완결되자마자 필연적으로 잊힌 그 모호한 행위, 즉 '한계'의 역사이다. 하나의 문화는 어떤 것을 이 한계 쪽으로 배척하는데, 그것은 그 문화에 대해 외부가 된다"라고 말했다. 들뢰즈가 "19세기를 벗어났다는 점에서 가장 완전하고 유일한 20세기의 철학자"라고 평했던 미셸 푸코의 글은 인문학, 사회과학의 많은 영역에 지대한 영향을 주었다.

데카르트, 『방법서설』(1637)

진리 탐구의 방법론 제시한
근대 철학의 기념비

천재는 역시 뭐가 달라도 다르다. 어린 시절부터 몸이 약했던 데카르트는 멍하니 누워 있을 때가 많았다. 1619년 어느 날도 데카르트는 침대에 누워 천장을 응시하고 있었다. 그때 그의 눈에 파리 한 마리가 들어왔다. 데카르트는 바둑판무늬 천장에 파리 한 마리가 앉아 있는 것을 수학적으로 표현할 방법을 고민하다가 X축과 Y축으로 이루어진 좌표평면을 고안해냈다.

데카르트는 인류 최초의 근대인이었다. 세상 만물에 정령이 깃들어 있다는 식의 생각이 지배하던 시대에 그는 좌표평면을 고안함으로써 중세를 탈출한 첫 번째 지식인이 된다. 자연이나 사물이 균질 공간 안에 존재한다는 획기적인 사유를 해낸 것이다.

데카르트 합리론이 거둔 성과물이 바로 『방법서설』이다. 1637년 출간된 이 책의 원래 제목은 '이성을 바르게 이끌고 여러 학문의 진

르네 데카르트 René Descartes 1596년 프랑스 투렌에서 태어났다. 예수회학교에서 수사학, 논리학, 윤리학, 형이상학 등을 공부했고, 푸아티에대학에서는 법학을 공부했다. 학교를 떠난 후 약 3년간 네덜란드와 독일에서 군 생활을 하며 북유럽 여러 지역을 여행했다. 그는 사상적으로 개방되어 있던 네덜란드로 이주해 약 20년간 머물며 주요 저서들을 집필했다. 코페르니쿠스와 갈릴레오의 지동설을 지지하는 내용의 『우주론』(1637)은 갈릴레오가 유죄 판결을 받으면서 출판 계획이 철회되었다. 그 대신 그는 프랑스어 저작 『방법서설』(1637)을 출판했다. 1641년 형이상학의 주저 『성찰록』, 1644년에는 『철학의 원리』를 출간했다. 이를 전후로 데카르트 사상의 혁신성이 세상의 주목을 받기 시작했다. 데카르트는 스웨덴의 크리스티나 여왕에게 초청받아 1650년 스톡홀름으로 가서 지내던 중 폐렴에 걸려 생을 마쳤으며, 사후에 『음악개론』, 『영혼의 정념』 등이 출간되었다.

리를 탐구하기 위한 방법의 서설'이다. 이 저작은 데카르트 자신이 진리 탐구를 위해 기울인 과정과 방법, 그리고 결실을 소개하는 책이다. 프랑스어로 쓰인 최초의 본격 철학서이기도 하다.

데카르트는 자신만의 합리적 방법론으로 베이컨의 경험론을 보기 좋게 비웃었다. 경험론의 바탕이 됐던 귀납법은 좋은 철학적 방식이기는 했지만 한계가 있었다. 'A도 흰 백조를 봤고, B도 흰 백조를 봤고, C도 흰 백조를 봤기 때문에 결국 모든 백조는 희다'라는 식의 결론은 오류 가능성이 높기 때문이다.

데카르트는 귀납법을 우연적이고 확률적이며 상대적이라고 비판하면서 연역법을 제시했다. 연역법은 진리라고 알려진 것에 대해 방법적 회의를 갖는 것이다. '모든 백조는 희다'라는 진리를 의심하고, 개별 사례를 찾아 헤매는 것이기에 오류 가능성을 줄일 수 있었다.

데카르트가 『방법서설』에서 정리한, 진리를 탐구하는 사람이 지켜야 할 네 가지 규칙을 보자.

첫째, 명증明證성의 규칙이다. 명증적으로 참이라 판명된 것 말고는 그 어떤 것도 참으로 받아들이지 말라는 말이다. 속단과 편견을 벗어던지라는 이 명증성의 규칙은 지금도 연구자의 가장 중요한 자세로 지켜지고 있다.

둘째, 분해의 규칙은 검토해야 할 규칙을 될 수 있는 한 작은 부분으로 나눠 분석하라는 것이다.

셋째, 종합의 규칙은 계단을 오르듯 단순하고 쉬운 것에서 시작해 차곡차곡 사례를 종합하여 진리에 도달하라는 것이다.

넷째, 열거의 규칙은 하나도 빠뜨리지 않았다는 확신이 들 때까지 완벽한 열거와 검사를 하라는 의미다.

데카르트는 인간에게는 이성이 있고 그 이성을 토대로 한 사유 행위 속에 자아가 존재한다고 믿었다. "나는 생각한다. 고로 존재한다 Cogito ergo sum"라는 불후의 명제는 그렇게 탄생했다.

그가 중세식 방법론에 회의를 가져야 한다고 주장한 근거는 명백했다. 중세의 관습적 지식은 권위자들끼리도 의견 일치가 이뤄지지 않기 때문에 의심할 수밖에 없고 중세의 경험적 지식은 착각이나 환상일 수 있으며, 중세의 수학적 지식은 계산상의 실수가 있을 수 있다는 게 그의 생각이었다.

데카르트는 1596년 프랑스 소도시 라에의 귀족 가문에서 태어났다. 기숙학교에서 엘리트 교육을 받았지만 두 가지 문제가 그의 발목을 잡았다. 엄격한 기숙학교를 견뎌내기에 그는 너무 허약했고, 중세의 진리를 그대로 받아들이기에 그는 너무 똑똑했다.

프랑스를 떠나 학문적 분위기가 상대적으로 자유로웠던 네덜란드로 건너간 데카르트는 그곳에서 학문의 꽃을 피운다. 『방법서설』도 그곳에서 탄생한 책이다.

스웨덴 궁정에 초청되어 크리스티나 여왕의 철학 교사 노릇을 하던 데카르트는 1650년 급작스럽게 사망한다. 사인은 폐렴으로 알려져 있지만 그를 못마땅하게 여긴 종교계에서 독살했다는 설도 있다.

선구자라는 말이 가장 잘 어울리는 사람이 바로 데카르트다. 그는 어떤 진리도 감히 의심할 수 없었던 중세 암흑기에 인류 최초로 미지수 'X'를 사용한 천재였다.

"좋은 정신을 지니는 것만으로는 충분하지 않다. 그것을 잘 사용하는 것이 더 중요하다"라는 『방법서설』은 데카르트의 생애와 사상에 대한 기본적인 입문서다. 절대적으로 확실한 진리의 가능성을 인간 이성의 능력 속에서 찾음으로써 합리론 철학의 전형을 보여준다. 일인칭 시점에서 마치 소설처럼 쓰였기 때문에 읽기에 큰 부담이 없다.

칼 포퍼, 『열린사회와 그 적들』(1945)

열린사회의 첫째 조건,
반증 가능성을 허하라

우리는 금수로 돌아갈 수 있다. 그러나 우리가 인간으로 남고자 한
다면, 오직 하나의 길, 열린사회로의 길이 있을 뿐이다.

1994년, 합리주의의 순교자 칼 포퍼가 아흔두 살의 나이로 죽었을
때 식자들은 "마지막 철학자가 떠났다"라고 외쳤다. 세계는 왜 오스
트리아 출신의 이 왜소한 유대인 학자의 죽음을 '철학의 죽음'에 빗
댔을까.

결론부터 말하자면 많은 지식인들이 그에게 빚을 지고 있었기 때문
이다. 20세기 중반 이후를 산 지식인치고 포퍼를 지지하든 그렇지 않든
그의 '반증反證 가능성' 이론에 신세를 지지 않은 사람은 드물다.

반증 가능성 이론은 이런 것이다. "모든 사자는 평생 고기만 먹는
다"라는 진술이 있다고 하자. 이 진술은 경험적 일반화일 뿐 과학이
아니다. 하지만 이것을 과학적 법칙으로 증명하기 위해 고기를 먹고

칼 포퍼 Karl Popper 1902년 오스트리아 빈에서 태어나 빈대학에서 수학, 물리학, 철학 등을 전공했고
철학박사 학위를 받았다. 청소년 시절에는 마르크스주의자였으나 전체주의적 성격을 발견하고 마르크스
주의와 결별했다. 1936년 포퍼는 나치스의 폭압을 피해 지적 변방인 뉴질랜드로 떠났다. 서구 지식인 사
회와 떨어진 채 뉴질랜드대학에서 철학을 가르쳤다. 이 시기에 완성된 책이 『열린사회와 그 적들』이다.
그는 이 책에서 전체주의의 철학적·사상사적 배경을 파헤쳐 보여주었다. 나치스의 항복 이후 포퍼는 런
던대학의 교수로 초빙되어 논리학과 과학방법론을 강의했다. 전체주의와 싸운 사상적 투쟁에 대한 지성
사적 공헌이 널리 인정되어 1965년 엘리자베스 2세로부터 기사 작위를 받았으며, 1994년 생을 마쳤다.
이외에도 『추측과 논박』, 『역사법칙주의의 빈곤』 등의 저서가 있다.

있는 사자를 한 마리씩 찾아 확인하는 방식은 아마도 헛일이 될 가능성이 높다.

1만 마리의 고기 먹는 사자를 관찰했다 하더라도 1만 1번째 사자도 고기를 먹고 있을 것이라고 예단할 수 없기 때문이다. 예단은 과학적 결론이 아니다. 이럴 경우 차라리 애초부터 풀을 뜯고 있는 사자를 찾는 게 더 빠른 방법이다.

풀 먹는 사자를 단 한 마리만 찾아내도 "모든 사자가 평생 고기만 먹는 것은 아니다"라는 진리에 쉽게 도달할 수 있기 때문이다. 즉 반증 작업이 진술을 과학으로 증명하는 데 더 빠르고 정확한 방식이라는 이야기다.

이 같은 방식으로 과학자들은 사자가 특별한 소화 효소를 만들기 위해 풀도 먹는다는 진리를 찾아냈다.

칼 포퍼는 '반증'이라는 개념을 바탕으로 역사에 남을 명저를 남겼다. 그의 저서 『열린사회와 그 적들』은 과학과 비과학, 이성과 비이성을 나누는 기준으로 이 '반증 가능성'을 제시한다. 반증을 허용하지 않거나, 반증이 불가능한 사회는 곧 '닫힌 사회'다.

나치의 유대인 박해를 피해 뉴질랜드에 피신해 있던 포퍼는 1938년 3월 히틀러의 오스트리아 침공 소식을 듣고 이 책을 집필하기 시작했다. 플라톤의 『국가론』이 가지고 있는 전체주의적 속성을 비판하기 위해 저술한 이 책은 플라톤은 물론 헤겔, 마르크스, 프로이트에 이르기까지 비과학적이거나 전체주의로 보이는 모든 것들에 신랄한 비판을 퍼붓는다.

포퍼에게 마르크스는 비과학의 상징적 존재다. 포퍼는 마르크스의 이론을 "자신의 이론이 수없이 '비非진리'로 반증되었음에도 끝내 그것을 인정하지 않은 '투쟁 과정의 실수'"라고 꼬집었다.

정신분석학의 선구자인 프로이트에 대해서는 '서사시'에 불과하다는 직격탄을 날린다. 애초부터 반증이 불가능한 주술적 논리들을 갖다 댔다는 이유에서다. 포퍼에게는 이들 모두가 반증을 피했거나 반증을 무시한 예언자에 불과했다. 그는 파시즘이든 나치즘이든 마르크시즘이든 반증을 허락하지 않는 모든 사회를 '닫힌 사회'라고 명명했다. 반대로 개인의 자유가 허용되고 반증이 자유로운 사회는 '열린사회'다.

포퍼는 이 책에서 '점진적 사회공학'이라는 방식을 제안한다. 혁명과 극단적 보수주의를 동시에 거부하고, 개인의 이성과 자유에 기초한 점진적 사회 발전만이 인간적인 사회를 건설하도록 하는 유일한 대안이라고 주장한다.

다 갈아엎고 새로 시작하자는 혁명도, 일부 엘리트 권력의 통제로 사회를 유지하는 전제주의도 그에게는 닫힌 사회의 전형일 뿐이었다.

슬프게도 포퍼는 철저히 이용당했다. 마르크시즘 진영에서는 그를 '철학계의 매카시'라고 비난했고, 엘리트주의적 속성을 지닌 보수 권력은 포퍼의 민주주의를 이상주의라고 비난했다. 그러면서도 그들은 포퍼의 이론을 은밀하게 흉내 냈다.

포퍼가 말한 열린사회의 적은 지금도 분명히 존재한다. 이 책이 시간이 지날수록 빛을 발하는 이유다.

『열린사회와 그 적들』은 20세기의 대표적 지성 칼 포퍼의 대표 저서다. 한때 마르크스주의자로서 사회주의 운동에 참여했던 칼 포퍼가 나치즘과 파시즘, 러시아혁명 등을 목격한 뒤 전체주의 이데올로기의 비인간성에 환멸을 느끼고 자유주의 이데올로기의 대변자로 변화하면서 내놓은 결과물이다. 지금 이 사회가 비판과 반박, 반증이 자유롭게 이루어지는 '열린사회'인지 아닌지 되돌아보게 해주는 책이라는 점에서 이 책의 가치는 시간이 흘러도 변함없다.

프리드리히 니체, 『차라투스트라는 이렇게 말했다』(1883~1885)

"신은 죽었다"라고 외친
그 남자

　중년 독일 남자가 채찍을 맞는 말을 끌어안고 광장 한가운데서 오열하고 있었다. 마부의 눈초리도, 웅성거리는 군중도 그에겐 중요하지 않았다. 남자는 친구들에 의해 정신병 요양소로 옮겨진다. 그는 프리드리히 니체였다. "신은 죽었다"라고 외친 남자는 그렇게 속세에서 멀어져갔다.

　이 일이 있은 지 120년쯤 뒤 나는 봄볕 아래서 그가 "신은 죽었다"라고 외친 책 『차라투스트라는 이렇게 말했다』를 읽었다. 학창 시절에 처음 도전했다가 그 난해함에 머리를 흔들었던 손때 묻은 책 속표지에는 이렇게 쓰여 있다.

　　그렇다. 우리는 먼저 스스로 바다가 되어야 한다. 더러워지지 않으면서 더러운 강물을 받아들이는 바다.

프리드리히 니체 Friedrich Nietzsche　1844년 독일 뢰켄에서 목사의 아들로 태어났다. 1864년 20세 때 본대학에 입학해 신학과 고전문헌학을 연구했다. 1869년 25세의 젊은 나이에 스위스 바젤대학의 고전문헌학 교수가 되었다. 28세에 첫 책 『비극의 탄생』(1872)에서 생의 환희와 염세, 긍정과 부정을 예술적 형이상학으로 담아냈다. 창조자인 천재를 문화의 이상으로 삼은 그의 사상은 1878년 『인간적인, 너무나 인간적인』에서 더욱 명확해졌다. 이후 건강이 악화되어 요양을 위해 이탈리아 북부와 프랑스 남부에 머물면서 집필에 전념했다. 『여명』(1881), 『차라투스트라는 이렇게 말했다』(1883~1885)로 그의 성숙기가 시작된다. 미완의 역작 『권력에의 의지』(1901)에서는 삶의 원리, 즉 존재의 근본적 본질을 해명하려 했다. 그러나 그는 1888년 말경부터 정신 이상 증세를 보였으며 다음 해 1월 토리노의 광장에서 졸도했다. 1897년까지 정신병원에 입원해 있으면서 저작에만 몰두했다. 1900년 바이마르에서 사망했다. 이외에도 『이 사람을 보라』, 『도덕의 계보학』 등을 썼다.

아마 가장 감동적인 구절이었던 모양이다. 지금 와서 생각해보면 니체의 사상을 가장 단적으로 보여주는 구절이다.

니체는 신에 의지했던 인간이 스스로 가치를 창조하는 주인공이 되어야 한다고 주장했다. 그러니까 '바다'는 니체가 말하는 '초인超人'이다. 초인이 되려면 스스로 '권력의지'를 가지고 있어야 한다. 여기서 말하는 '초인'은 '슈퍼맨'과는 개념이 좀 다르다. 신을 부정한 니체는 두려움과 허무에 시달려야 했고, 극복을 위한 철학 개념을 정립할 필요가 있었다. 그래서 니체는 가치의 창조자로서 풍부하고 강력한 생生을 실현한 자, 즉 초인을 목표로 제시했던 것이다. "더러운 강물을 모두 받아들이면서도, 스스로는 쉽게 더러워지지 않는 바다"가 곧 초인이라고 이해해도 되겠다.

니체의 『차라투스트라는 이렇게 말했다』는 20세기를 연 책이다. 그가 살았던 19세기에 신을 부정한다는 것은 곧 자살행위였다. 하지만 그는 그것을 해냈다. 엄밀하게 말하면 그는 '신'이라는 하나의 단어를 부정한 것이 아니었다. 삶의 방향을 결정짓는 의지를 앗아간 모든 억압과 우상을 부정하고자 했던 것이다. 니체의 이 같은 선언은 인간의 개별적 주체성을 근간으로 한 20세기 실존철학의 전범이 됐다. 20세기 내내 이루어진 인권의 개선, 사상의 다양성, 정치체제의 발전은 모두 실존주의와 무관하지 않다.

『차라투스트라는 이렇게 말했다』는 아주 긴, 일종의 산문시다. 주인공 차라투스트라가 10년 동안의 산중 생활을 통해 깨달음을 얻은 다음 산에서 내려와 수많은 속세 사람들에게 '초인'에 대해 설명한다는 줄거리다. 언뜻 보면 난해하다. 형식이 산문이다 보니 읽는 이들은 기승전결이 갖추어진 하나의 소설을 상상한다. 하지만 그런 독법으로는 이 책을 이해하기 힘들다. 차라리 짧은 금언들로 가득한 어떤 경전을 읽는 느낌으로 봐야 한다. 그러면 어느 한 줄 버릴 게 없는 '문장의 보고寶庫'라는 것을 알게 된다. 읽을수록 전기가 통하는 찌릿함은 중독이 될 정도다.

위대한 사랑은 용서와 연민조차도 극복한다. 연민의 정 하나도 뛰어넘지 못하면서 사랑이라는 것을 하는 자, 그들 모두에게 화禍 있으라.

정신의 행복이란 자신이 겪는 고통을 통해 자신의 앎을 증대시키면서 스스로 생명 속으로 파고드는 것이다.

그대들에게 초인을 가르치려 하노라. 인간은 극복되어야 할 그 무엇이다. 그대들은 자신을 극복하기 위해 무엇을 했는가.

니체는 위대하다. 그는 온 생애를 걸고 자기 손으로 자기가 믿었던 집을 부숴버린 자다. 그는 자기의 집을 파괴함으로써 스스로를 빈약한 존재라고 오해하던 인간들을 흔들어 깨웠다.

책을 덮은 다음 나는 집에 돌아와 차가운 철제 책상 위에 다음 글귀를 조심스럽게 써 붙였다.

나는 사랑한다. 상처를 입어도 그 영혼의 깊이를 잃지 않는 자를.

니체의 철학서이자 문학작품이기도 한 이 책은 어떻게 하여 인간의 정신이 '낙타'가 되고, 낙타는 '사자'가 되며, 사자는 마침내 '아이'가 되는가를 다룬다. 낙타는 무거운 짐을 짊어진 인내의 정신이다. 고독한 사막에서 정신은 "너는 해야 한다" 하는 당위에 맞서 "나는 원한다" 하며 자유를 주장하는 사자가 된다. '아이'는 인간의 정신이 도달해야 하는 최고의 단계를 상징한다. 아이는 끊임없는 긍정과 창조를 실천한다. 니체는 어둠과 비극에 맞서는 긍정과 생성의 기쁨을 매력적인 문장들로 담아냈다.

공자, 『논어』

인간을 끝내
포기하지 않다

　실존철학의 거장이었던 카를 야스퍼스는 독일어로 번역된 『논어』
를 읽고 큰 충격을 받는다. "공동체는 구성원들의 정신이 모여 형성
되는 것이고, 인간은 상호 관계 속에서 성숙할 수 있다"라고 주장하
는 『논어』를 접한 야스퍼스는 이렇게 말한다.

　　공자는 위대하다. 공자 철학은 권력욕이 아니라 진정한 삶의 주체
　　가 되려는 의지에서 나온다.

　사실 『논어』의 가장 큰 매력은 인간을 끝내 포기하지 않았다는 데
있다. 다른 종교들이 인간을 죄인으로 보거나 평가절하하면서 궁극
적인 구원을 제시했다면, 유교는 현세에서 개선이 가능하다고 믿었
던 것이다.

　사후 세계를 논하지 않았다는 점 때문에 『논어』를 행동 지침으로
삼은 유교는 종교냐 아니냐 하는 숙명적 논란에 지금까지 시달린다.

공자 孔子　기원전 551년 노나라 추읍에서 태어났다. 집안 환경이 불우해 여러 가지 미천한 직업을 전
전해야 했고 스승도 없었다. 그는 도덕정치를 주창하며 뜻을 펼치고자 하였으나 현실적인 장벽에 부딪혀
숱한 좌절을 맛보았다. 56세에 자신의 이상을 실현할 군주를 찾아 중국 천하를 떠도는 주유열국周遊列國
의 길에 올랐지만 아무도 그를 등용하지 않았다. 이에 실망한 공자는 예부터 전해 내려오던 고서들로 안
회, 자하, 자로 등 제자들을 가르치는 데 더욱 힘썼다. 73세가 되던 해인 기원전 479년, 제자들이 지켜보
는 가운데 숨을 거두었다. 공자가 세상을 떠난 뒤 제자들은 스승이 남긴 어록을 모아서 『논어』를 펴냈다.

『논어』역시 끝없이 경전이냐 아니냐 하는 문제에 휩싸여 있다.

『논어』는 '배운다'라는 뜻의 '학學'에서 시작해 '안다'라는 뜻의 '지知'로 끝을 맺는다. 결국 『논어』를 한마디로 정의한다면 '배워서 아는 법'을 제시하는 책이다.

우리에게 너무나 익숙한 "배우고 때로 익히면 기쁘지 아니한가學而時習之 不亦說乎"로 시작해서 "명을 알지 못하면 군자가 될 수 없으며, 예를 알지 못하면 설 수 없으며, 말을 알지 못하면 사람을 알 수 없다不知命 無以爲君子也 不知禮 無以立也 不知言 無以知人也"라는 구절로 끝을 맺는 불후의 고전이다.

『논어』는 수많은 논란에도 2000년이 넘도록 한국, 중국, 일본 등 동아시아 국가들의 인생 철학서이자 통치 철학서로 굳건하게 입지를 지키고 있다.

『논어』는 중국 최초의 어록이다. 공자 사후에 제자들과 당대 문인들이 공동 편찬한 것으로 추정된다. 공자가 제자 등 여러 사람들의 질문에 대답하고 토론한 것이 '논'이고 제자들에게 가르친 것을 '어'라고 칭한다. 각 구절의 첫머리가 "자왈子曰"로 시작하는 『논어』는 격언과 금언의 보고다.

『논어』에 드러나 있는 유교 사상의 핵심은 몇 가지 단어로 추려낼 수 있다.

첫 번째는 '예禮'다. 춘추전국시대 말기, 인간의 본질적 가치마저 무너지는 어지러운 세상을 경험했던 공자는 끊임없이 예를 외쳤다. 「안연顔淵」편에 나오는, "예가 아니면 보지 말고 예가 아니면 듣지 말며 예가 아니면 말하지 말고 예가 아니면 행동하지 말라非禮勿視 非禮勿聽 非禮勿言 非禮勿動"는 공자 사상의 전모를 보여주는 유명한 구절이다.

형식을 포함한 몸과 마음의 자세를 의미하는 '예'는 더 나아가 모든 것의 이름을 바르게 세우는 '정명正名 사상'으로 귀착된다. 임금은 임금다워야 하고, 신하는 신하다워야 한다는 논리다.

두 번째가 '인仁'이다. '仁'은 곧 사람人을 뜻하는 글자와 둘二의 합성어다. 즉 사람과 사람 간의 관계를 의미하는 말이다. "자기가 서고자 한다면 다른 사람을 세워주고, 자기가 이루고자 한다면 다른 사람을 이루게 해야 한다己欲立而立人 己欲達而達人"라는 구절은 '인'의 정신을 잘 설명해준다. '예'가 행위 규범이라면 '인'은 도덕적 자각을 의미한다.

세 번째가 '중용中庸'이다. 공자는 "예를 행하는 데는 조화가 중요하다禮之用 和爲貴"라고 강조했다. 이 조화가 바로 중용이다. 중용은 "지나친 것은 모자란 것과 같다"라는 '과유불급過猶不及'의 정신으로 이어진다.

『논어』는 20세기 이후 오히려 서구 지식인들에게 매력적인 텍스트로 평가받고 있다. 십자군전쟁도 마녀사냥도 없이 2000년을 이어 내려온 유교 사상이 그들의 눈길을 끄는 건 어쩌면 당연한 일이다.

『논어』는 인, 군자, 천, 중용, 예, 정명 등 공자의 기본 윤리 개념을 모두 담고 있다. 문장은 간결하면서도 함축적이다. 문장 간의 연계가 없는 듯하지만 깊이 생각해보면, 공자의 인격으로 합쳐진다. 『논어』는 또한 그의 제자들이 기록한 공자의 일상적인 모습도 많이 담고 있다. 모든 내용이 공자의 깊은 인생 경험의 결정체로, 음미할수록 가치가 있다. 전한 시대에 처음 편찬된 것으로 알려져 있으나 아직 정설은 없다.

장자, 『장자』

동양 사상이 추구하는
궁극의 경지

진인眞人은 그 모습이 우뚝하나 무너지는 일이 없고, 뭔가 모자라는 듯하나 남에게 받으려 하지 않고, 한가로이 홀로 서 있으나 고집스럽지 않고, 넓게 비어 있으나 겉치레가 없다.

동양의 고전『장자』는 매력적인 책이다. 하지만 정작 책의 저자인 장자에 대한 정보는 찾기 어렵다.

장자에 대한 가장 오래된 기록은 사마천의 『사기』에 나오는 275자가 전부다. 그 기록에 따르면 장자는 전국시대 몽蒙이라는 지역에 살았던 사람으로 본명은 '주周'이고 옻나무밭을 관리하는 하급관리를 지낸 사람이다. 몽은 지금의 하이난성 지역이다. 그는 생몰연도조차 불분명하다. 기원전 370년쯤 태어났다고 추정할 뿐이다.

장자가 우리에게 익숙한 것은『장자』라는 책 때문이다. 그런데 이 책도 베일에 싸여 있기는 마찬가지다. 사마천의 기록에 따르면 기원전 1세기 무렵 10만여 자로 된『장자』라는 책이 있었다고 한다. 지금 남아 있

장자 莊子 정확한 생몰연도는 미상이나 맹자와 거의 비슷한 시대에 활약한 것으로 전해진다. 관영인 칠원에서 일한 적도 있으나, 그 이후로 평생 벼슬길에 들지 않았으며 10여 만 자에 이르는 저술을 완성했다. 초나라 위왕이 그를 재상으로 삼으려 했으나 사양했다. 장자는 노자와 마찬가지로 도道를 천지만물의 근본 원리라고 본다. 장자는 도가 있지 않은 곳이 없다고 한다. 장자의 사상은 조선 전기에 이단으로 배척받기도 했으나 산림山林의 선비들과 문인들이 그 문장을 애독했다. 기원전 289년경 사망했다.

는『장자』는 모두 33편으로 북송의 철학자 곽상이 엮은 것이다. 학자들은 33편 중 내편內篇 7편이 장자가 직접 쓴 것이고, 외편外篇과 잡편雜篇 26편은 후학이 서술한 것이라고 본다.

거의 평생을 지방의 하급관리로 지낸 장자는 자연스럽게 독서, 유랑, 관조, 사색의 시간을 많이 가졌다. 타고난 천재에다가 후천적 경험을 섞어 그가 만들어낸 결과물이 바로『장자』다.

장자는 천지만물의 기본원리가 '도道'라고 봤다. 여기서 도는 어떤 대상을 욕망하거나 소유하지 않는 무위無爲하고 자연스러운 것을 의미한다. 장자는 더 나아가 "삶은 좋고 죽음은 나쁘다" 하는 식의 실용을 중시하는 통념을 의심했다.

계수나무는 먹을 수 있어 잘리고, 옻나무는 쓸모 있어 베인다. 표범은 그 아름다운 털가죽 때문에 재앙을 맞는다. 사람들 모두 '쓸모 있음의 쓸모'는 알고 있어도, '쓸모없음의 쓸모無用之用'는 모르고 있구나.

이 구절은 사람들의 습관, 즉 인습을 등지고 살았던 장자의 면모를 잘 드러낸다.『장자』는 심리학이나 인식론, 혹은 언어학적으로 봤을 때 매우 매력적인 텍스트다. 그 유명한 '호접지몽胡蝶之夢'에 관한 이야기를 보면 장자 사상의 품이 얼마나 넓은 것인지 다시 한번 생각하게 된다.

어느 날 장자는 나비가 되어 날아다니는 꿈을 꾸다가 잠에서 깬다. 자리에서 일어난 장자는 이렇게 말한다.

내가 나비가 된 꿈을 꾼 것인가. 아니면 나비가 장자가 된 꿈을 이제 막 꾸기 시작한 것인가?

이 대목에서 많은 서양철학자가 떠오른다. 언뜻 "너 자신을 아는 것이 곧 우주를 아는 것"이라고 했던 소크라테스 생각도 나고, "내가 존재한다는 것을 도대체 어떻게 알 수 있는가"라고 외쳤던 데카르트가 떠오르기도 한다.

장자의 사상을 흔히 '노장老莊 사상'이라고도 부른다. 장자보다 이른 시대에 쓰인 노자의 『도덕경』과 『장자』가 닮았기 때문이다. 두 사람이 창시하고 계승한 도가 사상은 면면히 이어져 동양 사상의 깊은 뿌리가 됐다. 현대를 사는 우리가 인식하고 있든, 그렇지 못하든 동양인의 세계관과 판단력 속에는 노장사상이 담겨 있다.

"착한 일을 하더라도 이름이 날 정도로 하지 말라"라는 구절이나, "마음이 사물의 흐름을 타고 자연스럽게 노닐도록 하고, 무엇을 꾸미려고 하지 말라"라는 구절을 접할 때면 유불선儒佛仙을 막론하고 동양인들이 오랫동안 궁극의 경지라고 추앙했던 지점을 느낄 수 있다.

내가 가장 좋아하는 구절은 다음 구절이다. 세상 잡사를 따라 이리저리 휩쓸려 흐르느라 나 자신을 잃어버릴 때면 떠올린다.

흐르는 물은 사람의 얼굴을 비춰주지 않는다. 정지하고 있는 물만이 비춰줄 수 있다.

『장자』는 중국의 철학과 종교, 특히 선종의 발전에 막대한 영향을 미쳤다. 이 책의 중요성은, '도道'를 노자가 『도덕경』에서 천명한 '무위자연無爲自然에 의한 조화'보다 더 복잡하고 계몽된 형이상학적 '숙명주의'로 해석한 데 있다. 『장자』에 따르면 "인간은 만물유전의 법칙에 거스를 수 없다는 것을 알았을 때 비로소 깨달음을 얻을 수 있다. 그 결과 스스로를 속박하는 개인의 목표나 전통 및 주위 환경 등으로부터 해방되어, 모든 것을 감싸는 신비스러운 도와의 조화 속에서 거리낌 없이 살게 된다"라고 한다. 삶과 죽음을 초월하여 절대 무한의 경지에 자유롭게 머무는 것이 삶의 목적이 되어야 한다는 뜻이다.

플라톤, 『국가론』(기원전 380?)

서양철학의
시작과 끝

지중해가 내려다보이는 아테네 외항 피레에프스에 있는 폴레마르코스의 집에서 열띤 토론이 벌어진다. 소크라테스가 주도한 이 토론의 주제는 '정의'다.

집주인 폴레마르코스가 말한다.

"선한 자를 이롭게 하고 악한 자를 해롭게 하는 게 정의입니다."

그러자 소크라테스가 반론을 제기한다.

"대상이 악하다고 해서 그를 해롭게 하는 것이 과연 정의일까요?"

이때 궤변론자인 트라시마코스가 나서서 논점을 흐린다.

"정의는 다스리는 자의 이익입니다. 다스리는 자가 옳다고 정한 규칙을 따르면 그것이 결국 옳은 것이 되기 때문입니다."

다시 소크라테스가 나선다.

"정의로운 다스림의 본질은 다스림을 받는 자들을 이롭게 하는 것입니다. 또한 다스림으로 이익을 얻는다면 올바른 다스림이라고 볼

플라톤 Platon 기원전 428년경 그리스 아테네에서 태어났다. 청년 시절 소크라테스를 스승으로 삼아 그에게 많은 영향을 받았다. 플라톤의 모든 사상은 소크라테스의 연장이며 발전이고, 그의 저서는 모두 소크라테스를 주인공으로 한 대화편이다. 스승 소크라테스의 죽음에 큰 충격을 받은 플라톤은 정치가의 꿈을 버리고 정의를 가르치기로 결심했다. 한때 자신의 이상 국가를 실현하고자 시칠리아의 참주 디오니소스를 도왔으나, 그의 과두정치를 비판하다가 노예로 팔리기까지 했다. 후에 그의 저작을 본 키레네 사람에 의해 해방되어 귀국한 뒤 아카데미를 건립하고 제자 양성에 전력하면서 저작에 몰두했다. 『향연』, 『국가론』 등 주요 저술이 여기서 이루어졌다. 기원전 347년경 사망했다. 이외에도 『변명』, 『파이돈』, 『법률』 등을 썼다.

수는 없죠."

플라톤의 명저 『국가론』에 나오는 구절이다. 지금으로부터 2400년 쯤 전에 벌어졌을 이 토론은 흡사 마이클 샌델의 『정의란 무엇인가』를 떠올리게 한다. 바꿔 말하면 샌델의 '정의'는 플라톤의 연장선상에 있는 담론일 뿐이다. 이처럼 플라톤이 철학계에 끼친 영향은 절대적이다. 오죽했으면 철학자 화이트헤드가 "모든 서양철학의 전통은 플라톤에 대한 각주에 불과하다"라고 했을까.

플라톤의 『국가론』은 전체 10권으로 이루어진 책이다. 책의 주요 등장인물은 플라톤의 스승인 소크라테스다. 플라톤은 자기가 그토록 존경했던 스승 소크라테스의 입을 빌려 자신의 철학을 이야기한다. 『국가론』 1권은 주로 정의에 관한 토론이 등장하고, 흔히 '대화편'이라고 불리는 2권부터 플라톤의 사상이 본격적으로 전개된다.

플라톤은 세계를 이분법적 사고로 구분했다. 이데아의 세계와 현상의 세계가 그것이다. 이데아는 플라톤의 철학을 이해하는 데 아주 중요한 개념이다. 이성으로 인식하는, 눈에 보이지 않는 사물의 본성을 의미하는 말이다.

예를 들어 꽃이 한 송이 있다고 하자. 눈에 보이는 꽃은 하나의 현상에 불과하다. 이데아는 꽃에서 인식되는 향기나 아름다움이다. 즉 이데아는 어떤 사물이 지닌, 눈에 보이지 않는 본질이다.

플라톤은 현상(감각)의 세계는 선이 아니라고 보았다. 오직 이데아를 바탕으로 한 이성적인 인간이 되어야 한다고 주장했다. 플라토닉러브Platonic love라는 개념도 이데아론을 바탕으로 만들어진 것이다. 육체를 멀리하고 이성적인 물음을 통해 진정한 사랑에 도달해야 한다는 게 그의 생각이었다.

플라톤은 이것을 정치에 이식해 철인정치론을 펼친다. 이데아를 인식할 수 있는 인간, 즉 철인이 세상을 통치해야 한다는 논리다. 그는 주인공 소크라테스의 입을 빌려 이렇게 말한다.

이상 국가란 말일세, 철학자들이 국가를 통치하지 않는 한, 혹은 철학을 공부해 국가를 다스리지 않는 한 실현되기 어려운 것일세.

이상 국가를 꿈꾼 플라톤은 귀족정치를 옹호했다. 그는 국민을 통치자·보조자·생산자로 구분했다. 언뜻 보면 신분 사회를 조장한 듯 보이지만 내용을 들여다보면 나름의 깊은 뜻이 있다. 플라톤이 말하는 귀족정치는 요즘 흔히 말하는 노블레스 오블리주 개념과 일맥상통한다.

한 예로 플라톤은 통치자와 귀족들의 사유재산을 부정했다. 심지어 통치계급끼리는 가족들까지 공유해야 한다고 주장했다. 엘리트 정치나 이분법 때문에 플라톤은 아리스토텔레스 이후 지금까지 숱한 학자들에게 비판을 받았다. 하지만 그가 던진 국가와 인간에 대한 근본적인 사유들은 여전히 넘을 수 없는 거대한 산맥으로 남아 있다.

플라톤은 그 유명한 펠로폰네소스전쟁 중에 태어나 성장했다. 그는 인간 세계의 혼란상을 지켜보며 강하고 정의로운 인간과 권력을 꿈꿨다. 하지만 권력은 옳기 어렵고, 옳은 것은 권력이 되기 어렵다. 이 모순은 플라톤 이후 2400년이 지난 오늘도 해결되지 않았다.

철학적으로 정의로운 사회의 출발은 플라톤의 『국가론』이다. 플라톤은 구성원 각자가 자기의 일에 몰두하고 그것이 조화를 이루는 사회가 정의로운 사회라고 말했다. 플라톤이 『국가론』을 쓸 때는 지중해 세계의 질서가 크게 요동치던 시기였다. 자연 세계에서 인간 세계로 철학적 관심이 이동하면서 무엇이 올바른 삶이며, 무엇이 올바른 정치체제인가 하는 관심이 고조된 때였다. 플라톤은 이 당시 여러 갈래로 흐르던 생각들의 흐름을 '이데아'라는 하나의 핵심 개념으로 묶어냈다.

마르쿠스 아우렐리우스, 『명상록』(2세기경)

황제 철학자의
깊은 통찰

스스로 만 년 동안이나 살 수 있는 것처럼 행동하지 말라. 죽음은
언제나 그대 위에 걸려 있다. 그대가 사는 시간은 그대가 어찌할 수
있는 게 아니다. 그러므로 그대는 선량하라.

동양의 무위자연설을 연상하게 하는 이 구절은 로마 황제이자 철
학자인 마르쿠스 아우렐리우스의 『명상록』에 나오는 말이다.

로마 5현제賢帝 가운데 마지막 황제인 아우렐리우스는 영화나 드라마
에 자주 등장하는 인물이다. 2001년 아카데미 수상작인 리들리 스콧 감
독의 영화 〈글래디에이터〉에서 총애하는 막시무스에게 로마를 물려주
려다 아들에게 죽임을 당하는 바로 그 황제다. 물론 아우렐리우스는 아
들의 손에 죽지는 않았다. 영화적 설정일 뿐, 실제 아우렐리우스는 게르
만족과 싸우던 중 도나우 강변 전쟁터에서 병으로 죽었다. 하지만 왕위
를 물려받은 아들 코모두스가 폭군이었고, 그로 인해 로마가 쇠퇴의 길
을 걸었다는 것은 분명한 역사적 사실이다. 그를 마지막으로 로마가 저

마르쿠스 아우렐리우스 Marcus Aurelius 121년에 태어난 아우렐리우스는, 로마 제국의 제16대 황제
(재위 161~180)이자 5현제賢帝의 마지막 황제이며 후기 스토아학파 철학자였다. 그는 하드리아누스 황제의
총애를 받아 '가장 진실한 자'라는 칭호를 얻기도 했다. 일찍이 아버지를 여읜 아우렐리우스는 안토니누
스 피우스 황제의 양자가 된 후 집정관을 거쳐 로마 황제로 즉위했다. 그의 통치기는 전란과 전염병이 잇
따라 발생하는 등 경제적, 군사적으로 어려운 시기였다. 그는 공정하고 깨끗한 정치를 추구했으며, 시리
아와 이집트 등을 순방하던 중 병으로 생을 마감했다.

물어갔기 때문에 우리는 그 이름을 더 기억하는지도 모른다.

그가 우리에게 익숙한 이유는 또 있다. 아우렐리우스는 선천적으로 철학자적 기질을 타고난 사람이었다. 그가 쓴 『명상록』은 통치술을 담은 황제의 저서라기보다는 삶과 죽음을 고민했던 한 철학자의 저서에 가깝다. 명언을 골라서 모아놓았다는 책마다 아우렐리우스가 빠짐없이 등장하는 것은 그의 언술이 생활철학적 요소를 듬뿍 지닌 스토아학파의 영향권에 있기 때문이다. 아우렐리우스는 세상의 섭리를 인정하고 받아들여 올바르고 겸허한 태도로 살아야 한다고 주장했던 스토아학파를 대표하는 인물이다.

『명상록』은 아이러니하게도 전쟁터에서 주로 쓰였다. 『명상록』이 메모 묶음처럼 구성되어 있는 것도, 유난히 죽음에 관한 통찰이 많이 담겨 있는 것도 이 책이 죽음이 넘쳐나는 급박한 전쟁터에서 쓰였기 때문이다. 말이 나온 김에 죽음에 대한 경구를 한번 읽어보자.

죽음은 피조물을 구성하는 요소들의 해체 외에 아무것도 아니다. 따라서 선도 악도 아니다. 그러므로 두려워할 필요가 없다. 삶에서 일어나는 행복과 불행, 고통과 쾌락에 일희일비하면서 죽음을 두려워하는 자는 우주의 섭리를 이해하지 못하는 자다.

아우렐리우스는 우리가 껴안고 살아가는 공포와 집착 같은 것이 '그릇된 표상' 때문에 생겨난다고 주장했다. 먹구름이 몰려오고 비가 오는 건 햇살이 밝게 비치는 것과 반대되는 자연 현상일 뿐인데, 우리는 그것을 보고 '두려움'이나 '어둠' 같은 쓸데없는 표상을 만든다는 것이다.

로마의 마지막 전성기를 지키느라 전쟁터의 천막에서 주로 생활했던 아우렐리우스는 기록상으로 보면 매우 매력적인 캐릭터다. 카이사르처럼 위대해지려고 하지도 않았고, 하드리아누스처럼 격조 있는 황제가 되려고 하지도 않았으며, 안토니우스처럼 멋지게 보이려고 하지도 않았다.

그는 그저 싸늘한 달빛이 비치는 어느 날 밤, 전쟁터의 진흙탕을 홀로 걸으며 오늘 하루 정의로웠는지, 의무를 다했는지, 선량했는지 하며 번민했던 예민한 보통 사람이었다. 『명상록』에는 이런 말도 있다.

편지를 쓸 때는 소박하게 쓸 것, 나를 모욕하고 무례한 짓을 하는 자들에 대해서 마음을 풀고 융화할 수 있는 기풍을 기를 것.

아우렐리우스는 로마 전체는 모르겠지만 자기 자신만큼은 완벽하게 지배했던 현인이었다. 어쩌면 황제라는 자리는 그에게 맞지 않았는지도 모른다.

그가 찾아내서 규정한 이른바 '이성'에 대한 해설은 오랜 시간 서구인들의 도덕성에 영향을 미쳤다.

환상을 없애라. 충동을 억제하라. 당신의 지배적 이성으로 하여금 당신을 지배하게 하라.

마르쿠스 아우렐리우스는 플라톤이 꿈꾸던 철인哲人 황제를 구현한 인물이다. 그가 후세에 이러한 평가를 받는 것은 황제로서 정무에 종사할 때나 전선에 나가 전투를 지휘하는 동안에 기록해두었던 일기 『명상록』이 세상에 알려졌기 때문이다. 수사학적이고 시적으로 쓰인 이 일기의 필사본에는 '나 자신에게'라는 제목이 붙어 있었다. 실제로 이 책에는 자신의 결함에 대한 경계, 신의 섭리, 인생의 무상함, 인류에 대한 관용 등 자신과의 치열한 싸움의 흔적이 고스란히 담겨 있다.

토머스 쿤, 『과학혁명의 구조』(1962)

'패러다임'으로
과학사에 우뚝 선 걸작

늘씬한 키에 수줍음이 많은 하버드대학 물리학과 수석 졸업생이 있었다. 수재라는 찬사가 자자했지만 이 젊은이가 훗날 세계 지성사를 뿌리째 뒤흔들 것이라 예견한 사람은 많지 않았다. 하지만 그는 책 한 권으로 과학계는 물론 철학, 정치학, 사회학 등 모든 지식 분야에 새로운 이정표를 세웠다.

『과학혁명의 구조』를 쓴 토머스 쿤이 세상을 홀리는 데는 단어 하나로 충분했다. 바로 '패러다임Paradigm'이라는 개념이다. 그는 이 개념으로 인류가 그렇게 오랫동안 신봉해왔던 귀납적 과학관에 치명적인 내상을 입혔다.

흔히 식자들은 '명저'의 조건을 말할 때 "그 책이 세상에 나오기 이전과 이후를 뚜렷하게 이분해버린 책"이라고 한다. 『과학혁명의 구조』는 이 조건에 딱 들어맞는 책이다.

쿤 이전 지식인들의 사고는 철저히 귀납적 가치에 함몰되어 있었

토머스 쿤 Thomas Kuhn 1922년 미국 오하이오 주 신시내티에서 태어났다. 1943년 하버드대학 물리학과를 수석 졸업했다. 학부생들에게 자연과학 개론을 강의하면서 과학의 역사적 측면에 깊은 관심을 갖게 되었고, 이 관심이 과학 사상의 혁명적 변화에 대한 이해로 이어지면서 철학, 사회학, 언어학 등을 두루 섭렵한 새로운 과학혁명의 이론적 체계를 세우게 되었다. 1956년 버클리대학으로 옮겨 과학사를 강의했으며, 스탠퍼드대학의 행동과학 고등연구센터에서 사회과학자들과 함께 연구 활동을 한 것을 계기로 '패러다임(paradigm)'이라는 새로운 개념을 창안해냈다. 1962년에 발간한 『과학혁명의 구조』는 광범위한 영역에서 활발한 논의를 불러일으켰다. 1996년 후두암으로 세상을 떠났다. 주요 저서로 『코페르니쿠스 혁명』, 『주요한 긴장』 등이 있다.

다. 기존 성과에 새로운 성과들이 누적되어 결과가 나오는 것이 곧 지식의 세계였다. 과학도 마찬가지였다. 쿤은 이러한 누적된 가치에 의문을 제기했다. 쿤은 특정한 결론을 위한 누적 가치가 신봉되는 시기를 '정상과학의 시기'라고 명명했다.

이 정상과학의 시기에 과학자들은 배운 것 이상을 넘어서지 못한다. 학교에서 가르쳐준 이론과 방식대로 연구하고 그것에 추가적인 지식을 얹어놓을 뿐이다. 간혹 기존 가치를 부정하는 사례가 발견된다고 해도 예외로 인정하는 정도로 끝낸다. 선입견과 습관, 주류를 부정하지 못하는 두려움 같은 것들이 모여 정상과학의 시기는 유지된다. 자신이 속한 패러다임을 부정하지 못하는 것이다.

이 같은 특성 때문에 정상과학은 오히려 한순간에 붕괴한다. '과학혁명'이 찾아오는 것이다. 이것이 바로 패러다임 변화다. 패러다임 변화가 찾아오면 과거는 전면 부정된다.

쉽게 설명하자면 이런 것이다. 자동차 시대가 온 다음 사람들은 그 많던 마차가 다 어디로 갔는지, 마부는, 말들은 또 어디로 갔는지 궁금해하지도 않는다. 자동차라는 새로운 패러다임이 왔으니까 당연한 일이다. 전면 부정은 바로 이런 것이다.

쿤은 코페르니쿠스, 뉴턴, 라부아지에, 다윈, 아인슈타인처럼 패러다임 변화를 가져온 과학자들을 정치혁명가와 같은 맥락에서 본다. 그는 과학혁명이 '정상과학 → 위기 → 혁명 → 새로운 정상과학'이라는 흐름으로 진행된다고 결론을 내렸다.

패러다임의 새로운 후보는 처음에는 지지자도 거의 없고 지지자의 동기도 의심스러운 경우가 많다. 그럼에도 불구하고, 지지자들이 유능한 경우에는 패러다임을 개량하고, 그 가능성을 탐구하고, 그것에 의해 인도되는 과학자 사회가 어떤 것이 되는가를 보여주게 된다. 그리고 그런 일이 진행됨에 따라, 만일 패러다임이 투쟁에서 승리를 거둘 운명이라면, 설득력 있는 논증들의 수효도 강도가 증가될 것이다. 그에 따라 보다 많은 과학자들이 개종하게 될 것이고 새 패러다임의 탐사 작업이 계속될 것이다.

1962년 쿤이 『과학혁명의 구조』를 출간하자 과학계는 최악의 서평을 선사한다. 과학사적 변화가 논리적인 논증이 아니라 개종改宗과 같은 혁명을 통해 가능하다고 했으니 합리주의로 무장한 과학자들이 기분이 좋았을 리 없다.

격렬한 찬사가 들려온 건 뜻밖에도 비과학 분야에서였다. 책 출간 이후 '패러다임'이라는 말은 철학계를 비롯해 사회, 정치, 역사, 예술 분야에서 유행병처럼 퍼져나갔다.

합리주의 진영의 좌장이었던 칼 포퍼와 그 유명한 '포퍼-쿤 논쟁'이 벌어진 것도 이 무렵이었다.

쿤은 학계 스타였지만 수줍은 성격대로 조용히 살았다. 1996년 일흔네 살의 나이로 세상을 떠날 때까지 버클리대학, 프린스턴대학, MIT 등 강단에 섰고, 별다른 외부 활동을 하지는 않았다. 그는 물리학자 막스 플랑크의 말을 빌려 『과학 혁명의 구조』에 이런 문장을 남겼다.

새로운 과학적 진리는 그 반대자들을 이해시킴으로써 승리를 거두는 것이 아니다. 그 반대자들이 죽고 새로운 진리를 신봉하는 세대가 주류가 되기 때문에 승리하게 되는 것이다.

토머스 쿤은 명징하고 객관적 진리의 발견이라는 과학의 오래된 믿음을 반박하며, 패러다임이 판단에 우선한다고 주장했다. 과학자가 어떠한 패러다임을 믿고 있느냐에 따라 동일한 현상을 관찰하더라도 전혀 다른 것들을 발견하는 결과가 나온다는 것이다. "사람에게 보이는 것은 그가 보는 것뿐만 아니라 그가 이전에 겪은 시각적, 개념적 경험이 그에게 보도록 가르친 것에도 의존한다"라는, 인식 그 자체의 발견을 담은 책이 바로 『과학혁명의 구조』다. 이 책은 시카고대학 출판부가 발간한 학술서 중 가장 널리 읽힌 책으로 100만 부 이상 팔렸다.

레이첼 카슨, 『침묵의 봄』(1962)

환경윤리의 기본 틀을 제시한
최고의 과학 논픽션

낯선 정적이 감돌았다. 새들은 도대체 어디로 가버린 것일까? 새들이 먹이를 쪼아 먹던 뒷마당은 버림받은 듯 쓸쓸했다. 죽은 듯 고요한 봄이 온 것이다.

이렇게 시작하는 레이첼 카슨의 저서 『침묵의 봄』이 세상을 바꾸는 데는 10년이 걸리지 않았다. 책을 읽고 충격을 받은 미국 케네디 행정부는 1963년 환경문제 자문위원회를 백악관에 설치했고, 1969년 미 의회는 국가환경정책법안을 통과시켰다. 카슨의 외침은 '지구의 날'이 제정되는 결정적인 계기가 되기도 했다.

20세기 최고의 과학 논픽션으로 손꼽히는 『침묵의 봄』은 우여곡절 끝에 탄생한 책이다. 존스홉킨스대학에서 유전학을 공부한 생물학자 레이첼 카슨은 1958년 매사추세츠에 사는 조류학자이자 친구인 허킨스에게서 편지를 한 통 받는다. 편지에는 주 정부에서 모기를 없애기 위해

레이첼 카슨 Rachel Carson 1907년 미국 펜실베이니아 주 스프링데일에서 태어났다. 1925년 펜실베이니아 여자대학에 입학하여 생물학을 전공했다. 대학을 졸업하고 우즈홀 해양생물연구소의 장학생이 된 뒤 존스홉킨스대학에 입학하여 1932년 동물학 석사학위를 받았다. 1936년에서 1952년까지 16년 동안 어류야생물청에서 근무했다. 해양 자연사를 다룬 『바닷바람을 맞으며』(1941)와 『우리를 둘러싼 바다』(1951)를 출판하면서 유명 인사가 되었다. 1952년 공직에서 은퇴한 뒤 북아메리카 해변의 자연사를 다룬 『바닷가』(1955)를 출판해 베스트셀러 작가가 되었다. 1956년 이후 합성살충제의 오염 문제를 제기하기 시작했다. 1962년 일간지에 이 문제를 다룬 『침묵의 봄』 요약판이 연재되자 큰 반향을 일으켰으며 책으로 출판되어 세계적인 베스트셀러가 되었다. 1964년 56세의 나이로 사망했다.

비행기로 살충제 DDT를 살포했는데 이 때문에 자기가 기르던 새들이 모두 죽었다는 내용이 담겨 있었다. 당국에 항의했지만 당국은 DDT가 동물에 무해하다며 항의를 묵살했다는 내용도 포함되어 있었다.

직관적으로 뭔가 문제가 있음을 알아챈 카슨은 학자로서 모든 역량을 걸고, 아무렇지도 않게 들판에 뿌려지는 살충제의 유해성을 밝혀내기로 마음먹는다. 당시 가장 흔하게 사용되던 DDT, DDD, 알드린, 딜드린 같은 살충제가 뿌려진 곳을 찾아다니던 카슨은 학자 이전에 한 생명체로서 큰 충격을 받는다.

마을은 어떤 마술적 주문에 걸린 것 같았다. 병아리 떼가 원인 모를 병으로 죽어갔고, 소나 양들도 죽어갔다. 사방이 죽음의 장막으로 덮였다. 소름이 끼칠 정도로 이상하리만큼 조용했다.

카슨은 독성 화학물질의 사용이 토양과 동식물에 미치는 피해를 과학적으로 조사해 책에 담기 시작했다. 연구를 하면 할수록 결과는 참혹했다. 독성 화학물질이 처음에는 해충을 줄여주는 것처럼 보이지만 해충을 먹고사는 천적들도 함께 죽이면서 결과적으로 해충의 수를 줄이는 데 실패하고 있었다. 살아남은 해충들은 살충제에 대한 내성이 생겨, 비싼 비용을 치른 기존 살충제는 무용지물이 되어가고 있었다. 더 큰 문제는 토양에 뿌려진 살충제가 인체에도 축적되고 있다는 사실이었다.

지금이야 유독성 살충제 같은 화학물질이 생태계 순환 고리에 끼치는 악영향을 누구나 알고 있지만 책이 처음 출간된 1962년에는 그렇지 않았다. 책 출간 직후 카슨은 엄청난 비난에 시달려야 했다. 정부와 언론, 그리고 관련 업계는 찰스 다윈이 『종의 기원』을 발표했을 때 신학자들이 가했던 박해에 버금가는 비난을 그에게 퍼부었다.

화학회사들은 "인간 생활에 큰 도움을 주는 살충제를 깎아내려 현대 문명을 중세 암흑시대로 되돌려놓고 있다"라며 카슨의 연구를 평가 절하했다. 심지어 몇몇 언론은 카슨이 "감정에 호소하는 단어를 사용해 비과학적인 논리로 소란을 일으키는 히스테릭한 여성"이라는 인신공격도 서슴지 않았다. 카슨은 혼자 싸워야 했다. 그의 이론을 지지하는 학자나 시민단체도 많지 않았다.

책이 논란을 불러일으키자 CBS TV는 카슨을 인터뷰한다. "자연은 결국 정복하고 이용해야 할 대상이지 않으냐" 하는 기자의 질문에 카슨은 이렇게 대답한다.

미생물이든 인간이든 모든 생명체는 지구에서 생존할 가치와 권리가 있습니다. 누구라도 힘으로 이것을 밀어내면 안 됩니다. 인간이 자연을 상대로 전쟁을 벌인다면 자연은 언젠가 인간을 상대로 더 참혹한 전쟁을 벌일 겁니다.

지금 생각하면 지당한 말일지 모르지만 카슨은 외로웠다. 당시에는 그의 말을 이해하고 믿는 사람이 많지 않았던 것이다. 그러나 세월이 흘러 카슨의 주장이 모두 맞는 것으로 드러났다. 한 힘없는 여성 학자의 탁월한 관찰력과 굳은 의지에 경의를 표하고 싶다.

〈타임〉이 선정한 20세기 가장 중요한 인물 100인 중 한 사람이기도 한 레이첼 카슨은 이 책을 통해 화학물질의 폐해를 고발했다. 이 선구적인 환경운동가는 과학기술의 발달이 현대인의 생활을 풍요롭고 윤택하게 할 것이라는 기대에 일격을 가하며, 오히려 과학기술을 오·남용할 때 그것이 환경파괴와 환경오염이라는 엄청난 재앙을 불러올 수도 있다는 사실을 알리고자 했다.

루트비히 비트겐슈타인, 『논리철학논고』(1921)

"내 언어의 한계는 곧
내 세계의 한계"

1911년 어느 날 깡마른 독일계 청년이 당대 최고의 철학자였던 버트런드 러셀의 케임브리지대학 연구실에 나타났다.

"선생님, 제가 바보인지 아닌지 말씀해주십시오."

"대체 왜 그런 걸 묻지?"

"바보라면 비행사가 되고, 만약 바보가 아니라면 철학자가 되려고요."

"그러면 철학에 대한 자네의 생각을 정리해서 방학 끝나고 리포트로 제출해보게. 그때 대답해주지."

청년은 리포트를 들고 러셀을 다시 찾아왔다. 리포트 첫 문장을 읽은 러셀은 청년의 눈을 바라보며 이렇게 말한다.

"자네는 비행사가 되면 안 되겠네."

첫 문장만으로 러셀을 감동하게 한 청년은 루트비히 비트겐슈타인이다. 훗날 철학의 수도승이라 불리며 학계에 파란을 몰고 온 천재 비트겐슈타인은 이렇게 철학계에 발을 들여놓았다.

비트겐슈타인은 원래 공학도였다. 독일계 유대인으로 오스트리아

루트비히 비트겐슈타인 Ludwig Wittgenstein 1889년 오스트리아 빈에서 태어났다. 1911년부터 영국의 철학자 버트런드 러셀과 교우하며 논리학과 수학의 기초를 연구하기 시작했고, 1939년 영국 케임브리지대학의 철학교수가 되었으며 1951년 케임브리지에서 사망했다. 생전에 출간된 책은 『논리철학논고』한 권밖에 없지만, 비트겐슈타인의 사유는 20세기의 분석철학과 언어철학을 발전시키며 언어의 본질과 가능성, 한계 등을 해명하는 데 크게 공헌했다. 후기 철학이 담긴 『철학적 탐구』(1953)는 그가 세상을 떠난 뒤 출간되었다.

빈에서 태어난 그는 베를린 샤를로텐부르크 공과대학과 맨체스터 공과대학을 다녔다. 오스트리아 철강왕이던 아버지의 영향 때문이었다. 하지만 그는 러셀의 『수학의 원리』를 읽고 철학에 관심을 갖기 시작했고, 결국 케임브리지대학으로 가 러셀의 제자가 된다.

케임브리지대학에서 다섯 학기를 보낸 그는 철학에 집중하기 위해 노르웨이 시골로 들어가 자신의 이론을 정리하기 시작한다. 그러던 중 제1차 세계대전이 터졌고, 그는 오스트리아 군대에 입대한다. 전쟁터 참호와 포로 수용소에서 그는 짧은 책을 한 권 써서 러셀에게 보냈다. 바로 『논리철학논고』다. 이 책은 논리 실증주의와 언어철학의 중요한 토대를 마련한 명저다.

비트겐슈타인은 결론을 내는 것이 불가능한 과제에 도전하고 있는 애매모호한 철학을 난센스라고 비난했다. 그러면서 "논할 수 없는 것에 대해서는 침묵해야 한다. 내 언어의 한계는 곧 내 세계의 한계다"라는 유명한 명제를 던진다. 그는 수많은 철학적 난제들이 언어 사용의 불명확성 때문에 생긴 것이라고 믿었다.

철학적 저술에 기반을 둔 대부분의 명제와 질문들은 거짓이 아니라 헛소리들이다. 그런 질문들에 대해서는 어떠한 답도 할 수 없다. 다만 그것들이 말도 안 되는 헛소리라는 걸 입증할 수 있을 뿐이다.

말할 수 없는 것에 대해 억지로 말하는 순간 철학은 헛소리가 된다고 주장한 그는 철학을 연구했다기보다는 철학을 살았던 인물이다. 평생에 걸쳐 몸으로 철학을 실천한 현인이었던 것이다.

그는 후기 저작 『철학적 탐구』(1953)에서 자신의 이론을 일부 수정한다. 초기 이론에서 벗어나 문맥 상황에 따라 언어의 의미가 바뀐다는 걸 인정한 것이다. 하지만 언어 작용의 오해가 철학의 본질을 해친다는 중심 사상에는 변화가 없었다. 비트겐슈타인은 고독하고 신비로운 인물이다. 그래서 더욱 많은 마니아를 거느린 현대철학의 신화다. 그의 삶은 한 사람의 인생이라고는 보기 힘들 만큼 파란만장하다. 유복한 집안에서 태어나 철학교수가 된 그는 어느 날 "교수 생활은 살아 있는 죽음"이라며 학교를 박차고 나와 초등학교 교사, 정원사 등을 하며 살았고, 유산으로 물려받은 엄청난 재산을 지인들에게 나누어주고 가구 하나 없는 방에서 성직자 같은 삶을 살았다.

그가 살면서 씨줄 날줄로 관계를 맺었던 사람들의 면면을 보는 것도 흥미롭다. 어릴 적에는 집에 자주 찾아오던 브람스와 말러 등 음악가를 비롯해 클림트 같은 화가들과 자주 어울렸고, 앙숙이었던 칼 포퍼와는 한동네 출신이었다. 나중에 그의 유산을 기부받은 사람 중에는 시인 릴케도 있었다. 재미있는 건 히틀러와의 인연이다. 히틀러는 소년 시절 학교 동창이었던 비트겐슈타인을 보고 외모, 재력, 두뇌 등 다방면에 걸친 콤플렉스에 시달리며 반유대주의의 싹을 키워나갔다.

온몸으로 철학을 살았던 비트겐슈타인은 1951년 4월, "아주 멋진 삶을 살았다고 전해달라"라는 유언을 남기고 예순두 살의 나이로 세상을 떠났다. 사욕이라고는 손톱만큼도 없었던, 자신에게 가혹했던 괴팍한 천재는 그렇게 전설이 됐다.

『논리철학논고』는 비트겐슈타인 생전에 출간된 유일한 철학서로 그의 전기 사상을 담고 있다. 제1차 세계대전 중 쓴 이 짧은 책을 통해 비트겐슈타인은 모든 문제를 해결했다고 생각해 철학을 그만뒀다는 일화가 전해지기도 한다.

에리히 프롬, 『소유냐 존재냐』(1976)

"소유는 곧 속박이다"
산업사회의 불행을 예견하다

설악산에서 길을 잃은 적이 있다. 전국 일주를 염두에 두고 있던 터라 등에는 내 몸무게만 한 배낭을 지고 있었고, 날은 이미 어두워 졌는데 쌀쌀한 날씨에 비까지 퍼붓기 시작했다. 배낭은 비에 젖어 천근만근으로 무거워졌고 한 걸음 내딛는 게 벅찰 정도로 탈진했다. 어디에도 표지판은 없었고 공포가 밀려왔다. 휴대폰이 없던 시절이 었으니 절망감은 더했다.

나는 결국 애지중지하던 배낭을 버렸다. 아끼던 옷들과 여행용품, 취사도구, 책 등이 가득한 배낭을 버리는 게 쉬운 일은 아니었다. 하지만 배낭을 버리니 몸은 날아갈 것 같았다. '소유'를 버리니 '존재' 가 행복해졌다. 가벼워진 몸으로 겨우 길을 찾아 더듬더듬 산을 내려오는데 가방이 아깝다는 생각은 들지 않았다.

여행을 다녀온 지 얼마 안 돼서 손에 잡았던 에리히 프롬의 『소유 냐 존재냐』는 그래서 더욱 마음에 남았다.

에리히 프롬 Erich Fromm 1900년 독일 프랑크푸르트의 유대인 가정에서 태어났다. 1918년 프랑크푸르트대학 법철학과에 입학했으나 1919년 하이델베르크대학으로 옮겨 사회학을 공부했다. 당시 교수는 정치경제학자인 막스 베버의 동생 알프레트 베버, 카를 야스퍼스 등이었다. 1922년 하이델베르크대학에서 박사학위를 받은 뒤, 뮌헨대학과 베를린의 정신분석연구소에서 정신분석을 연구했다. 1933년 나치 치하의 독일을 떠나 미국으로 망명할 즈음 정신분석학자로서 명성을 얻었다. 『자유로부터의 도피』(1941)는 정치심리학의 선구적인 저서로 널리 알려졌으며 『사랑의 기술』(1956)은 세계적 베스트셀러가 되었다. 1976년에는 『소유냐 존재냐』를 저술했다. 1980년 자택에서 타계했다. 이외에도 「인간 상실과 인간 회복」 「건전한 사회」 「희망의 혁명」 등의 작품을 썼다.

1900년 독일 유대인 가정에서 태어나 훗날 미국으로 망명한 프롬은 파란 많은 삶을 살았던 학자다. 프롬은 프랑크푸르트대학과 하이델베르크대학에서 법학, 사회학, 철학을 전공했다. 당시 스승이 알프레트 베버, 카를 야스퍼스, 하인리히 리케르트 등이었다. 박사학위를 받은 그는 프리다 라이히만 밑에 들어가 정신분석학을 공부한 다음 그 유명한 프랑크푸르트연구소에 들어간다. 아도르노, 마르쿠제, 벤야민, 노이만 등이 연구소 동료였다. 프롬은 제2차 세계대전 이후 미국으로 망명해 교수 생활을 했고, 멕시코를 거쳐 말년에는 스위스에서 숨을 거두었다.

다양한 국가와 전공, 스승 및 동료들과 조우하며 살았지만 그의 본질적 스승은 두 명뿐이었다. 프로이트와 마르크스다. 프롬은 프로이트에게서 인간의 심연을 배웠고, 마르크스에게서는 사회구조를 배웠다. 이 둘을 바탕으로 프롬이 제시한 것이 '사회적 성격'이라는 개념이었다. 이른바 성격이라고 말하는 개인의 특징에는 그 사람이 속한 사회의 공통된 특질이 담겨 있다는 개념이다.

프롬은 현대 산업사회가 만들어내는 사회적 성격, 즉 '소유 지향'이 인간을 불행하게 만든다고 주장했다. 현대인에게 익숙한 '소유'라는 개념은 인류 전체 역사로 봤을 때는 오히려 낯선 개념이라는 게 그의 생각이었다.

프롬의 이 생각은 충분히 수긍이 간다. 인류가 가장 존경하는 '정신적 교사'인 부처와 예수를 보자. 부처는 인간이 일정한 경지에 오르기 위해 '소유를 갈망하지 말 것'을 수없이 강조했다. 예수도 마찬가지였다. 예수는 「누가복음」에서 "사람이 온 세계를 얻고도 자기를 잃거나 망치면 무엇이 유익하겠느냐" 하고 설파했다.

모든 걸 다 가진 재벌가의 딸이나 수백 억 재산에 연봉이 수억 원에 이르는 사람이 자살을 했다는 소식을 접하면 '소유냐 삶이냐'의 명제는 영원히 유효하다는 생각이 든다.

프롬은 '소유적 인간'은 더 많은 것을 얻기 위해 일하기 때문에 불행하다고 말한다. 소유를 중시하기 때문에 타인에게 적대적일 수밖에 없고, 소유욕이라는 것은 무한증식하는 속성이 있어 영원한 만족이란 없기 때문이다. 반면 '존재적 인간'은 더 높은 완성을 이루기 위해 살기 때문에 평화롭고, 소유에 집착하지 않기 때문에 매사에 당당하며, 삶을 소유물로 생각하지 않기 때문에 죽음에 대한 두려움이 덜하다.

대중적이라는 비판을 받기도 하지만 프롬의 주장은 언제 봐도 매력적인 구석이 많다. 사실 김수환 추기경이나 법정 스님에게서 프롬의 그림자를 발견하게 되는 것도 우연은 아니다. 프롬의 다음과 같은 구절은 외우고 싶다.

소유는 사용에 의해 감소될 수밖에 없는 것들을 바탕에 두고 있다. 하지만 지적 창조력이나 이성, 사랑 같은 존재적 가치는 실행하면 실행할수록 증대된다.

『소유냐 존재냐』는 소유양식과 존재양식을 대비하는 구조로 전개된다. 소유양식은 대상화한 객체를 소유하고 소비하는 방식이라면, 존재양식은 세계와 하나가 되는 실존양식이다. 소유양식은 수동적인 반면 존재양식은 자발적이고 생산적이며 주체를 성장하게 한다. 에리히 프롬은 현대 사회에 만연한 인간 소외가 바로 소유양식에서 기인한다고 진단한다. 그에 따르면 존재양식은 "오로지 지금, 여기(hic et nunc)"에만 있는 반면 소유양식은 "과거, 현재, 미래라는 시간 안"에 있다. 에리히 프롬은 주체와 객체를 모두 사물화하는 폐단을 낳는 소유양식에서는 나의 소유물이 나의 존재를 정의하는 주체이므로, 나의 참 존재를 찾고 삶의 의미를 얻기 위해서는 존재양식을 따라야 한다고 설파한다.

3

절망 속에서도
희망을 노래하는
인간의 자화상

J. D. 샐린저, 『호밀밭의 파수꾼』(1951)

영원한 순수 그린
미국 문학의 백미

고등학교에 갓 입학했을 무렵, 집에 굴러다니던 잡지에서 짧은 수기를 읽은 적이 있다. 내용은 주인공 여자가 한 남자를 사랑했지만 집안 반대로 다른 사람과 결혼을 하게 됐다는 그렇고 그런 이야기였다. 수기에서 여자는 "어느 추운 날 테니스를 칠 때 그 남자의 입에서 뿜어져 나오는 입김이 되고 싶을 정도로 그를 사랑했지만 이젠 떠난다"라고 고백하고 있었다. 난 분노했다. 사랑한다면서 어떻게 그럴 수 있는지 이해가 되지 않았다. 어른들의 위선이 도무지 이해되지 않았다.

하지만 30년쯤 지난 지금 난 기성세대가 됐고, 어느샌가 그런 상황을 이해할 수 있게 됐다. 순수함만으로 인생을 살아갈 수 없다는 것도 안다. 슬프지만 말이다.

물론 그렇다고 어른들의 세상이 절대적으로 옳은 것은 아니다. 제롬 데이비드 샐린저가 쓴 『호밀밭의 파수꾼』은 바로 그 이야기를 하고 있다. 이 소설이 세계인들에게 통과의례처럼 읽히는 이유는 바로 우리가

J. D. 샐린저 Jerome David Salinger 1919년 미국 뉴욕에서 태어났다. 뉴욕에서 공립학교와 사관학교를 다녔다. 프린스턴대학교와 스탠퍼드대학교를 중퇴하고 제2차 세계대전 때 자원입대했다. 글쓰기에 몰두해 21세에 처음으로 단편 「젊은이들」을 발표한 뒤로 〈뉴요커〉 등의 잡지에 많은 작품을 발표했다. 『호밀밭의 파수꾼』이 성공하고 대중의 큰 관심을 받았지만 1965년 이후 작품을 발표하지 않았으며 1980년 이후로는 언론 인터뷰도 하지 않았다. 급기야 말년에는 은둔하며 지내다 2010년 생을 마감했다. 주요 작품으로 연작 형식의 『아홉 가지 이야기』(1953), 『프래니와 주이』(1961), 『목수들아, 지붕의 대들보를 높이 올려라: 시모어 서장』(1963) 등이 있다.

잊고 있었던 순수의 자화상이기 때문이다.

『호밀밭의 파수꾼』은 뉴욕 맨해튼에 사는 열여섯 살 소년 홀든 콜필드가 4개 과목에서 낙제를 받아 사립학교에서 퇴학당하면서 시작한다. 학교를 나온 그는 집에 돌아가지 않기로 결심하고 2박 3일간 뉴욕을 방황한다.

홀든에게는 구원이 필요했지만 세상은 전혀 위로가 되지 못한다. 사람들은 돈과 권력만 좇는 위선자일 뿐이었다. 시나리오 작가인 형은 자신의 재능을 자본에 팔아먹은 사람이었고, 존경하던 선생님은 유혹을 해서 그에게 실망을 준다. 여자 친구도 오로지 주류에 편입되는 것에만 관심이 있는 속물이다. 묵고 있는 모텔의 종업원마저 그가 어리다는 이유로 사기를 치려고 덤벼든다.

센트럴파크에서 "연못의 물이 얼면 오리들이 어디로 가는지 아세요?"라고 묻는 따뜻하고 순수한 심성을 가진 소년을 세상은 이해하지 못한다. 홀든은 서부로 갈 결심을 하고 마지막으로 사랑스러운 여동생 피비를 만난다. "오빠는 모든 일을 다 싫어하는 거지? 오빠가 뭘 좋아하는지 한 가지만 말해봐"라는 피비의 질문에 홀든은 이렇게 답한다. 소설의 핵심 장면이다.

나는 늘 호밀밭에서 꼬마들이 재미있게 놀고 있는 모습을 상상하곤 했어. (…) 어른이라곤 나밖에 없는 거야. 그리고 난 아득한 절벽에 서 있어. 내가 할 일은 아이들이 절벽으로 떨어질 것 같으면 재빨리 붙잡아주는 거야. 애들이란 앞뒤 생각 없이 마구 달리는 법이니까 말이야. 그때 어딘가에서 내가 나타나서 꼬마를 떨어지지 않게 붙잡아주는 거지. 온종일 그 일만 하는 거야. 말하자면 호밀밭의 파수꾼이 되고 싶은 거지. 바보 같은 얘기라는 걸 나도 알아. 하지만 정말 내가 되고 싶은 건 그거야.

홀든은 결국 집으로 돌아가 정신과 치료를 받는다. 치료를 받아야할 대상이 홀든인지, 아니면 세상인지 알 수 없지만 그의 짧은 방황은 그렇게 끝이 난다.

1951년 소설이 처음 출간되자 미국 사회는 논쟁에 휩싸인다. 소재 자체가 미국 사회의 치부를 들추는 데다 사용한 언어도 직설적이었기 때문이다. 사회적으로 공인된 직업인 교사, 목사 등을 비난한 것도 이 유였다. 하지만 논란이 계속될수록 책 판매는 급속도로 늘었고, 윌리엄 포크너 같은 대작가는 "20세기 최고의 소설"이라는 극찬을 보냈다. 『호밀밭의 파수꾼』은 전 세계적으로 1500만 부 이상 팔렸고, 지금도 미국 내 각종 도서관에서 가장 많이 대출되는 도서다. 이 책이 한 시대를 풍미하는 가장 큰 이유는 우리가 사는 세상이 여전히 허위로 가득 차 있기 때문일지도 모른다.

샐린저는 맨해튼 맥버니중학교에서 퇴학당한 자신의 경험을 살려 이 소설을 썼다. 그는 미국을 대표하는 세계적인 베스트셀러 작가가 됐지만 2010년 눈을 감을 때까지 은둔자 같은 삶을 살았다. 유명 영화감독인 엘리아 카잔이 『호밀밭의 파수꾼』을 영화로 만들겠다고 찾아갔을 때 샐린저는 "홀든이 싫어할까 봐 두렵다"라는 이유로 청을 거절했다.

그는 단 한 순간도 속물일 수 없었던 '호밀밭의 파수꾼'이었다.

J. D. 샐린저의 자전적인 성장소설로 젊은이들에게 막강한 영향을 끼쳤다. 일부 보수주의자들은 고등학교 도서관에서 이 책을 없애야 한다고 주장하기도 했으나 출간되자마자 큰 성공을 거두었다. 1999년 미국도서관협회가 발표한 '50권의 위대한 금서' 목록에 포함되었으며 1998년 미국 랜덤하우스 출판사가 선정한 '20세기 영미 100대 소설'로 뽑혔다.

마르셀 프루스트, 『잃어버린 시간을 찾아서』(1913~1927)

기억으로 완성한
현대소설의 교향곡

'프루스트 현상The Proust Effect'이라는 게 있다.

특정한 냄새나 맛, 소리로 인해 무의식적으로 기억이 다시 살아나는 현상을 일컫는다. 이 말은 프랑스 소설가 마르셀 프루스트 이름에서 따온 것이다.

프루스트의 유명한 소설 『잃어버린 시간을 찾아서』에는 성인이 돼가는 주인공이 어느 날 홍차에 적신 마들렌을 먹는 순간 마음이 기쁨으로 넘치면서 예전 기억들이 떠오르는 장면이 나온다. 이 유명한 장면 때문에 '프루스트 현상'이라는 심리학 용어가 생겨났다. 바로 이 부분이다.

과자 부스러기가 섞여 있는 한 모금의 차가 입천장에 닿는 순간 나는 소스라쳤다. 나의 몸 안에 이상한 일이 일어나고 있는 것을 깨닫고, 뭐라 형용키 어려운 감미로운 쾌감이, 외따로, 어디에서인지 모르게 솟아나 나를 휩쓸었다. 그 쾌감은 사랑의 작용과 같은 투로, 귀

마르셀 프루스트 Marcel Proust 1871년에 프랑스 오퇴유에서 태어났다. 9세에 시작된 천식이 지병이 되어 평생을 괴롭혔다. 학창 시절 동인지 〈향연〉을 발행했으며 문학작품으로 상을 받기도 했다. 파리대학 법학부에서 공부했으나, 평생 별다른 직업 없이 문학에만 전념했다. 날카로운 감수성은 그의 작품을 풍성하게 해주었고, 지병에도 굴하지 않고 단편집 『쾌락과 나날』(1896), 자전적 소설 『장 상퇴유』(1896~1900)를 썼다. 1922년 폐렴으로 사망했는데, 그 후에 방대한 양의 미발표 원고와 3000통이 넘는 편지가 발견되었다.

중한 정수를 채우고, 그 즉시 나로 하여금 삶의 무상을 아랑곳하지 않게 하고, 삶의 재앙을 무해한 것으로 여기게 하고, 삶의 짧음을 착각으로 느끼게 하였다.

사실 과거는 마음대로 할 수 있는 영역에 있는 게 아니다. "과거는 지성의 영역 밖, 그 힘이 미치지 못하는 곳에, 우리가 꿈에도 생각하지 못했던 어떤 물질적인 대상 안에 숨어 있다"라는 프루스트의 말처럼 지나간 일들은 억지로 떠오르기보다는 어느 순간, 어떤 계기로 갑자기 떠올라 나를 엄습할 때가 더 많다.

『잃어버린 시간을 찾아서』는 전체 7편으로 구성된 소설인데 주인공은 나(마르셀)다. 1인칭 고백 형식으로 부르주아 출신 주인공의 시선을 따라 이야기가 전개된다.

주인공 '나'는 감수성이 풍부하고 예민한 공상가 같은 인물로 사교계를 출입하며 인생의 어두운 이면에 절망한다. 사회적인 명성, 여인에 대한 동경 등 보편적으로 인간이 지니는 욕망에 회의를 느낀 것이다. 그러던 어느 날 그는 우연히 마들렌을 먹다가 무의식적으로 과거 기억을 떠올리며 자신이 가야 할 길을 자각한다. 시간의 위대함을 알게 되면서 그가 찾아낸 것은 예술적 자아다. 유추하자면 예술만이 시간의 파괴력을 이길 수 있다는 걸 깨달았다고나 할까.

이 소설에서 가장 중요한 코드는 시간성이다. 시간성을 중심으로 이야기가 전개되고, 그 이야기들이 모이는 곳은 '스완네 집' 같은 하나의 공간이다. 시간과 공간이 몽환적으로 배치되다 보니 줄거리를 말하기조차 모호하다. 무슨 기하학 퍼즐을 보는 것 같다.

『잃어버린 시간을 찾아서』에서 시간은 전지전능하다. '나'와 주변 모든 인간들은 시간 앞에서 그저 덧없이 흘러가는 존재일 뿐이다. 소설은 주인공이 동경했던 사람들이 늙고 초라해진 모습으로 게르망트 가家 파티에 참석한 모습을 길게 묘사한다. 소설에서 인생은 언제나 그렇게 '잃어버린 시간'일 뿐이다.

시간에 풍화되어버린 인생을 관조적으로 그리다 보니 소설은 철저하게 역동적인 사건이 아닌 내적 풍경을 담고 있다. 바로 이 점이 프루스트 소설의 묘한 매력이다. 물론 다소 지루할 수도 있다. 하지만 조금만 집중해 읽으면 한 구절 한 구절 잠언으로 이루어진 거대한 교향곡을 만나는 느낌이 든다.

『잃어버린 시간을 찾아서』에는 현대소설의 원전이라 할 만큼 모든 소설적 실험이 숨어 있다. 무의식에 대한 탐구, 회상에 기댄 의식 흐름 기법, 시간성과 공간성을 무시한 소설적 구조 등은 요즘 소설가들도 쉽게 운용하기 힘든 기법이다. 그 모든 것을 대성당을 짓듯 한 편의 소설에 담아냈으니 그 가치는 대단하다.

프루스트는 천성적으로 병약한 공상가였다. 심한 천식 환자였고, 한때는 지나친 쾌락을 추구하기도 했으며, 어머니 죽음에 충격을 받아 평생 외톨이로 지낸 사람이었다. 그 외톨이가 방에 처박혀 어린 시절의 낙원을 회상하면서 10여 년 동안 매달린 소설이 바로 『잃어버린 시간을 찾아서』다.

소설에서 내가 가장 좋아하는 부분은 다음 구절이다. 후반부에 마르셀이 사라진 알베르틴을 회상하는 장면이다.

망각, 이것이야말로 현실과 끊임없이 대립하며 아직 살아남아 있는 과거를 조금씩 파괴해가기 때문에 참으로 강력한 연장이다.

20세기 문학의 새로운 장을 연 작품. 프루스트가 14년에 걸쳐 쓴 이 책에는 무려 500여 명의 인물들이 등장한다. 1편은 출판사를 찾지 못해 자비로 출판했지만 2편은 공쿠르상을 받았다. 6편과 7편은 작가 사후에 출판되었다. 소설의 복잡한 구조로 인해 고딕 양식의 대성당이나 교향악에 비유되기도 한다. T. S. 엘리엇은 "제임스 조이스의 『율리시스』와 마르셀 프루스트의 『잃어버린 시간을 찾아서』. 20세기 최고 2대 걸작을 읽지 않고 문학을 논하지 말라"라는 말을 남겼다.

토마스 만, 『마의 산』(1924)

죽음 앞에서 묻는
인간 존재의 의미

　병원에 잠시 입원한 적이 있다. 공교롭게도 내가 입원해 있던 병실 복도 반대편이 중환자실이었다. 가끔씩 다급한 발걸음 소리와 작은 흐느낌이 들려오곤 했다. 한 사람이 생을 마감했다는 사실을 짐작하는 건 어렵지 않았다.

　그날 죽은 자도 한때는 꿈이 있었을 것이고, 누군가를 사랑했을 것이며, 어쩌면 세상을 바꾸고 싶은 열망이 있었을지도 모른다. 복도 건너편에서 매일 벌어지는 죽음은 그렇게 나를 무거운 고민에 빠지게 만들었다.

　그 여름, 난 병실에 누워 삶과 죽음에 대해 많은 생각을 했다. 그때 떠오른 책이 독일의 대문호 토마스 만의 『마의 산』이었다.

　사실 내가 『마의 산』을 처음 읽게 된 계기는 대학 시절 읽었던 무라카미 하루키의 『상실의 시대』 때문이었다. 당시 대학생들이 통과의례처럼 읽었던 『상실의 시대』에는 주인공 와타나베가 대학 캠퍼스에서

토마스 만 Thomas Mann　1875년 독일 뤼베크의 부유한 집안에서 태어났다. 보험회사에 근무하면서 뮌헨대학에서 미술사와 문학사 등을 청강했다. 하지만 이내 글쓰기에 전념해 1898년 단편집 『키 작은 프리데만 씨』를 발표했고 1901년 장편소설 『부덴브로크 가의 사람들』을 펴내면서 작가로서 이름을 알렸다. 그 외 『트리스탄』(1903), 『대공 전하』(1905), 『요셉과 그 형제들』(1934), 『파우스트 박사』(1947) 등의 책을 펴냈다. 소설가뿐 아니라 평론가로서도 탁월하여 문학, 예술, 철학 등 많은 분야에서 평론과 수필을 남겼다. 평론집으로 『응답』(1922), 『시대 요구』(1930), 『정신의 고귀』(1945) 등이 있으며 수필로는 『파리 방문기』(1926) 등이 있다. 1929년 『부덴브로크 가의 사람들』로 노벨문학상을 수상했다. 죄르지 루카치가 "세계 문학사에서 가장 위대한 작가"라고 지목한 그는 81세의 나이에 사망했다.

『마의 산』을 탐독하는 모습이 묘사되어 있다. 왜 그가 『마의 산』을 읽는지, 도대체 왜 꼭 『마의 산』이어야 했는지 너무나 궁금했다. 그래서 읽어본 책은 쉽지 않은 소설이었다. 하지만 만만치 않은 만큼 오랫동안 마음에 남는 깨달음이 있었다.

장례식에는 사람을 고양시켜주는 무엇이 있어. 나는 정신적으로 고양되려면 옛날부터 교회에 가지 말고 장례식에 가야 한다고 가끔 생각한 적이 있어. 장례식에선 다들 엄숙하고 경건해지지. 평소처럼 쓸데없는 농담을 하는 사람도 없어. 나는 사람들이 가끔 경건해지는 모습을 보는 걸 좋아해.

사람들이 가장 경건해지는 순간은 죽음 앞에 섰을 때다.

소설 『마의 산』은 죽음에 대해 전혀 고민해본 적 없는 스물네 살의 주인공 한스 카스토르프가 죽음을 대면하면서 인식의 변화를 겪는 과정을 다룬다.

카스토르프는 사촌 요아힘 침센을 문병하기 위해 알프스 산속 다보스에 있는 베르크호프라는 결핵 요양소를 방문한다. 토마스 만은 이 베르크호프를 마魔의 산山이라는 공간으로 형상화해냈다. 베르크호프에서 카스토르프는 자신도 결핵 환자라는 충격적인 사실을 알게 되고 요양원에 입원한다. 하루아침에 죽음과 맞대면하게 된 카스토르프는 7년이라는 시간을 입원해 있으면서 삶과 죽음에 대한 경험과 사유를 넓혀나간다.

그가 요양원에서 만난 사람들은 각기 다른 개성을 지닌 상징적인 스승들이다. 그들 중 이탈리아 출신의 계몽주의자 세템브리니는 카스토르프에게 평지로 내려가라고 권유한다. 하지만 카스토르프는 그의 말에 귀 기울이지 않는다. 이미 죽음에 익숙해진 데다 같은 요양원의 쇼샤 부인에게 마음을 빼앗긴 상태였기 때문이다. 요양원에는 나프타라는 유대인도 있었는데 그는 기독교 독재와 폭력을 지지하는 중세적 인물이다. 인도네시아에서 커피 사업을 했던 페퍼코른은 삶의 역동성을 중시하는 인물로 지적 유희를 즐기는 세템브리니나 나프타와는 또 다른 속성을 지녔다.

카스토르프는 당시 유럽 사회를 지배하던 관념을 상징적으로 대변하는 세 사람을 지켜보며 삶과 죽음, 종교, 철학, 역사, 사회, 신화 등을 고민한다. 이런 식으로 인식의 모험을 계속하던 카스토르프가 정신이 죽음에 지배되어서는 안 된다는 결론을 내리고 완쾌되지 않은 몸으로 제1차 세계대전에 참전하는 것으로 소설은 끝을 맺는다.

토마스 만이 12년에 걸쳐 집필한 『마의 산』은 사회적 휴머니즘이라는 토마스 만 문학의 정수를 보여주는 작품이다. 읽는 것만으로도 지적 유희를 느낄 수 있는 최고의 교양소설이기도 하다. 주인공들이 논쟁을 하는 모든 장면은 각기 하나의 담론이라고 봐도 무방하다. 시간에 대해 서술한 다음 구절은 담론을 넘어 깨달음이다.

시간 단위는 단순한 약속일 뿐이야. 시간에는 눈금이 없지. 세기가 바뀔 때 총을 쏜다거나 종을 울린다든지 하는 것은 우리 인간들뿐이야.

토마스 만은 전설이 되어버린 스토리텔러다. 그의 전설은 철저한 대가 위에서 완성된 것이었다. 1913년 처음 글을 쓰기 시작했지만 제1차 세계대전을 필두로 시작된 사회 혼란 속에서 여러 차례 집필을 쉬어야 했다. 세상이 그를 놔두지 않았던 것이다. 하지만 그는 모든 인간의 가치가 뒤바뀌는 인류사의 전환기를 목도하면서 12년에 걸쳐 거대한 산

맥을 하나 완성했다. 그것이 『마의 산』이다.

토마스 만이 폐렴으로 요양원에서 치료받던 아내를 문병하러 간 경험을 바탕으로 쓴 책이다. 발표되자마자 열광적인 반응을 얻었으며, 앙드레 지드는 노벨문학상을 받은 『부덴브로크 가의 사람들』보다 『마의 산』이 더 훌륭하다고 말했다. 〈뉴욕 타임스〉가 선정한 '20세기 최고의 책 100선'에 뽑혔다.

T. S. 엘리엇, 『황무지』(1922)

수줍은 거인이 낳은
현대의 묵시록

뮤지컬 작곡가 앤드루 로이드 웨버는 1970년대 초 공항에서 우연히 고양이를 통해 인간 사회를 풍자하는 시집을 읽고 무릎을 쳤다.

"바로 이거야."

역사상 가장 성공한 뮤지컬이라는 평을 듣는 〈캣츠〉의 원작자가 노벨문학상을 받은 시인 T. S. 엘리엇이라는 사실을 아는 사람은 드물다. 뮤지컬 〈캣츠〉는 엘리엇의 우화 시집 『노련한 고양이에 관한 늙은 주머니쥐의 지침서Old Possum's Book of Practical Cats』를 바탕으로 만들어졌다.

엘리엇은 백과사전 같은 사람이었다. 그가 남긴 문학작품에는 서구의 역사, 신화, 전설, 사상 등이 폭넓게 유기적으로 녹아 있다. 시집 『황무지』는 엘리엇의 대표작이다. 총 433행으로 구성된 『황무지』의 첫 구절을 모르는 사람은 없다.

4월은 가장 잔인한 달, 죽은 땅에서 라일락을 키워내고, 추억과 욕

T. S. 엘리엇 Thomas Stearns Eliot 1888년 미국 세인트루이스에서 태어난 영국의 시인이자 극작가, 문학비평가. 하버드대학교와 프랑스 소르본대학교, 영국 옥스퍼드대학교에서 철학과 문학을 공부했다. 문학잡지 〈크라이티어리언〉을 만들기도 했는데, 『황무지』 역시 이 잡지를 통해 발표했다. 제1차 세계대전과 제2차 세계대전 동안 20세기 문화에 큰 영향을 끼쳤다. 제2차 세계대전 중에 발표한 『사중주 네 편』(1943)으로 당시 현존하는 가장 위대한 영국의 시인이자 문학가로 인정받아 1948년 메리트훈장과 노벨문학상을 받았다. 주요 작품으로 극작품 『칵테일파티』(1950), 에세이집 『시와 극』(1951), 『시와 운율』(1957) 등이 있다. 1965년 런던에서 사망했다.

망을 뒤섞고, 잠든 뿌리를 봄비로 깨운다, 겨울이 오히려 우리를 따뜻하게 해주었다

해마다 4월만 되면 인용되는 이 구절은 깊은 함의를 지니고 있다. 엘리엇은 얼어붙은 땅을 뚫고 가녀린 새싹이 돋아나는 4월을 오히려 잔인한 고통의 달로 묘사했다. 시 전체를 통해 탄생 속에 죽음이 있고, 그 죽음 속에 탄생이 있다는 생명 윤회를 이야기한다. 시 원문을 보면 제목 '황무지' 밑에 라틴어로 이렇게 쓰여 있다.

나는 쿠마에의 무녀巫女가 조롱 속에 매달려 있는 것을 내 눈으로 보았다. 아이들이 무녀에게 "무엇을 원하느냐"고 묻자 그녀는 "죽고 싶다"고 말했다.

시 전체의 분위기를 전달하는 이 라틴어 문장은 무엇을 의미할까. 로마신화를 보면 이탈리아 남부 도시 쿠마에에는 유명한 무녀가 있었다. 이 무녀를 총애한 아폴로신은 그의 청을 받아들여 한 주먹의 모래알 숫자만큼이나 긴 인생을 살 수 있는 능력을 주었다. 영생을 준 것이다. 그러나 무녀는 깜빡하고 젊음을 달라는 말을 하지 않았다. 영생을 얻기는 했지만 끊임없이 늙어갔기 때문에 그는 점점 몸이 쪼그라들었고 조롱 속에 들어갈 지경이 되어버렸다. 살아 있는 게 죽음보다도 못한 상황, 그래서 무녀는 "제발 죽게 해달라"고 읍소했던 것이다.

총 5부로 구성되어 있는 『황무지』는 현대인을 조롱 속의 무녀와 동일시한다. 황무지에서 죽은 것과 다름없이 살아가는 것이 현대인의 삶이라고 본 것이다. 시가 쓰인 1922년은 제1차 세계대전 직후였다. 그는 전후 유럽의 정신적 황폐를 상징적인 시로 표현했던 것이다. 물론

훗날 엘리엇 본인이 밝혔듯 자신의 무의미한 삶에 대한 회의도 동시에 담겨 있다.

『황무지』 1부에는 새벽안개가 잔뜩 긴 런던 브리지를 건너 출근하는 사람들의 모습이 나온다. 엘리엇은 이 모습을 단테의 『신곡』에 나오는 죽은 자들의 행렬로 묘사한다. 2부에서는 체스 게임을 하는 사람들을 통해 무의미한 일상을 보여준다. 3부에는 욕망에 젖어 신음하는 런던의 종말론적 풍경이 펼쳐진다. 4부에서는 물에 던져져 재생 없는 죽음을 맞는 페니키아인 플레버스의 이야기를 통해 무한한 자유를 이야기하고, 5부에서는 드디어 비를 몰고 오는 먹구름이 등장하면서 끝을 맺는다. 시의 마지막은 "샨티 샨티 샨티Shantih shantih shantih"로 끝난다. 샨티는 산스크리트어로 '평화'를 의미한다.

비밀문서를 연상하게 할 만큼 어려운 이 시는 읽으면 읽을수록 그 뜻이 새롭게 다가온다. 『황무지』는 35명에 달하는 작가의 작품과 신화, 전설을 뒤섞어 막 싹트기 시작한 현대의 절망을 노래했다. 흡사 현대 문명의 탐욕스럽고 절망적인 상황을 드러내 보여주는 현대의 묵시록 같다.

현대사의 비극인 베트남전의 악몽을 암시적으로 보여준 프랜시스 포드 코폴라 감독의 영화 〈지옥의 묵시록〉(1979)을 자세히 보면 카메라가 두 권의 책을 비춘다. 제임스 조지 프레이저의 『황금가지』와 제시 웨스턴의 『제식으로부터 로망스로』가 그것이다. 두 권 모두 주술과 전설을 지나 인류가 어떻게 종교와 문명을 얻어왔는지를 보여주는 책이다. 다시 말해 이 책들은 인류의 종교와 문명의 가치가 사실은 주술적인 것에서 시작됐음을 말해준다.

엘리엇은 이 두 권의 책에서 얻은 영감을 바탕으로 황무지를 썼음을 인정했다. 참고로 코폴라 감독의 영화 〈지옥의 묵시록〉 원제는

〈Apocalypse Now(현대의 묵시록)〉이다.

제1차 세계대전 후 황폐해진 유럽을 상징적인 소재와 구성으로 구현해낸 작품. 원래 800행 정도였으나 에즈라 파운드의 제의로 433행으로 줄었다고 한다. 「죽은 자의 매장」「체스 놀이」「불의 설교」「익사」「천둥이 한 말」 등 총 5부로 구성되어 있다. 의식의 흐름 기법을 동원하여 써 내려간 이 시는 단테와 셰익스피어 등 고전을 많이 인용했다.

가브리엘 가르시아 마르케스, 『백년 동안의 고독』(1967)

남미대륙의 슬픈 역사 그려낸
마술적 리얼리즘

평자들은 가브리엘 가르시아 마르케스의 소설 『백년 동안의 고독』에 '마술적 리얼리즘'이라는 수식을 붙인다. 맞는 말이다. 마르케스의 소설은 등장인물 이름부터가 주술이다.

『백년 동안의 고독』은 등장인물의 가계도를 따로 봐야 이해할 수 있을 만큼 복잡하고 유장한 소설이다. 호세 아르카디오 부엔디아 가문의 100년사를 다룬 소설인데 등장하는 주인공들의 이름은 길기도 길지만 비슷하기까지 하다. 호세 아르카디오 부엔디아의 아들 이름은 아우렐리아노 부엔디아와 호세 아르카디오이고, 호세 아르카디오의 아들은 17명 전부 이름이 아우렐리아노다. 이런 식으로 5대에 걸친 거의 모든 등장인물 이름에 아우렐리아노 아니면 아르카디오가 들어간다. 이 복잡한 주인공들 이름을 계속 읽다 보면 흡사 마법의 주문을 외는 듯한 느낌마저 든다.

남미는 사연 많은 슬픈 대륙이다. 스페인의 침략과 착취, 그로 인한 문화와 인종 정체성의 혼란, 뒤이어 들이닥친 극단적인 자본주의와 군

가브리엘 가르시아 마르케스 Gabriel Garcia Marquez　1927년 콜롬비아의 한 가난한 집안에서 태어났다. 콜롬비아국립대학과 카르타헤나대학에서 법학과 저널리즘을 공부했다. 1950년부터 15년 동안 콜롬비아, 프랑스, 베네수엘라, 미국 등지에서 언론인으로 일했다. 프란츠 카프카의 『변신』을 읽고 작가가 되기로 결심한 마르케스는 1940년대 말 단편소설을 쓰기 시작했다. 첫 작품은 1955년 발표한 「낙엽」, 그 후 국가를 위해 싸웠으나 잊힌 퇴역 군인 이야기 「아무도 대령에게 편지하지 않았다」(1961)를 썼고, 그 외 단편집 『마마 그란데의 장례식』(1962)과 『암흑의 시대』(1962) 『내 슬픈 창녀들의 추억』(2004) 등을 펴냈다. 2014년 멕시코시티에서 사망했다.

사독재, 좌익 혁명과 마약 산업. 남미 역사는 왜곡되고 병든 근대화의 한 전형을 그대로 보여준다.

『백년 동안의 고독』은 콜롬비아 마콘도라는 마을에 정착한 부엔디아 가문의 역사를 통해 남미의 일그러진 자화상을 그려낸다.

소설은 호세 아르카디오 부엔디아가 사촌 여동생 우르술라와 근친상간 결혼을 하는 이야기로 시작한다. 마치 남미판 『천일야화』를 보는 것처럼 소설 속에서는 수많은 사건들이 일어난다. 부엔디아의 후손들이 겪는 사건은 하나같이 숙명적이다. 마을에서 가장 뛰어난 두뇌라는 소리를 듣던 2대 아르카디아는 집시가 전해준 문명에 세뇌되어 미치광이 같은 인생을 살고, 다른 아들 아우렐리아노 대령은 반정부 봉기에 참여해 비참한 어릿광대 같은 인생을 살아간다.

그 후손들 역시 마찬가지다. 모두 지독한 역사의 격랑에 휘말려 희생되거나, 아니면 근친상간 같은 반윤리적인 행위를 저지른다. 결국 맨 마지막 후손이 돼지 꼬리가 달린 채 태어나고, 가문은 막을 내린다.

소설을 통해 마르케스는 남미의 고독과 상처를 상징적으로 보여준다. 소설 속 역사적 장치는 매우 사실적이다. 스페인과 영국의 지배, 밀려드는 미국 자본에 의한 원주민 수탈, 정부군과 반군의 대립 등을 순차적으로 묘사한다. 이 때문에 『백년 동안의 고독』은 일종의 증언문학 성격을 띤다.

사실적인 줄거리를 지니고 있지만 작품에는 기막히고 환상적인 장치들이 숨어 있다.

자기 자신의 향수와 남들의 향수가 찔러대는 필사적인 창끝에 상처를 입은 그는 말라죽은 장미 숲을 얽은 거미줄의 끈질김과 독보리 풀의 참을성과 찬란한 2월 새벽하늘의 인내심을 우러러보았다. 그리고 그는 갓난아기를 보았다.

여기서 한발 더 나아가 소설은 신화적인 이야기들로 가득차 있다. 죽은 사람이 다시 등장하는가 하면, 어떤 등장인물은 뱀이 되어버리기도 하고, 또 어떤 등장인물은 석회를 먹으며 살거나 양탄자를 타고 하늘로 날아가버린다.

더욱 놀라운 건 이들 신화에 일관성이 전혀 없다는 것이다. 어떤 부분은 서양 신화에서 가져온 듯 보이지만 또 어떤 이야기는 남미 원주민의 냄새가 물씬 묻어 있다. 어떤 것은 기독교적으로 보이고, 또 어떤 것은 전형적인 샤머니즘 요소를 지니고 있다.

노벨문학상을 받은 마르케스는 사실과 환상이라는 두 가지 이질적 요소를 한 작품에서 절묘하게 버무려냈다. 그의 재능은 이성을 중시하는 서구 문학의 전통을 아무렇지도 않게 거부했다는 것만으로도 충분히 확인된다.

『백년 동안의 고독』은 이렇게 이해하면 쉬운 소설이 된다. 누군가 일제강점기와 현대에 이르는 가족사를 소설로 쓰면서 '달에서 떡방아를 찧는 토끼' 이야기를 집어넣었다고. 거북이와 토끼가 경주하는 일이 현실에선 있을 리 없지만 우리가 그 이야기를 자연스럽게 받아들이는 것처럼 『백년 동안의 고독』은 비과학의 서사가 갖는 몽환적인 매력을 풍기면서도 이상할 정도로 현실적으로 다가온다.

마르케스의 서사가 위대한 건 책을 덮은 다음, 바로 이 이야기가 인간의 역사임을 인정하게 만들기 때문이다. 읽는 이들은 리얼리즘이라는 주술에 걸려들고 만다.

마르케스가 멕시코에 처음 체류했을 때 쓰기 시작한 『백년 동안의 고독』은 그의 작품 중 가장 높이 평가받는다. 1967년 출간된 후 37개국에서 번역되어 3000만 부 이상 팔렸다. 1982년 이 작품으로 노벨문학상을 수상했으며, 그 후 남미 문학의 대표작으로 일컬어졌다. 마르케스는 노벨문학상 수상 연설에서 이 소설을 비롯해 자신의 작품 속 문체는 미국 소설가 윌리엄 포크너의 영향을 받았다고 밝혔다.

김만중, 『구운몽』(1689?)

300년 전에 쓰인 판타지 소설, 중세 한국문학의 기념비적 작품

　조선 후기 소설가이자 문신이었던 서포 김만중의 삶은 전반과 후반이 극적으로 다르게 펼쳐진다. 최고 명문가에서 태어나 유복한 집안의 천재로 성장했지만 인생 후반에는 온갖 권력투쟁에 휘말려 유배지에서 생을 마감한 인물이 김만중이다. 그가 남긴 국문소설 『구운몽』을 이해하려면 그의 삶을 알아야 한다.

　김만중은 조선 중기 최고 사상가이자 정치가였던 사계 김장생의 증손자이자, 병자호란 때 청나라에 대항하다 자결한 김익겸의 유복자로 태어났다. 그의 어머니 윤씨는 해남부원군 윤두수의 4대손이자 이조참판을 지낸 윤지의 딸이었다.

　열여섯에 진사시에서 1등을 한 김만중은 곧이어 정시문과에 급제하면서 관직에 오른다. 그러나 승승장구하던 그의 발목을 잡은 건 당파 싸움이었다. 당시는 서인과 남인이 권력을 놓고 첨예하게 대립하던 시기였다. 서인의 적자였던 김만중이 당파 싸움에 휘말리지 않을 수는 없는 일. 그는 인생 만년의 대부분을 유배지에서 보낸다.

김만중 金萬重　1637년 태어났다. 본관은 광산光山, 아명은 선생船生, 자는 중숙重淑, 호는 서포西浦이다. 아버지를 일찍 여의고 어머니 윤씨의 남다른 교육을 받으며 자랐다. 이는 김만중의 생애와 사상에 많은 영향을 끼쳤다. 집안이 서인에 기반을 두고 있었던 터라 당쟁을 피할 수 없었던 그는 자주 유배길에 올랐다. 그러다 결국 남해에서 어머니 부음을 듣고 상심하다 1692년 숨을 거두었다. 1698년 관직이 복구되고 1706년 효행에 대해 정표旌表가 내려졌다. 작품에 소설 『구운몽』과 『사씨남정기』가 있으며, 수필 『서포만필』, 문집 『서포집』 등이 있다.

첫 유배길은 그의 나이 서른여덟에 효종비 인선왕후가 죽자 그 예우를 놓고 벌어진 2차 예송논쟁 때문이었다. 이때 현종 눈 밖에 난 김만중은 금성으로 유배를 간다. 쉰한 살에는 장희빈 세력에 반발하다 평안북도 선천으로 두 번째 유배를 간다. 마지막 유배는 장희빈 아들(훗날 경종)을 원자 책봉하는 과정에서 저항하다 경남 남해로 가게 된다. 김만중은 이 유배지에서 쉰다섯의 나이로 생을 마감한다.

이토록 긴 시간을 유배지에서 보내야 했던 김만중의 유일한 위로는 문학이었다. 그는 문학을 통해 현실의 고통을 뛰어넘었고, 새로운 이상향을 꿈꾸었다. 대표작 『구운몽』도 유배지에서 탄생한 작품이다.

『구운몽』은 지금 식으로 말하면 판타지 소설이다. 일장춘몽에 불과한 인간의 부귀영화를 주제로 몰락해가는 귀족들의 꿈 이야기를 다룬다.

제목 그대로 '뜬구름 같은 아홉 개의 꿈' 이야기로, 당나라 고승 육관대사의 제자 중 가장 뛰어난 인물 성진性眞의 이야기를 담고 있다. 성진은 대사의 심부름으로 용궁에 가게 됐는데 용왕의 융숭한 대접을 받고 돌아오는 길에 팔선녀와 놀아난다. 조선시대에 쓰인 것이라고는 믿기지 않을 만큼 묘사도 황홀하다.

냇가에서 취한 낯을 씻는데 신기한 향기에 정신이 호탕해진다. 무슨 꽃이 있어 이런 향기가 물을 따라오는가?

절에 돌아온 이후에도 팔선녀와 부귀영화만을 그리워하던 성진은 그 벌로 지옥에 떨어진다. 하지만 다시 인간으로 환생해 팔선녀와 화려한 인생을 살게 된다. 승상 벼슬까지 오른 그는 어느 날 노승을 만나 이 모든 것이 꿈이었다는 걸 알게 되고 도를 깨친 뒤 극락으로 간다.

인연에 따라 생기는 모든 일은 (…) 꿈 같고 물방울 같고 그림자 같고 이슬 같고 번개 같으니.

소설 『구운몽』에는 당시 지식 사회를 지배하던 세 가지 종교적 성찰이 모두 포함돼 있다. 우선 입신양명이라는 유교적 인생관이 깔려 있고, 여기에 신선 사상으로 표현되는 도교적 가치관이 소설 전체 이야기를 이끌어간다. 그리고 결론은 인생무상으로 대표되는 불교의 공空 사상으로 내려진다.

김만중은 '국문가사 예찬론'을 펼친 선구자였다. 그는 "우리말을 버리고 다른 나라 말로 시문을 짓는다면 이것은 앵무새가 사람의 말을 하는 것과 같다"라고 할 정도로 우리말을 사랑했다. 또한 김시습, 허균 등과 함께 한국 중세 소설의 흐름을 지킨 인물이었으며 무엇보다 상상력의 마술을 부릴 줄 알았던 작가였다.

그는 유교가 득세하던 시대에 자신이 알고 있는 모든 판타지를 동원해 스토리를 만들어낸, 수백 년을 앞서간 소설가였다.

인생의 덧없음을 말하는 이 소설은 조선 최고의 걸작이자 고전소설 창작의 전형적인 모범 중 하나라고 인정받는다. 김만중이 어머니를 위로하기 위해 유배지에서 지었다고 전해진다. 여러 이본이 있는데 현재 전하는 판본 가운데 가장 오래된 것은 서울대학교 도서관 소장본인 4권 4책으로 된 국문필사본이다. 『구운몽』은 일본에서도 번안되었으며 중국 소설에도 영향을 끼쳤다.

허먼 멜빌, 『모비 딕』(1851)

자연과 인간의 숭고한 결투,
상징주의 문학의 꺾이지 않는 돛대

살아생전 빛을 보지 못한 작가들은 많다. 하지만 허먼 멜빌만큼 철저하게 어둠 속에 있었던 작가는 드물다.

우리에게 『백경』으로 알려진 멜빌의 대표작 『모비 딕』은 출간 이후 오랫동안 서점에서 소설 코너가 아닌 수산업 코너에 꽂혀 있어야 했다. 책 앞부분에 고래와 포경업에 관한 자세한 상식이 서술돼 있기 때문이기도 하지만 가장 큰 이유는 서점 직원들이 멜빌이라는 작가를 알지 못했기 때문이었다.

1891년 멜빌이 사망했을 당시 부고 기사에는 "문단 활동을 했던 한 시민"이라고만 돼 있었다. 멜빌이 빛을 본 건 그가 사망한 지 30년쯤 지나 레이먼드 위버라는 유명한 평론가가 『허먼 멜빌: 뱃사람 그리고 신비주의자』라는 연구서를 내면서였다.

멜빌이 영문학사에서 차지하는 비중은 독보적이다. 소설 한 편에 상징주의와 자연주의, 진지한 철학적 탐구와 모험소설의 흥미를 모두 쓸어 담은 멜빌의 작품은 누구도 흉내 낼 수 없는 그만의 가치를 담고 있

허먼 멜빌 Herman Melville 1819년 미국 뉴욕에서 태어났다. 어린 시절 아버지가 돌아가시면서 가난에 찌든 생활을 하게 되고, 결국 15세가 되던 해 피츠필드에 있는 삼촌 집으로 보내져 많은 일을 했다. 20세에 세인트로렌스호에서 사환으로 일했던 그는 후에 다시 포경선에서 수병으로 일하게 된다. 이때 경험이 후에 그의 작품에 많은 영향을 주었는데 멜빌은 언젠가 "포경선이 내게는 예일대학교이자 하버드대학교"였다고 말했다. 너새니얼 호손과 친분을 나누기도 했는데 그와의 교감으로부터 창작력에 많은 영향을 받았다. 주요 작품으로 『오무』(1847), 『피에르』(1852), 『필경사 바틀비』(1853), 『피아자 이야기』(1856) 등이 있다. 1891년 세상을 떠났다.

다. 열세 살에 가난으로 학업을 중단하고 잡역부로 일하다, 스물두 살에 포경선 선원이 된 멜빌의 이름이 역사에 남은 건 불후의 고전 『모비딕』이 있었기 때문이다.

『모비 딕』은 삶에 염증을 느끼고 신비로운 고래를 만나기 위해 포경선에 오르는 이스마엘이라는 청년의 회상으로 구성돼 있다. 맨해튼을 떠나 항구 도시 뉴베드퍼드에 도착한 이스마엘은 여인숙에서 기괴한 문신을 한 남태평양 원주민 작살잡이 퀴퀘크를 만난다. 이스마엘은 문명의 위선이라고는 전혀 찾아볼 수 없는 원시적인 소박함과 위엄을 지닌 이 남자에게 진한 인간애를 느끼고 그와 함께 포경선 피쿼드호에 승선한다.

승선하기 전 "바다에 도전하는 자는 영혼을 잃게 될 것"이라는 매플 신부의 경고를 비롯해 불길한 징조가 여럿 있었지만 둘은 배에 오른다. 항해를 시작한 지 며칠 만에 그들은 에이허브 선장을 직접 보게 된다. 한쪽 다리에 고래 뼈로 만든 의족을 한 에이허브는 오로지 자신의 한쪽 다리를 가져간 거대한 흰 고래 모비 딕을 찾아 복수하기 위해 바다에 나온 인물이다. 배에는 스타벅이라는 1등 항해사가 있었는데 그는 에이허브와 대립되는 이성적인 인물이다.

그리고 그들 앞에 경이롭고 신비로운 괴물 모비 딕이 나타난다. 등에는 무수한 작살이 꽂힌 채, 욕망과 분노에 사로잡힌 인간들을 조롱하듯 모비 딕은 바다의 제왕답게 쉽게 정복되지 않는다. 소설은 모비 딕을 이렇게 묘사한다.

오, 세상에서 보기 드문 늙은 고래여. 그대의 집은 거센 비바람이 몰아치는 바다 한가운데. 힘이 곧 정의인 곳에서 사는 힘센 거인이여. 그대는 끝없는 바다의 왕이로다.

스타벅의 만류에도 불구하고 마침내 에이허브와 모비 딕의 싸움이 사흘에 걸쳐 지속된다. 첫째 날과 둘째 날 보트 여러 대가 파괴되고 선원들이 죽어갔지만 에이허브의 집념은 사그라지지 않는다.

> 모든 것을 파괴하지만 정복하지 않는 흰 고래여. 나는 너에게 달려 간다. 나는 끝까지 너와 맞붙어 싸우겠다. 지옥 한복판에서 너를 찔러 죽이고, 증오를 위해 내 마지막 입김을 너에게 뱉어주마.

결국 사흘째 되던 날 에이허브는 마지막 남은 보트를 타고 모비 딕에게 작살을 명중시키지만 작살 줄이 목에 감겨 고래와 함께 바닷속으로 사라진다. 피쿼드호는 침몰하고 소설의 화자인 이스마엘은 바다를 표류하다가 살아남는다.

소설 『모비 딕』에는 선과 악, 숙명과 자유의지라는 대립되는 갈등 요소들이 절묘하게 배치돼 있다. 그리고 합리적인 기독교도 스타벅과 광기에 가득 찬 에이허브, 야만족이지만 통찰력을 지닌 퀴퀘크 같은 등장인물을 통해 인간성의 패배와 승리 그리고 부질없음을 드러낸다.

포경선이라는 제한된 배경 안에서 자연의 위대함과 고래에 대한 탐닉, 다층적인 인간의 본질을 그린 허먼 멜빌. 그는 문학 이론이 상징을 말하기 이전에 온몸으로 상징을 창조한 작가였다.

허먼 멜빌이 서른둘의 나이에 쓴 『모비 딕』은 오늘날 미국 문학의 대서사시라 평가 받으며 상징주의 문학으로 손꼽힌다. 하지만 『모비 딕』은 당시에는 주목을 받지 못 했으며, 이 책으로 벌어들인 수익은 겨우 556.37달러였다. D. H. 로렌스는 '모비 딕'에 대해 "물론 그는 상징이다. 무엇의 상징인가. 나는 과연 멜빌 자신도 정확히 그 의미를 알고 있는지 모르겠다. 그것이 가장 좋은 부분이다"라고 썼다.

너새니얼 호손, 『주홍글씨』(1850)

죄와 인간에 따뜻한 시선 보내는
미국 근대문학의 위대한 고전

『주홍글씨』를 처음 읽었던 사춘기 시절, 나는 이 소설을 이해할 수 없었다. 남편이 아닌 다른 남자의 아이를 낳은 여자를 두둔하는 듯한 소설 분위기가 도무지 용납되지 않았던 것이다.

세월이 한참 흐른 다음에야 『주홍글씨』에는 유부녀가 바람피운 이야기를 뛰어넘는 깊은 의미가 담겨 있다는 사실을 알았다. 왜 사람들이 이 소설을 두고 가장 심오한 미국 근대 문학작품이라는 찬사를 보내는지 감을 잡게 된 것이다.

『주홍글씨』는 17세기 중엽 청교도들이 모여 살던 보스턴에서 일어난 간통 사건을 다룬다. 주인공은 기구하게 살아가면서도 기개를 잃지 않는 당찬 여인 헤스터 프린이다.

헤스터는 남편과 떨어져 신대륙으로 온다. 연락조차 끊긴 채 언제 미국으로 올지 모를 남편을 기다리며 지루한 시간을 보내던 헤스터는 다른 남자의 아이를 낳는다. 청교도 사회는 발칵 뒤집혔고, 헤스터는 재판에 넘겨져 간음을 뜻하는 알파벳 'AAdultery'가 새겨진 옷을 입고 평

너새니얼 호손 Nathaniel Hawthorne 1804년 미국 매사추세츠 주 세일럼에서 태어났다. 엄격한 종교적 분위기에서 성장한 그는 보든대학교를 졸업하고 1828년에 첫 소설 『판쇼』를 출판했다. 돈을 벌기 위해 보스턴 세관에 근무하면서도 작품 활동을 계속했다. 초기에는 인정받지 못하고 낙심하여 원고를 태우기도 했다. 하지만 서서히 인정을 받아 보스턴 문학계의 스타가 되었다. 1853년 리버풀 주재 영사직에 임명되어 경제적으로 안정된 생활을 할 수 있었지만 말년에는 작품 활동에 진척이 없었다. 결국 1864년 수중에 단돈 120달러를 쥐고 세상을 떠났다. 대표 작품으로 『케케묵은 이야기』(1837), 『일곱 박공의 집』(1851), 『블라이드데일 로맨스』(1852) 등이 있다.

생을 살아야 하는 벌을 받는다.

아이 아버지는 지역에서 존경받는 목사 아서 딤즈데일이었다. 하지만 헤스터는 끝내 그 사실을 말하지 않았고, 아서는 양심에 가책을 느끼면서도 성직자 생활을 계속한다. 뒤늦게 나타나 사건 내막을 알게 된 남편 로저 칠링워스는 서서히 아서를 괴롭히기 시작한다.

소설에서 유심히 봐야 할 부분은 벌을 받는 헤스터의 자세다. 소설은 헤스터가 아이와 함께 재판대에 올라가는 모습을 이렇게 묘사한다.

그녀는 자신의 역할을 잘 알고 있는 듯 나무 계단을 천천히 올라갔다. 만약 사람들 가운데 가톨릭 신자가 있었다면 이 아름다운 여자가 아이를 안고 있는 모습을 보고 성모마리아를 떠올렸을 것이다. 유명한 화가들이 앞다투어 그리려고 했던 그 모습을…….

상황과 맥락은 무시한 채 자신을 매장하려는 청교도 사회에 맞서 헤스터는 작은 저항을 시작한다. 그 저항은 부끄럽게 벌을 받는 것이 아니라 당당하게 벌을 받는 것이었다. 벌을 받으면서 헤스터는 여성의 관점에서 세상을 바라보기 시작한다. 그녀는 불합리한 청교도 사회를 바꾸기 위해서는 여성 스스로 달라져야 한다고 생각하고 비슷한 처지에 있는 여인들을 위로하는 등 페미니즘 전사로서의 모습을 보이기도 한다.

세상에서 가장 행복한 여자라 해도, 과연 여성으로서 삶은 받아들일 가치가 있는 것일까.

소설의 결말은 이렇다. 7년 동안 죄책감에 시달리던 목사 아서는 결국 신도들 앞에서 숨겨왔던 과거를 고백하면서 죽고, 7년 동안 지루한 방식으로 복수를 하던 남편 칠링워스도 곧 죽는다. 세월이 흘러 헤스터의 딸 펄은 유럽에서 공부를 한 후 아름답고 주체적인 숙녀로 성장한다.

『주홍글씨』 이야기 구조는 전형적인 교훈소설이다. 몇 가지 뚜렷한 대립 구도와 암시로 작가가 원하는 바를 전달한다.

독실한 청교도 집안에서 자란 너새니얼 호손은 자신의 조상들이 마녀사냥에 참여하고 퀘이커교도를 탄압하는 등 미국에 정착한 후 저지른 잘못에 죄책감을 가지고 있었다고 한다. 그 과거사에 대한 연대적 죄책감 때문에 호손은 이 소설을 구상하고 쓴 것으로 보인다.

물론 지금도 남편이 있는 여인이 다른 남자의 아이를 갖는 행위는 정당화되기 힘들다. 소설『주홍글씨』는 그것을 정당화하는 것이 아니라 그 일을 둘러싸고 벌어지는 사회 모순에 대해 말한다. 폐쇄적인 남성 중심 사회의 이면, 여성의 권리와 사회적 책임, 죄악에 대한 철학적 고찰 등 가볍지 않은 무게를 지닌 책이다.

죄와 인간을 정면으로 바라본 미국 문학의 걸작이다. 초판이 권당 75센트에 팔리면서 호손의 명성이 쌓이기 시작했다. 허먼 멜빌은 한 잡지에 익명으로 우호적인 평론을 실었고 헨리 제임스는 지금까지 미국에서 나온 소설 중 가장 훌륭하다고 말하기도 했다. 미국대학위원회 선정 SAT 추천 도서이자 서울대학교 선정 '동서 고전 200선'에 뽑혔다.

콘스탄틴 비르질 게오르규, 『25시』(1949)

전쟁에 희생된 농부의 삶 그려
야만의 역사를 고발하다

　루마니아 작가 게오르규의 소설을 원작으로 만든 〈25시〉(1978)라는 영화가 있다. 영화에는 수용소에서 석방된 주인공 모리츠가 가족들과 재회하는 장면이 나온다. 카메라를 들이댄 기자 앞에서 포즈를 취하는 앤서니 퀸의 표정 연기는 영화사에 길이 남을 명장면이다.

　아내가 독일군에게 추행당해 낳은 아이를 안고 카메라를 응시하는 그의 표정에는 한 인간의 비극이 그대로 담겨 있다. 잔인한 역사를 견뎌야 했지만 누구도 미워할 수는 없다는 듯한, 그 망연자실한 표정은 분노를 넘어 차라리 아름다웠다. 초월이 바로 이런 것이라는 듯……

　역사는 냉혹하게 흘러간다. 인간들이 겪을 상처 같은 건 관심 밖이라는 듯 역사는 늘 역사 마음대로 흘러간다.

　루마니아 작가 콘스탄틴 비르질 게오르규의 소설 『25시』는 역사에 철저히 유린당한 소박한 농부의 인생 유전을 다룬다. 이 암울한 소설 제목이 왜 『25시』일까. 소설에는 무슨 이유로 제목을 『25시』로 지었는지 암시하는 부분이 나온다.

콘스탄틴 비르질 게오르규 Constantin Virgil Gheorghiu　1916년 루마니아 라즈베니에서 태어났다. 부쿠레슈티, 하이델베르크 대학에서 철학과 신학을 공부했다. 루마니아 외무성에 근무하면서 시집 『설상의 낙서』를 펴내 1940년 루마니아왕국상을 받았다. 제2차 세계대전이 끝난 뒤 공산 정권이 수립되자 1946년 프랑스로 망명해 파리에서 지냈다. 『제2의 찬스』(1952), 『아가피아의 불멸의 사람들』(1964) 등의 작품을 썼으며 한국에 대한 애정으로 『한국찬가』(1984)를 출간하기도 했다. 한국을 '새 고향'이라고 부를 정도로 사랑했던 게오르규는 1992년 유명을 달리했다.

25시는 인류의 모든 구원이 끝나버린 시간이라는 뜻이야. 설사 메시아가 다시 강림한다고 해도 아무런 도움이 될 수 없는 시간인 거지. 최후의 시간도 아닌, 최후에서 이미 1시간이 더 지난 시간이지. 서구 사회가 처한 지금 이 순간이 바로 25시야.

스스로 피신과 망명, 수용소 생활을 경험한 작가에게 제2차 세계대전을 전후한 서구 사회의 모습은 '최후의 시간조차 지나가버린 25시'로 보였으리라.

소설에는 약소국 루마니아의 평범한 농부 요한 모리츠가 등장한다. 그의 인생은 기가 막히고 기구하기 이를 데 없다. 제2차 세계대전이 시작되면서 모리츠는 유대인이라는 오해를 받아 강제수용소에 갇힌다. 천신만고 끝에 헝가리로 탈출하지만 그곳에서는 적성국 루마니아인이라며 모진 고문을 당하고 감금된다. 포로가 된 모리츠는 독일에 끌려가 전쟁 노무자로 일한다. 그곳에서 혈통 연구가인 독일군 장교 눈에 띄어 얼떨결에 게르만족의 순수 혈통을 이어받은 사람으로 인정받고 포로 감시병 노릇을 하게 된다.

그러던 중 모리츠는 기회를 틈타 프랑스군 포로를 데리고 연합국 진영으로 탈출해 영웅 대접을 받는다. 그러나 그것도 잠시 다시 전범으로 분류되어 수용소에 갇힌다. 전쟁이 끝나고 천신만고 끝에 석방되어 가족과 재회하지만 그는 다시 18시간 만에 감금된다. 냉전이 시작되면서 동유럽인 체포령이 내려진 것이다. 이런 식으로 13년에 걸쳐 계속된 모리츠의 유배 생활이 소설의 줄거리다.

13년이란 세월 동안 모리츠는 한 사람의 인간으로 대접받지 못한다. 아무도 모리츠의 말을 믿어주지 않고, 오로지 자기들이 원하는 분류법으로 한 사람의 인권을 유린한다. 그렇게 모리츠는 구원조차 기대할 수 없는 '25시'를 살아야 했다.

도대체 그가 무슨 죄를 지었는지, 신조차 대답해줄 수 없는 시간을 살았던 것이다.

루마니아 동부 몰다니아 지방에서 태어난 작가 게오르규는 부쿠레슈티와 하이델베르크에서 대학 생활을 한 뒤 시인으로 등단한다. 파시스트들에게 저항하는 시를 썼던 그는 전쟁이 끝난 후 루마니아에 공산 정권이 들어서자 서방으로 망명한다. 그러나 유럽에 주둔하고 있던 미군은 적성국 국민이라는 이유로 게오르규 부부를 2년 동안 감금한다. 소설 『25시』는 바로 이때 쓴 것이다.

1949년 5월 『25시』가 프랑스어로 출간되자 세계는 충격을 받는다. 주인공의 '25시'는 제2차 세계대전을 지나온 바로 그들의 모습이었던 것이다.

사실 20세기에 벌어진 가장 잔혹한 집단적 광기의 대부분은 현대 문명의 중심지라는 유럽에서 일어났다. 이 소설은 유럽인들에게 집단주의 앞에서 나약하기만 했던 자신들의 모습을 돌아보게 하는 가슴 뜨끔한 계기가 되었다.

게오르규는 대개 작품에서 소외되고 천대받는 사람을 주인공으로 삼아 인간이 안고 있는 문제의 본질을 파헤쳤다. 『25시』 역시 나치와 볼셰비키 사이에서 약소민족이 겪는 고난과 운명을 묘사했으며, 전쟁의 부조리함을 적나라하게 보여주는 고발 문학의 정수라고 평가받는다. 서구 문명의 삭막함과 인간 부재의 황폐함 등을 경고하며 인간성 회복을 부르짖었다. 세계 35개국 언어로 번역되어 큰 반향을 불러일으켰다.

밀란 쿤데라, 『참을 수 없는 존재의 가벼움』(1984)

무거움과 가벼움의 극적 변주, 현대인 자화상 그린 20세기 걸작

자신이 사는 곳을 떠나고자 하는 자는 행복하지 않은 사람이다.

20세기에 쓰인 가장 매력적인 소설 『참을 수 없는 존재의 가벼움』은 소설이 할 수 있는 모든 것을 작품에서 구현했다. 삶과 죽음에서 가벼움과 무거움, 성性과 사랑, 정치와 개인, 찰나와 영원까지.

나는 소설이 아닌 음악으로 『참을 수 없는 존재의 가벼움』을 처음 만났다. 대학 시절 선배가 일하던 카페에서 영화 〈프라하의 봄〉 배경 음악을 들은 것이 시작이었다. 음악은 체코인들이 드보르자크나 스메타나보다 좋아한다는 야나체크의 현악 4중주였고 분노와 평화가 함께 있는 듯한 기이하고 매력적인 선율이었다.

내 눈길은 무엇에 홀린 듯 음반 재킷에 쓰여 있던 한 문장에 아주 오랫동안 머물러 있었다. "참을 수 없는 존재의 가벼움The Unbearable Lightness of Being." 군더더기 하나 없는 명문장이었다.

얼마 후 나는 비디오 대여점에서 영화를 만났고, 원작 소설에 빠져

밀란 쿤데라 Milan Kundera 체코의 시인이자 소설가로 1929년 체코 브륀에서 태어났다. 프라하 공연예술아카데미 영화학과에서 공부했으며 한때 체코 해방운동에 가담하기도 했다. 1975년 아내와 함께 체코를 떠나 프랑스로 가 렌대학교에서 가르쳤으며, 1979년 체코 시민권을 박탈당했다. 밀란 쿤데라의 작품들은 대부분 그 가치를 인정받아 프랑스 메디치상, 클레멘트 루케상, 체코 작가연맹상, LA타임스 소설상 등 수많은 문학상을 받았다. 주요 작품으로는 『농담』(1967), 『웃음과 망각의 책』(1979), 『불멸』(1990), 『느림』(1995) 등이 있다.

들었다. 필립 카우프먼 감독의 〈프라하의 봄〉(1988년)은 소설 『참을 수
없는 존재의 가벼움』을 영화화한 작품이다. 밀란 쿤데라의 소설은 충
격이었다. 소설을 읽으며 엄청나게 밑줄을 그어야 했고, 입버릇처럼
"영원한 회귀는 신비로운 사상이고……"로 시작하는 첫 페이지를 줄줄
외우고 다녔다. 그만큼 소설은 주옥같은 잠언의 연속이었다.

인생이란 한 번 사라지면 두 번 다시 돌아오지 않기 때문에 한낱
그림자 같은 것이다. 그래서 산다는 것에는 아무런 무게가 없고, 우
리는 처음부터 죽은 것과 다름없어서 삶이 아무리 잔혹하고 아름답
고 혹은 찬란하다 할지라도 그마저도 무의미한 것이다.

곧바로 니체가 연상되는, 이 허무로 점철된 문장에서 우리는 무엇을
얻을 수 있을까. 소설을 들여다보자.
옛 소련의 지배에 저항해 일어난 체코의 민중운동 '프라하의 봄' 전
후가 소설의 시대 배경이다. 잘나가던 의사 토마스는 가볍게 인생을
즐기며 살아가는 바람둥이다. 그에게는 육체적 사랑을 나누는 사비나
라는 화가 애인이 있다. 그러던 어느 날 그의 앞에 테레사라는 운명의
여인이 나타난다. 존재의 무거움에 길들여진 테레사를 만나면서 토마
스는 점차 변해간다. 공산당의 독재를 비판하는 정치 칼럼을 신문에
기고하는 등 무거운 삶을 살기 시작한 것이다. 소련군이 체코를 침공
했을 때 그는 잠시 스위스로 피신을 하기도 하지만 다시 체코로 돌아
온다. 테레사가 체코로 돌아가면서 남긴 편지 때문이다.

나에게 인생은 이다지도 무거운데 당신에게는 어찌 그리 가벼운
지요. 강아지 카네린을 데리고 저는 약한 나라로 떠납니다.

조국에 돌아온 토마스는 공산당에 의해 의사직을 박탈당하고 유리창 닦는 인부로, 다시 시골 트럭 운전사로 전락한다. 테레사를 사랑하면서 변해가는 토마스의 내면세계는 존재의 무거움, 그 자체다. 결국 무거움을 선택한 토마스와 테레사는 불의의 트럭 사고로 생을 마감한다.

반면 토마스의 육체적 애인이었던 사비나는 지긋지긋한 조국의 그림자를 버리고 가벼운 영혼이 되어 프라하를 떠난다. 주요 등장인물 중 한 명인 지식인 프란츠도 가족까지 버린 채 사비나와 함께 생의 가벼움을 선택한다.

소설은 자칫 허무하게 느껴질 수 있다. 하지만 『참을 수 없는 존재의 가벼움』은 그 허무를 통해 아주 의미심장한 이야기를 전한다. 사는 내내 가벼움과 무거움 사이에서 갈등하는 우리 현대인들의 자화상을 냉혹하게 펼쳐 보여준다. 그리고 그 자화상은 너무 자극적이다. 참을 수 없을 만큼…….

네 남녀의 사랑 이야기를 통해 인간의 삶과 죽음을 그린 『참을 수 없는 존재의 가벼움』은 밀란 쿤데라의 대표작이자 20세기 걸작으로 평가받는다. 1979년 쿤데라가 체코 시민권을 박탈당해 체코에서 출간되지는 못했으나 프랑스에서 출간되어 그에게 세계적인 명성을 안겨준 작품이다. 1980년대 〈타임〉지가 '소설 베스트 10'에 선정하기도 했다.

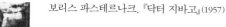
보리스 파스테르나크, 『닥터 지바고』(1957)

격변에 희생된 지식인의 삶,
장엄하고 비극적인 서사시

〈주말의 명화〉를 보며 꿈을 꾸던 시절이 있었다. 어머니는 일찍 자라고 성화였지만 나는 이불 밖으로 얼굴을 빼꼼 내밀고 〈주말의 명화〉 시간을 기다렸다. 귀에 익은 시그널 음악이 들리고, 검정 뿔테 안경을 쓴 작고한 영화평론가 정영일 씨 해설이 시작되면 난 작은 나라의 낡은 한옥집을 떠나 다른 세상에 가 있었다.

그 시절 본 영화 중 가장 기억에 남는 작품이 〈닥터 지바고〉다. 나는 지금도 눈 덮인 우랄산맥 밑을 하염없이 달려가던 기차와 차가운 하늘을 향해 울려 퍼지던 배경음악 〈라라의 테마〉를 잊지 못한다. 러시아 민속 현악기인 발랄라이카의 우울한 음색을 차용해 모리스 자르가 작곡한 〈라라의 테마〉는 사랑이나 혁명이 두려운 나이가 된 지금도 아련한 추억에 빠져들게 한다. 라라의 딸이 어머니의 유품인 발랄라이카를 들고 등장하는 장면도 머리에 또렷이 남아 있다.

영화 〈닥터 지바고〉(1965)는 러시아 시인이자 소설가인 보리스 파스

보리스 파스테르나크 Boris Leonidovich Pasternak 1890년에 러시아 모스크바의 유대계 예술가 가정에서 태어났다. 모스크바대학교 역사철학부를 거쳐 독일 마르부르크대학교로 유학을 가 신칸트파 철학을 공부했다. 격동의 시대에 태어난 파스테르나크는 러시아 제국이 소비에트 연방으로 바뀌는 시대를 고스란히 경험했다. 혁명 이데올로기를 부정한다는 이유로 『닥터 지바고』 출간을 거부당했고, 후에 이 작품이 노벨문학상에 선정되지만 정부와의 마찰을 피하기 위해 수상을 거부한다. 그럼에도 외국으로 망명하지 않고 고국에 남아 1960년 생을 마감했다. 1922년 시집 『삶은 나의 누이』를 출간하면서 서정시인으로 주목받기 시작했고, 그 외 『안전통행증』(1931), 『마음이 밝아질 때』(1959), 『사람들과 상황: 자전적 에세이』(1958) 등의 작품이 있다.

테르나크 소설을 원작으로 만들었다. 20세기 초 러시아 혁명기를 배경으로 쓴 소설 『닥터 지바고』는 시인이자 의사인 유리 지바고를 주인공으로 역사적 격변 속에서 희생되는 한 지식인의 비극적 운명을 다룬다. 주인공 지바고는 파스테르나크의 분신이다. 시적 표현으로 그려낸한 시대의 장엄한 서사시라는 점에서 『닥터 지바고』의 가치는 타의 추종을 불허한다.

지바고의 어머니 마리아 니콜라예브나의 장례식을 묘사한 부분을보자.

관 뚜껑이 닫히고 못이 박혔고, 하관이 시작됐다. 네 자루의 삽으로 무덤을 메우는 흙비가 북을 치듯 떨어졌다. 그 위에 무덤이 섰다. 무덤 위로 열 살 난 소년이 올라섰다. 장례의 끝에 엄습하는 명함과 무감각의 상태에서 사람들은 비로소 소년이 어머니께 작별 인사를 하고 싶어한다는 것을 알 수 있었다.

묘사만으로도 모든 걸 말해주는, 그 어떤 분위기든 만들어내는 파스테르나크의 기막힌 수사가 무섭게 반짝인다.

소설의 주요 줄거리는 이렇다.

고아가 된 지바고는 그로메코 가家에 입양된다. 1912년 어느 날 밤그는 일단의 시위 군중이 기마병에게 살해당하는 걸 목격한다. 서정적이고 순수한 지바고는 의사가 되어 어려운 사람들을 돕기로 결심하고토냐와 장래를 약속한다. 그리고 그 무렵 혁명가 파샤의 연인이었던운명의 여인 라라를 만난다.

1914년 제1차 세계대전이 일어나고 군의관으로 참전한 지바고는 간호사가 된 라라와 재회하고 사랑에 빠진다. 전쟁이 끝나고 혁명정부가 수립되자 지바고와 같은 지식인은 숙청 대상이 된다. 지바고는 우랄산맥 오지로 피신했다가 이곳 도서관에서 다시 라라를 만난다. 이때부터 그는 아내 토냐와 라라 사이에서 위험한 사랑의 줄다리기를 한다. 그러나 다시 빨치산에게 끌려가면서 가족과 라라, 모두와 헤어진다. 세월이 흘러 거리를 떠돌던 지바고는 우연히 전차에 타는 라라를 발견하고 쫓아가다 심장마비로 쓰러져 허망하게 죽어간다.

라라의 남편 파샤와 지바고는 대비되는 인물이다. 파샤는 적극적인 혁명가이고 지바고는 나약한 지식인이다. 둘은 모두 비극적인 죽음을 맞는다. 파샤는 반역자로 몰려 자살하고, 지바고는 길에서 죽음을 맞는다. 소설에는 파샤가 숙청을 피해 도망갔던 지바고를 심문하는 장면이 나오는데, 파샤가 "여기서 무엇을 하면서 살 것"이냐고 묻자 지바고는 힘없이 "그냥 살아갈 것"이라고 대답한다. 격랑에 지치고 상처 입은 한 소심한 지식인의 심정을 이렇게 잘 표현하는 말이 어디 있을까.

작가 파스테르나크의 삶도 지바고와 크게 다르지 않았다. 1958년 노벨문학상 수상자로 선정됐지만 시상식에 참석하지 못한다. 혁명의 이면을 다룬 소설을 썼기 때문에 그는 옛 소련의 요주의 인물이었다. 숙청을 두려워한 그는 당국과 투쟁하기보다는 수상을 거부하고 조용히 '그냥 사는 것'을 택했다. 하지만 유일하게 사랑에는 용기를 냈고 사연 많은 라라를 사랑했다. 이렇게.

당신이 슬픔이나 회한 같은 걸 지니지 않은 여자였다면 난 당신을 이토록 사랑하지 않았을 겁니다. 난 한 번도 발을 헛디디지 않은 사람을 좋아하지 않습니다.

파스테르나크의 유일한 장편소설이자 자전적 소설인 닥터 지바고는 광활하고 아름
다운 러시아의 풍광을 배경으로 비극적인 사랑을 그려낸다. 당시 러시아에서 출간
이 허용되지 않아 초판이 이탈리아에서 출판되었고, 그 후 1988년까지 러시아에서
출간이 금지되었다.

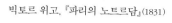
빅토르 위고, 『파리의 노트르담』(1831)

운명과 사랑의
방대한 서사시

발에 보이지 않는 날개가 달려 있는 일종의 벌 같은 여자, 그리고 소용돌이 속에 살고 있는 그런 여자.

빅토르 위고의 명작 『파리의 노트르담』에서 여주인공 에스메랄다를 묘사하는 부분이다. 나는 이 구절을 읽으며 이런 생각을 했다. 내가 만약 빅토르 위고였다면 "벌Bee 같은 여자" 대신 '벌罰 같은 여자'라는 표현을 썼을 텐데……

'벌罰 같은 여자'라는 표현이 집시 여인 에스메랄다를 너무나 적절하게 표현할 수 있는 말이기 때문이다. 슬픈 운명과 아름다운 미모마저도 '벌'이 되어야 했던 여인, 스스로가 '벌'이었고, '벌'을 받아 세상을 떠난 여인. 그리고 누군가에게 '벌'을 준 여인.

선과 악을 동시에 지닌 에스메랄다는 숙명이라는 '벌'과 잘 어울리는 인물이다. 사실 소설 속 등장인물 모두가 그렇다. 빅토르 위고의 소

빅토르 위고 Victor-Marie Hugo 1802년 프랑스 브장송에서 태어났다. 어린 시절을 이탈리아, 스페인 등지에서 보내고 1822년 시집 『오드』를 출간하면서 시작詩作 활동을 시작했다. 장편소설 『파리의 노트르담』과 평론, 기행문을 발표하고, 『동방시』(1829), 『가을 나뭇잎』(1831) 같은 서정시집과 『에르나니』(1830)를 비롯해 여러 편의 희곡을 출판했다. 1843년 딸이 남편과 함께 센 강에서 익사하자 약 10년간 집필을 중단했다. 대신 정치에 관심을 갖게 된 그는 왕당파에서 공화주의로 기울어 나폴레옹이 쿠데타로 제정을 수립하려 하자 이에 항거해 외국에서 망명 생활을 했다. 이 시기에 대표 서정시집 『명상시집』(1856)과 장편소설 『레 미제라블』(1862) 등 많은 작품을 남겼다. 1885년 83세로 숨을 거두자, 국장으로 장례가 치러졌으며 판테온에 묻혔다.

설이 크고 깊은 건 인간사에서 벌어질 수 있는 무수한 숙명을 동시에 드러내 보여주기 때문이다.

소설 『파리의 노트르담』은 흡사 판소리처럼 애절하고 유장한 스토리로 전개된다.

아름다운 집시 여인 에스메랄다는 잘생긴 기병대 경비 대장이자 바람둥이인 페뷔스와 밀회를 즐긴다. 에스메랄다를 연모하던 부주교 프롤로는 질투심에 불탄 나머지 페뷔스를 죽이고 그 죄를 에스메랄다에게 덮어씌운다. 에스메랄다에게 교수형을 집행하던 날 흉악한 외모의 성당 종지기 카지모도는 그녀를 구출해 성당으로 도망친다. 프롤로 부주교는 거지들을 부추겨 성당을 습격하게 만들고, 그 혼란 중에 에스메랄다를 빼내 한 수녀의 집에 숨겨둔다. 하지만 다시 체포된 에스메랄다는 형장의 이슬로 사라진다. 카지모도는 그 모습을 웃으며 지켜보던 프롤로를 종탑에서 떨어뜨려 죽이고 어디론가 종적을 감춘다. 그리고 세월이 흐른 어느 날, 시체 보관소에서 에스메랄다 유골을 꼭 끌어안고 있는 카지모도의 유골이 발견된다.

사람들은 보통 『파리의 노트르담』을 〈노트르담의 꼽추〉나 〈노트르담 드 파리〉라는 제목의 애니메이션, 영화 혹은 뮤지컬로 먼저 만난다. 그래서 사람들 머릿속에 『파리의 노트르담』은 대개 카지모도와 에스메랄다의 비극적 사랑 이야기로만 남아 있다. 하지만 이 소설에는 무수히 많은 문학·철학·역사적 가치들이 보물 지도처럼 숨겨져 있다.

『파리의 노트르담』은 이분법의 한계를 조롱한다. 선과 악, 성聖과 속俗, 아름다움과 추함 등에 대한 일반적 경계를 사정없이 무너뜨린다. 그러면서 결국 인간 내면에는 이 모든 모습들이 공존하고 있음을 깨닫게 해준다.

『파리의 노트르담』은 1831년에 발표됐다. 하지만 소설 배경은 15세기 파리다. 19세기 작가 빅토르 위고는 노트르담대성당을 비롯해 15세기 파리 건축물들을 완벽하게 재현해낸다. 건축물에 대한 정밀한 묘사는 소설에서 극적 분위기를 살리는 중요한 이야기 장치다. 위고는 위대한 문화유산을 파괴한 19세기 사람들을 비판하고 싶었던 모양이다.

또 하나, 『파리의 노트르담』에는 자유나 평등과 같은 근대적 가치에 대한 열망도 담겨 있다. 평민과 거지들이 신권과 왕권의 상징인 노트르담대성당을 습격하는 모습을 묘사하거나 지배층의 부조리와 불합리한 재판 과정, 인간의 사악한 본능 같은 걸 보여주면서 끊임없이 근대 민주주의 가치를 역설하는 것이다.

문학에 관한 한 가장 뛰어난 혜안을 지녔다는 위대한 문학비평가 해럴드 블룸은 "나는 20세기에 위고와 견줄 만한 작가가 없다고 생각하며, 21세기에도 그런 작가가 나올지 의심스럽다"라고 외쳤다.

뭐니 뭐니 해도 위고의 낭만주의 문학에는 누구도 흉내낼 수 없는 그 무엇이 있다. 가련한 여인 에스메랄다에게 던지는 연민을 보면 그가 지닌 낭만성의 깊이를 알 수 있다. 감옥에 갇힌 그녀의 심정을 위고는 이렇게 묘사한다.

햇빛은 모든 사람들 것이에요. 그런데 왜 제게는 어둠밖에 주지 않나요.

『노트르담의 꼽추』라는 제목으로 더 잘 알려진 『파리의 노트르담』은 수 차례 연극과 뮤지컬, 영화로 만들어졌다. 『레 미제라블』과 더불어 빅토르 위고의 대표작으로 알려졌으며 프랑스 낭만주의 문학 대표작 중 하나로 꼽힌다. 이 소설을 원작으로 한 뮤지컬 〈노트르담 드 파리〉는 1998년 초연한 이래 여전히 전 세계에서 사랑받고 있다.

샤를 보들레르, 『악의 꽃』(1857)

"지상에 내려온 왕자는 서툴다"
시대를 앞서 간 현대시의 시조

앨버트로스라는 새가 있다. 우리말로 신천옹이라 불리는 이 새는 2미터가 넘는 날개를 우아하게 펼친 채 하늘을 나는 것으로 유명하다. 하지만 지상에 내려온 앨버트로스는 걸음마를 시작한 아이처럼 위태롭게 뒤뚱거린다. 2미터가 넘는 날개가 오히려 거추장스럽다. 앨버트로스에게는 평지 도약도 힘겹다. 해안가 절벽 같은 곳에 둥지를 틀고 살면서 기류를 이용해 활강을 하듯 날아오르는 앨버트로스에게 평지에서의 이륙은 정말 고통스러운 일이다.

이런 특성 때문에 앨버트로스는 이상주의자를 상징하는 단어로 많이 쓰였다. 현대시의 원조라는 소리를 듣는 프랑스 시인 샤를 보들레르의 대표 시 중에 「앨버트로스」가 있다.

뱃사람들은 종종 장난삼아, 거대한 앨버트로스를 붙잡는다, 바다
위를 미끄러져 가는 배를, 동행자인 것처럼 뒤쫓는 이 바닷새를, 갑
판 위에 내려놓은 이 창공의 왕자는 서툴고 어색하다, 가엾게도 긴
날개를 노처럼 질질 끈다 (…) 폭풍 속을 넘나들고 사수를 비웃던, 구

샤를 보들레르 Charles-Pierre Baudelaire 1821년 프랑스 파리에서 태어났다. 6세에 아버지가 사망하고 이듬해 어머니가 재혼을 해 의부를 따라 리옹과 파리에서 공부했다. 애드거 앨런 포의 프랑스어 번역자이기도 한 그는 문란한 사생활과 함께 기괴한 시인이라는 평판을 들었다. 만년에는 빚에 시달리고 건강이 악화되었으며 중풍과 실어증으로 1867년 46세의 나이에 생을 마감했다. 미술 비평집 『1845년의 살롱』(1845)과 산문시집 『인공 낙원』(1860), 『파리의 우울』(1869) 등의 작품이 있다.

름의 왕자를 닮은 시인, 땅 위의 소용돌이에 내몰리니, 거창한 날개 조차 걷는 데 방해가 될 뿐.

이 시에서 앨버트로스는 시인인 보들레르 자신이다. 보들레르는 생전 단 한 권의 시집『악의 꽃』을 남겼다. 산문시집『파리의 우울』과 몇 권의 비평집, 번역서는 있지만 시집은『악의 꽃』이 유일하다.「앨버트로스」는 이 시집에 수록된 시 130여 편 중 하나다.

보들레르는 앨버트로스처럼 살아생전 지상에서 많은 야유와 비난에 시달렸다. 1857년 그가 처음이자 마지막이 될 야심작『악의 꽃』을 세상에 내놓았을 때 쏟아진 건 찬사가 아닌 혹평과 야유였다. 보들레르는 결국 미풍양속을 해친 죄로 기소돼 벌금 300프랑을 내고 시 6편을 삭제할 것을 언도받는다.

모든 분야의 선구자가 그렇듯 보들레르는 조금 일찍 세상에 온 시인이었다. 사실『악의 꽃』은 21세기 시각으로 읽으면 아무 문제도 아니다. 하지만 19세기 중반 주류 비평가들은 시에 짙게 드러나는 권태와 환멸, 위악적인 묘사, 분열적 시각 등을 이해하지 못했다. 삭제 명령을 받았던 시「보석」의 한 부분을 보자.

그녀는 누워서 사랑하도록 몸을 맡기고, 절벽을 향해 오르듯 그녀를 향해 오르는, 바다처럼 깊고 다정한 내 사랑에, 긴 의자 위에서 흐뭇한 미소를 보내고 있었다.

당시 프랑스 사람들이 이 정도도 못 견딜 만큼 나약했는지는 알 수 없다. 하지만 이 시는 거의 100년 동안 세상에 얼굴을 내밀지 못했다. 당대 사람들은 보들레르 시를 상징이나 은유 혹은 개성이나 도전으로 받아들이지는 않았던 것 같다.

보들레르 인생도 시처럼 도전적이었다. 나이 차이가 서른 살이 넘는 부모에게서 태어난 그는 여섯 살에 생부가 사망하자 군인인 계부 밑에서 자란다. 군인 체질이었던 계부는 보들레르의 감수성을 이해하지 못했다. 아버지는 법학 공부를 강요했지만 보들레르는 파리대학교 법학부에 이름만 걸어두고 실제로는 문학 낭인으로 청춘 시절을 보낸다.

그의 반항 방식은 자멸파 계보를 잇고 있었다. 자신이 '검은 비너스'라고 명명한 혼혈 단역배우 잔 뒤발과의 사랑, 술, 낭비 등 광기로 점철된 하루하루를 보내면서 망가져갔다. 결국 법원에서 금치산자 선고를 받은 그는 병마와 싸우며 생의 마지막을 보냈다.

시집 『악의 꽃』은 이처럼 처절하고 어두운 현실 속에서 자라난 것이었다. 그의 삶이 옳았든 그렇지 않든 간에 『악의 꽃』은 현대시에 한 지평을 열었다.

보들레르는 최초의 도시 시인이다. 파리가 현대적 의미의 도시로 변모해갈 무렵, 그 가치관의 혼란을 정면으로 노래한 사람이 보들레르다. 모든 것이 상품화되고 인간이 소외되기 시작했던 파리. 보들레르는 그 거리 한구석에서 파리의 우울을 노래했던 것이다.

『악의 꽃』은 처음 출간되었을 때 풍속을 해친다는 이유로 판매 금지 처분을 받았다. 하지만 독일 문예학자 후고 프리드리히가 말했듯 현대시의 효시로 평가받으며 후대 시인들에게 많은 영향을 끼쳤다. 빅토르 위고는 "하늘과 지옥에 무엇인가 알 수 없는 처참한 빛을 그대는 부여했다. 그대는 새로운 전율을 창조한 것이다"라며 찬사를 보내기도 했다.

샬럿 브론테, 『제인 에어』(1847)

시대와 사랑 앞에 당당한 여성 그린
로맨스 소설의 위대한 고전

1847년 샬럿 브론테는 『제인 에어』라는 소설을 발표한다. 아니, 엄밀하게 말하면 커러 벨이라는 남성 작가가 『제인 에어』라는 소설을 발표했다.

예쁘지도 않고, 신분 높은 부잣집 딸도 아닌 한 여인이 자신의 운명을 개척하는 이 소설은 출간 즉시 화제를 불러일으켰다. 그리고 얼마 후 작품의 실제 투고자가 커러 벨이라는 남성이 아니라 샬럿 브론테라는 여성이라는 사실이 알려지면서 영국 사회는 또 한 번 요동친다.

남성 중심주의가 팽배했던 빅토리아 시대에 여성이 자기 이름으로, 그것도 연애소설을 써서 출간까지 했다는 건 일대 사건이었다.

샬럿 브론테의 『제인 에어』는 시대적으로 큰 의미가 있는 소설이다.

제가 가난하고 미천하고 못생겼다고 해서 혼도 감정도 없다고 생각하세요? 잘못 생각하신 거예요. 저도 당신과 마찬가지로 혼도 있고 꼭 같은 감정도 지니고 있어요. (…) 지금 제 영혼이 당신의 영혼에게

샬럿 브론테 Charlotte Bronte 1816년 영국 요크셔 주 손턴에서 성공회 목사의 셋째 딸로 태어났다. 위로 언니 마리아, 엘리자베스가 있었고, 남동생 패트릭 브란웰과 여동생 에밀리, 앤이 있었다. 삶의 대부분을 아버지의 목사관에서 보냈고 후에 코완브리지의 기숙학교에서 생활하기도 했는데, 이 학교가 『제인 에어』에 나오는 기숙학교의 배경이 되기도 했다. 샬럿, 에밀리, 앤 세 자매는 문학에 관심이 많았다. 시집 『시』를 자비로 출판했고 에밀리는 『폭풍의 언덕』을, 앤은 『아그네스 그레이』를 펴냈다. 샬럿은 소설 『교수』가 출판사로부터 거절당했으나 후에 쓴 『제인 에어』의 성공으로 『셜리』(1849)와 『빌레트』(1853)를 발표했다. 1854년 아버지의 대리 목사와 결혼했지만 이듬해 39세에 임신한 상태로 세상을 떠났다.

말을 하고 있는 거예요. 동등한 자격으로 말이에요. 사실상 우리는 현재도 동등하지만 말이에요.

내세울 것 없어 보이는 한 가정교사 여인이 짝사랑하는 집주인에게 이런 당돌한 말을 늘어놓는다는 건 빅토리아 시대에는 불가능한 일이었다. 샬럿 브론테는 바로 그 불가능을 가능으로 만든 작가였다. 그의 작품에 '고전 중의 고전'이라는 수식어를 붙일 수 있는 이유도 이 때문이다.

샬럿 브론테는 『폭풍의 언덕』을 쓴 에밀리 브론테의 친언니이기도 하다. 1816년 영국 요크셔 지방 목사의 딸로 태어난 샬럿은 다섯 살 때 어머니가 죽고 곧이어 두 언니마저 세상을 떠나는 아픔을 겪는다. 샬럿과 바로 밑 동생 에밀리는 서로 의지하면서 독학으로 소설을 공부한다. 샬럿은 20대 중반 무렵 벨기에에 있는 기숙학교에서 조교로 일하다 그 학교 교장을 짝사랑하게 된다. 『제인 에어』에는 그때 경험이 많이 녹아 있다.

소설의 간략한 줄거리는 이렇다.

어린 나이에 부모님을 잃은 제인 에어는 외삼촌 집에 맡겨진다. 하지만 외삼촌마저 죽자 집안의 천덕꾸러기로 전락하고, 성격까지 당돌해서 외숙모와 사촌들 구박에 시달리다 다시 자선학교로 보내진다. 기숙학교에서 8년을 보낸 그녀는 자유를 찾고자 손필드 저택의 가정교사로 들어간다.

이곳에서 집주인 로체스터에게 연정을 품게 되지만 그에겐 정신병을 앓는 부인이 있다. 제인 에어는 이루어질 수 없는 사랑에 절망하며 저택을 떠나고, 눈 쌓인 길에서 빈사 상태로 있다가 가까스로 구조된다. 그리고 얼마 후 그녀는 환상 속에서 자신을 부르는 로체스터의 목소리를 듣고 저택으로 달려간다. 가보니 저택은 불이 나서 폐허가 되어 있고, 로체스터는 화상을 입어 실명한 상태였다. 그리고 부인은 사망한 다음이었다. 제인 에어는 자신이 로체스터를 진심으로 사랑했음을 깨닫고 그와 결혼한다.

줄거리 자체는 좀 비현실적이기도 하고 다소 억지스러운 부분도 있는 게 사실이다. 하지만 독학으로 문학을 깨우친, 암울한 시대를 살아야 했던 한 여성이 최초로 창조해낸 스토리텔링으로는 충분히 가치가 있다. 그의 작품을 통해 영문학사에서 처음으로 여성이 주체가 됐고, 더 나아가 여성의 사랑이 소설 속에서 공인받는 최초의 계기가 됐다.

소설 전반부에 제인 에어가 외삼촌 저택의 어두컴컴한 방에 갇힌 장면이 나온다. 그 썰렁한 방의 어둠 속에서 제인 에어는 끊임없이 "억울해! 정말 억울해!"라고 외친다. 바로 이 외침이 여성 문학의 근대를 열었다.

출판되자마자 폭발적인 인기를 누렸던 『제인 에어』는 영국 빅토리아 시대의 가부장적인 사회에서 여성들이 겪어야 했던 고통을 잘 표현했다. 영국 문학 최초로 욕망, 열정을 다룬 작품으로 평가받는다. 꼭 읽어야 할 고전 도서 목록에서 빠지지 않는 작품으로, 미국대학위원회 SAT 추천 도서, 하버드대생이 가장 많이 읽은 책, 영국 BBC 조사 영국인들이 가장 사랑하는 소설 100선에 뽑혔다.

서머싯 몸, 『달과 6펜스』(1919)

화가 폴 고갱의 삶에서
답을 구하다

아주 오래된 질문 하나가 생각난다.

왜 위대한 예술 작품을 남긴 사람들은 하나같이 문제적인 삶을 살다 갔는지. 불행 없이 예술은 존재할 수 없는 것인지. 왜 위대한 작품은 예술가 개인의 평범한 삶을 포기해야만 나오는 것인지.

프랑스 출신 소설가 서머싯 몸 역시 오랜 시간 이 물음에 시달렸다. 그러던 어느 날 그는 작정하고 이 물음을 소재로 작품을 쓰기 시작한다. 『달과 6펜스』라는 작품이다. 제목에서 '달'은 예술적 가치나 창작의 위대함을 의미하고, '6펜스'는 현실을 의미하는 상징적 단어다. 소설은 화가 고갱의 삶에서 아이디어를 얻기는 했지만 고갱의 삶을 그대로 재현한 것은 아니다. 철저한 창작에 가깝다.

주인공 찰스 스트릭랜드는 런던에 사는 평범한 40대 주식중개인이다. 평범한 아내와 두 아이를 둔 가장인 그는 한 명의 사회 구성원으로서 다른 사람들과 동일한 가치를 갖고 살아간다. 그러던 그가 어느 날 느닷없이 화가가 되겠다며 모든 걸 버리고 파리로 떠난다.

서머싯 몸 William Somerset Maugham '영국의 모파상'으로 불리는 서머싯 몸은 1874년 프랑스 파리에서 태어났다. 8세에 어머니가 폐결핵으로 사망하고 10세에 아버지 역시 사망했다. 캔터베리에서 학창 시절을 보내고 런던 세인트토머스 의과 대학을 졸업했다. 제1차 세계대전 뒤 많은 나라를 여행하다 1928년 프랑스 남부에 정착했다. 1957년 노벨문학상을 수상했으며 1965년 프랑스 니스에서 91세에 생을 마감했다. 주요 작품으로 자전적 소설 『인간의 굴레에서』(1915), 소설 『과자와 맥주』(1930) 등이 있다.

나도 평범한 삶이 주는 사회적 가치는 인정했다. 그것이 주는 안일한 행복을 모르는 것도 아니었다. 하지만 내게는 좀 더 위험스럽게 살아보고 싶은 욕망이 숨겨져 있었다. 그런 안이한 인생의 기쁨 속에 경계해야 할 그 무엇이 숨겨져 있는 것 같았다.

스트릭랜드는 평범한 시각에서 보면 악행이라고 부를 만한 일도 서슴지 않는다.

가난에 쪼들린 그가 굶주림과 질병으로 쓰러졌을 때 더크 스트로브라는 네덜란드인 화상이 그를 구해준다. 스트릭랜드의 재능을 아깝게 여긴 스트로브는 그를 집에 데려가 극진히 보살펴준다. 그러나 스트릭랜드는 은혜를 원수로 갚는다. 스트로브의 아내 블랑시와 사랑에 빠진 것. 하지만 그것도 얼마 가지 못한다. 스트릭랜드는 동거하던 블랑시를 버리고 그녀는 음독자살로 생을 마감한다.

다시 부랑자로 지내던 스트릭랜드는 우연히 배를 얻어 타고 타히티로 간다.

나는 이런 생각이 든다. 어떤 사람들은 자기가 태어날 곳이 아닌 데서 태어나기도 한다. (…) 어떤 뿌리 깊은 본능이 이 방랑자를 자꾸 충동질하여 그들의 조상이 희미한 여명기를 보낸 그 땅으로 돌아가게 하는 것일까.

그곳에서 어린 원주민 처녀와 살기 시작한 그는 자연에 파묻혀 열정적으로 그림을 그린다. 그러던 중 나병에 걸려 결국 죽는다.

하지만 그는 불행하지 않았다. 원하는 경지의 예술을 얻었기 때문이다. 필생의 역작을 오두막 벽에 그린 그는 사람들에게 자신과 오두막을 함께 불태워달라는 유언을 남긴 채 죽는다.

현실과 예술의 혼돈은 스트릭랜드가 런던에 남겨두고 온 전처 에이미를 묘사하는 부분에서 극에 달한다. 스트릭랜드에게 더러운 병에 걸려 썩어 문드러져 죽으라고 저주를 퍼붓던 에이미는 그의 그림이 유명해지자 그림으로 집 안을 장식하고 자신을 '천재의 부인'이라고 떠벌리면서 남편의 일대기를 써달라고 부탁하러 다니기까지 한다.

소설에는 이렇듯 대립되는 가치가 혼란스럽게 뒤엉켜 있다. 하지만 중심 화두는 글의 첫머리에 거론한 것과 같다. 작가는 "사로잡힌 영혼"이라는 표현을 통해 어떤 창조적인 힘을 타고난 영혼에게는 일상의 잣대를 들이댈 수 없다는 뉘앙스를 남긴다.

물론 가정과 행복을 저버리고 아무리 훌륭한 무엇을 얻는다 한들 무슨 의미가 있느냐고 생각하는 사람이 많을 게 분명하다. 하지만 이런 반론도 가능하지 않을까. 만약 모든 사람이 가정과 개인의 행복만을 최고의 가치로 추구했다면 예수도, 석가모니도, 이순신도, 베토벤도, 이중섭도 없지 않았을까.

아주 오래된 질문 하나를 다시 던져본다.

당시 대중의 삶을 풍자한 『달과 6펜스』는 서머싯 몸이 장편 작가로서 명성을 굳히게 해준 작품이다. 오늘날 타히티가 원시적인 낙원의 모습으로 각인된 것은 이 작품 속에 구현된 이미지 때문이다. 1942년 앨버트 르윈 감독이 영화화하기도 했다.

앙투안 갈랑, 『천일야화』(1704~1717)

중동 이야기를
세상에 알리다

몇 해 전 외신을 검색하다가 흥미로운 뉴스를 접했다. 이집트 변호사 아홉 명이 『천일야화』 출간을 금지해야 한다며 국가를 상대로 소송을 냈다는 소식이었다. 변호사들은 한술 더 떠 출간을 허락한 관련 공무원들의 처벌까지 요구하고 나섰다. 나는 갸우뚱했다. 이슬람 문학작품 중 가장 세계화된 작품을 자랑스럽게 생각해도 모자랄 판에 출판 금지를 요구하다니 이해가 되지 않았다.

우리가 흔히 『아라비안나이트』라고 부르는 『천일야화』에 관한 이야기를 이 지점에서부터 풀어보고자 한다. 이집트 변호사들이 판금을 요구한 구체적인 이유는 "무슬림의 정서를 해치는 음란하고 부도덕한 내용이 들어 있다"라는 것이었다.

실제로 「신드바드의 모험」 「알리바바와 40인의 도적」 「알라딘의 요술 램프」 같은 이야기들을 담고 있는 『천일야화』에는 외설적으로 볼 수 있는 내용이 일부 포함되어 있는 게 사실이다.

그렇다면 어떻게 이슬람권 문학작품에 이처럼 외설적인 내용이 포

앙투안 갈랑 Antoine Galland   1646년 프랑스에서 태어났다. 누아용대학과 파리의 콜레주 드 프랑스에서 공부했고, 아랍어 외에 현대 그리스어와 그리스 고전학을 연구했다. 1679년 루이14세의 골동품 수집가로 임명되어 왕을 위해 고대 동전들과 필사본들을 수집했다. 콜레주 드 프랑스 아랍어 교수로 『천일야화』를 번역해 처음으로 유럽에 소개한 것으로 유명하며 1715년 생을 마감했다. 『코란』을 번역했으며 그 외 저서로 『동방인들의 주목할 만한 말들, 훈계와 경구들』(1695), 『비드파이와 로크맘의 인도 우화 및 이야기들』(1724) 등이 있다.

함될 수 있었을까.

오랜 세월 구전되거나 필사본으로 떠돌던 설화를 수많은 사람이 옮기는 과정에서 흥미 위주의 과장이 있었을 것이라는 게 가장 유력한 분석이다. 사실 『천일야화』를 세계에 널리 알린 사람들은 군인이나 탐험가로 아랍을 드나들던 서양인들이었다. 따라서 그들에게는 무슬림의 엄격한 도덕성을 바탕에 깔고 이야기를 번역하거나 구성해야 할 아무런 이유가 없었다.

현재 남아 있는 가장 유명한 판본은 프랑스 학자 앙투안 갈랑이 1704년에 번역한 것과 영국 탐험가 리처드 버턴이 1885년에 출간한 것이다. 두 판본을 비교해보면 나중에 출간된 버턴의 것이 훨씬 외설적이다. 전문가들은 버턴의 판본이 갈랑의 번역본에 버턴이 아랍에서 보고 들은 내용을 추가해 흥미 위주로 만든 것으로 본다. 이 때문에 대중적으로는 버턴의 판본이 더 유명하지만 원전을 따질 때는 갈랑의 판본을 거론하는 게 보통이다.

『천일야화』의 주인공은 세헤라자데다. 김연아의 피겨스케이팅 배경음악으로 유명해진 그 〈세헤라자데〉다. 러시아 작곡가 림스키코르사코프는 『천일야화』에서 모티프를 얻어 이 관현악곡을 작곡했다.

12세기 페르시아 제국의 왕 칼리프는 왕비의 부정을 목격하면서 여성에 대한 불신이 극에 달한다. 복수심에 불탄 그는 매일 밤 자신과 동침한 처녀를 다음 날 죽여버리는 식으로 복수를 한다. 이때 지혜로운 여인 세헤라자데가 나타나면서 상황은 극적으로 변한다. 세헤라자데는 하룻밤에 재미있는 이야기를 한 가지씩 들려주는 방법으로 죽음을 면한다.

이런 식으로 3년 가까이 보낸 세헤라자데는 왕의 아이를 갖게 되고 제국에는 평화가 찾아온다.

이 전설에서 세헤라자데는 구원자다. 그녀는 매일매일 처녀 한 명의 생명을 살렸을 뿐 아니라 더 나아가 국가의 운명을 구한 것이다.

그 1001일 동안의 이야기를 모은 것이 바로 『천일야화千一夜話』다. 하지만 딱 떨어지게 1001개 이야기가 등장하지는 않는다. 어떤 이야기는 하룻밤에 끝나지 않는 것도 있고, 나중에 생략된 것들도 있기 때문이다.

『천일야화』에 수록된 이야기들은 다양한 스펙트럼을 가진다. 건강하고 유쾌한 웃음에서부터 인간에 대한 연민, 그리고 아랍 대중이 꿈꾸는 자유와 정의 등이 잔잔하게 펼쳐진다. 이야기의 무대도 매우 폭넓다. 이라크 바그다드와 바스라, 시리아 다마스쿠스 등이 자주 등장하고 중국과 인도를 무대로 한 이야기들도 있다.

『천일야화』는 중동과 아시아 이야기를 세상에 들려준 최초의 책이었다. 앙투안 갈랑의 프랑스어 번역본『천일야화』는 서구인들에게 이슬람 세계의 세밀화를 보는 듯한 느낌을 주었을 것이 분명하다. 이 책을 통해 유럽인들은 이슬람 특유의 인간과 가족에 대한 깊은 연민, 정의를 갈망하는 아랍 민중들의 건강한 해학과 풍자를 만날 수 있었다.

아랍어로 쓰인 중동의 구전문학을 정리한 『천일야화』는 설화문학 중 가장 강렬하고 반향이 큰 작품이다. 직설적으로 성을 묘사해 유럽에서는 한때 금서로 지정되기도 했으나, 아랍인의 문화와 이슬람 신앙을 이해하는 데 도움을 주는 데다 맥이 끊길 뻔했던 설화문학을 후세까지 이어나갔다는 점에서 의의가 크다.

오노레 드 발자크, 『고리오 영감』(1835)

19세기 파리 인간 군상 그려낸
사실주의 문학의 교과서

  문인들과 문인 지망생들이 많이 드나드는 홍대 뒷골목의 한 카페
에 가면 '무슈 발자크'라는 커피를 판다. 진한 에스프레소의 일종인
데 양은 아메리카노만큼 듬뿍 담아준다. 메뉴판에는 친절하게 "심장
주의"라는 애교 섞인 경고문이 쓰여 있다. 한술 더 떠서 카페 주인은
무슈 발자크를 100잔 마시면 소설가가 된다는 농담도 잊지 않는다.
그러면 손님들은 "등단은커녕 '발작'이나 안 하면 다행"이라고 응수
하곤 한다.

  프랑스 문호 오노레 드 발자크는 커피 애호가였다. 하루 50잔을 마
셨다는 속설이 전해질 정도다. 발자크는 한순간 섬광처럼 찾아온 이미
지를 원고지에 옮기는 천재형 작가는 아니었다. 그는 설계도를 그리듯
소설을 구상했고, 수많은 인물을 소설 구조에 맞춰 일일이 창조해냈고,
수정에 수정을 거듭해 작품을 퇴고하는 노력형 작가였다. 그렇다 보니
자연스럽게 작업 시간이 길었고, 그 긴 시간의 압박감을 이겨내는 데

오노레 드 발자크 Honoré de Balzac 1799년 프랑스 투르에서 태어났다. 소르본대학교에서 법률을 공
부하면서 변호사 사무실에서 법률 실무를 배웠다. 그러나 문학에 뜻을 품고 대학을 중퇴한 뒤 작품을 쓰
는 데 매진했다. 『크롬웰』 등 비극 작품을 몇 편 발표했지만 실패하고 잡문으로 생계를 이어갔다. 그 뒤 출
판업과 인쇄업 등의 사업에 발을 들였으나 역시 모두 실패하고 많은 빚을 지게 된다. 그러다 1829년 『올빼
미당』과 『결혼의 생리학』을 내고 명성을 얻었다. 발자크는 나폴레옹 숭배자이자 사실주의 선구자였고 정
통적인 고전소설 양식을 확립하는 데 이바지했다. 여동생 로르는 유년 시절 발자크의 유일한 친구였고,
훗날 최초의 발자크 전기를 쓰기도 했다. 대표 작품으로 『외제니 그랑데』(1833), 『절대의 탐구』(1834), 『골짜
기의 백합』(1844), 『농민』(1844), 『사촌 베트』(1846), 『사촌 퐁스』(1847) 등이 있으며 1850년 세상을 떠났다.

커피가 큰 도움이 된 것이 아니었을까. 물론 내 생각이다.

발자크의 작품은 흔히 "소설의 교과서"라고 불린다. '교과서'라는 표현은 발자크 소설의 특징을 가장 정확하게 나타내는 말이다. 일반적으로 교과서는 흥미 위주가 아니므로 다소 경직되고 지루하다. 반면 꼭 알아야 할 지식의 뼈대를 실증적으로 담고 있다는 장점도 있다.

발자크의 소설이 그렇다. 비판하는 사람들은 발자크의 소설이 지나치게 나열된 구조 때문에 지루하다는 평을 한다. 반면 많은 이론가들은 발자크가 보여주는 섬세한 소설적 구조와 사실적인 묘사, 인물에 대한 탐구는 근대소설의 전범이라고 말한다.

그의 소설 중에서도 가장 발자크답다는 소리를 듣는 작품이 『고리오 영감』이다.

1835년 단행본으로 출간된 『고리오 영감』은 근대사회의 상징적 공간인 파리를 무대로 인간 군상의 총체적인 모습을 있는 그대로 보여준다.

파리라는 멋진 도시에서 누릴 수 있는 특권 중 하나는 아무의 관심도 받지 않은 채 태어나고, 살고, 죽을 수 있다는 것이지.

가난한 귀족 출신으로 법학을 공부하는 청년 라스티냐크는 청운의 꿈을 품고 파리로 유학을 오지만 출세가 쉽지만은 않다. 그러던 중 우연히 먼 친척인 보세앙 부인의 소개로 파리 사교계에 발을 들이고, 출세를 위한 다른 길이 있다는 걸 알게 된다.

라스티냐크가 기거하는 하숙집 옆방에는 고리오라는 노인이 살고 있었는데 그는 상당한 재력을 지닌 사람이었다. 라스티냐크는 고리오 영감의 딸들에게 접근해 팔자를 고치기로 마음먹는다. 하지만 본성이 착한 라스티냐크는 그렇게 하지 못한다. 오히려 딸들에게 버림받고 돈을 모두 탕진한 채 외롭게 죽어가는 고리오 영감을 끝까지 보살핀다. 수많은 혼란스러운 사건을 겪으며 라스티냐크는 파리라는 현실에 눈을 떠간다.

라스티냐크는 묘지의 높다란 언덕 위로 걸어 올라가 센강을 따라 구불구불 누워 있는 막 등불이 켜지기 시작하는 파리를 내려다보았다. 그의 탐욕스러운 시선이 꽂힌 곳은 방돔 광장의 기둥과 앵발리드의 둥근 지붕 사이, 그가 들어가고 싶어했던 화려한 사교계 사람들이 살고 있는 곳이었다. 웅웅거리는 벌집 같은 이곳에 그는 꿀을 빨아내기라도 할 듯한 시선을 던지며 거창한 말을 던졌다. "자 이제 파리와 나, 우리 둘의 대결이다."

소설 『고리오 영감』의 주인공은 고리오가 아니다. 그렇다고 라스티냐크도 아니다. 소설이 주인공 한 명의 동선과 감정 흐름에 따라 단선적으로 구성되어 있지 않기 때문이다. 이 소설의 주인공은 사람이 아닌 19세기 파리 전체다.

초인적인 작업을 거쳐 『고리오 영감』을 탈고한 발자크는 자신의 작품이 "괴물처럼 슬픈 작품"이라고 고백했다. 끝도 없는 인간의 추악한 본성을 매일매일 써 내려간 그에게 이 소설은 자신이 탄생시킨 한 마리 괴물이었던 셈이다.

『고리오 영감』은 셰익스피어의 『리어 왕』을 1820년대 파리로 옮겨온 작품으로 발자크의 대표작이다. 발자크 특유의 '인물 재등장 기법(등장인물을 다른 소설에 재등장시켜 독자들이 인물에 대한 인상을 파악하게 하는 것)'이 최초로 사용된 이 소설은 서머싯 몸이 '세계 10대 소설'로 선정하기도 했다. 작품을 통해 발자크가 근대소설에서 얼마나 중요한 역할을 하는지 알 수 있으며, 도스토옙스키의 『죄와 벌』과 영화 〈대부〉 역시 이 작품에서 영향을 받았다.

오스카 와일드, 『도리언 그레이의 초상』(1891)

세기말 위선적인 권위에 도전한
현대 장르문학의 영원한 원전

프랑스 파리 20구에 있는 페르 라셰즈 공동묘지에 가면 오스카 와일드의 무덤이 있다. 무덤은 두꺼운 유리벽에 둘러싸여 있다. 와일드의 무덤에 유리벽이 둘러쳐진 건 지난해의 일이다. 무덤을 찾는 사람들이 묘비석에 입술 자국을 남기면서 석회석으로 만든 묘비석이 립스틱 기름 성분 때문에 부식되기 시작하자 파리 시가 고육지책을 마련한 것이다.

오스카 와일드의 무덤이 키스 세례를 받게 된 건 그가 세기말을 상징하는 멋진 스타일리스트였기 때문이다. 무덤에 입술 자국을 남기는 풍습이 생긴 건 1999년, 그러니까 20세기가 막을 내릴 무렵부터였다. 세기말의 불안에 시달리던 청춘들이 100년 전 세기말을 장식한 스타일리스트 와일드를 찾았고 그에게 입술로 헌사를 남긴 것이다.

세기말의 청춘과 반항, 냉소와 일탈의 상징인 와일드는 1854년 북아일랜드에서 태어났다. 영국에서 주로 활동했고 1900년 파리에서 사망했다. 아일랜드 트리니티칼리지와 옥스퍼드대학에서 공부한 그는 애

오스카 와일드 Oscar Wilde   1854년 아일랜드 더블린에서 태어났다. 에니스킬린의 포토라 왕립학교를 다닌 후, 계속 장학금을 받아 더블린의 트리니티칼리지와 옥스퍼드대학교 모들린칼리지에서 공부했다. 1884년 아일랜드의 유명한 변호사의 딸 콘스턴스 로이드와 결혼했고, 두 아이를 낳았다. 1895년 동성애와 연루된 민사, 형사 재판에서 유죄판결을 받고 2년간 복역하기도 했다. 다시 작가로 재기하기 위해 노력했으나, 격심한 뇌막염 증상으로 1900년 갑자기 유명을 달리했다. 와일드는 의식이 몽롱한 마지막 순간에 그가 오랫동안 찬양했던 로마 가톨릭으로 개종했다. 주요 작품으로 『행복한 왕자』(1888), 『석류나무집』(1891), 『윈더미어 부인의 부채』(1892), 『진지함의 중요성』(1895) 등이 있다.

초 평범한 인물이 아니었다. 장성한 남자들이 모두 수염을 기르고 검은 옷을 입을 때 와일드는 화려한 옷에 긴 머리를 하고, 단춧구멍에 초록색 꽃을 꽂고 다녔다. 그는 그렇게 온몸으로 구시대의 위선적인 진지함을 비웃었다.

작품 세계도 그랬다. 우리에게 널리 알려진 동화 『행복한 왕자』와 다양한 희곡을 통해 와일드는 이상주의 문학을, 지금 식으로 말하면 장르문학을 창조해냈다.

와일드의 문학적 편린을 가장 확연하게 보여주는 작품이 장편 『도리언 그레이의 초상』이다.

죄는 사람의 얼굴에 저절로 드러나는 법이지. 감출 수가 없어. 하지만 잘못과 악행의 흔적까지 모두 짊어질 초상화가 있어. 어때, 그 그림을 갖는 대신 기꺼이 영혼을 팔겠는가?

아름다운 청년 도리언 그레이는 어느 날 화가가 그려준 자신의 초상화를 보고 영원히 늙고 싶지 않다는 헛된 욕망을 품는다. 그리고 그의 소망은 이뤄진다. 그레이 대신 그를 그린 초상화가 나이를 먹게 된 것. 늙지 않는 눈부신 외모의 그레이는 애인을 배신해 자살하게 하고, 향락과 사치에 빠진 나날을 보낸다. 그가 악행을 거듭하면 할수록 그의 초상화는 점점 늙고 추악한 악마의 모습으로 변해간다. 초상화가 보기 싫게 변하자 그는 그림을 그려준 화가를 죽이고, 그림을 골방에 처박아둔 채 더 깊은 나락으로 빠져든다. 어느 날 정신을 차린 그레이는 양심을 찾기로 결심하고 초상화를 없애기 위해 칼로 초상화를 찢는다. 그리고 다음 날 젊고 아름다운 청년을 그린 초상화 옆에 추하게 늙은 한 노인이 칼에 찔린 채 죽어 있는 것을 하인이 발견한다.

『도리언 그레이의 초상』은 와일드가 평생 추구한 유미주의를 함축하고 있는 작품이다. 1890년 이 소설이 처음 잡지에 소개됐을 때 평론가들은 "폼 잡고 싶은 얼간이가 쓴, 도덕적으로 매우 타락한 위험한 작품"이라는 비난을 퍼부어댔다. 그들은 후기 빅토리아 시대라는 틀에 맞는 생각밖에 할 줄 모르는 자들이었다. 하지만 와일드는 태생적으로 이미 그 틀을 넘어선 경계인이었고 문학적으로는 20세기를 살고 있었다.

특징적 인간을 소설 속 상징으로 만들어내는 기법과 독특한 주술적 이야기 구조는 20세기 내내 현대문학사에 영향을 끼쳤다. 『도리언 그레이의 초상』이 만들어낸 이야기 구조는 지금도 수많은 추리문학과 장르문학에서 재현되고 있다.

또 하나, 그의 작품을 놓고 타락 운운한 자들은 책을 오독한 것이 분명하다. 다음 부분을 보자.

차라리 죄를 지을 때마다 그 즉시 확실한 벌이 내려졌더라면 좋았을 것을, 차라리 벌을 받았더라면 영혼은 정화되었을 텐데. 가장 공정한 신에게 바치는 인간의 기도는 '우리 죄를 용서하시고'가 아닌 '우리 죄를 벌하시고'가 되어야 했다.

책에서 느껴지는 동성애 코드 때문에 책 전체가 매도당한 것은 아니었을까. 책이 나온 지 100년쯤 지난 지금 문득 드는 생각이다.

장르문학의 고전인 『도리언 그레이의 초상』은 영국 세기말 문학의 대표적인 작품이자 오스카 와일드가 남긴 유일한 장편소설이다. 많은 대학교에서 권장 도서로 선정되고 평론가들의 호평을 받은 것은 물론, 수차례 영화, 연극 등으로 만들어졌다. 오스카 와일드는 "도리언 그레이는 내가 되고 싶어했던 존재다"라고 말하기도 했다.

조제프 베디에, 『트리스탄과 이졸데』(1900)

모순에서 시작된 비극적 사랑,
러브 로망의 영원한 원전

이런 사랑의 묘약이 있다.

하루를 못 보면 병이 들고, 사흘을 못 보면 죽는다.

사랑하는 사람을 못 보면 결국 죽음에 이르는 이 약은 묘약이라기보다는 마약이나 사약에 가깝다. 『트리스탄과 이졸데』가 퍼뜨린 이 사랑의 묘약은 시대와 국경을 넘어 영원한 비극적 사랑 이야기의 모델로 우뚝 솟아 있다.

『트리스탄과 이졸데』는 원전을 특정하기 힘든 책이다. 원래 켈트족의 전설로 떠돌아다니던 이야기를 12세기 음유시인 토마스와 베롤이 글로 옮겼고, 이것을 다시 독일 작가 오베르크와 슈트라스부르크가 서사시로 만들었다. 그리고 그것이 영어로 번역돼 북유럽으로 퍼져 나갔다.

이 각기 다른 저술들을 체계적으로 정리해 하나의 이야기로 만들어 낸 사람은 프랑스 작가 조제프 베디에였다. 이 때문에 현재 서점가에서 팔리는 『트리스탄과 이졸데』 대부분은 1900년에 베디에가 쓴 것이다.

조제프 베디에 Charles-Marie-Joseph Bedier 1864년 프랑스에서 태어났다. 언어학자이자 문학사가로 콜레주 드 프랑스 교수를 지냈으며, 1912년 아카데미 프랑세즈 회원으로 선출되었다. 중세 문학에 조예가 깊었으며, 프랑스 중세 문학 연구에 크게 이바지했다. 12세기 무렵 '트리스탄'에 관한 편역서를 낸 작가들이 많았지만, 베디에의 작품이 가장 높이 평가받았다. 1938년 사망하기 전까지 『우화시 연구』(1893), 『서사적 전설』(1908~1921), 『프랑스 문학사』(1924) 등의 작품을 썼다.

이 작품을 인기 콘텐츠로 만든 주인공은 작곡가 바그너다. 바그너는 『트리스탄과 이졸데』에서 사랑 이야기만 따로 떼어내 오페라로 만들었다. 베디에도 이 오페라를 보고 『트리스탄과 이졸데』 복원에 뛰어들었다.

책으로 만나는 『트리스탄과 이졸데』는 오페라로 보는 것보다 훨씬 복잡하고 긴 이야기다. 줄거리를 소개하는 것도 만만치 않다. 다양한 등장인물과 국가명, 지명이 씨줄 날줄로 얽혀 있고, 거기에 신화적 요소까지 가미돼 있기 때문이다. 여주인공 이졸데도 동명이인 두 명이 등장한다.

설화 내용을 아주 간단하게 정리하면 이렇다.

라틴어로 슬픔을 의미하는 이름을 가진 트리스탄은 로누아의 왕자였으나 태어나기 전 아버지가 죽고 어린 나이에 어머니마저 잃어 콘월의 왕인 숙부 마르크 밑에서 성장한다. 그곳에서 문무를 겸비한 기사로 성장한 트리스탄은 숙부의 아내가 될 미녀를 찾아 아일랜드로 가서 용을 물리친 다음 이졸데, 프랑스어로는 이죄를 데리고 배에 오른다. 배 안에서 트리스탄은 시녀의 실수로 사랑의 묘약을 먹고 이졸데와 사랑에 빠진다. 숙부가 먹어야 할 약을 자신이 먹은 것이다.

콘월에 도착한 이졸데는 예정대로 숙부와 결혼하지만, 이미 묘약을 먹은 트리스탄과 이졸데의 사랑은 숙명처럼 계속된다. 결국 둘의 사랑은 발각되고, 트리스탄은 추방된다. 브르타뉴로 간 트리스탄은 이졸데를 잊지 못해 똑같은 이름을 가진 여자를 만나 결혼하지만 끝내 병상에 눕는다. 이졸데를 데려오라는 사신을 보낸 뒤 그녀를 기다리던 트리스탄은 결국 죽고, 조금 늦게 도착한 이졸데도 슬픔을 이기지 못하고 따라 죽는다.

여기에서 트리스탄과 이졸데의 사랑에 주목해보자. 이들의 사랑은 로미오와 줄리엣의 사랑과는 좀 다르다. 자발적으로 사랑에 빠지는 것이 아니라 실수로 약을 먹고 사랑에 빠지기 때문이다. 이 설화는 둘 사이의 아름다운 사랑보다는 어찌할 수 없는 운명의 장난 속에서 죽어가는 주인공 트리스탄 이야기에 무게 중심이 맞춰져 있다.

신하이자 조카로서 지켜야 할 신의와 어쩔 수 없는 사랑 사이에서 고뇌하는 트리스탄의 모습은 사회적 관계와 운명의 힘 사이에 놓인 가련한 인간상을 보여준다. 사실 이 설화도 원래 대부분 '트리스탄'이라는 제목으로 구전돼왔다. 이것을 바그너가 사랑 이야기에 걸맞게 여주인공 이름을 넣어 〈트리스탄과 이졸데〉라고 붙인 것이다.

바그너가 이 설화를 오페라로 만든 비사도 흥미롭다. 스위스에 체류 중이던 바그너는 후원자인 마틸데 베젠동크 부인과 사랑에 빠진다. 이뤄질 수 없는 사랑에 빠진 바그너에게 '트리스탄' 설화는 더 크게 다가왔고, 그는 이 설화를 음악극으로 만들어 베젠동크 부인에게 바친다. 음악극은 애절했다.

연인들은 서로 껴안았다. 그들의 아름다운 몸속에서 생명이 전율하고 있었다. 그래, 죽음이여 올 테면 와라.

브르타뉴 설화에서 유래한 중세 유럽 최대의 연애담으로 서구 연애문학의 전형이 되었다. 수많은 작품의 모티프가 되기도 한 이 작품은 지금도 영화로 만들어지고 있다. 조제프 베디에보다 앞서 이 작품에 관심을 가진 바그너의 오페라 3막에서 이졸데가 부르는 〈사랑의 죽음〉은 오페라 가수들이 즐겨 부르는 애창곡이다.

펄 벅, 『대지』(1931)

"인간의 삶은 그 자체가
이미 역사"

나는 메뚜기에 트라우마가 약간 있다. 어린 시절에 각인된 기억 때문이다.

초등학생 시절 어느 날, 캄캄한 방에서 어머니 몰래 〈주말의 명화〉를 보고 있었다. 펄 벅의 소설 『대지』를 시드니 프랭클린 감독이 영화로 만든 작품이었는데, 갑자기 화면에서 메뚜기 떼가 마을을 습격하는 장면이 나왔고 겁에 질린 나는 그만 소리를 지르고 말았다. 어머니는 그날 밤 악몽에 시달리는 나를 꿀물을 먹여가며 밤새워 달래주셔야 했다. 메뚜기가 먹구름처럼 몰려와 대지를 휩쓸던 장면은 내게 자연이 가진 불가항력의 공포를 보여주는 상징으로 지금까지도 남아있다.

『대지』는 땅의 위대함과 자연의 준엄함을 그리면서 동시에 대지에서 살아가는 인간의 삶 하나하나가 이미 역사임을 말해준다. 그만큼 소설은 유장하고 깊다. 펄 벅 소설에 등장하는 여러 가지 모티프들, 예를 들면 주인공 왕룽 일가의 삶, 땅과 하늘, 전쟁과 혁명, 가뭄과 메뚜기는 어느 것 하나 따로 놀지 않고 한 줄기 거대한 서사시의 소재가 된다.

펄 벅 Pearl Sydenstrisker Buck   1892년 태어났다. 장로교회 선교사였던 부모 덕에 중국에서 어린 시절을 보냈다. 상하이에서 학교를 다니고, 버지니아주 랜돌프메이컨여자대학을 졸업했다. 다시 중국으로 돌아와 난징에서 대학교수가 되었다. 1917년 선교사 존 L. 벅과 결혼했으나 1934년 이혼하고, 다음 해 출판업자인 리처드 J. 월시와 재혼하여 미국에서 살았다. 제2차 세계대전이 끝나고 미군 병사들이 아시아의 여러 나라에 남기고 간 사생아들을 돕기 위해 펄 S. 벅 재단을 세웠다. 펄 벅은 1967년에 수입의 대부분을 이 재단에 희사했다. 주요 작품으로는 『타향살이』(1936), 『용의 자손』(1942), 『자라지 않은 아이』(1950), 『나의 여러 세계』(1954), 『여신』(1956) 등이 있다. 1973년 81세로 사망했다.

펄 벅은 미국인이었지만 중국에 더 익숙했다. 생후 3개월 만에 선교사인 부모를 따라 중국으로 건너간 그는 미국에서 보낸 대학 생활 4년을 제외하고는 마흔두 살이 될 때까지 대부분의 삶을 중국에서 보냈다. 중국 농민들 삶을 너무나 깊이 알았던 그는 한 농부 일가를 모델로 대작을 쓰기 시작한다.

주인공은 왕룽이다. 가난한 농부 왕룽은 황부잣집 종이었던 오란을 부인으로 맞이한다. 부부는 흙투성이가 되어 농사에 매달려 살았지만 가뭄으로 모든 것을 잃고 남쪽 지방으로 떠난다. 하지만 굶주리기는 남쪽 지방도 마찬가지였다. 그러던 중 신해혁명이 일어나고 혼란기를 틈타 왕룽은 군중 틈에 끼어 부잣집에 들어가 보물을 훔쳐 나온다. 이때 왕룽이 땅에 집착을 보이는 대목은 매우 상징적이다.

이런 보물은 가지고 있으면 안 돼. 팔아서 안전한 것으로 바꿔야지. 땅으로 말이야. 누가 이 보물 냄새라도 맡으면 우린 그 다음 날로 죽을 것이고, 보물은 도둑들 차지가 될 거야.

보물을 가지고 고향에 돌아간 왕룽은 황부잣집 땅을 사들이고 부농이 된다. 살 만해질 무렵 함께 고생한 부인 오란이 죽고, 왕룽은 첩을 들여 여생을 보낸다. 그사이 큰아들은 지주가 되고, 작은아들은 상인, 막내아들은 군인이 된다. 죽음을 앞두고 있던 왕룽은 아들들이 토지를 팔려고 하는 것을 알고 격분한다.

땅을 팔기 시작하면 집안은 마지막이다. 우리는 땅에서 태어났어. 그리고 땅으로 돌아가지. 땅이 있으면 어떻게든 살 수 있어. 땅은 누구에게도 빼앗기지 않아.

여기까지가 우리가 알고 있는 소설 『대지』다. 사실 『대지』는 3부작이다. 펄 벅은 1931년 『대지』를 출간한 이후 왕룽의 세 아들 이야기를 다룬 『아들들Sons』, 그리고 손자 세대 이야기를 담은 『분열된 일가A House Divided』을 연이어 펴낸다. 이렇게 3부작 전체를 『대지』로 보는 것이 옳다. 영화도 1부만을 다루고 있고, 과거 국내에 출간됐던 책도 1부만을 번역한 것이 많다. 하지만 펄 벅 소설의 백미는 1~3부를 모두 읽어야 느낄 수 있다.

펄 벅은 1938년 미국 여성으로는 최초로 노벨문학상을 받는다. 그는 생명력의 원천인 대지라는 밑그림 위에 잡초처럼 살아가는 인간과 중국 대륙의 변화상을 그 어떤 작가보다 인상적으로 그려냈다. 『대지』는 그가 서양이나 동양 중 어느 한쪽밖에 몰랐다면, 또 격동기를 살지 않았다면 결코 쓸 수 없었던 소설이다.

왕룽 3대의 이야기를 통해 중국 근대사가 펼쳐진다. 『대지』 1부는 출간 즉시 베스트셀러가 되었고 이듬해 풀리처상을 받는다. 그리고 3부작이 완결되고 나서 펄 벅은 1938년 노벨문학상을 받는다. 펄 벅은 『대지』를 정신지체아였던 딸의 치료비를 마련하기 위해 썼다고 밝혔는데, 이 작품에서 왕룽의 딸로 그리기도 했다. 전 세계 30여 개국 언어로 번역되었고 1930년대 세계 최고의 베스트셀러로 기록되었다.

하퍼 리, 『앵무새 죽이기』(1960)

전 미국인을 반성하게 만든
차이와 관용에 대한 고찰

타고난 글재주를 지닌 여성 작가 지망생이 있었다. 대학에서 법학을 공부하고 항공사 예약 담당 직원으로 일하던 그는 1956년 겨울 친구들에게서 깜짝 놀랄 크리스마스 선물을 받는다. 친구들이 준 선물은 그가 1년 동안 쓸 생활비였다. 돈은 편지와 함께 예쁜 봉투에 담겨 있었다.

"네가 한 해 동안만 직장을 벗어나서 쓰고 싶은 글을 썼으면 좋겠어. 메리 크리스마스."

큰돈은 아니었지만 검소한 그에게는 도움이 됐다. 그리고 몇 년이 지나 친구들의 기발한 선물은 세계 문학사에 길이 남을 한 작품을 탄생시킨다.

그의 이름은 하퍼 리였고, 그렇게 초고가 완성된 소설은 『앵무새 죽이기』였다.

소설 『앵무새 죽이기』는 성경 다음으로 사람들의 생각을 가장 많이 변하게 한 책이라는 평가를 받는다. 이 책은 1960년 출간되자마자 최고의 베스트셀러가 됐고, 전 미국에 충격을 불러일으키며 다음 해 퓰

하퍼 리 Harper Lee 1926년 미국 앨라배마 주 먼로빌에서 태어났다. 신문 편집자이자 변호사로 활동한 아버지 아래서 자랐다. 유년 시절 트루먼 커포티와 친하게 지냈으며, 커포티는 『앵무새 죽이기』에서 스카웃의 친구로 나오는 딜의 모델이 되기도 했다. 앨라배마대학교에서 법학을 전공했다. 『앵무새 죽이기』가 유일한 발표작으로, 하퍼 리는 고향 먼로빌에서 언론 인터뷰를 거부한 채 대중 앞에 나서지 않고 있다. 1961년에 퓰리처상을, 2007년에 미국 대통령 자유메달을 받았다. 2016년 사망했다.

리처상을 받았다. 무려 100주에 걸쳐 베스트셀러 자리를 지킨 이 책이
미국인들을 비롯한 세계인들에게 던진 의미는 뭘까.

　　모든 변호사들은 생애 중 가장 중요한 공판이 있다. 아빠에게는 이
　　번이 그렇다. 앞으로 학교에서 너희들이 이 일로 불쾌한 일을 겪게
　　될 거다. 그때는 누가 무슨 말을 해도 상관하지 말고 주먹이 아닌 머
　　리로 싸워라.

궁핍하고 음울했던 1930년대 미국 앨라배마의 조그만 마을. 정의로
운 백인 변호사 애티커스는 백인을 성폭행했다는 누명을 쓴 흑인 로빈
슨을 변론한다. 애티커스는 공개재판에서 로빈슨의 결백을 증명해낸
다. 하지만 배심원들은 로빈슨에게 유죄 평결을 내린다. 피고인이 흑인
이라는 이유만으로 무죄를 무죄라고 말하는 것조차 눈치를 봐야 했던
시절이었다. 결국 로빈슨은 상소를 하지 않고 자살한다.

이 과정을 지켜본 애티커스의 딸에게 세상은 이해할 수 없는 곳이
다. 마을에서 애티커스 편을 드는 사람은 거의 없다. 아버지 때문에 친
구들에게 따돌림을 받게 된 일곱 살짜리 스카웃은 아버지가 왜 그런
일을 하는지 궁금하다. 소녀는 아버지와 마을 사람들의 모습을 보면서
세상이 얼마나 모순투성이인지 하나둘씩 이해하기 시작한다.

일곱 살짜리 소녀의 눈에 비친 세상을 그린 『앵무새 죽이기』는 인
종차별이라는 구체적인 문제를 넘어 차이에 대한 관용, 그리고 인간에
대한 사랑을 깨우치는 매력이 있다. 흑인에게는 인권이 없다고 생각하
는 남부의 집단적 망상 속에서 자란 스카웃은 애티커스에게 "아버지는
정말 검둥이 옹호자인가요?"라고 묻는다. 그때 애티커스는 이렇게 답
한다.

난 분명히 그렇다. 때론 곤란한 일이 생기기도 하지만, 나는 모든 사람을 사랑하려고 한단다. 스카웃, 그 말(검둥이 옹호자)은 나쁜 별명처럼 생각될 수도 있지만 절대 모욕이 아니다. 오히려 그렇게 말하는 사람들이 얼마나 시시한 인간인지 보여주는 것일 뿐, 네게 결코 상처가 되지는 않을 거다.

그러면서 애티커스는 자신이 옳다고 믿는 것을 위해 최선을 다한다. 소설에는 가슴이 싸해지는 장면이 많이 등장한다. 이런 대목이다.

재판이 있기 전날, 애티커스는 로빈슨이 동네 사람들에게 살해될까 봐 그의 오두막을 지켜준다. 아버지까지 위험에 처하지 않을까 걱정이 된 스카웃은 새벽녘 아버지를 찾아간다. 하지만 사람들은 스카웃을 아버지가 있는 곳 근처로 가지 못하게 한다. 아이는 도저히 이해할 수가 없다. 아버지가 왜 총을 들고 밤을 새워 누군가를 지켜야 하는지, 사람들은 왜 피부색이 다른 사람을 그렇게 저주하고 차별하는지. 일곱 살짜리에게 세상은 너무나 이상했다. 그러나 일곱 살 스카웃은 모르지만 책을 읽는 모든 독자는 알고 있다. 무엇이 정의인지를.

『앵무새 죽이기』의 뛰어난 매력은 바로 이런 점이다. 구체적이면서도 보편적이고, 사실적이면서도 너무나 많은 상징과 암시를 담고 있는 하퍼 리의 글쓰기는 세상 사람들을 깊은 반성으로 몰아넣기에 충분했다.

20세기 미국 현대문학의 고전으로 꼽히는 『앵무새 죽이기』, 여전히 전 세계에서 인기를 누리고 있으며 미국 내에서 매년 10만 권 이상 팔린다고 한다. 그 인기를 증명하듯 2010년 출간 50주년 행사가 미국 전역에서 열리기도 했다. 1962년 그레고리 팩 주연으로 영화화되었는데, 우리나라에서는 〈앨라배마에서 생긴 일〉이라는 제목으로 개봉되었다.

이백, 『이백시선』

섬광 같은 시 남긴
로맨티시스트

　꽃나무 사이에 놓인 한 병의 술을, 친한 이 없이 혼자 마시네, 잔 들어 밝은 달을 맞이하니, 그림자까지 셋이 되었구나, (…) 내가 노래 하니 달은 거닐고, 내가 춤을 추면 그림자도 따라 하네, 깨어서는 함께 즐기고, 취한 뒤에는 각자 흩어지는 것, 무정한 인연을 길이 맺었으니, 아득한 은하에서 다시 만나기를.

　이백의 시 「월하독작月下獨酌」이다.

　어느 봄밤, 시인 이백은 달 아래서 혼자 술을 마신다. 하지만 혼자가 아니다. 하늘에 있는 달, 그리고 달빛이 만든 내 그림자까지 모두 셋이다. 달빛은 내 노래를 따라 흐르고, 그림자는 나를 따라 춤을 춘다. 그들과 언젠가는 헤어지겠지만 은하에서 다시 만나면 될 뿐이다. 시적 낭만의 극치다.

　'이태백'이라는 자字로 더 많이 알려진 이백은 중국 당나라 시인이다. 사람들은 동시대 시인 두보를 '시성詩聖'이라고 부르는 것에 비해 이백을 '시선詩仙'이라고 부르길 좋아한다. 초월로 시의 경지에 도달했

이백 李白　701년에 태어났다. 출생지와 혈통에 관해서는 다양한 설이 있다. 다만 풍족한 가정에서 태어나 25세 무렵까지 대체로 촉국에서 지냈다고 본다. 25세 때 촉나라를 떠나 양쯔 강을 따라서 장난, 산둥, 산시 등지를 돌아다니며 평생을 보냈다. 한때 정치에 참여하기도 했으나, 744년 고향으로 돌아가 도교에 정식으로 귀의했다. 이때 두보를 만나 우정을 나누고 많은 영향을 주었다. 여기저기를 방랑하다 결국 762년 병사했다.

다는 의미일 것이다.

　하지만 이백과 더 잘 어울리는 호칭은 '적선謫仙'이다. 가까운 문우였던 하지장이 이백이 처음 장안에 나타났을 때 그의 시를 읽고 감탄한 나머지 붙여준 호칭으로 '귀양살이 와 있는 신선'이라는 의미다. 이백의 일생을 들여다보면 완전무결해 보이는 '시선'이라는 별칭보다는 선계에서 죄를 짓고 인간계로 쫓겨 온 신선을 뜻하는 '적선'이 더 잘 어울린다. 『이백시선』을 번역하고 해설한 이원섭은 이백의 일생을 "한 발은 천상에 걸치고, 한 발은 땅에 둔 채 '적선'으로서의 영광과 자기모순을 짊어지고 살았다"라고 정리한다.

　이백은 실제로 선계만을 노닐던 유유자적한 시인은 아니었다. 그의 생에 대해선 많은 기록이 남아 있지 않아 추정이 대부분이지만 그가 현실적인 울분을 가지고 있었음은 분명해 보인다.

　상인의 아들로 서역에서 태어나 쓰촨성에서 성장했다는 설이 유력한 이백은 어린 시절부터 현실적인 유교보다는 이상향을 추구하는 도교에 빠져 지냈다. 산천을 떠돌기도 하고 검술 같은 선술仙術을 연마하기도 했지만, 그는 현실 정치에도 관심이 많았다.

　그러던 중 마흔두 살에 현종의 부름을 받고 궁정에 들어가게 된다. 탁월한 문장력으로 현종의 총애를 받았지만 그것도 잠시, 당나라에 대한 반감과 자유분방한 기질로 정치권에 적응하지 못하고 궁에서 쫓겨난다. 궁을 나와 방랑 생활을 하던 그는 '안녹산의 난' 이후 벌어진 권력투쟁에 다시 휘말리면서 구이저우貴州로 유배되는 등 고초를 겪다 예순두 살에 친척 집에서 병사한다. 일설에는 그가 술에 취해 호수에 비친 달을 건지려다 물에 빠져 죽었다고 하지만 그건 호사가들의 소설일 뿐이다.

　이백은 생전 1100여 편의 시를 남겼다. 타고난 로맨티시스트였던 그의 시는 대부분 열정과 우수, 자유와 방랑 등으로 점철되어 있다. 여기에 빼놓을 수 없는 모티프가 바로 술이다. 「월하독작」의 '기이其二' 편을 보자.

하늘이 술을 사랑하지 않는다면, 주성酒星은 하늘에 없을 것이고, 땅이 술을 사랑하지 않는다면, 땅에는 주천酒泉이 없을 거야, 천지가 이미 술을 사랑했으니, 술을 사랑함이 하늘에 부끄럽지 않네, 옛말에, 청주는 성인과 같고, 탁주는 현인에 견준다고 하였네, 현인과 성인을 이미 들이켰으니, 굳이 신선을 찾을 일 없네.

그에게서 술은 하나의 실천 수단이자 문학과 철학의 원천이었다. 두보는 자신보다 열한 살 위였던 이백에 대해 "붓을 대면 비바람도 놀랐고, 시를 쓰면 귀신을 울게 했다"라고 찬사를 보내면서 "술 한 말에 시가 100편"이라는 말도 잊지 않았다.

이백은 시를 쓰기보다는 쏟아낸 사람이었고, 그의 시는 만들어졌다기보다는 섬광처럼 하늘에서 내려온 것들이었다. 그가 "귀양살이 온 신선"이었기에 가능한 일이었다.

두보와 함께 중국 최고의 고전 시인으로 꼽히는 이백은 한번 붓을 들면 곧 시가 되었다는 말이 전할 정도로 뛰어난 존재로 여겨진다. 현존하는 이백의 작품은 중국 고전시의 거의 모든 분야에 걸쳐 있다. 수많은 작품만큼이나 그에 대한 해석도 다양한데, 이백의 다원적인 작품 세계를 엿볼 수 있다. 서울대가 뽑은 100대 도서에 선정되기도 했다.

한스 크리스티안 안데르센, 『안데르센 동화집』

전 세계 감동시킨
불멸의 스토리텔링

문학작품에는 작가의 삶이 어떤 식으로든 녹아 있게 마련이다.

한스 크리스티안 안데르센의 삶은 '미운 오리 새끼'와 비슷하다. 그는 1805년 덴마크 오덴세의 가난한 집에서 태어났다. 열한 살에 구두 수선 공이었던 아버지가 사망하면서 집안 생계는 더욱 막막해졌다. 어머니가 세탁부 일을 하기는 했지만 안데르센도 일찌감치 생업에 뛰어들어야 했다. 안데르센이 처음 가진 직업은 부잣집을 돌아다니며 노래와 연기를 보여주고 몇 푼 안 되는 돈을 받는 일이었다. 재능은 있었지만 그는 배우로 클 수 없었다. 못생긴 외모가 그의 앞길을 막았던 것이다.

하지만 어느 날 안데르센은 자신의 새로운 재능을 발견하면서 일약 백조가 된다. 남들보다 대여섯 살 많은 나이에 늦깎이로 대학에 진학해 자신에게 뛰어난 문장력이 있다는 걸 깨달은 것이다.

장편소설 『즉흥시인』으로 이름을 알린 그는 곧이어 「엄지공주」「눈의 여왕」「인어공주」「벌거벗은 임금님」「성냥팔이 소녀」「나이팅게일」 같은 작품을 발표하면서 불멸의 작가가 된다. 전 세계 어린이들은

한스 크리스티안 안데르센 Hans Christian Andersen 1805년 덴마크 오덴세에서 태어났다. 가난한 집안에서 자랐지만 문학을 좋아했던 아버지에게 많은 영향을 받았다. 유망한 정치가 요나스 콜린의 도움으로 코펜하겐의 대학을 졸업했다. 생애 대부분을 여행으로 보냈으며 독일과 이탈리아에 자주 머물렀다. 동화 외에도 희곡, 소설, 시, 여행기를 비롯해 자서전도 남겼다. 주요 작품으로 『즉흥시인』(1835), 『어린이들에게 돌려줄 책』(1835), 자서전 『내 평생의 이야기』(1855) 등이 있다. 1867년 고향 오덴세의 명예시민으로 추대되었고 차츰 건강이 나빠져 1875년 사망했다.

그의 동화를 읽으며 꿈을 키웠고, 고국 덴마크에 역사상 최고 자랑거리가 됐다. 1875년 그의 장례식에는 덴마크 국왕과 왕세자가 모두 참석할 정도였다. 백조가 되어 날아오르는 비천하고 못생긴 미운 오리새끼는 바로 안데르센 자신이었던 셈이다.

사실 『안데르센 동화집』에 수록된 작품 대부분에는 그의 삶이 투영되어 있다. 「성냥팔이 소녀」는 어린 시절 구걸까지 하면서 어렵게 살아야 했던 어머니의 삶을 소재로 했고, 「눈의 여왕」은 전쟁에 참전했다가 돌아온 아버지가 신경쇠약증을 앓다가 눈 내리는 어느 날 세상을 떠났던 기억이 소재가 됐다.

흥미로운 건 안데르센이 어린이만을 의식해서 작품을 쓰지 않았다는 사실이다. 안데르센은 아이들과 함께 있는 동상을 세우는 걸 무척 싫어했다고 한다. 사람들은 세계적인 동화 작가 동상을 세우면서 어린이와 함께하는 게 자연스럽다고 생각했을지 모르지만 안데르센에게는 아니었던 모양이다.

그는 "내가 쓴 이야기는 어린이들만을 위한 것이 아니다. 성숙한 어른이 되어야 내 작품을 이해할 수 있다"라며 극구 사양했다고 한다. 그래서일까, 덴마크 곳곳에 안데르센 동상이 있지만 어린이들과 함께 있는 동상은 찾아볼 수 없다.

실제로 그가 남긴 동화 중에는 꿈과 희망이 아닌 사회의 어두운 면을 철학적으로 조명한 듯한 작품도 많다. 또 해피엔딩으로 끝나지 않는 작품도 흔하게 찾아볼 수 있다. 대표적인 것이 「성냥팔이 소녀」다. 어린 시절 읽었던 성냥팔이 소녀의 마지막을 떠올려보자. 추위에 떨던 소녀는 성냥을 켤 때 나타나는 돌아가신 할머니에게 자신도 함께 데려가달라고 애원한다. 그리고 결국 소녀는 할머니를 따라 하늘나라로 올라간다. 동화는 이렇게 소녀의 죽음을 암시하면서 끝난다.

안데르센 작품에서 언뜻언뜻 느껴지는 어두운 분위기는 그가 살았던 북유럽과도 무관하지 않다. 스물여덟에 동경의 땅이었던 이탈리아 피렌체를 여행하고 돌아온 안데르센은 이렇게 말했다.

피렌체는 황홀했다. 하지만 한편으로는 북유럽의 깊은 우수, 단순한 향수와는 다른, 가슴에 차오르는 슬픔이 내 마음을 가득 채우고 있었다.

안데르센은 동화 작가로 사람들에게 각인되는 걸 싫어했다. 그는 동화 외에도 시, 희곡, 소설, 기행문 등 다양한 장르의 작품을 남겼다. 하지만 결국 동화 작가로 사람들에게 남았다. 그것도, 과거에도 없었고 앞으로도 없을 인류 최고 동화 작가로 각인되어 있다. 안데르센 자신은 탐탁지 않게 여길지 모르지만 말이다. 그래도 내로라하는 세계적인 작가가 모두 어린 시절 그의 작품을 읽으며 꿈을 키웠다는 사실에서 그나마 위안을 받지 않을까.

『안데르센 동화집』은 전 세계 아이들이 어린 시절 아름다운 환상의 세계를 꿈꾸게 한 것은 물론, 삶의 고통과 시련 또한 알게 해준 책이다. 그리고 세계 문학사에서 가장 많이 번역된 작품이기도 하다. 이 작품은 문체와 내용에서 새로운 장을 열었다고 평가받는 동시에 수많은 문화권에서 전해오는 민간 전설의 요소들이 담겨 있어 공감을 불러일으킨다. 국제어린이도서협의회(IBBY)는 2년에 한 번 어린이문학에 큰 공헌을 한 사람에게 '한스 크리스티안 안데르센 상'을 수여한다.

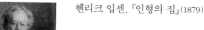

헨리크 입센, 『인형의 집』(1879)

현대극의 아버지가 쓴
최초의 페미니즘 희곡

한국 최초로 발행된 본격적인 여성 잡지는 1923년 창간된 〈신여성〉이다. 당대 최고 논객이었던 이돈화, 박달성, 주요섭, 이태준, 방정환 등이 편집자이자 필진으로 참여한 이 잡지는 제목만큼이나 많은 화제를 불러일으켰다.

1920년대는 도쿄로 유학을 간, 첫 여성 세대가 한국에 들어온 시기였다. 이들은 전통적인 계급적 여성관에서 벗어나 여성의 사회참여와 권리를 주장하기 시작했다. 한국 최초로 페미니즘 전사들이 등장한 것이다. 이 흐름과 맞물려 여성 계몽운동이 시작됐고 잡지 〈신여성〉이 탄생한다.

〈신여성〉이 창간되고 2년여가 흐른 1925년 어느 날, 서울 동대문구 창신동에 있던 조선배우학교 강당에서 연극 한 편이 공연된다. 노르웨이 극작가 헨리크 입센이 쓴 『인형의 집』이었다. 아내이자 어머니로만 살던 한 여인이 인간으로서 자아를 깨닫는 이 연극은 큰 인기를 끌었고 당시 여성 계몽운동에 기름을 붓는 촉매제가 되었다.

헨리크 입센 Henrik Ibsen   1828년 노르웨이 태생의 극작가. 부유한 상인 집안에서 태어났으나, 집이 파산하여 불우한 어린 시절을 보냈다. 약방 도제로 일하면서 대학 진학을 준비했고, 신문에 풍자적인 만화와 시를 기고했다. 1851년 베르겐의 노르웨이 극장 무대조감독, 크리스티아니아의 노르웨이 극장 지배인으로 일했다. 그러나 극장이 폐쇄되고 발표한 작품이 인정받지 못하자 한동안 노르웨이를 떠나 지냈다. '현대극의 아버지'로 불리는 입센은 산문극 형태로 사회문제를 다루어 전 세계적으로 큰 반향을 일으켰으며, 근대사상과 여성해방운동에도 깊은 영향을 끼쳤다. 1906년 세상을 떠났다. 주요 작품으로 『전사의 무덤』(1850), 『헬걸런드의 바이킹』(1856), 『페르 귄트』(1867), 『유령』(1881), 『헤다 가블레르』(1890) 등이 있다.

이렇듯 『인형의 집』 주인공 노라는 20세기 초 한국뿐 아니라 전 세계에서 자아에 눈뜬 여성의 상징적 이름으로 자리잡았다. '노라이즘'이라는 말이 있을 정도였다. 노라가 자신이 여성이기 이전에 인간임을 선언하는 장면은 감동적이다.

행복한 적은 없어요. 행복한 줄 알았을 뿐이죠. 당신은 지금까지 내게 잘해주었어요. 하지만 우리 집은 한낱 놀이방에 지나지 않았어요. 나는 친정에서는 아버지의 인형이었고, 여기에 와서는 당신의 인형에 불과했어요. 당신이 나와 놀아주면 기쁘곤 했어요. 이것이 바로 우리의 결혼이었던 거예요.

노라는 결국 집을 나가겠다고 남편에게 말한다. "아내와 어머니로서 신성한 의무를 저버려도 좋단 말인가?"라는 남편의 질문에 노라는 이렇게 답한다.

내게는 그것보다 신성한 의무가 있어요. 나 자신에 대한 의무죠.

흥분한 남편이 다시 "그런 것이 어딨어. 당신은 무엇보다 먼저 아내이자 어머니야"라고 윽박지르자 노라는 차분하게 말한다.

그런 것은 이제 믿지 않아요. 무엇보다 우선 내가 하나의 인간이란 사실이 중요해요.

이 말을 남기고 노라는 "노여움은 잊어버리고, 집에 남아 있어달라"고 애원하는 남편을 뒤로한 채 문을 열고 세상 속으로 나가버린다.

작품에서 노라가 '인형의 집'을 박차고 나오게 된 계기는 이렇다. 병에 걸린 남편을 뒷바라지하고 가족을 돌보기 위해 노라는 남편 몰래 아버지 서명을 위조해 돈을 빌려야 했고, 오랜 시간 삯바느질 같은 걸 해서 그 돈을 갚았다. 남편 병도 낫고 모든 일이 잘 풀릴 즈음에 위조 사실이 드러났고, 남편은 노라를 비난하기 시작한다.

남편을 살리고 가족을 지키기 위해 한 일 때문에 남편에게 비난을 받은 노라는 위선적이고 비겁한 그의 행동에 실망한다. 자기편이 되어주리라 믿었던 남편이 등을 돌리는 순간 새로운 깨달음을 얻은 것이다.

입센이 쓴 『인형의 집』은 '이 책이 있기 전과 그 이후를 구분하게 만든' 희대의 명저다.

『인형의 집』은 가부장제의 허구를 폭로하고, 종교와 사회의 부패와 그릇된 인습을 철저히 해부해 근대 페미니즘 운동의 단초를 제공했다. 여성사의 방향을 바꿔버린 책이다. 하지만 찬사만 있지는 않았다. "결혼 제도와 가정을 파괴하는 불순한 작품"이라는 비난도 동시에 들어야 했다.

『인형의 집』을 둘러싼 논란은 지금도 계속되고 있다. 사람들은 '노라'라는 인물이 집을 나온 뒤 어떻게 되었을까를 놓고 논란을 벌이기도 한다. 2004년 노벨문학상을 받은 오스트리아 작가 엘프리데 옐리네크는 노라가 독립에 실패하는 내용의 희곡을 발표해 화제가 되었다.

코펜하겐 왕립극장에서 초연되어 입센의 이름을 널리 알린 작품이다. 사회의 고착된 인습이 여성의, 한 인간의 성장과 자유를 어떻게 억압하는지를 보여준다. 입센의 자필 원고가 후에 발견되어 노르웨이 국립도서관이 소장하고 있으며, 이는 2001년 유네스코 세계기록유산으로 지정되기도 했다.

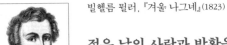

빌헬름 뮐러, 『겨울 나그네』(1823)

젊은 날의 사랑과 방황을 그린
슈베르트 가곡의 원전

그해 겨울엔 눈이 많이 내렸다. 우리는 그날 밤 막차를 타고 무작
정 어디론가 떠났다. 곽지균 감독의 영화 〈겨울 나그네〉(1986)를 본
날이었다.

젊음이 아름답지만은 않던 시절이었다. 캠퍼스는 늘 최루탄 연기로
가득했고, 사랑은 내 뜻대로 되지 않았다. 환희로 가득 찬 미래는 어디
에도 없어 보였다. 그때 본 영화 〈겨울 나그네〉는 우리 가슴을 때렸다.
사랑했으나 결국 함께하지 못하는 어긋난 사랑의 비극은 다름 아닌 우
리 이야기였다.

영화 〈겨울 나그네〉의 원작 소설을 쓴 최인호 작가는 슈베르트 가곡
집 〈겨울 나그네〉를 듣고 이 소설을 구상했다고 한다. 영화와 소설에
영감을 제공한 슈베르트 가곡집 〈겨울 나그네〉도 젊은 날의 아픔이 화
인火印처럼 아로새겨진 작품이다.

1825년 오스트리아 빈, 가난하고 병든 작곡가 슈베르트는 친구 집을
방문했다가 우연히 책상 위에 놓인 빌헬름 뮐러의 시집 『겨울 나그네』
를 읽게 된다. 시집에 깊이 감동한 슈베르트는 허락도 구하지 않고 자
신의 작업실로 시집을 가져와 작곡에 매달린다. 가곡집 〈겨울 나그네〉

빌헬름 뮐러 Wilhelm Müller　1794년에 독일 데사우에서 태어났다. 베를린에서 철학과 역사를 공부하
고, 프로이센 전쟁에 참전했다. 독일로 돌아와 몇 권의 시집을 냈고, 1827년 서른셋의 나이에 생을 마감
했다. 『겨울 나그네』 외에 『아름다운 물방앗간 아가씨』(1820), 전기 『바이런 경』(1825) 등의 작품을 썼다.

는 1827년 이렇게 완성된다. 가곡집의 첫 곡은 〈잘 자요〉다.

그대의 단잠을 깨뜨리고 싶지 않아, 발걸음 소리 들리지 않도록, 살며시, 살며시 문을 닫네, 가면서 나는 그대의 방문에다, "잘 자요" 라고 적어놓네.

가곡집 〈겨울 나그네〉의 주제 역시 사랑의 아픔이다. 사랑에 실패하고 방랑길에 나선 한 젊은이의 심리가 가사와 곡을 통해 절절하게 전해진다. 가곡집에 수록된 밀러의 시 중 가장 유명한 작품은 「보리수」다. 전반부를 읽어보자.

성문 앞 샘물 곁에, 서 있는 보리수, 난 그 그늘 아래서, 수많은 단꿈을 꾸었네./ 보리수 껍질에다, 사랑의 말 새겨 넣고, 기쁠 때나 슬플 때나 언제나 그곳을 찾았네./ 나 오늘 이 깊은 밤에도, 그곳을 지나지 않을 수 없었네, 캄캄한 어둠 속에서도, 두 눈을 꼭 감아버렸네.

가곡집에 수록된 밀러의 시 24편에는 사랑을 잃고 길을 떠난 나그네의 실존적 몰락과 자아 상실의 과정이 처절할 정도로 슬프게 묘사되어 있다. 오죽하면 슈베르트가 〈겨울 나그네〉를 친구들에게 들려줬을 때 모두 그 쓸쓸함에 놀랐다는 일화가 전해질까. 밀러의 쓸쓸함에 슈베르트의 쓸쓸함이 더해졌으니 분위기가 얼마나 무거웠을지 짐작이 간다.

1794년 독일에서 태어난 밀러는 전통적인 독일 민요에 특유의 낭만성을 녹여낸 시인이다. 나이 서른셋에 요절하는 바람에 많은 작품을 남기지는 못했지만 밀러는 독일인들에게 가장 많은 사랑을 받아온 가

장 독일적인 시인이다. 동시대 시인 하이네는 뮐러에게 이런 편지를
보낸다.

당신의 민요에서 내가 바라던 순수한 음향과 진정한 소박성을 발
견했습니다. 당신의 민요는 그지없이 순수하고 맑습니다. 나는 괴테
와 당신 말고는 그 어느 민요 시인도 좋아하지 않습니다.

뮐러와 슈베르트는 비슷한 시기에 생을 마감했다. 가곡집 〈겨울 나
그네〉가 나온 1827년 가을, 뮐러가 세상을 떠나고 슈베르트는 다음 해
서른한 살의 나이로 먼 길을 떠났다.

슈베르트는 뮐러의 다른 연작시에도 곡을 붙였는데 그것이 바로 〈겨
울 나그네〉보다 먼저 나온 〈아름다운 물방앗간 아가씨〉다. 슈베르트 3대
가곡집 중 〈백조의 노래〉를 제외한 두 편의 원작자가 뮐러인 셈이다.

우리가 뮐러의 시를 찾아 읽고, 슈베르트의 가곡을 듣고, 최인호의
소설과 곽지균의 영화로 『겨울 나그네』를 만났던 그 겨울날은 '추억'이
라는 이름으로 남았다.

사랑으로 고통 받는 한 젊은이의 방랑과 여정을 담은 『겨울 나그네』는 뮐러의 자전
적 내용을 담고 있다. 슈베르트가 이 시집에 감명받아 1권은 〈아름다운 물방앗간 아
가씨〉, 2권은 〈겨울 나그네〉의 모티프가 된다. 서민들의 삶에서 영감을 받아 삶의
직접성을 표현했던 뮐러의 시는 대중의 마음을 사로잡았다.

4

세상을 해부하다
새 길을 개척하다

존 롤스, 『정의론』(1971)

'정의'도 사회적으로
합의되어야 한다

　한때 '정의'라는 말이 많이 들렸다. 하버드대학에서 최고 인기라는 마이클 샌델 교수의 강의를 책으로 묶은 『정의란 무엇인가』가 베스트셀러가 되면서부터다.

　그런데 20년 전 하버드대학에서 정의론을 가르치던 사람은 샌델이 아니었다. 당시 교수는 '하버드의 성인Saint Harvard'이란 별명으로 불리던 존 롤스였다. 롤스의 강의 역시 당대 최고로 인기 있는 강좌였다. 샌델은 롤스의 강의를 이어받았다.

　지금 논의되는 정의에 관한 모든 이론들은 존 롤스에게서 나온 것이라고 봐도 무방하다. '정의'를 연구하는 현존하는 모든 미국 학자들은 롤스를 닮거나 혹은 비판하면서 성장했다. 샌델 역시 롤스가 마련한 토대 위에서 시작해 결국 롤스를 비판하며 스타덤에 오른 사람이다.

　프린스턴대학에서 박사학위를 받고 스물일곱 나이에 최연소 하버드대학 교수가 된 존 롤스가 1971년 출간한 『정의론』은 자본의 달콤함에 길든 현대인들에게 난해한 질문 하나를 던졌다. "정의란 무엇인가?"였다. 자본의 정글 속에서 선과 악 어느 쪽으로도 자유로울 수 없는 삶을

존 롤스 John Rawls　1921년 미국 볼티모어에서 태어난 존 롤스는 20세기 영어권에서 가장 유명한 정치철학자로 인정받는다. 미국 프린스턴대학과 대학원에서 철학박사 학위를 받고, 프린스턴대학과 코넬대학 등에서 강의했다. 1971년 하버드대학 교수로 재직하던 중 『정의론』을 펴내며 세계 학계의 주목을 받았다. 그밖에 『공정으로서 정의』와 『정치적 자유주의』 등을 통해 사회 정의에 대한 현대적 정의를 내렸고, 국제 정의와 인권, 윤리 및 정치철학사에 관한 저서들을 남겼다. 2002년 뇌졸중으로 사망했다.

사는 왜소한 현대인들에게 롤스는 가장 어렵고 기본적인 질문을 던진 것이다.

롤스 사상의 진정한 가치는, 언뜻 대립되는 것처럼 보이는 자유주의와 평등주의를 모두 충족하는 대안을 내세웠다는 점에서 확인된다.

자유주의를 생각해보자. 사람들이 모두 자기의 능력과 노력에 따라 대가를 얻고, 그 대가를 누려야 한다는 것이 자유주의 이론의 근간이다. 그런데 여기에는 맹점이 있다. 뛰어난 능력이나 환경을 타고나지 못한 사람들을 보호할 수 없다는 것이다. 비판자들은 자유주의가 좋은 유전 형질과 배경을 타고난 사람들에게만 자유를 보장하는 불평등한 사상이라고 쏘아붙인다.

반면 평등주의를 생각해보자. 모든 인간이 평등하다고 한다면 그 자체가 불평등일 수 있다. 열심히 노력한 사람이나 그렇지 않은 사람이나 똑같이 평등한 대가를 얻는다면 그것 역시 정의로 보이지는 않는다.

사실 이 문제는 인간 사회의 아주 오래된 숙제였다. 두 개념이 시장 자본주의나 사회주의 혹은 공산주의로 변주하면서 분화를 거듭했지만 결국 '정의'에 다가가는 데는 실패했다.

이때 롤스가 제시한 혜안은 돋보였다. 롤스는 '절차'를 중시했다. 그는 방법론적으로 '공정으로서의 정의관'을 제시했다. 즉 "공정한 절차에 의해 합의된 것이면 곧 '정의'가 된다"라는 절차적 정의관을 내세운 것이다.

쉽게 말해 누군가 적법한 절차에 따라 복권에 당첨되어 부자가 됐다면 그것은 '정의'다. 하지만 부자들에게만 유리한 교육제도 때문에 부잣집 아이들이 더 좋은 대학에 진학한다면 그것은 정의가 아니다. 절차가 공정하지 않았기 때문이다.

롤스는 이것을 설명하면서 '최소 수혜자'라는 용어를 사용한다. 사회적으로 소외되어 가장 미약한 수혜를 얻을 수밖에 없는 사람들에게 '공정한 기회를 주는 시스템'을 만들어야 한다는 것이다.

롤스의 『정의론』은 복권 당첨자 사례에서 알 수 있듯이 자유주의에 입각하고 있다. 하지만 최소 수혜자에게 균등한 기회를 제공해야 한다는 지점에서는 평등주의적 생각이 가미되어 있다.

바로 이 점 때문에 이른바 자유민주주의를 표방하는 나라의 모든 정책은 롤스를 답습한다. 최소 수혜자일 수밖에 없는 독거노인들에게 생활비를 지급한다든가, 대학에서 농어촌 학생 특별전형을 실시한다든가 하는 것들은 모두 롤스에게서 배운 것이다.

'하버드의 성인' 롤스에게 정의는 신성불가침의 문제였다. 그는 이렇게 말했다.

모든 사람들은 전체를 위한다는 명목으로도 유린될 수 없는, 정의에 입각한 불가침성을 갖는다. 다수가 누릴 보다 큰 이익을 위해 소수에게 희생을 강요해도 좋다는 정의는 결코 용납될 수 없다.

평등적 자유주의를 옹호하는 『정의론』은 20세기 철학서로는 드물게 26개 언어로 번역되었다. 롤스는 최대 다수의 최대 행복이라는 공리주의의 원리는 정의의 문제를 해결할 수 없고, 개인의 희생에 대해서도 실질적인 대안을 줄 수 없기 때문에 사회의 안정성을 지키기에 적합하지 않다고 생각했다. 그래서 그는 자유주의 안에서 정의의 실현 가능성을 확인하고자 했다. "자유주의적 이론 체계 속에 사회주의적 요구를 통했다"라는 평가를 받는 이 책은 '정의'가 새롭게 주목받는 요즘, 꼭 읽어야 할 명저로 꼽힌다.

니콜로 마키아벨리, 『군주론』(1532)

유럽 정치교사의 신랄하고 냉철한 정치론

　소심하고 예민했던 정치철학자 니콜로 마키아벨리는 어느 날 작심한 듯 펜을 들었다. 외교관으로 정치에 입문했던 그는 권력 다툼에 휘말려 낭인이 된 상태였다.

　원래 공화주의자였던 마키아벨리는 권력자들과 대중의 추악한 이면을 보고 큰 충격을 받았다. 입만 열면 선과 덕을 부르짖으면서도 실제로는 음모와 거짓이 판을 치는 권력판, 겉으로는 올바른 정치를 원하면서도 이익 앞에서는 원칙과 애국심을 헌신짝처럼 내버리는 대중을 보며, 그는 인간은 결코 선善하지 않다는 결론에 도달한다. 『군주론』이라는 현실정치 이론서는 이렇게 탄생한다.

　마키아벨리는 1469년 르네상스가 절정으로 치닫던 피렌체에서 태어났다. 1498년 약관의 나이에 공화정에 참여한 그는 혼란스러운 정치판 한가운데 서게 된다. 외교관으로 프랑스 루이 12세, 신성로마제국의 막시밀리안 황제, 로마의 율리우스 2세, 피렌체의 체사레 보르자 등을 지켜본 그는 자신의 정치철학을 완성해갔다.

니콜로 마키아벨리 Niccolo Machiavelli 1469년 피렌체의 명문가에서 태어났다. 29세에 피렌체의 제2서기관직에 올라, 약 14년 동안 고위공직자로 지냈다. 1513년 반反 메디치 음모에 가담했다가 투옥되었으나, 그해 조반니 데 메디치 추기경이 교황으로 즉위하자 사면되었다. 공직에서 물러난 뒤 교외에서 은둔하며 지내다 『군주론』을 집필했다. 그는 현대 정치과학의 창시자 중 한 명으로, 정치의 냉혹한 원리를 추구하여 근대 정치학의 아버지로 불린다. 1527년 58세의 나이로 사망했는데, 그의 기념비에는 "어떤 묘비명도 이 위대한 이름에 어울리지 않는다"라고 쓰여 있다. 그 외 저서로는 『전략론』 『피렌체사』 『로마사논고』 등이 있다.

그러던 중 피렌체 공화정이 무너지고 메디치 가家의 군주정이 복원되자 그는 공직에서 쫓겨났다. 급기야는 반역 혐의로 고문을 받고 투옥까지 된다. 『군주론』은 이때 쓴 것이다.

『군주론』은 흡사 명분을 제거하고 현실이라는 뼈만 남긴 해부학 책 같은 느낌이 든다. 그리 두껍지도 않은 책에는 잔혹한 문장이 즐비하다. 군주의 인자함에 대해 논하는 부분에서 마키아벨리는 "군주는 사랑을 받지 못할 바에는 두려운 존재라도 되어야 한다"라고 말한다. 또 "군주가 그들에게 이익이 되는 한 그들은 군주의 편이다. 인간은 이익이 되는 일에는 걸신이 들려 있기 때문"이라고 일갈한다. 더불어 "백성들의 말을 전적으로 믿고 별도의 대비책을 마련해두지 않은 군주는 멸망한다"라고 주장한다.

인간의 나약한 심리를 역이용하라고 가르치는 부분을 읽을 때면 섬뜩할 정도다. 예를 들어 "실행할 권력이 없는 선은 악보다도 못하다"랄지 "악행을 행해야 할 경우에는 한 번에 몰아서 해야 한다. 그것이 악행을 되풀이하지 않는 방법이다. 반대로 은전을 베풀 때는 조금씩 오래 베풀어야 한다"라는 구절이 그렇다.

『군주론』이 출간된 이후 몇 명의 군주들이 이 책을 금서로 지정했다. 대표적인 인물이 프로이센의 프리드리히 2세와 러시아의 예카테리나 2세. 둘은 『군주론』이 군주들에게 악덕을 가르치며 인간성을 파괴하는 책이라고 비난을 퍼붓는다. 하지만 공교롭게도 두 사람 모두 폭군이었다. 아이러니가 아닐 수 없다.

여기서 알 수 있듯이 『군주론』은 문화 수준이 낮고 정치 하수들이 넘쳐나던 시기에는 '악의 꽃'이 됐고, 그렇지 않은 시기에는 현실 정치의 본질을 담은 참고서가 됐다.

『군주론』은 〈뉴스위크〉나 〈타임〉이 선정한 세계 명저 리스트에서 대학생 필독서 목록에 이르기까지 우선순위로 거론되는 명저다. 성악설에 기인해 쓰인 이 불온한 책이 왜 21세기인 지금 명저로 꼽히는 것일까.

이유는 이렇다. 『군주론』은 명실상부한 국가중심주의를 모델로 한 첫 번째 정치이론서다. 교황, 귀족, 부자 등의 권력이 복잡하게 얽힌 시대를 살았던 마키아벨리는 본질적인 의미의 근대국가를 꿈꾸었고 그렇게 하기 위해서는 강력한 리더십이 필요하다고 생각했다.

"나는 나 자신보다 내 조국 피렌체를 더 사랑했다"라는 그의 말은 이 책의 탄생 배경을 설명해준다. 군사력을 키우고, 내부를 단속하고, 외세에서 독립해 국가를 유지하는 방법을 사례 연구를 통해 분석한 부분은 매우 뛰어나다.

사실 "국가가 없으면 국민도 없다"라는 식의 현대식 구호는 『군주론』을 빼닮았다. 『군주론』은 끝없는 논란에 시달린 책이다. 인간이 모여 만든 정치체제라는 것이 계속 진화하는 유기체 같은 것이어서 『군주론』에는 부정되어야 할 부분도 많다. 하지만 그 부정과 대안 모색도 500년 전 『군주론』이 있었기에 가능한 것이 아니었을까.

『군주론』은 정치학에서 빼놓을 수 없는 고전으로, 로렌초 데 메디치에 바치는 헌사와 본문 26장으로 이루어져 있다. 국가와 군주, 군사 등에 관한 역사적 고찰인 이 책은 정치가 도덕과 구별되는 고유의 영역임을 주장했다. 여기에서 마키아벨리즘이란 용어가 생겨났고, 근대 정치 사상의 기원이 되었다. 마키아벨리가 1513년에 썼으나 그가 사망한 뒤 1532년에야 출간되었다.

클로드 레비스트로스, 『슬픈 열대』(1955)

'문명과 야만'을 뒤집은,
인류학의 위대한 자산

1986년 겨울, 어느 육군 신병훈련소 내무반. 저녁 점호가 끝나고 한 훈련병이 서럽게 울고 있었다. 군화 속에 숨겨놓았던 새우깡 한 봉지를 조교에게 압수당했기 때문이다. 밤마다 몰래 입안에 하나씩 넣고 녹여먹던 새우깡의 달콤함을 강탈당한 것이 서러웠던 것이다. 그는 박사학위까지 받고 뒤늦게 군에 입대한 사회학도였다. 같은 내무반에 있었던 나는 입대 전까지 문명인을 자부했던 사람들이 드러내는 야만성을 보며 적지 않은 충격을 받았다. 고등교육을 받았다는 사람들이 반찬으로 나온 튀김 한 조각을 가지고 싸우고, 동료의 관물대에 있는 우유를 훔쳐 먹는 모습은 충격이었다.

이 경험은 1941년 프랑스의 인류학자 클로드 레비스트로스가 했던 경험과 비슷한 것이다.

레비스트로스는 프랑스 마르세유에서 카리브 해로 항해하는 배 안에서 훗날 자신의 이론적 기반이 될 단서를 발견한다. 배에는 행세깨나 하는 지식인들과 상류층 사람들이 많이 타고 있었다. 항해 초기 이

클로드 레비스트로스 Claude Levi-Strauss   프랑스의 사회인류학자이자 구조주의 선구자로 1908년 벨기에 브뤼셀에서 태어났다. 파리대학에서 철학과 법률을 공부하고, 중학교 철학 교사로 재직했다. 1935년 브라질 상파울루대학에서 사회학 교수로 있으면서 브라질로 건너가 원주민들과 함께 지내며 그들의 문화를 탐구했다. 이 경험을 토대로 『슬픈 열대』를 집필했고 이름이 널리 알려졌다. 뉴욕 시의 사회연구학교 객원교수를 역임하고, 1959년 콜레주 드 프랑스의 사회인류학 학과장이 되어 퇴임할 때까지 학생들을 가르쳤다. 2009년 101세의 나이로 사망했다. 주요 저서로 『친족의 기본구조』 『구조인류학』 등이 있다.

들에게는 교양과 품위가 있었다. 하지만 항해가 길어질수록 배 안은 난장판으로 변해갔다. 레비스트로스는 물과 음식, 용변, 잠자리 문제 앞에서 추악해지다 못해 최소한의 수치심까지 내던지는 사람들을 보며 큰 깨달음을 얻는다. 그 모습은 그들이 그렇게 경멸했던 '야만'의 모습과 하나도 다를 바가 없었다.

순간 레비스트로스의 머릿속에서는 브라질에 체류하면서 아마존 원시부족을 연구했을 때의 기억이 오버랩 됐다. 서구인들이 '야만인'이라고 치부하는 원시부족은 오히려 야만스럽지 않았다. 나름의 문화와 규칙을 가지고 주어진 환경 속에서 슬기롭게 살아가고 있었다. 원주민들은 개인의 존엄을 지키면서 자신들이 구성한 사회에서 자신들의 규칙과 방법으로 완벽에 가까운 적응을 하고 있었다. 그는 서구가 만든 '문명과 야만'이라는 이분법의 허구를 파헤치기로 결심한다.

이렇게 세상에 나온 책이 희대의 명저『슬픈 열대』다. 이 책은 카두베오, 보로로, 남비콰라, 카와이브 등 아마존 밀림 내륙지역의 4개 원주민 부족에 대한 연구 결과를 중심으로 구성되어 있다. 단순한 연구서를 뛰어넘어 인류학적 계보나 구조주의적 계보 연구에서 매우 중요한 위치를 차지한다.

『슬픈 열대』는 서구 사회가 자신들이 만든 기준을 다른 세계에 일방적으로 적용하는 폭력적 전통에 단호히 반대한다. 원주민 연구는 레비스트로스 이론의 실증적 근거다. 레비스트로스는 원주민 사회를 미개한 사회가 아닌 우리와 다른 사회일 뿐이라고 말한다.

아마존 원주민 사회는 정적 사회다. 인간의 지혜가 반복적으로 지속되는 사회다. 이들은 개인이 소비하는 에너지 양을 증가시키지 않기 때문에 민주적이며 위계에 의한 인간성 파괴가 존재하지 않는다.

그는 발명과 업적을 중시하는 서구 사회를 '과열 혹은 동적 사회hot or mobile society'라고 정의한다. 서구 사회는 열역학적으로 움직이는 사회다. 하나의 스팀엔진처럼 에너지를 산출하고 소비하면서 갈등을 통해 기술적 발전을 이루는 사회다.

반면 원주민들의 사회는 '냉각 혹은 정적 사회cold or static society'다. 이 사회는 인간의 종합적 재능과 경험이 반복적으로 지속되는 사회다. 이들은 개인이 소비하는 에너지 양을 늘리지 않는다. 레비스트로스에 따르면 이 사회는 매우 민주적이다. 위계 서열에 의한 인간 파괴가 존재하지 않는 사회라는 것이다.

서구 사회가 이식한 '문명과 야만'의 이분법은 사실 허점투성이다. 예를 들어 프랑스 유명 여배우가 우리의 개고기 문화를 야만이라고 비난하면 우리는 "너희가 달팽이를 먹는 것처럼 고유의 문화일 뿐"이라며 반박한다. 하지만 반대로 어느 동남아 국가에서 쥐를 먹는 것을 보면 우리는 또 그들을 '야만'으로 몰아붙인다. 사실 문명과 야만의 구분은 이중성을 지니고 있다. 문화와 경험, 환경 등에 따라 기준은 달라질 수밖에 없다. 이것을 획일화하는 순간 그건 폭력일 뿐이다.

레비스트로스가 책 제목을 왜 '슬픈 열대'라고 지었는지 가만히 생각해볼 일이다.

『슬픈 열대』는 클로드 레비스트로스의 지적 자서전이자 기행문이다. 실제로 그가 브라질에서 지내며 탐구했던 원주민 사회와 그 밖의 아시아 문화를 소개하면서, 서구를 지배해온 문명과 야만의 개념을 비판한다. 총 9부로 이루어져 있으며 14개 국어로 번역되어 널리 읽히고 있다.

애덤 스미스, 『국부론』(1776)

근대 자유주의 경제학의
사상적 토대

1746년, 한 학생이 옥스퍼드대학을 뛰쳐나온다. 이 학생은 "옥스퍼드대학과 케임브리지대학의 교수들은 그 능력에 상관없이 터무니없이 많은 수입을 보장받고 있다"라며 학위를 포기한다. 애덤 스미스라는 학생이었다.

사실 스미스는 소심한 사람이었다. 임종 직전 "출간하기에 적절하지 않은 모든 원고는 폐기"해달라는 유언을 남겼을 정도로 신중하고 조심스러운 인성을 지니고 있었다. 하지만 그는 지적인 문제에 대해서만큼은 단호한 모험가였다. 그의 지적인 모험은 훗날 『국부론』이라는 결과물로 이어진다.

다시 처음 이야기로 돌아가자. 두 대학의 학문적 폐쇄성에 분노한 그가 선택한 곳은 스코틀랜드 글래스고대학이었다. 역사, 철학, 경제, 종교 등 다방면에 관심이 많았던 스미스와 자유분방한 글래스고대학의 학풍은 잘 맞아떨어졌다. 이 대학의 논리학·도덕철학 담당 교수가

애덤 스미스 Adam Smith 1729년 스코틀랜드 커콜디에서 태어났다. 세관 관리 집안에 유복자로 태어나 평생을 독신으로 살았다. 1737년 글래스고대학에 입학, 도덕철학 교수인 프랜시스 허치슨에게 영향을 받았다. 옥스퍼드대학 밸리올 칼리지에서 공부한 뒤 1751년에 글래스고대학 교수가 되었다. 허치슨 교수의 후임으로 도덕철학의 강의를 맡아 『도덕감정론』(1759)을 출간해 유럽에서 명성을 떨쳤다. 1764~1766년 청년 공작 바클루의 개인 교사로서 프랑스 여행에 동행하여 볼테르와 케네, 튀르고 등과 알게 되었는데, 특히 케네에게서 큰 영향을 받았다. 커콜디로 돌아온 뒤 『국부론』 집필에 몰두, 1776년 발표했다. 1778년 스코틀랜드 관세청장으로 임명되었고 5년 뒤에는 에든버러 왕립협회 창립회원이 되었다. 1787~1789년에는 글래스고대학의 학자로서는 최고위직인 명예총장으로 재임했다. 1790년 에든버러의 자택 팬뮤어하우스에서 세상을 떠났다.

된 그는 강의 내용을 바탕으로 1759년 『도덕감정론』을 출간한다.

'보이지 않는 손invisible hand'이라는 개념을 처음 내세운 책도, 사람들이 각자의 이익을 위해 노력하는 것이 궁극적으로는 사회를 이롭게 한다는 주장을 처음 담은 책도 사실은 『도덕감정론』이었다.

『국부론』은 그로부터 한참 시간이 지난 1776년에 초판이 출간된다. 유럽 여행을 다니면서 볼테르, 벤저민 프랭클린, 프랑수아 케네 등 지식인들과 교류하고 변모하는 세상을 지켜본 스미스는 고향 커콜디로 돌아와 칩거에 들어간다. 『국부론』은 그 후 10년간 작업을 해 세상에 나온다.

스미스가 살았던 커콜디에는 유난히 핀 공장이 많았다. 많은 주민들이 핀 공장이나 그와 관계된 일에 종사하던 커콜디에서는 물건을 살 때 돈 대신 핀을 지불해도 될 정도로 핀에 의해 지역 경제가 움직이고 있었다. 스미스는 이런 풍경을 보면서 근대적인 사업의 분업 경향과 현물을 통한 거래 등을 탐구했다.

모든 개인은 그가 좌우할 수 있는 모든 자본에 대해서 가장 유리한 용도를 발견하고자 끊임없이 노력하고 있다. 물론 그의 1차 관심사는 자기 자신의 이익이다. 그러나 그 이익 추구가 필연적으로 사회 공공의 이익을 추구하고 있는지도 모른다. (…) '보이지 않는 손'에 이끌려 자신이 전혀 의도하지 않았던 목적을 추구하게 된 셈이다.

'보이지 않는 손'은 『국부론』에 단 한 번 등장하지만 책 전체를 대변하는 키워드로 종종 활용된다. 스미스는 중상주의에 입각한 보호무역을 비판하면서 시장의 힘을 강조한다. 그는 이기심에서 시작된 생산 활동이 국내 산업을 성장하게 하고, 해외 무역으로까지 확대되면서 결국 국부로 연결된다고 생각했다. 나아가 개인과 기업의 이익 추구를 보장하는 자유로운 경제 활동이야말로 국부의 원천이라고 믿었다.

스미스는 경제 활동의 자유를 강조했지만 그 자유에도 한계가 있음을 분명히 했다. 그는 "이익 추구는 정의와 법을 따라야 하며 자유·평등·정의의 원칙에 따라 행해야 한다"라고 선을 그었다.

세월이 흘러, 시장은 치유하기 어려워 보이는 많은 문제를 노출하고 있다. 과도한 이익 추구로 인한 소득과 기회의 극단적인 불평등, 성장의 부산물인 환경오염 등이 그것이다. 그렇다고 해서 스미스의 통찰을 폄하할 수는 없다. 그가 전근대를 벗어나 근대를 열어젖힌 경제사적 사건의 주인공이었기 때문이다. 마르크스의 『자본론』도 『국부론』이 있었기에 가능했다.

『국부론』 가운데 가장 유명한 다음 구절은 언제 읽어도 훌륭한 스토리텔링이다.

> 우리가 저녁 식사를 기대할 수 있는 건 푸줏간 주인, 양조장 주인, 혹은 빵집 주인의 자비심 때문이 아니라 이익을 추구하는 그들의 생각 덕분이다. 우리가 바라보는 건 그들의 인간성이 아니라 자기애다.

애덤 스미스는 자신의 주장을 추상적인 개념이나 이론이 아닌 현실에 대한 예리한 관찰에 근거를 두고 발전시켰다. 그는 부富를 사람과 사람을 연결하는 수단으로 봤으며, 부의 기능을 충분히 살릴 수 있는 경제체제를 구축하는 것이 가장 바람직하다고 여겼다. 경제가 인위적인 제약으로부터 자유로워지면 시장에서의 경쟁이 사회 전체의 이익에 가장 부합하는 방향으로 이루어질 수 있다고 주장하면서, 경제 정책의 궁극적인 목표는 국가의 부를 극대화하는 것이라고 간주했다.

카를 마르크스, 『자본론』(1867)

"나는 자본의 운동 법칙을 발견하고 싶었다"

『자본론』이 처음 출간된 1867년. 영국에 머물고 있던 카를 마르크스는 독일에 있는 어머니에게 책 한 권을 소포로 보낸다. 책을 받아 본 어머니는 아들에게 답장을 보내 이렇게 힐난한다.

"자본에 대해 책을 쓰지 말고 자본을 만들었으면 좋았을 텐데……."

카를 마르크스는 현실적으로는 무능하기 짝이 없는 인물이었고, 거친 성품 때문에 대인관계가 좋지 않았으며, 중류층에 편입하기 위해 무던히도 애쓴 속물근성도 지니고 있었다. 하지만 그는 현대사에 방점을 찍었다. 그를 바라보는 입장이 긍정적이든 그렇지 않든 마르크스를 거치지 않고 20세기를 설명하는 것은 불가능하다.

오랜 시간 동안 카를 마르크스는 오해와 오독誤讀의 산물이었다. 냉전 기간 내내 몇몇 나라에서는 그의 이름을 발설하는 것만으로도 죄가 됐고, 『자본론』은 원죄를 짓고 세상에 나온 책처럼 취급받아야 했다.

카를 마르크스 Karl Marx 1818년 독일 라인 주 트리어에서 태어났다. 자유롭고 교양 있는 가정에서 성장하여 1835년 본대학에 입학해 그리스와 로마의 신화, 미술사 등 인문계 수업을 받았다. 1년 후 본을 떠나 1836년 베를린대학에 입학해 법률, 역사, 철학을 공부했다. 헤겔학파의 좌파인 청년헤겔파에 소속되어 무신론적 급진 자유주의자가 되어갔다. 급진적인 반정부 기관지 〈라인신문〉의 주필로 있다가. 신문의 폐간으로 파리로 망명하여 이 시기 사적 유물론 사상을 확립하고, 1848년에는 엥겔스와 함께 『공산당 선언』을 집필했다. 1849년 이후에는 런던에서 빈곤과 싸우며 경제학 연구에 전념하고 『자본론』 저술에 몰두했다. 1859년 경제학 이론에 대한 최초의 저서 『경제학 비판』이 간행되었는데, 이 책의 서언序言에 유명한 유물사관 공식이 실려 있다. 마르크스의 마지막 10년은 자신의 말대로 만성적인 정신적 침체에 빠져 있었다. 1883년 런던 자택에서 평생의 친구이자 협력자인 엥겔스가 지켜보는 가운데 64세 나이로 사망했다. 저서에 『독일 이데올로기』 『철학의 빈곤』 등이 있다.

하지만 스탈린의 피의 숙청이나 김일성 일가의 기괴한 독재 성향에 대해 『자본론』이 져야 할 책임은 없다. 마르크스의 상속자를 자처한 자들이나, 그를 숨겨야 할 이름으로 취급한 자들이나 마르크스를 철저히 자신들의 입맛대로 이용한 혐의는 분명하다.

『자본론』은 말 그대로 '자본'을 분석한 책이다. 공산주의나 사회주의를 논한 책이 아니다. 김수행 번역으로 나와 있는 『자본론』 전 3권, 2800여 쪽 가운데 자본주의 이후 새로운 사회에 대해 논한 부분은 13쪽 정도에 불과하다. 자본주의가 어떻게 유지되고 진행되는지에 대한 연구가 책 전체의 99.5퍼센트를 차지한다.

『자본론』은 1권만 마르크스가 직접 썼고, 2, 3권은 마르크스 사후 엥겔스가 그가 남긴 원고들을 정리한 것이다.

마르크스가 『자본론』을 저술할 무렵 유럽은 권력에 의해 토지를 빼앗긴 농민들이 대거 도시로 흘러들어와 가혹한 노동에 시달리고 있었다. 이것을 본 마르크스는 경제를 구성하는 4가지 요소인 생산(노동), 교환, 분배, 소비 중 생산이 철저히 소외되고 있다고 개탄한다.

마르크스는 노동자가 임금을 넘어서는 가치를 창출할 경우 그 잉여가치를 자본가가 가져가는 것은 모순이라고 주장한다.

될 대로 되라지! 이것이 모든 자본가와 모든 자본주의 나라의 표어다. 그러므로 자본은 사회에 의해 강제되지 않는 한, 노동자의 건강과 수명은 조금도 고려하지 않는다.

그는 자본가가 자금 조달에 대한 부담을 안고 리스크를 책임지는 부분을 간과했다. 하지만 생산과 자본을 양대 축으로 자본주의의 속성을 정리한 것만으로도 그의 연구는 이후 세상에 큰 영향을 미쳤다.

쌍방이 모두 상품 교환 법칙에 의해 보증되는 권리를 주장할 때 총 자본과 총 노동 사이의 투쟁이 나타난다.

마르크스는 자본주의의 모순이 결국 사회주의 혁명으로 이어질 것이라 예상했다. 자본의 확대재생산이 독점으로 이어지고 그로 인해 공황이 일어나며 결국은 생산수단을 공유하는 새로운 사회가 탄생한다는 게 그의 생각이었다.

마르크스의 예측은 빗나갔다. 사회주의 혁명은 모순이 극대화한 영국에서 일어나지 않았고, 농민의 손에 의해 러시아에서 일어났다. 그리고 그 혁명의 결과물들이 또 다른 독점 세력으로 변질됐다. 자본주의 역시 여전히 건재하다.

하지만 마르크스는 자본주의에 긴 그림자를 남겼다. 의료보험을 비롯한 각종 사회보장제도, 아동 노동 금지 등은 마르크스의 자기장이 자본주의에도 관여했음을 보여준다. 금융 위기 이후 세계적으로『자본론』이 잘 팔려 나가는 현상이 벌어졌다고 한다. 자본주의가 완승을 거둔 것처럼 보이는 지금도 마르크스의 문제 제기는 여전히 우뚝하다.

『자본론』은 노동계급을 위한 실천 강령이 아니라 한 학자의 연구와 성찰이 낳은 결과물이다. 당시까지 어느 누구도 자본이 지닌 문제들을 그렇게 치밀하게 분석한 학자는 없었다. 마르크스는『자본론』서문에 이렇게 썼다.

현대 자본주의 사회의 경제적 운동 법칙을 발견하는 것이 내 책의 최종 목적이다.

『자본론』은 자본주의 사회가 지닌 문제점을 극복하고 더 나은 사회를 꿈꾸기 위한 비판과 모색의 원천으로 빛 바래지 않은 명저다. 각 권이 자본의 생산 과정, 유통 과정, 자본제적 생산의 총 과정으로 구성되어 변증법적 논리에 따라 전개된다. 마르크스는 "이 책이 지금까지 부르주아의 머리 위에 발사된 탄환 중에서 가장 위력적이라는 데에 이론의 여지가 없다"라고 말했다.

한나 아렌트, 『전체주의의 기원』(1951)

위정자가 구원을 말할 때
조심할 것

1924년 독일 마르부르크대학 강의실. 열여덟 살의 유대인 여대생과 전도유망한 젊은 철학 교수가 처음 얼굴을 마주한다. 젊은 교수는 마르틴 하이데거, 여대생은 한나 아렌트다. 훗날 하이데거는 독일 실존주의를 대표하는 철학자가 됐고, 아렌트는 20세기를 빛낸 정치 철학자가 된다.

이렇게 만난 두 사람은 사랑에 빠진다. 이 사랑은 아렌트에게는 금단의 열매 같은 것이었다. 하이데거는 뛰어난 학자이기 이전에 나치 당원이었고, 두 자녀를 둔 무책임한 가장이기 때문이다. 유대인의 적인 나치 당원과 불륜에 빠진 아렌트의 고뇌는 평생 그녀에게 숙제로 남았다.

위태롭게 이어지던 둘의 사랑은 제2차 세계대전 무렵 파국을 맞는다. 히틀러 반대 운동을 하던 아렌트는 독일군에 체포되어 강제 수용소에 수감돼 있던 중 미국으로 탈출한다. 같은 시기 하이데거의 행보는 정반대였다. 그는 프라이부르크대학 총장 취임 연설에서 나치를 공개적으로

한나 아렌트 Hannah Arendt 1906년 독일에서 태어났다. 어린 시절부터 유대인으로서 자의식을 지녔으며, 이는 그녀의 삶과 사상에 큰 영향을 끼쳤다. 마르부르크대학과 프라이부르크대학, 하이델베크르대학에서 공부한 뒤 1928년 철학박사 학위를 받았다. 뉴욕에서 출판사 편집국장을 지내며 잡지에 글을 기고하고, 유대문화재건사의 전무이사로서 나치의 탄압으로부터 유대인의 문화유산을 지키고자 노력했다. 나치스에 대해 연구하며 『전체주의의 기원』이라는 기념비적인 저서를 펴냈다. 이 책으로 아렌트는 저명한 정치사상가로 이름이 알려졌고, 미국 주요 대학에서 강연을 하고 시카고대학에서는 교수로 재직했다. 1975년 『정신의 삶』을 집필하던 중 심장마비로 세상을 떠났다. 주요 저서로 『인간의 조건』, 『과거와 미래의 사이』, 『혁명론』, 『암흑기의 인간』 등이 있다.

지지하는 등 학자로서 지울 수 없는 오점을 남기기 시작한다.

독일을 탈출하는 아렌트는 비장했다.

> 결코 다시는 오지 않으리라. 다시는 어떤 지적인 역사도 건드리지
> 않으리라. 이런 사회와는 아무런 상관도 하지 않으리라.

하지만 아렌트는 지적인 역사를 다시 건드렸다. 자기의 통찰력과 학
식, 독일에서 경험한 일들을 모두 쏟아부어 『전체주의의 기원』이라는
명저를 탄생시킨다.

『전체주의의 기원』은 인간의 존엄성이 지켜지는 새로운 정치 원리
를 찾아 헤맸던 아렌트의 눈물겨운 역작이다. 그녀는 나치즘이나 볼셰
비즘 같은 전체주의를 단순한 폭정이나 과거 군주제와는 다른 새로운
현상으로 인식한다. 기술 발달, 인구의 팽창, 고향 상실이라는 결과를
만들어낸 현대 물질문명이 낳은 기형적 산물로 본 것이다.

> 전체주의의 승리는 곧 인간성의 파괴와 일치할 수 있다. 전체주의
> 는 지배하는 곳마다 인간의 본질을 파괴하기 시작한다. 문제는 우리
> 시대의 선과 악은 너무나 기묘하게 얽혀있다는 것이다.

아렌트는 전체주의의 기원을 '대중'에서 찾는다.

> 조직되지 않고 구조화되지 않은 대중, 절망적이고 증오로 가득 찬
> 대중은 지도자들에게서 구원을 기대한다.

전체주의 정권은 이러한 대중에게 완벽해 보이는 미래를 제시하면

서 뿌리를 내리기 시작한다. 완벽한 미래를 위해 개인의 자유는 제한 되어야 한다는 주장이 그 시초다. 다양한 정치도구들도 동원된다. 국가 관료들에게 권력이 집중되고, 관료들과 다를 바 없는 관제 정당이 탄 생한다. 국가와 사회 전체를 통제하는 비밀경찰과 정보 조직이 큰 역 할을 담당하기 시작하고, 모든 매스미디어와 무기, 경제, 문화는 획일 적으로 정부의 통제 아래 놓인다.

이런 과정을 거치며 '대중'은 '폭민mob'으로 변모하기 시작한다. 폭 민은 전체주의의 가장 중요한 자양분이다. 대중 개개인의 자유를 인정 하지 않는 전체주의가 대중의 인기를 먹으며 존재하는 아이러니는 인 간사의 오랜 숙제다. 아렌트는 이런 경고를 남긴다.

인간다운 방식으로 정치적, 사회적 또는 경제적 고통을 완화하는 일이 불가능해 보일 때 전체주의는 강한 유혹의 형태로 다시 나타날 것이다.

이 책은 나치즘, 볼셰비즘, 일본 군국주의 등을 겨냥해 쓰였지만, 전 체주의의 위협은 반세기가 지난 지금도 유효하다.

3대째 세습 권력자가 탄생하는 날, 똑같은 가방에 똑같은 옷을 입고 반듯하게 줄을 맞춰 앉아 박수를 치는 소름 끼치는 북한의 모습에서도 전체주의의 그림자는 여전하다. 물론 군사정권을 비롯한 수많은 다른 정치 시스템들도 전체주의의 혐의에서 자유롭지 못하다.

전체주의의 기원을 방대한 자료를 통해 고증한 『전체주의의 기원』은 〈타임〉이 선 정한 20세기 최고의 책 100권 중 한 권이다. 반세기가 지난 지금도 여전히 많은 사 람들에게 읽히는 것은, 21세기 역시 전체주의의 위협이 도사리고 있음을 방증한다.

마셜 매클루언, 『미디어의 이해』(1964)

'뉴미디어' 내다본
천재 언론학자의 예언서

'지구촌Global Village'이라는 개념을 처음 사용한 사람이 마셜 매클루언이다. 매클루언은 '미디어'라는 단어도 낯설었던 1960년대 초반, 미디어가 인간의 감각기능을 확장해 국가 간 경계를 허물 것이라는 예언을 하기 위해 '지구촌'이라는 말을 사용했다.

매클루언의 말 중에서 내가 가장 좋아하는 말은 "미디어는 마사지다 The medium is the massage"라는 말이다. 매클루언은 뉴미디어의 감각적인 특성을 설명하기 위해 이 문장을 내세웠다. 촉각을 통한 상호작용을 '마사지'라고 표현한 것이다. 이 단어에서 스마트폰이나 아이패드를 떠올린다면 무리일까?

사실 이 말은 매클루언이 자신의 명저 『미디어의 이해』에 등장하는 "미디어는 메시지다The medium is the message"라는 명제를 패러디한 말이다. 『미디어의 이해』에 대한 해설서를 쓰면서 '마사지'라는 표현을 쓴 것이다. '메시지'와 '마사지'의 어감상의 특성과 의미의 특성을 절묘하게 배합한 것이 상징적이면서도 매력적이다.

마셜 매클루언 Marshall Mcluhan 1911년 캐나다 에드먼턴에서 태어났다. 1928년 마니토바대학에 입학해 기계공학을 공부하다가 영문학으로 전공을 바꾸어 졸업했다. 우디 앨런의 영화 〈애니 홀〉에 배우로 출연하기도 했고, 속옷에서 지린내를 제거하는 물질을 발명하기도 했다. 영문학자로 강단에 선 뒤부터는 미디어 이론가 및 문화비평가로 변신하여 미국 미디어팝 문화의 대부로 불렸다. 1964년 『미디어의 이해』를 출간했고, 1967년에는 『미디어의 이해』의 난해한 부분을 알기 쉽게 풀어 『미디어는 마사지다』를 출간했다. 1980년 사망했다. 주요 저서로 『커뮤니케이션의 탐구』 『구텐베르크 은하계』 『교실로서의 도시』 등이 있다.

『미디어의 이해』가 출간된 1964년 이후 캐나다 출신의 언론학자이자 문화비평가 매클루언은 오랫동안 학계의 배척을 받았다. 재주가 승하면 덕이 약하다고 했던가. 뛰어난 감각과 예지력으로 쓰인 『미디어의 이해』에 대해 다른 학자들은 학문적 성과가 아닌 예언이라고 폄하했다. 물론 책에 비학문적 경향이 있는 건 사실이다.

책이 재조명을 받기 시작한 건 1980년 매클루언이 사망한 다음부터다. 뉴미디어의 실체가 드러나기 시작하자 각종 학술지들이 매클루언을 조명하기 시작했고, 급기야 MIT가 그의 저서 『미디어의 이해』를 재출간한다. 매클루언이 허무맹랑한 예언자에서 정보기술 시대를 예견한 선구적인 학자로 거듭나는 순간이었다.

『미디어의 이해』라는 책을 이해하기 위해 먼저 만나야 하는 문장이 있다. "인간은 도구를 만들고 도구는 인간을 만든다"라는 구절이다. 매클루언은 인간이 주도한 미디어의 발달은 곧 인간의 감각기능을 확장한다고 주장했다. 즉 책은 눈의 확장이고, 바퀴는 다리의 확장이며, 옷은 피부의 확장이고, 전자회로는 중추신경계의 확장이라고 본다. 감각기관의 확장은 곧 감각체계의 변화를 가져오고, 이렇게 변화된 인간의 감각체계는 다시 새로운 세상을 만들어낸다. 미디어 자체가 곧 메시지라는 이야기다.

매클루언은 또 '쿨Cool미디어'와 '핫Hot미디어'라는 분석법도 제시했다. 쿨미디어는 정보의 양이 빈약하고 불분명해서 정보를 받아들이는 사람이 적극적으로 참여해야 하는 미디어고, 핫미디어는 정보량이 많고 수용자의 참여 여지가 별로 없는 미디어를 뜻한다.

예를 들어 전화는 쿨미디어다. 전화는 정보량이 적기 때문에 수용자가 많은 정보를 상상해야 한다. 전화를 손에 들고, 상대방이 어떤 상황에서 전화를 하고 있는지 상상해야 하고, 들려오는 말이 맞는 말인지

분석해야 하고, 시시각각 메모를 하기도 해야 한다는 것이다. 반대로 핫미디어는 라디오나 영화처럼 적극적인 참여 없이 수동적으로 받아들이게 되는 미디어를 뜻한다.

쿨미디어·핫미디어 개념은 사실 지금까지도 논란거리다. 각종 미디어에 쌍방향 기술이 도입되고, 인터넷이 가장 촉망받는 미디어가 되면서 '쿨'과 '핫'의 구분이 점차 무의미해지고 있기 때문이다.

직관에 의존한 비과학적 가설이라는 비판에도 불구하고 50년 전에 출간된 이 책은 뉴미디어 시대의 경전으로 등극했다. 다음과 같은 구절 때문이다.

미디어가 혼합되거나 서로 만나는 순간은 새로운 형식이 탄생하는 진리와 계시의 순간이다. 왜냐하면 그 경계선 위에서 우리는 나르시스의 감각 마비 상태에서 깨어날 수 있기 때문이다.

매클루언에게 미디어란 네트워크를 통한 인간의 확장이었다. 따라서 『미디어의 이해』에는 신문, 잡지, 영화, 라디오뿐만 아니라 도로, 시계, 의복, 주택, 바퀴, 자동차 등 우리 생활과 밀접한 관계를 맺는 거의 모든 것들이 미디어의 세계에 등장한다. 즉 좁은 의미의 언론 미디어가 아닌, 인간사에 존재하는 모든 인공물과 기술을 포함하는 것이다. 매클루언에 따르면 어떤 미디어가 존재함으로써 발생하는 인간의 삶 전반의 변화를 문제 삼아야 미디어를 제대로 탐구하는 것이 된다. 1965년 가을 〈뉴욕 헤럴드 트리뷴〉은 마셜 매클루언을 '뉴턴, 다윈, 프로이트, 아인슈타인과 파블로프 이후 가장 중요한 사상가'로 지목했다.

장 자크 루소, 『사회계약론』(1762)

프랑스혁명에 불을 당긴
현대 민주주의의 교과서

아이들을 보육원에 버린 비정한 아버지가 계몽을 말할 자격이 있는가.

계몽사상가 장 자크 루소에게 쏟아졌던 비난이다. 루소는 훗날 이렇게 반성한다.

아버지의 의무를 다하지 못하는 사람은 아버지가 될 자격이 없다. 가난과 일 때문에 아이들 양육을 소홀히 했다면 그것은 용서받을 수 없는 일이다. 성스러운 의무를 저버리는 사람은, 자기의 죄로 인해 쓰디쓴 눈물을 흘릴 것이다.

물론 루소의 행위는 비난받아 마땅하다. 하지만 루소의 '용서하지 못할 선택'에는 참작해야 할 이면이 있다. 너무나 불행하게 성장한 루

장 자크 루소 Jean-Jacques Rousseau　1712년 스위스 제네바에서 태어난 장 자크 루소는 19세기 프랑스 낭만주의 문학의 선구자다. 가난한 시계공의 아들로 태어나, 어려서 어머니를 여의고 여러 일을 하며 소년 시절을 보냈다. 16세에 제네바를 떠나 방랑하다가, 1742년 파리로 와서 『백과전서』 간행에 참여하고, 1750년 디종의 아카데미 현상 논문에 당선된 『과학과 예술론』을 출판하면서 사상가로서 인정받는다. 그 뒤 『인간 불평등 기원론』, 『정치경제론』 등을 출간했다. 40세가 되던 해에 『사회계약론』과 『에밀』을 출간했으나, 파리대학 신학부의 고발로 유죄를 선고받고 체포령이 떨어졌다. 도피 생활을 하던 루소는 1770년 이름을 숨긴 채 다시 프랑스로 돌아갔다. 생애 마지막 10년 동안 『고백록』과 『대화: 루소, 장 자크를 재판한다』를 쓰고, 『고독한 산책자의 몽상』 집필에 들어갔으나 완성하지 못하고 1788년 사망했다.

소는 아이들을 풍족하게 키울 경험도 용기도 없었다. 그래서 차라리 아이들을 사회에 맡기는 것이 좋다는 어이없는 판단을 했던 것이다. 그의 엉뚱한 상상력은 개인사에는 불행이었지만 '사회계약'이라는 특출한 정치사상을 만들어내는 모태가 됐다.

루소는 1712년 6월 스위스 제네바에서 태어났다. 어머니가 루소를 낳고 9일 만에 세상을 떠나면서 그의 파란 많은 인생은 시작됐다. 루소는 평생 어머니가 자신 때문에 사망했다는 죄책감에 시달린다.

시계 수리공이었던 아버지가 싸움에 휘말려 도망치면서 루소는 외삼촌에 의해 낯모르는 목사의 집에 맡겨진다. 이때 그의 인생에서 잊을 수 없는 사건이 벌어진다. 어느 날 목사의 여동생이 아끼던 값비싼 머리빗 하나가 없어졌는데 루소가 도둑으로 몰린 것이다. 자신의 결백을 증명하지 못한 루소는 큰 상처를 받았고 자신을 지키기 위해서는 논리와 근거로 무장해야 한다는 걸 깨닫는다. 루소의 독학이 본격적으로 시작된 계기였다. 루소는 생계를 위해 법원에서 심부름을 하면서 공부를 시작했다. 그는 이때부터 교육과 사회계약에 관심을 가진다. 자신이 사회에서 보호받지 못했던 것에 대한 아쉬움을 해결하고 싶었던 것이다.

제네바를 떠나 파리에서 악보 필경사를 하던 루소는 세탁부였던 테레즈 라바쇠르를 만나서 낳은 다섯 아이를 생활고 때문에 보육원에 맡기고 대표작인 『사회계약론』과 『에밀』을 발표한다. 하지만 이 두 권의 책은 당시 종교관과 배치된다는 이유로 판매 금지가 내려진다. 그 후 『고백록』『고독한 산책자의 몽상』 등을 집필하면서 말년을 보냈지만 그는 살아생전 세상으로부터 인정받지 못한다.

루소의 이름이 세상에 알려진 건 그가 사망한 다음이었다. 그가 죽고 나서 10년 뒤 『사회계약론』이 프랑스혁명의 교과서라는 것이 알려지면서부터다.

시민people의 일반의지(보편의지)가 국가의 기초가 되어야 한다고 주장하는 『사회계약론』은 왕정에 정면으로 도전한 놀라운 책이었다. 루소는 "시민의 의지에서 법과 정부가 나와야 하며 이것은 타인에게 양도하거나 분할할 수 없다"라고 명시한다.

『사회계약론』의 핵심은 다음 대목에서 명확히 알 수 있다.

구성원 하나하나의 신체와 재산을 공동의 힘을 다하여 지킬 수 있는 결합 방식을 발견하는 것. 그리고 결합 이후에도 자기 자신 이외에는 누구에게도 복종하지 않고 전과 다름없이 자유로울 것.

유의해서 볼 대목이 '전과 다름없이'라는 부분이다. '전前'은 인간이 자연 속에서 살았던 때를 의미한다. 루소는 인간은 원래 자유로웠는데 사회를 구성하면서 억압이 만들어졌다고 생각했다. 억압하지 않기 위해서는 사회를 구성하되 계약을 맺어야 한다는 것이 그의 생각이었다. 여기서 계약은 공동의 이익을 해치지 않는 약속을 의미한다.

입법 행위를 통해 시민이 주권을 가져야 한다는 생각은 지금은 당연한 것이지만 당시에는 혁명적인 사상이었다. 오죽했으면 프랑스혁명으로 감옥에 갇힌 루이 16세가 "내 왕국을 무너뜨린 놈은 루소와 볼테르 두 놈"이라고 했을까.

장 자크 루소의 대표적인 정치 사상을 담은 이 책은 인민 주권을 바탕으로 한 민주주의 정치론의 출발점이라 할 수 있다. 출간 후 많은 논쟁을 불러일으켰고, 그의 사상은 그가 사망하고 약 10년 뒤에 일어난 프랑스혁명에도 많은 영향을 끼쳤다.

E. H. 카, 『역사란 무엇인가』(1961)

"역사는 현재와 과거의
끊임없는 대화"

유사 이래 루비콘 강을 건넌 사람은 셀 수 없을 정도로 많다. 그런데 왜 역사는 오로지 카이사르만을 기억하는 것일까? 그리고 왜 늘 역사책에서는 콜럼버스가 아메리카 대륙을 발견했다고 표현하는 것일까? 아메리카 원주민이 배를 타고 온 콜럼버스를 발견했다고 쓰면 안 되는 것일까? 가끔씩 찾아오는 의문이다.

'역사'라는 말은 아주 쉬우면서도 어렵다. 과거의 사실들을 기록하는 것을 역사라고 하면 매우 명쾌해 보인다. 하지만 조금만 더 들어가면 딜레마가 앞을 막아선다. 과연 그 기록을 믿을 수 있는가.

누가 기록하느냐에 따라, 어떤 이론적 기반을 가지고 기록하느냐에 따라, 혹은 언제 기록하느냐에 따라 달라질 것이 분명한데 그것이 결국 역사의 속성인가. 그렇다면 과연 올바른 역사 기록이란 무엇인가.

이런 끝없는 물음에 나름의 명쾌한 답을 내린 사람이 있다. 영국의 사학자 E. H. 카다. 그는 자신의 저서 『역사란 무엇인가』를 통해 "역사란 역사학자와 역사적 사실 사이의 부단한 상호작용이며, 현재와 과거

E. H. 카 Edward Hallett Carr 1892년 런던 중산층 가정에서 태어나 케임브리지대학을 졸업했다. 졸업 후 제1차 세계대전에 참전하기 위해 군에 지원했으나 건강 때문에 입대하지 못하고 1916년 외무부에 들어가 20여 년간 외교관으로 근무했다. 그 후 웨일스대학 국제정치학 교수와 정보성 외교부장, 〈타임스〉 논설위원을 지냈고, 1955년 케임브리지대학으로 돌아가 트리니티칼리지의 연구원으로 활동하면서 역사학을 가르쳤다. 사회와 학계에서 격리되어 살았으며, 세 번의 결혼 등 개인적인 삶도 순탄하지 않았다. 1982년 암으로 사망했다. 이외에도 『카를 마르크스』 『20년의 위기』 『새로운 사회』 등 많은 저서를 남겼다.

의 끊임없는 대화"라는 불후의 명언을 남겼다.

카는 1892년 런던에서 태어났다. 케임브리지대학을 졸업하고 외무부에서 근무한 그는, 1941년 웨일스 유니버시티 칼리지의 국제정치학 교수가 되면서 학계에 발을 내디뎠다. 1948년 UN 세계인권선언 실무 책임자이기도 했던 카는 1953년 옥스퍼드대학을 거쳐 모교인 케임브리지대학 교수로 부임한 이후 희대의 명저를 많이 남겼다.

그가 남긴 수많은 명저 중『역사란 무엇인가』는 1960년 BBC에서 진행했던 특별 강연 내용을 책으로 정리한 것이다. 카는 이 책을 통해 역사학계의 오랜 쟁점에 대해 매력적인 대안을 제시한다.

사실 역사학은 그 자체로 딜레마다. 과거 사실에 가치 평가를 하지 않고 사실만을 기록하면 심각한 문제가 생길 수 있다. 예를 들어 가치를 따지지 않고 사실만 기록한다면 예수는 이교 집단 지도자일 뿐이고, 잔 다르크는 반란군 병사일 뿐이다. 그 반대의 사례도 문제는 있다. 기록하는 사람과 상황에 따라 얼마든지 왜곡이 가능하기 때문이다.

이 난제에 대해 카는 이렇게 선언한다.

역사학자는 현재의 일부이고 역사적 사실은 과거에 속한다. 따라서 역사는 상호작용이다. 사실을 갖지 못한 역사학자는 뿌리가 없는 존재이고, 역사학자를 만나지 못한 역사적 사실은 죽은 것이나 마찬가지다.

카 역시 역사 해석의 다양성은 인정했다. 그가 중요시한 전제 조건은 해석의 방향성이었다.

카는 역사의 해석은 정당하고 옳은 방향으로 진보해야 한다고 믿었다. 우리가 살고 있는 현대를 이해하고 더 나아질 미래를 향해간다는 전제 아래 과거의 사실을 현재로 가지고 와서 해석해야 한다는 게 그의 신념이었다.

카의 이론으로 닭이 먼저냐, 달걀이 먼저냐 하는 식으로 끝도 없이 이어지던 역사학계의 논쟁은 탈출구를 찾았다.

카는 "왜 역사는 영웅만을 기억하는가?"라는 문제에도 혜안을 내놓았다. '영웅'을 하나의 사회 현상이자 한 시대를 보여주는 대변자로 봐야 한다는 것이다. 영웅을 추앙하기 위해서 기억하는 것이라기보다 그시대를 이해하기 위해 하나의 사회 현상이자 대변자로 해석해야 한다는 그의 생각은 많은 역사가의 동의를 이끌어냈다. 동시에 영웅을 역사 밖으로 꺼내놓고, 그 영웅 한 명이 역사를 뒤바꿨다는 식의 논리는힘을 잃기 시작했다.

카의 말에 따르면 "위인은 역사적 과정의 산물이자 세계의 형세와 인간의 사상을 변화시키고자 했던 어떤 사회 세력의 대표자인 뛰어난개인"이다.

대중을 무조건 미개한 자들로 치부하고 위인을 신격화하는 수준 낮은 역사관이 지금 우리에게 남아 있지는 않은지 돌아볼 일이다. 그리고 카의 이 말을 기억하자.

역사에서 절대자는 과거나 현재에 있는 것이 아니라 우리가 그쪽으로 움직여나가고 있는 미래에 있다.

『역사란 무엇인가』는 대중을 대상으로 쓴 작품으로, E. H. 카가 영국에서 샌프란시스코로 가는 뱃길에서 구상했다고 한다. 역사 자체를 논의 대상으로 하는 책인 만큼 세세한 역사적 사실이 등장하지 않는다. 카가 중요하게 생각한 것은 역사를 보는 눈과 역사의 진정한 의미다. 영국 〈가디언〉은 이 책을 "20세기 영국 사학에서 가장 중요한 저작 중 하나"로 꼽았다.

피에르 부르디외, 『구별짓기』(1979)

나의 문화적 취향이
내가 속한 계급을 말해준다

누군가는 클래식 공연을 보면서 행복에 젖어들지만 다른 누군가는 클래식을 들으면 졸음이 쏟아진다. 또 누군가는 명품백을 들고 고급 원두커피를 즐기지만 다른 누군가는 평생 명품 브랜드 이름 하나 모른 채 살면서 인스턴트 커피만으로도 충분히 행복하다. 강남 노래방에서 많이 불리는 노래와 시골 소읍 노래방에서 불리는 노래는 다르다.

사실 '문화'만큼 계급적인 것이 없다. 투표권을 생각해보자. 가난하고 못 배운 사람이나 돈 많고 교육 수준이 높은 사람이나 투표권은 구별 없이 1장이다. 그러나 문화는 결코 똑같은 1장을 허용하지 않는다.

살아온 환경에 따라 사람들은 각기 다른 문화를 접하고 습득한다. 이 과정을 통해 클래식이 즐거운 사람과 클래식만 들으면 하품이 나오는 사람이 나뉘는 것이다. 그럼 환경은 무엇 때문에 나뉘는가. 결국 돈과 권력이다. 역으로 말해 그 사람의 문화 취향을 보면 그 사람의 정치

피에르 부르디외 Pierre Bourdieu 1930년 프랑스 남부의 작은 마을에서 태어났다. 1956년 파리고등사범학교를 졸업한 뒤 25세 때 교수 자격 시험에 합격했다. 알제리대학 조교로 근무하면서 서구 문명의 충격으로 알제리 원주민들이 겪는 문화적인 박탈을 연구하고, 이를 바탕으로 『알제리 사회학』을 출간했다. 1981년 콜레주 드 프랑스 교수로 취임하고 저술 활동을 활발히 펼쳤다. 그러는 와중에도 기자들을 비판하고 실업자들의 권리를 지지하는 등 현실 참여에도 앞장섰으며 1990년대 이후 미국 주도의 신자유주의 세계화에 대해 강도 높게 비판했다. 죽는 날까지 행동하는 지식으로 투쟁하며 제자들을 가르쳤던 그는 2002년 71세의 나이로 생을 마감했다. 주요 저서로 『구별짓기』, 『호모 아카데미쿠스』, 『텔레비전에 대하여』, 『경제학의 구조』 등이 있다.

적, 경제적 환경을 알 수 있는 것이다.

　프랑스 사회학자인 피에르 부르디외는 이 문제를 집중적으로 연구한 학자다. 그의 저서 『구별짓기』는 산업화와 민주화가 진행되면서 더욱 뚜렷해진 문화계급에 대한 분석서다. 그는 자본이 주도하는 산업사회에서 문화적 취향이 어떻게 계급을 규정하는지 정리했다.

　그는 책에서 이렇게 말한다.

　취향이야말로 인간이 가진 모든 것, 즉 인간과 사물 그리고 인간이 다른 사람들에게 의미할 수 있는 모든 것의 기준이기 때문이다. 이를 통해 사람들은 스스로를 구분하며, 다른 사람들에 의해 구분된다.

　부르디외는 '아비투스Habitus'라는 개념을 만들어낸다. 아비투스는 쉽게 말해 개인의 문화적인 취향과 소비의 근간이 되는 '성향'을 의미하는 말이다. 아비투스는 타고나는 천성과 기질을 의미하는 말은 아니다. 사회적 위치, 교육 환경, 계급에 따라 후천적으로 길러진 성향을 의미한다. 이 개념은 매우 중요하다. 우리는 흔히 내가 똑똑해서 수준 높은 문화적 취향을 가지고 있다고 생각한다. 하지만 내 문화적 취향은 사실 내가 속한 계급의 문화적 취향일 뿐이다. 부르디외식으로 말하자면 타고난 것이 아니라 후천적 아비투스가 행동으로 나타난 것일 뿐이다.

　따라서 계급이 높은 사람들의 문화를 고급문화로, 그렇지 못한 문화를 무조건 저급문화로 분류하는 이분법에도 오류가 있다는 게 부르디외의 주장이다. 각기 그들이 속한 사회의 문화를 습득했을 뿐, 그것이 사람의 인격이나 지적인 수준을 가늠하는 잣대가 되어서는 안 된다는 말이다.

　브루디외의 이론이 이른바 상류층과 식자들을 불편하게 한 것은 사실이다. 그럼에도 불구하고 그는 1996년 프랑스 시사주간지 설문에서 세계 최고의 지식인에 뽑혔다. 2등으로 뽑힌 사람이 미셸 푸코였고, 3등이 위르겐 하버마스였다.

부르디외는 지나친 교육열에 대해서도 일갈했다. 우리에게 시사하는 바가 크다.

프티부르주아는 대부분 자신의 열망을 자식에게 투사한다. 자신의 미래를 자식을 통해 보는 것이다. 하지만 자식을 통해 그가 꾸는 '미래'라는 꿈이 그의 현재를 갉아먹는다.

뛰어난 통찰이다. 사람들은 자식을 통해 자신이 더 높은 계급에 속하는 미래를 꿈꾼다. 그러나 그런 꿈을 꾸는 사이 자신의 현재 계급은 점점 낮아진다. 슬픈 현실이다. 나는 이런 세상을 꿈꾼다. 공사 현장에서 일하는 일용직 노동자가 휴식 시간에 철학책을 꺼내 읽고, 이름만 대면 알 만한 고위 공직자가 퇴근 후 자전거에 어린 손녀를 태우고 동네 시장에서 풀빵을 사먹는 그런 세상을⋯⋯.

부르디외는 프랑스에서 사르트르 이후 최고의 참여 지식인이라는 찬사를 받았다. 그에게 자본이란 물질적 재화(경제 자본)만을 뜻하지 않았다. 교양과 학력, 음악이나 그림을 음미할 수 있는 능력 등 문화적 소양도 인간의 가치를 좌우하는 주요 수단(문화 자본)이었다. 『구별짓기』는 이러한 사상을 바탕으로, 문화에 대한 방대한 조사 연구와 후기구조주의적 계급 분석을 결합한 책이다. 소위 고상한 취미와 천박한 취향이 어떻게 사회 계층별로 구별되고 차별받는지에 대한 뛰어난 분석 결과를 보여주는 대작이다. 이 책을 출간한 뒤 부르디외는 41세에 프랑스 최고의 명예직인 콜레주 드 프랑스의 교수로 취임했다.

시몬 드 보부아르, 『제2의 성』(1949)

여자는 태어나는 것이 아니라
여자로 만들어진다

저는 살고 싶어요. 그 어느 때보다도 더. 적어도 우리가 서로 사랑하는 동안은 말이에요. 때로 저는 당신 없이 그처럼 많은 세월을 살아왔다는 게 너무나 이상하게 느껴진답니다. 당신의 열기와 친절함 덕분에 삶은 너무나도 따뜻하고 좋은 것이에요, 나의 사랑하는 사람. 사랑에 빠진 당신의 아내가 개구리의 사랑과 키스를.

시몬 드 보부아르는 1947년 사르트르와 함께 미국으로 강연을 떠난다. 이곳에서 보부아르는 미국 소설가 넬슨 앨그런을 만나 첫눈에 사랑에 빠진다.

그날 이후 20여 년간 둘은 편지를 주고받는다. 보부아르가 앨그런에게 보낸 편지 304통을 모은 책 『시몬 드 보부아르의 연애편지』를 처음 읽었을 때 나는 상당히 놀랐다. 그 놀라움은 사실 신선함이었다.

실존주의를 대표하는 지성이자 페미니즘 여전사로만 알고 있던 보

시몬 드 보부아르 Simone de Beauvoir   1908년 파리에서 태어났다. 소르본대학에서 철학사 학위를 받았고 파리고등사범학교에서 철학 교수 자격 시험을 준비하던 중 사르트르를 만났으며, 1929년 2등으로 합격했다. 보부아르는 고등학교에서 12년간 철학 강의를 하고, 1944년 집필 활동에 전념하기 위해 교사 생활을 그만두었다. 같은 해 사르트르와 함께 잡지 〈현대〉를 창간했다. 1943년 장편소설 『초대받은 여자』를 처음으로 출간했고, 1937년 갈리마르에서 거절당했던 첫 작품 『정신주의가 우선할 때』는 1979년 출간되었다. 1949년 출간된 『제2의 성』은 그녀에게 세계적인 명성을 가져다 주었고, 1954년 『레 망다랭』으로 공쿠르상을 수상했다. 1970년 창설된 여성해방운동기구에 참여하는 것을 계기로 본격적으로 여성운동에 뛰어들어, 1986년 파리에서 타계할 때까지 이어갔다. 이외에도 『사람은 모두 죽는다』 『위기의 여자』 등의 작품을 썼다.

부아르가 '콧소리' 가득 섞인 애교 만점의 편지를 썼다는 사실 자체가 충격이었다. 더구나 보부아르는 이 편지를 프랑스어를 못하는 앨그런을 위해 영어로 썼다. 보부아르가 평생 '남편'이라고 부른 사람은 앨그런이 유일했다. 그녀와 계약 결혼을 했던 사르트르도 '남편'이라는 호칭은 못 들어보고 삶을 마감했다.

이 사실을 알고 나니 『제2의 성』을 더욱 깊이 이해할 수 있었다. 『제2의 성』이 과격한 운동가의 경직된 자기 주장이나 항변이 아니라, 여성으로서 살았고 여성으로 사랑했던 한 지식인의 당연한 문제 제기라는 사실을 알게 된 것이다.

보부아르의 대표작인 『제2의 성』은 페미니즘 역사에서 가장 중요한 저서다. 역사 속 여성의 모습을 통해 보부아르는 '여성'이라는 존재가 남성과 동등한 성이 아닌 '제2의 성性'이라고 주장했다. 정상적인 하나의 성이 아니라 무엇인가 결핍된 비주류의 성이었다는 것이다.

보부아르가 책을 쓴 1949년 무렵까지 "여성은 불완전한 남성"이라는 토마스 아퀴나스의 낡디낡은 주장이 그대로 받아들여지고 있었다. 보부아르가 몸담았던 학계도 예외가 아니었다. 보부아르는 이 책을 통해 "여자는 태어나는 것이 아니라 여자로 만들어진다"라는 불후의 명언을 던지며 남성 중심 사회에 경종을 울렸다.

보부아르는 1908년 파리의 몰락한 상류층 가정에서 태어났다. 가톨릭 학교를 거쳐 소르본대학을 졸업하고 철학 교수 자격 시험에 차석이자 최연소로 합격한다. 이때 수석을 한 사람이 바로 사르트르다. 성적은 보부아르가 더 좋았지만 여성 차별로 차석이 됐다는 설이 유력하다.

사실 보부아르는 운동가라기보다 프랑스 최고 권위의 공쿠르상을 받을 정도로 인정받은 소설가였다. 『제2의 성』도 처음에는 자전소설 정도로 기획된 것이었으나 창작 초기에 인문서로 방향을 튼 것이다.

『제2의 성』에서 보부아르는 "남성이 여성에게 '신비함'이라는 거짓된 오라aura를 주입해 여성을 사회적 '타자'로 만들었다"라고 선언했다. 다음 구절을 보자.

여성은 남성에 따라서 정의되고 구분되지만 남성은 여성에 따라서 정의되고 구분되지 않는다. 남성은 주체이며 절대자이다. 하지만 여성은 타인이다. 남성의 변두리에 살고 있는 여성은 세계의 보편적인 모습을 파악하지 못한다.

보부아르의 지적은 현대 페미니즘의 바이블이 됐다. 『제2의 성』이 엄청난 반향을 일으키자 프랑스 정부는 서둘러 '여성의 날'을 제정했다. 『제2의 성』 이후부터 지식인들이 남성과 여성을 계급적 시각이 아닌 '차이의 시각'으로 보기 시작했다고 해도 과언이 아니다.

보부아르는 책의 후반부를 이렇게 끝맺는다.

주어진 현실 세계를 자유가 지배하도록 하는 것이 인간에게 주어진 임무다. 이 숭고한 진리를 쟁취하기 위해서는 무엇보다 먼저 남녀가 분명한 우애를 확립하는 것이 필요하다.

『제2의 성』은 출간 첫 주에만 2만 2000부가 팔리며 베스트셀러가 되었고 1953년 나온 영역본은 200만 부 이상 팔렸다. 작가 알베르 카뮈는 "프랑스 남성들을 조롱했다"라며 이 책을 비난했고 교황청은 위험한 책으로 지목했다. 그러나 보부아르가 성 대결을 해야 한다고 생각했던 것은 아니다. 그는 여성과 남성의 차이를 적극 수용해 긍정적인 가치로 전환하여, 자유라는 보편적인 목표를 위해 함께 노력하고 진정한 우애를 확립해야 한다고 강조했다.

토머스 홉스, 『리바이어던』(1651)

근대국가의
이론적 토대가 되다

살아생전 '맘스베리의 악마'라고 불린 정치철학자가 있다. 그는 왕당파로부터는 사회계약 운운하며 신성한 왕권에 도전한 반역자라는 비난을 들어야 했고, 의회파로부터는 안전을 위해 자유를 헌납하라고 주장한 불순한 늙은이 취급을 받아야 했다.

근대국가의 이론적 틀을 최초로 제시한 『리바이어던』을 쓴 토머스 홉스의 인생은 평탄하지 않았다. 그는 스스로 "공포와 쌍둥이"라고 표현했다. 그의 대표 저서 『리바이어던』을 이해하기 위해서는 홉스와 공포의 관계를 알아야 한다.

1588년 홉스의 어머니는 스페인 무적함대가 쳐들어온다는 소식에 충격을 받아 예정일보다 빨리 칠삭둥이 홉스를 낳았다. 홉스가 살던 시기의 영국은 혼란의 도가니였다. 스페인의 위협 말고도 의회파와 왕당파 간 내전 등으로 영국은 내일을 기약하기 어려운 공포의 나날을 보내고 있었다. 게다가 런던에서는 큰 화재가 일어났고, 전염병마저 창

토머스 홉스Thomas Hobbes 1588년 영국 잉글랜드 맘스베리 근처의 웨스트포트에서 태어났다. 캐번디시 가의 가정교사로 지내면서 그 집안의 후원으로 영국 잉글랜드 여행을 하며 폭넓은 학문 활동을 계속할 수 있었다. 프랑스를 여행하면서 유클리드 기하학을 알게 되었고, 기하학의 논증적 방법을 자기 학문의 주요 방법으로 받아들였다. 그는 심신 이원론을 주장한 데카르트와 갈등을 빚었고, 로버트 보일의 실험주의를 비판했다. 절대군주제의 열렬한 지지자였던 홉스는 당시 영국에서 장기의회가 결성되고 정치적 위협을 느껴 프랑스로 도피 생활을 떠나기도 했다. 홉스는 90세의 나이에 저서를 출판할 만큼 만년에도 왕성한 학문 활동을 했다. 1679년 초, 캐번디시 가의 한 저택에서 91세를 일기로 생을 마감했다. 주요 저서로 『철학 원리』『자연법과 국가의 원리』 등이 있다.

궐했다. 상업 자본주의가 싹트기 시작하면서 무자비한 이윤 추구로 인간 존엄을 파괴하는 수준까지 치닫고 있었다. 속된 말로 줄 한번 잘못 서면 목숨이 위태로워지는 아수라장이었다.

소심하고 비관적이던 홉스는 영국의 현실을 지켜보며 인간을 움직이는 작동 원리는 '선'이 아닌 '악'이라는 생각을 하게 됐다. 그는 인간들을 자연 상태로 그냥 내버려두면 자신의 이익과 생존만을 추구하기 때문에 "만인에 대한 만인의 투쟁"이 일어난다고 말했다. 물론 이 투쟁에는 심판도 규칙도 없다. 이 같은 혼란스러운 공포를 피하기 위해 사회계약을 바탕으로 한 막강한 국가가 있어야 한다는 게 홉스의 생각이었다. 다음 구절을 읽어보자.

우리가 그 사람이나 합의체의 모든 행동을 승인한다는 조건으로,
우리도 그 사람 혹은 합의체에 우리를 다스릴 권리를 양도한다.

이 문장에서 '그 사람'은 국가의 권력자를 의미하고, '합의체'는 국가를 의미한다. 홉스가 필요하다고 강조한 절대 권력은 불가침의 권력을 의미하는 것은 아니었다. 맹목적인 추종으로 유지되는 무소불위의 권력이 아닌 사회계약에 의해 승인된 절대 권력을 뜻한다.

책 제목 『리바이어던』은 구약성서 「욥기」에 나오는 영생하는 외눈박이 괴물에서 따온 것이다. 홉스는 교회 권력에서 자유로운 힘센 국가를 '리바이어던'이라는 말로 상징했다.

옥스퍼드대학 출신으로 왕세자를 비롯한 여러 고관대작 집에서 가정교사를 하던 홉스가 1651년 『리바이어던』을 출간하자 영국 사회는 벌집을 쑤셔놓은 것처럼 시끄러워졌다. 종교계는 종교계대로, 정치세력은 왕당파와 의회파를 구분하지 않고 홉스를 '괴물'로 만들어갔고,

책은 금서가 되었으며 읽는 사람들에게는 벌금이 부과됐다.

지금 생각해보면 홉스는 뛰어난 예언자였다. 근대국가가 만들어지기 이전에 근대국가의 탄생을 예감했기 때문이다.

그의 주장은 훗날 형성된 근대국가들에 중요한 이론적 토대를 제공했다. 슬프게도 '최악의 정부도 무정부보다는 낫다' 하는 식으로 그의 이론이 왜곡되면서 독재의 명분을 제공하기도 했지만, 홉스의 『리바이어던』은 사회계약에 대해 가장 명확하게 정리한 인류 최초의 저서임은 분명하다.

홉스를 전체주의자라고 비난하는 사람들도 있다. 하지만 인간의 의지가 주체가 되는 사회계약론을 통해 인간을 옥죄고 있던 비이성적 관습이나 맹목적인 신앙에 도전했기 때문에 홉스를 전체주의자로 보기는 어렵다.

홉스는 아흔한 살의 나이로 눈을 감을 때까지 평생 독신으로 살았다. 책을 읽고, 책을 쓰고, 누군가를 가르치는 일에 일생을 바친 홉스는 자신에게 쏟아진 당대의 비난에 억울해했다. 훗날의 평가를 기대해서일까. 홉스는 자신이 직접 쓴 묘비명에 이렇게 적었다.

학문에 대한 명성이 국내외에 잘 알려진 토머스 홉스, 여기 잠들다.

홉스는 영국에서 청교도혁명이 한창이던 때에 『리바이어던』을 출판하여, 인간의 본성에서 오는 무질서를 막기 위해서는 개인들이 각자의 자유를 국가에 헌납하는 사회계약을 체결해야 한다고 주장했다. 근대 시민사회의 성립과 정부 구성의 원리를 사회계약론 위에 세운 최초의 근대 정치철학자로 평가받은 한편, 자신의 안전을 보장받기 위해 힘 있는 존재에게 자신의 권리를 넘겨주라는 주장이 전제적인 통치를 정당화한다는 지적도 받았다. 하지만 홉스가 주장하는 절대적인 주권이 개인들의 동의에 의해 형성된다는 점은 혁명적이었으며, 인간의 안전에 대한 욕망과 통치 권력의 정당성 문제를 명쾌하게 설파한 홉스의 사회계약 사상이, 이후 전개되는 정치철학에 큰 영향을 끼친 것은 분명하다.

엘리아스 카네티, 『군중과 권력』(1960)

살아남으려는 본성에서
모든 권력이 나온다

"어떻게 예술과 철학을 사랑하는 독일인들이 포악한 권력자의 명령에 복종해 그런 끔찍한 만행을 저지를 수 있었을까?"라는 질문은 20세기 지식인들에게 던져진 공통된 숙제였다. 유대인으로 태어나 독일에서 대학을 다닌 엘리아스 카네티는 이 난해한 물음에 답을 하는 데 평생을 바쳤다.

카네티만큼 20세기의 어두운 터널을 온몸으로 지나온 사람도 드물다. 그의 정체성은 유럽의 모순 그 자체였다.

카네티는 불가리아 유대계 상인 가문에서 태어났다. 원래 스페인에서 살았던 그의 조상은 15세기 말 유대인 박해를 피해 터키로 이주했고, 다시 불가리아로 옮겨온 사람들이었다.

카네티는 여섯 살 때 불가리아에서 영국으로 이주했고, 스위스로, 독일로 옮겨 가면서 디아스포라의 삶을 살아야 했다.

그가 나라를 옮겨 다니면서 경험한 것들은 인간에 대한 의미를 뿌리

엘리아스 카네티 Elias Canetti 1905년 불가리아 루세에서 태어나 1911년 영국으로 이주했다. 6세 때 갑작스럽게 아버지가 돌아가신 이후, 홀로 된 어머니를 따라 어린 시절부터 오스트리아, 스위스, 독일 등 여러 나라를 전전했다. 고대 스페인어와 불가리아어, 영어, 독일어, 프랑스어를 배웠고 모두 능통했으나 평생 독일어로만 작품을 썼다. 빈대학에서 화학 전공으로 박사학위까지 받았지만 문학과 철학에 더 깊은 관심과 애정을 기울였다. 1935년 소설 『현혹』을 발표하며 일약 대표적인 독일어 작가로 떠오른다. 그 후 20년이 넘는 오랜 침묵 속에서 '군중과 권력의 본질'에 대해 연구하고 마침내 『군중과 권력』(1960)을 발표해 전 세계에 이름을 알렸다. 이외에도 『허공의 코미디』, 『자유를 찾은 혀』 등의 작품을 썼으며, 1994년 사망했다.

부터 다시 생각하게 하는 계기가 됐다. 전쟁, 폭동, 시위, 학살, 차별, 대립 등을 지켜보며 그는 '군중'의 추악한 속성에 몸서리를 쳐야 했다.

재능과 사악함을 동시에 지닌 인간들은 무수한 동물의 육체를 먹으면서 강해졌다. 이 점에 있어서 우리 각자는 시쳇더미 위의 왕이다.

카네티에 따르면 모든 권력은 살아남으려고 하는 인간의 본질적 속성에서 나온 것이다. 인간은 스스로 생존을 보장받기 위해 끈질기면서 교활한 본성을 갖게 됐다. 당연히 그 본성은 평화로운 방식이 아닌 공격적인 방식으로 자신을 보호한다. 그리고 인간은 자기가 생존하기 위해 타인과 군중을 형성한다.

카네티는 『군중과 권력』에서 생존을 위해 형성되는 군중의 모습을 여섯 가지로 분류한다.

첫 번째는 추격군중이다. 추격군중은 특정한 희생자를 공격하기 위해 모이는 군중이다. 혁명 시기에 벌어지는 공개 처형이나 마녀사냥이나 인민재판 때 열광하는 모습을 의미한다.

두 번째는 도주군중이다. 생명에 위협이 가해졌을 때 형성되는 군중이다. 전쟁이나 천재지변 때 발생하는 대이동이나 탈출이 그 모습이다.

세 번째는 금지군중이다. 뭔가 금지당했을 때 만들어진다. 대대적인 파업이 전형적인 금지군중의 모습이다.

네 번째는 혁명군중(전회군중)이다. 울분과 기대가 폭발하는 순간 형성되는 군중이다.

다섯 번째는 축제군중이다. 축제 때 형성된 군중은 위계질서나 도덕적 금기가 느슨해진다. 각종 카니발이나 월드컵 때 거리에 몰려드는 군중을 말한다. 축제군중 사이에서는 서로 긴밀성이 높아져 종족 번식이 쉽게 이루어진다.

여섯 번째가 이중군중이다. 대립되는 두 편으로 나뉘어 형성되는 군중이다. 아군과 적군, 좌익과 우익 같은 식으로 형성되는 이중군중은 의회와 스포츠 등에서 종종 형성된다.

카네티는 현대인의 불안이 얼마나 많은 군중과 권력을 만들어냈고, 그것이 어떻게 역사를 망쳐왔는지 신랄하게 비판한다. 그는 승리를 갈구하는 인간의 속성을 버릴 것을 요구했다. 그러면서도 그 속성이 영원히 풀리지 않는 숙제임을 인정했다.

우리가 결코 그래서는 안 되는 일이 단 한 가지가 있다면 그것은 우리가 절대로 승리자가 되어서는 안 된다는 점이다. 하지만 승리는 곧 살아남음이다. 그렇다면 우리는 도대체 어떻게 해서 계속 살아가면서도 승리자가 되지 않을 수 있단 말인가?

카네티는 이른바 억압적 명령, 즉 죽음의 위협 같은 것들이 어떻게 인간의 내면에 상처를 주고 존엄을 파괴하는지 그 과정을 샅샅이 파헤쳤다. 한기가 느껴질 정도로 냉정한 그의 군중론은 20세기 최고의 지적 결정체이자 가장 훌륭한 인간 해방의 단초다. 누구도 하지 못했던, 아니 그가 아니면 아무도 할 수 없었을 분석을 카네티는 전 인생을 걸고 해낸 것이다.

『군중과 권력』은 1981년 노벨문학상 수상자 엘리아스 카네티가 35년에 걸쳐 연구한 필생의 기록이다. 카네티는 "군중과 권력은 서로 극히 밀접하게 관련되어 있어서 둘 중 어느 한 편이 결핍되면 나머지를 이해할 수 없다"라고 말했다. 그는 이 책에서 군중에 대한 세세한 분류와 설명, 군중의 역사와 심리학, 권력의 분석 등을 서술하고 원시부족의 신화에서 세계 종교들의 원전, 동서고금 권력자들의 전기 등 영역을 넘나드는 방대한 자료를 바탕으로 군중과 권력을 철저하게 분석했다. 출간과 동시에 "군중의 본질을 새로운 각도에서 조명함으로써 인간사에 대한 포괄적인 이해의 토대를 마련한 책"(아널드 토인비)이라는 격찬을 받은 『군중과 권력』은 유럽 사상계의 고전으로 자리잡았다.

박지원, 『열하일기』

중세 조선에 근대의 빛을 던진
청나라 유람기

　멀리 앞길을 헤어볼 때 무더위가 사람을 찌는 듯하고, 돌이켜 고향
을 생각할 때는 구름과 산이 막혀 아득한지라, 사람의 정리情理도 이
럴 때는 느닷없이 떠오르는 후회가 없지 않을 것이다.

　연암 박지원은 1780년 청나라로 가는 사절단 수행원 자격으로 압
록강을 건넌다. 그는 강 건너편 조국을 돌아보며 기대와 두려움이
뒤섞인 먼 길의 첫발을 내디뎠다.

　세계사적으로 격변하는 와중에도 앞뒤 꽉 막힌 채 중세를 살던 조선
에 한 줄기 빛을 던져준 책 『열하일기』는 그렇게 탄생했다. 『열하일기』
는 그해 5월에서 10월까지 6개월에 걸친 여행 기록이다. 연암이 거친
길은 압록강에서 연경(베이징)까지, 다시 연경에서 열하(지금의 허베이
성 청더)까지 3000리에 이른다.

　사절단의 목적은 청나라 건륭제 고희연에 참석하기 위한 것이었다.
우여곡절 끝에 일행이 연경에 도착했지만 건륭제는 그곳에 없었다. 여

박지원　호는 연암燕巖. 1737년 서울의 노론 명문가에서 태어났으나 과거를 통한 입신양명이라는 길에
서 벗어나 이덕무, 홍대용, 이서구, 백동수 등과 어울려 지냈다. 당대 홍대용, 박제가 등과 함께 청나라의
문물을 배워야 한다는 이른바 북학파北學派의 중심 인물로 이용후생의 실학을 강조했다. 특히 자유롭고
기발한 문체를 구사하여 『허생전』 『양반전』 등 여러 편의 한문소설을 발표, 당시 양반계층의 타락상을 고
발하고 근대사회를 예견하는 새로운 인간상을 창조했다. 1780년 청나라에 다녀와서 지은 『열하일기』는
연암을 불후의 문장가로 만든 책이다. 69세에 "깨끗이 목욕시켜달라"라는 말만 남기고 생을 마감했다. 주
요 저서로 『연암집』 『호질』 등이 있다.

름 궁전인 열하의 피서산장으로 옮겨 간 건륭제를 따라 사절단은 다시 연경에서 북쪽으로 210킬로미터 떨어진 열하로 향한다. 덕분에 연암은 중국 구석구석을 여행하며 지식인으로서 엄청난 충격을 받는다.

당시 연경과 열하는 동아시아 최고의 국제도시였다. 종교와 민족이 다른 사람들이 뒤섞여 살아가는 모습, 새로운 기술과 문물을 보며 연암은 조국을 떠올린다. 그가 떠올린 조국은 아직도 명나라의 사상적 그늘에서 벗어나지 못한 전근대 사회였다. 열하에서 코끼리를 본 그는 성리학적 전통을 은근히 비꼰다.

세상에 털끝같이 작은 물건도 모두 하늘이 내지 않은 것이 없다고들 한다. 하늘을 형체로는 천天이요, 기능으로는 상제上帝요, 묘하기로는 신이라고 말하는데 (…) 그 호칭이 너무 난잡하다. (…) 나는 대체 모르겠다. 컴컴한 하늘에서 과연 어떤 물건을 만들었다는 것인가.

선진 문물을 받아들여야 한다고 주장한 북학파의 중심인물이었던 그는 청나라의 발달된 수레를 보고는 통탄을 금치 못하고 이렇게 적는다.

우리 조선에도 수레가 전혀 없는 것은 아니다. 그러나 그 바퀴가 완전히 둥글지 못하고 바퀴 자국이 궤도에 들지 못한다. 그러므로 수레가 없는 것과 마찬가지다. 어떤 사람들은 조선에는 산과 계곡이 많아 수레가 적당하지 않다고 말한다. 얼토당토않은 소리다. 나라에서 수레를 이용하지 않다보니 길을 닦지 않는 것이다. 수레만 쓰면 길은 저절로 닦일 것이 아닌가. 사방 몇천 리가 되는 나라 백성들이 이다지도 가난한 까닭은 대체 무엇이겠는가? 수레가 다니지 않기 때문이다.

『열하일기』는 전체 12책으로 구성되어 있다. 「도강록」에서 시작해 마지막 「동란섭필」까지, 어떻게 이런 것까지 다 기록을 했을까 싶을 정도로 치밀하게 여행 과정이 정리되어 있다. 역사와 지리, 풍속, 건축, 의학, 인물, 정치와 사회, 종교, 천문, 병사, 요리에 이르기까지 다루지 않은 분야가 없다.

문체 또한 다채롭다. 연암은 과감하게 당대 잡문체로 배격되던 소설적 문체를 차용했고, 평민들이 사용하던 농담이나 속담도 그대로 담는 파격을 감행했다. 풍자와 해학 또한 『열하일기』를 빛나게 하는 중요한 요소다. 살아서 큰 영화를 누리지 못했기에 그의 글쓰기는 오히려 자유로울 수 있었다. 때로는 건조하면서도 때로는 감상적인 한마디를 내지르는 그의 글은 감수성 측면에서도 훌륭하다. 거대한 요동 평원에서 그는 이렇게 외친다.

인생이란 본시 아무런 의탁함이 없이 다만 하늘을 이고 땅을 밟은 채 떠돌아다니는 존재임을 알았다. 말을 세우고 사방을 돌아보다가 스스로 깨닫지 못하는 사이에 손을 들어 이마에 얹는다. 아, 참 좋은 울음터로다. 가히 한번 울 만하구나.

『열하일기』는 조선시대 기행문학의 정수로 꼽는다. 당초부터 명확한 정본이나 판본 없이 전사본으로 유행했으며, 조선후기 최고의 베스트셀러였다. 이 책이 널리 읽힌 것은 무엇보다 글이 재미있기 때문이었다. 박지원은 조선의 토속적인 속담이나 하층민들과 주고받은 농담을 아무렇지 않게 기록하기도 하는 등 당시 지식인들이 일상적으로 쓰는 고문古文과는 전혀 다른 글을 쓰면서, 특유의 해학과 풍자를 가미하여 독자들의 흥미를 불러일으켰다. 또한 유교 윤리보다 실질적으로 풍요롭게 살 수 있는 이용후생을 강조했으며, 당대 현실에 대한 철저한 고민을 담았기 때문에 의식 있는 지식인들에게도 큰 호응을 얻을 수 있었다.

사마천, 『사기』(109?~91?)

동아시아 최고의 역사책이자
스토리텔링의 영원한 샘

기원전 98년 한漢나라 무제는 흉노 정벌을 단행한다. 결과는 좋지 않았다. 이릉李陵 장군이 이끌던 한나라군은 중과부적으로 흉노에 항복하고 만다. 조정은 패배에 대한 책임 논쟁으로 시끄러워졌다. 이때 정부 문서와 기록을 책임지는 자리에 있었던 사마천이라는 자가 이릉을 변호하고 나선다. 패전한 이유가 이릉의 무능 때문이 아니라 한나라군의 작전 실패 때문이라는 게 그의 주장이었다. 이 때문에 사마천은 군 통수권자인 황제를 비난했다는 패씸죄에 걸려 사형당할 처지에 놓인다.

사마천이 사형을 면하는 방법은 두 가지였다. 하나는 보석금 50만 전을 내는 것이었는데, 가난한 사마천에게는 돈을 마련할 능력이 없었다. 다른 하나는 남성을 거세하는 궁형을 받는 것이었다. 살아남아 오랫동안 구상해온 『사기』를 완성하고 싶었던 사마천은 목숨을 유지하기로 결심하고 궁형을 선택한다.

사마천 司馬遷 기원전 145년경 섬서성 용문에서 태어났다. 기원전 110년 아버지 사마담이 그에게 반드시 역사서를 집필하라는 유언을 남기고 세상을 떠났다. 기원전 108년 태사령이 되어 무제를 시종했으며 기원전 104년 정식으로 『사기』 집필을 시작했다. 기원전 99년 이릉이 군대를 이끌고 흉노와 싸우다가 중과부적으로 투항하는 사건이 발생했다. 이때 사마천은 이릉을 변호하다가 무제의 노여움을 샀고, 이 일로 궁형을 받았다. 기원전 93년 무제의 곁에 있게 되었으나 자기가 당한 치욕을 잊지 못한 채 은퇴해서 『사기』 완성에 몰두했다. 아버지의 유언을 받든 지 20년 만이었다. 기원전 86년경 사망했다.

사람은 누구나 한 번 죽지만 어떤 죽음은 태산보다 무겁고, 어떤 죽음은 새털보다 가볍다. 죽음을 사용하는 방향이 다르기 때문이다.

사마천은 쉰여섯의 나이로 삶을 마감하는 순간까지 오로지 『사기』 편찬에만 몰두해 인류 유산으로 남기고 태산 같은 죽음을 맞이한다. 그가 만약 이릉 사건 때 죽음을 선택했다면 그의 죽음은 새털처럼 가볍게 잊히고 말았을 것이다.

상고시대부터 사마천이 살았던 한나라까지 2000년 역사를 담은 방대한 『사기』가 탄생한 배경에는 이처럼 한 사관의 뼈아픈 고통이 있었다. 사마천에게 역사 서술은 "과거 행위를 궁구하고 그 성공과 실패 배후에 가로놓인 원리를 탐구하는 것"이었다.

『사기』는 130권이나 된다. 각각의 책은 「본기本紀」 「표表」 「서書」 「세가世家」 「열전列傳」으로 구성되어 있다. 「본기」는 황제에 대한 기록이고, 「표」는 연표, 「서」는 제도와 문물, 「세가」는 제후, 「열전」은 사람에 대한 기록이다. 놀라운 사실은 이방대한 저술이 종이가 아닌 대나무를 얇게 도려낸 죽간에 새겨졌다는 점이다. 종이가 발명되기 전이었으니 당연한 일이었겠지만 그 세세한 공력에 할 말을 잃게 된다.

2000년 역사를 다룬 『사기』를 요약하는 건 불가능하다. 우리는 단지 『사기』의 위치를 가늠해보는 것만으로 그 위대함을 짐작할 뿐이다.

『사기』는 동아시아 역사 서술의 전형을 만들었다. 이른바 기전체紀傳體라는 것인데, 왕조의 통치자를 중심으로 여기에 속한 신하들의 전기傳記, 제도, 문물, 자연 현상 등을 분류하고 유기적으로 정리해 한 시대의 전모를 파악할 수 있게 해준다. 우리나라의 『삼국사기』 『고려사』 등도 모두 『사기』의 영향을 받아 기전체로 쓰였다.

『사기』는 동아시아 스토리텔링의 보고다. '토사구팽' '오월동주' '와

신상담' 등 우리도 심심치 않게 쓰는 고사성어와, 전승해 내려오는 교훈적인 이야기들의 뿌리가 바로 『사기』에 있다. 『삼국지』 『한서漢書』 『후後한서』 등 중국에서 내로라하는 오래된 역사서도 모두 『사기』의 영향을 받았다. 『사기』가 없었다면 우리는 그 유명한 춘추오패와 전국칠웅, 진시황의 중국 통일, 유방과 항우의 패권 다툼을 재미있는 이야기로 만날 수 없었을지도 모른다.

『사기』는 또 매우 훌륭한 인간학 교과서이기도 하다. 『사기본기』를 완역한 김영수는 "개인의 삶은 물론 조직이나 국가 운영, 나아가 전 세계 동향을 인간의 언행 속에서 통찰할 수 있는 귀중한 지혜를 무궁무진하게 제공하는 인서人書"라는 찬사를 바친다.

역사적 사실과 철학적 평가를 철저히 분리한 사마천의 역사 접근법은 서양에서는 16세기 이후에나 본격적으로 시작됐다. 가장 위대한 역사서는 이렇듯 한 인간의 고통과 모멸을 딛고 세상에 나왔다.

사마천은 52만 6500자에 이르는 자신의 저서를 『태사공서太史公書』라고 불렀지만 그 책은 후한시대에 들어와 『사기』라고 불렸다. 본격적인 저술은 기원전 108~91년 사이에 이루어진 것으로 보인다. 사마천은 역사가일뿐만 아니라 생동감 있고 유연한 산문의 거장이기도 했다. 후대 작가들에게 큰 영향을 끼쳤는데, 특히 초기 설화 문학과 소설에 미친 영향이 컸다. 그가 살던 시대 이래로 『사기』는 줄곧 중국 역사서의 걸작으로 인정받았으며, 중국은 물론이고 중국의 영향을 받았던 여러 나라에서도 역사서의 모범으로 인식되었다.

대니얼 벨, 『이데올로기의 종언』(1960)

이데올로기의 죽음을 외친
20세기 사회과학의 명저

이데올로기ideologie의 어원은 매우 상징적이고 재미있다. 라틴어로 '내가 본다'라는 뜻인 ideo와 논리나 이론을 뜻하는 logos를 합성한 말이라고 하니 결국 '내가 보는 논리'가 곧 이데올로기다. 남이 보는 것이 아니라 내가 보는 것이 이데올로기인 것이다.

카를 마르크스는 이데올로기를 강하게 비판한 인물이었다. 마르크스는 이데올로기가 지배계급을 정당화하는 일종의 관념이라고 정의했다. 그는 모순덩어리인 현실을 있는 그대로 보여주지 않고 지배 논리로 포장해서 보여주는 게 곧 이데올로기라고 외쳤다. 따라서 마르크스에게 이데올로기는 해체해야 할 대상이었다. 자기의 주장은 이데올로기라고 생각하지 않았던 것이다.

마르크스 사후 1929년, 사회학자 카를 만하임이 "이데올로기는 사회현상을 해석하고 평가하는 기준이 되는 신념들의 집합"이라는 해석을 내놓으면서 이데올로기의 개념은 확장된다. 이 이론 때문에 "마르크스 역시 하나의 이데올로기"라는 명제가 정설이 되기 시작했다. 이데올로기를 저

대니얼 벨 Daniel Bell　1919년 뉴욕에서 유대계 이민자의 아들로 태어난 벨은 어려운 가정 환경 속에서 자랐다. 10대 때 급진적 성향을 보이기도 했으나 이후 실용주의자의 길을 걸었다. 뉴욕시립대학에서 사회학을 공부했다. 〈뉴리더〉〈포춘〉 등의 잡지를 편집하며 언론인으로도 활동했으며 시카고대학 교수를 거쳐 컬럼비아대학, 하버드대학 교수를 지냈다. 사회변동론과 정치사회학을 주요 연구 대상으로 삼아 정치적, 경제적 제도 및 이러한 제도가 개인의 형성에 작용하는 방식을 연구했다. 『이데올로기의 종언』(1960) 등에서는 미래 사회로서의 탈공업화 사회에 관하여 연구했다. 2011년 91세의 나이로 타계했다. 주요 저서로는 『정보화 사회와 문화의 미래』『제3의 기술혁명』『자본주의의 문화적 모순』 등이 있다.

주했던 마르크스가 이데올로기의 화신으로 거듭나는 순간이었다.

이처럼 '이데올로기'라는 단어는 역사의 부침에 따라 그 의미가 지속적으로 확장됐다.

확장을 거듭하던 이데올로기라는 말이 모든 정치·사회 사상을 지칭하는 말로 쓰일 무렵인 1950년대, 급기야는 이데올로기의 종언을 외친 학자가 나타났다. 미국 사회학자 대니얼 벨이다. 벨은 저서 『이데올로기의 종언』을 통해 이데올로기가 세상을 움직이는 시대는 끝이 났다고 선언했다.

그렇다면 벨이 이데올로기의 종언을 선언한 이유는 무엇이었을까. 그는 책에서 이렇게 말한다.

이제 유토피아라는 청사진을 믿을 사람은 없다. 오늘날 새로운 의견 일치가 지식인들 사이에 이루어지고 있다. 복지국가를 용인하고, 권력 분권에 대한 희망을 버리지 않으며, 혼합 경제체제를 인정하는 다원론이 그것이다. 이데올로기의 시대는 끝이 났다.

당시는 미국을 중심으로 한 자본주의 진영과 소련이 중심인 사회주의 진영 간 동서냉전이 막 싹튼 시기였다. 벨은 이 같은 냉전을 유토피아를 놓고 벌이는 허망한 이데올로기 전쟁으로 봤다. 수많은 자본주의 진영 국가들이 특정 이데올로기로 규정하기 어려운 국가의 형태를 띠기 시작하는 것을 보며 그는 이데올로기의 시대는 의미가 없다고 생각한 것이다.

벨의 예언은 얼마 가지 않아 현실이 됐다. 많은 국가가 시장에 개입해 공정성을 관리하는 혼합 경제체제를 유지하고, 사회주의 평등 이념을 부분적으로 수용했으며, 사회적 약자를 보호하는 복지국가 개념을 인정했기 때문이다. 벨은 책에서 이데올로기에 비현실적으로 몰입하는 사회주의를 비판하는 데 많은 부분을 할애한다.

벨은 화이트칼라라고 불리는 사무직 노동자들이 급격하게 증가하는 것을 보고 이데올로기 시대가 끝나고 있음을 예감했다고 한다. 화이트 칼라 노동자들이 나타나면서 '가진 자와 못 가진 자' 사이에 존재하는 중간층이 늘어나는 것을 시대 변화의 전조로 본 것이다. 그런 그에게 사회주의에서 말하는 계급구조는 이미 철 지난 이야기로 보일 수밖에 없었다.

1980년대 말 소련이 붕괴하면서 벨의 예언은 또다시 주목받았다. 그의 통찰력에 많은 대중이 고개를 끄덕였다.

하지만 우리가 한 가지 간과하지 말아야 할 게 있다. 벨은 유토피아를 향한 노력 자체를 부정하지는 않았다. 단지 이데올로기라 불리는 하나의 수단을 부정했을 뿐이다.

이데올로기의 종언을 외친 그는 세상을 떠났지만 한국 사회는 아직도 이데올로기의 그늘에 있다는 생각이 들었다.

동서 냉전이 한창이던 1960년 출판된 『이데올로기의 종언』은 마르크스주의가 맹위를 떨치던 시대에 사회주의를 논리적으로 반박하면서 큰 파장을 일으켰다. 벨은 이 책에서 '산업이 발달할수록 자본가와 노동자의 대립이 첨예해진다'라는 사회주의 이론은 맞지 않으며 오히려 산업화가 진행될수록 자본가와 노동자의 대립관계가 극복된다고 강조했다. 또 현대 자본주의 사회는 자본가가 마음대로 움직일 수 없을 정도로 시스템이 복잡하게 발달할 것이라는 내용도 담았다. 그는 피터 드러커, 앨빈 토플러 등과 함께 대표적인 미래학자로 주목받았으며, 생전에 자신을 "정치적으로는 자유주의자, 경제적으로는 사회주의자, 문화적으로는 보수주의자"라고 표현했다.

케이트 밀레트, 『성의 정치학』(1970)

가부장제의 치부 파헤친
페미니즘 이론의 원전

어머니가 가진 학위는 아무 도움이 되지 않았다. 사람들은 어머니에게 아파트 지하에서 감자 껍질이나 벗기라고 했다.

페미니즘 이론가이자 화가인 케이트 밀레트의 어린 시절은 행복하지 않았다. 여성이기 때문이었다. 1934년 미국 미네소타에서 딸만 셋을 둔 가난한 집안에서 태어난 그는 가부장적 폭력 속에서 성장했다. 아들을 갖고 싶었던 아버지는 툭하면 딸들에게 폭력을 행사했고, 어머니는 지식인이었으면서도 부권 사회에 희생된 가련한 여인으로 일생을 살았다.

밀레트는 이 부조리를 학문으로 극복하고자 했다. 미네소타주립대학을 차석으로 졸업하고 영국 옥스퍼드대학 석사과정을 수석으로 마쳤지만, 당시 사회는 그의 어머니에게 그랬듯 쉽사리 길을 열어주지 않았다. 변변치 않은 강사로 떠돌던 그는 컬럼비아대학에서 박사학위에 도전한다. 이때 제출한 논문이 바로 페미니즘 역사상 가장 논쟁적인 책인 『성의 정치학』이다.

케이트 밀레트 kate Millett 1934년 미네소타 주 세인트폴에서 태어났다. 미네소타대학을 거쳐 옥스퍼드대학에서 석사학위를, 컬럼비아대학에서 박사학위를 받았다. 1956년 미국의 수재들 모임인 '피베타카파 클럽(Phi Beta Kappa Club)' 회원으로 선출되었고, 노스캐롤라이나대학에서 영문학을 가르쳤다. 이어 뉴욕에서 화가로 활동하면서 할렘의 유치원에서 아이들을 가르치는 한편, 1961년에는 도쿄로 이주해 와세다대학에서 영문학을 강의하면서 조각을 공부했다. 1965년 뉴욕으로 돌아가 바너드대학에서 영문학과 철학을 강의했다. 1970년에 출간한 첫 책 『성의 정치학』은 여러 언어로 번역 출간되어 전 세계 여성 운동에 많은 영향을 주었다. 이후 자전적 작품인 『플라잉』 『시타』를 비롯해 『정치의 잔인성』 등을 출간했다.

1970년 당시 논문을 받아든 심사교수들은 벌어진 입을 다물지 못했다. 언뜻 보면 문학비평이었지만 논문의 깊이와 혁명적인 메시지는 세상을 놀라게 하기에 충분했다. 도대체 어떤 논문이었을까. 논문의 시작은 이랬다.

(…) 그녀는 꼭 달아오른 암캐처럼 헐떡이면서 내 온몸을 물어뜯고 갈고리에 걸린 지렁이처럼 꿈틀거렸다.

헨리 밀러의 소설 『섹서스』에 나오는 대목을 인용한 것이다. 밀레트는 이 소설을 분석하면서 남성들이 어떻게 암암리에 여성을 비천한 존재로 만들었는지 철저하게 파헤친다. 헨리 밀러 이외에도 노먼 메일러, D. H. 로런스 등이 문학을 통해 여성을 비하한 작가로 거론되었다. 기존 문단에서 '성 해방'에 일조했다는 평가를 받던 대가들이 밀레트의 논문에서는 졸지에 여성 비하론자로 추락했다. 문학비평을 넘어 문화사와 역사, 심리학을 종횡무진 넘나든 밀레트 논문의 결론은 강렬했다.

가부장제는 유례없는 지배 이데올로기다. 어떠한 체제도 피지배자에 대해 이와 같이 완벽한 지배력을 행사해온 일은 없었다.

그는 남성과 여성의 지배·피지배 관계는 신화나 문학작품 등을 통해 '전통'이라는 이름으로 굳었고, 섹스를 통해 유지되어왔기 때문에 사회가 아무리 민주화되었다고 해도 이 같은 불평등한 성 역할은 변하지 않았다고 주장했다.

'사랑'으로만 알고 있었던 섹스가 사실은 '남성은 지배자이고 여성은 피지배자'라는 인식을 확산하고 공고화하는 정치 행위에 불과하다는 그의 주장은 충격이었다. 이 논문이 책으로 출간되자 미국 사회는 발칵 뒤집혔다. 유력 시사주간지인 〈타임〉은 그해 8월 밀레트를 표지 인물로 소개했고, 책은 전 세계로 팔려나갔다.

하긴 그럴 만도 했다. 300권이 넘는 참고문헌이 등장하는 책에서 밀레트는 '성별sex'과 '사회적인 성gender'을 구분했고, '가부장제patriarchy'라는 용어를 공식화했다. 그가 만든 개념들은 이후 페미니즘에 관한 모든 논쟁의 기준점 역할을 했다. 밀레트의 주장은 도발적이지만 빈틈이 없었다.

여성에게 성행위가 관용되는 유일한 경우는 사랑이기 때문에 낭만적 사랑이라는 개념은 남성이 여성을 자유롭게 착취하는 정서적 조작의 방편을 제공한다.

여성 운동의 이론적 강령을 제공한 그지만 조직에 들어가 적극적으로 참여하기보다는 자신만의 삶을 사는 걸 택했다. 일본인 조각가와 결혼했던 밀레트는 지금은 이혼하고 화가이자 저술가로서 노년을 보내고 있다.

『성의 정치학』에서 밀레트가 정의하는 '정치'는 "권력 구조적인 관계, 즉 한 무리의 인간이 다른 무리의 인간을 지배하는 정도"라는 의미이다. 기존의 사회질서와 가부장적인 남성 지배의 문화를 드러내기 위한 개념으로 사용한 것이다. 실제 우리 생활 속에서 각자에게 체화된 남성 중심적인 사고는 여성 차별을 당연하게 생각하는 문화적 관념을 재생산했다. 밀레트는 여러 작가와 그들 작품의 분석을 통하여 '성의 정치'를 다양한 관점에서 이끌어내어 기존의 남성 중심적인 사고에 도전적인 질문을 던졌다.

게오르그 짐멜, 『돈의 철학』(1900)

한 세기를 앞서간 천재의,
돈에 대한 사회학적 고찰

　내가 생각하기에 천재는 세력을 만들지 않는 사람이다. 스스로가 세력이자 유파이기 때문이다. 독일의 철학자이자 사회학자 게오르그 짐멜이 그런 사람이다. 짐멜도 자신의 운명을 예감했던 것일까. 그는 이렇게 단언했다.

　나는 내가 지적인 상속자 없이 죽을 것이라는 것을, 그리고 또 그래야만 한다는 것을 안다.

　게오르그 짐멜은 외로운 학자였다. 그는 뛰어났음에도 불구하고 죽기 직전에서야 겨우 지방대학 교수직을 얻을 수 있었다. 하지만 제1차 세계대전으로 강의 한번 제대로 못한 채 삶을 마감했으니 정말 운이 따르지 않은 학계의 아웃사이더였다. 유대인인 데다 주류 학계의 논리를 고분고분 따르지 않았기 때문이다. 하지만 비운의 천재들이 늘 그렇듯 그 역시 사후에 거장이 됐다.

게오르그 짐멜 Georg Simmel　1858년 독일 베를린에서 태어났다. 베를린대학 졸업 후 모교 강단에 섰으나 유대계라는 이유로 정식 교수가 되지 못하고 30년 동안이나 원외 교수로 떠돌았다. 그는 개개인이 상호적 행위를 통하여 사회화하는 과정, 곧 '사회화의 형식'을 도출하는 데 사회학의 자주성이 있다는 '형식사회학'을 제창했다. 1914년에야 슈트라스부르크대학에 정교수로 자리 잡았지만, 제1차 세계대전이 터진 상황에서 강의 한번 제대로 못 해보고 1918년 간암으로 타계했다. 주요 저서에 『예술가들이 주조한 근대와 현대』 『돈의 철학』 등이 있다.

짐멜의 저서 중 하나인 『돈의 철학』은 훌륭한 책이다. 그는 이 책에서 화폐가 '물물교환→ 금속화폐→ 종이화폐'로 진화하면서 결국 '돈의 추상화'가 진행될 것이라고 정리했다. 신용카드가 일반화하고 사이버머니까지 통용되는 지금 와서 생각해보면 짐멜이 말한 '돈의 추상화'는 한 세기를 앞서간 뛰어난 견해였다.

짐멜의 방법론은 당시 사회학자들과는 달리 미시적인 데가 있었다. 그는 사회란 "상호작용에 의해 연결된 수많은 개인을 지칭하는 다른 이름"에 불과하다고 주장했다. 사회 담론이 인간을 만들어가는 것이 아니라, 결국 개인은 개인의 방식대로 살아가고 사회는 그 방식의 총합이라는 주장이었다.

근대 자본주의가 모양을 갖추던 무렵 짐멜은 돈 문제에 관심을 가졌다. 돈을 철학적으로 고찰한 거의 최초의 사회학자였다.

그는 『돈의 철학』에서 돈이 지닌 양적 가치와 질적 가치를 정확히 간파했다. 돈은 양적인 가치 추구에서 시작하지만 결국 질적인 것으로 전환된다는 것이 짐멜의 생각이었다. 즉 사람은 돈을 소유하기 전에는 양적인 문제에 집착하지만 일단 소유한 다음에는 삶의 양식과 문화에 집착한다는 것이다.

짐멜은 이 과정에서 벌어지는 인간 소외의 문제도 아주 명확하게 짚어냈다. 그는 과거 모든 인간관계는 직접적이었지만 돈이 끼어들면서 그 관계가 멀어졌다고 봤다. 설명하자면 이렇다. 우리는 아침에 나에게 신문을 배달해주는 사람이나, 내 낡은 구두를 수선해주는 구둣방 아저씨와 그들의 인품 때문에 처음 관계를 맺는 것은 아니다. 사실은 화폐의 교환기능 때문에 그들의 노동과 만났고, 그들과 인간관계를 맺게된 것이다. 이것은 결국 경제적 종속이나 소외 문제로 이어지기도 한다.

그는 또 노동을 기계적인 육체 행위가 아닌 영혼의 행위로 봤다. 지금이야 '감정노동'이라는 말이 흔히 쓰이지만 당시 이 같은 고찰은 매우 획기적인 것이었다. 짐멜은 돈이 천박한 삶의 목적이 되는 것을 개탄했다. 그는 돈이 우리 삶의 질을 고양하는 수단으로 활용되어야 한다고 주장했다.

짐멜은 이 책을 각주 하나 없이 에세이를 쓰듯 써내려갔다. 그랬으니 고답적인 학계의 비판에 시달린 건 어쩌면 당연한 결과였다.

짐멜을 논할 때 반드시 등장하는 인물이 있다. 바로 막스 베버다. 둘은 라이벌이면서도 막역했다. 성격도, 학문적 방향도, 사는 모습도 너무나 달랐다. 짐멜은 아웃사이더였지만 베버는 서른의 나이에 프라이부르크대학 정교수가 된 인정받는 학자였다. 짐멜이 인간적이고 감성적인 거장이었다면 베버는 무미건조하고 냉정한 거장이었다. 하지만 둘은 오랫동안 편지를 주고받는 사이였고, 서로를 알아보고 인정했다. 짐멜을 정교수로 만들기 위해 가장 동분서주했던 인물도 베버였다.

한 사람은 후학도 없이 쓸쓸히 삶을 접었고 한 사람은 살아생전 최고의 영광을 누렸다. 하지만 한 세기가 지난 지금 우리는 둘의 이름을 함께 떠올린다. 아이러니다.

화폐가 왜 인간 세계에 존재해야 하는가 따져 물었던 짐멜은 『돈의 철학』에서 "인간은 관계의 매개 형식으로서 화폐를 갖게 된다"라고 밝혔다. 원래 주술적, 신화적 세계 속에서 인간과 인간, 인간과 사물은 어떤 구분도 없이 모두 하나의 몸으로 존재했다. 그러나 여기에 균열이 생겨 주체와 객체가 나눠지게 되면, 둘 사이가 멀어지는 한편 서로를 다시 연결하려는 작용도 함께 일어난다. 짐멜은 이를 '거리화'라고 불렀다. 거리가 생기면, 그 거리를 메울 다리를 새로 놓아야 할 필요성, 곧 '매개'의 필요성도 생기며, 화폐가 바로 이 매개의 형식이라는 것이다.

루스 베네딕트, 『국화와 칼』(1946)

일본인 의식 구조 해부한
현대 문화인류학의 고전

패색이 짙어가던 일본은 1945년 가미카제 공격을 감행한다. 폭탄을 장착한 비행기를 몰고 미국 군함에 돌진하는 자폭 공격은 1000여 차례나 계속됐다. 일본인들의 이 같은 극단적인 충성심을 보며 서양인들은 경악했다.

전쟁이 끝나고 군정이 시작될 무렵 미국은 긴장하고 있었다. 자살테러와 게릴라전 등 엄청난 저항이 예상됐기 때문이다. 그러나 막상 군정이 시작되자 상황은 예상 밖이었다. 일본인들은 믿기지 않을 만큼 얌전히 미 군정에 순응했다. 미군 1개 소대가 일본인 10만 명쯤을 다스리는 데 아무런 문제가 없었다. 세계는 또 한 번 경악했다.

일본인들은 다른 어느 나라와도 구별되는 독특한 기질과 국민성을 지니고 있다. 누구는 그들을 두고 속을 알 수 없는 음흉하고 잔인한 사람들이라 하고, 또 누구는 절대 남에게 폐를 끼치지 않는 예의 바르고 책임감 강한 사람들이라고 말한다. 과연 어느 것이 일본인의 본모습일까. 아니면 그들은 태생적으로 이중적인 사람들일까.

루스 베네딕트 Ruth Benedict 1887년 뉴욕에서 태어났다. 1909년 배서여자대학 영문학과를 졸업하고 1919년 컬럼비아대학에 입학해 문화인류학 박사학위를 받았다. 그 후 컬럼비아대학 인류학과 교수로 재직하던 그녀는 1927년 인디언 부락 문화를 연구해 『문화의 패턴』을 완성했고, 1940년에는 『종족: 과학과 정치』를 발표해 인종 차별을 비판했다. 제2차 세계대전 중에는 네덜란드, 독일, 태국, 일본 등의 민족성을 연구했고, 그중에서도 특히 일본 연구 분야에 큰 업적을 남겼다. 전쟁이 끝난 후에도 컬럼비아대학에서 계속 학생들을 가르쳤으며, 1948년 61세에 지병으로 세상을 떠났다.

일본인의 독특한 기질에 가장 큰 충격을 받은 건 당연히 전쟁 당사국이던 미국이었다. 미국 전쟁공보청 해외정보 책임자로 일하던 인류학자 루스 베네딕트는 국무부로부터 일본의 국민성에 대한 연구를 의뢰받는다. 그 결과물이 1946년 출간된 『국화와 칼』이다.

베네딕트는 책에서 상징적이면서 중요한 개념 하나를 던진다. "(일본인들은) 각자가 알맞은 위치를 갖는다take one's proper station"가 그것이다.

그는 일본의 독특한 계층제도가 일본인의 정서를 만들었다고 분석한다. 계층제도에 대한 일본인의 신뢰가 일본식 행동 양식을 만들었다는 것이다. 즉, 일본인들은 계층이라는 틀 안에서 가치 판단을 한다는 이야기다. 이는 보편적인 평등과 자유 이념을 부르짖는 서양의 사상과는 너무나 다르다. 이런 점 때문에 사람들은 일본인을 기계에 빗대기도 한다.

하지만 베네딕트는 이것을 일본인의 단점으로 규정하지 않는다. 왜냐하면 나름의 훌륭함이 있기 때문이다. 역으로 말해서 일본인들은 아무리 사소한 최하위의 위치라도 개별적인 가치로 인정한다는 것이다. 이런 의식 구조 때문에 아이비리그 대학에서 MBA를 받고 온 수재가 아버지의 국숫집에서 일하는 문화나, 학사 출신 직장인이 노벨상을 받는 일이 있을 수 있다.

계층의 테두리를 중시하기 때문에 일본인들은 의무와 보은에 민감하다. 자신이 속한 사회에 의무를 다하기 위해서는 자기 포기도 서슴지 않는다.

또한 공동체가 곧 법이기 때문에 '수치'라는 문화적 기제가 발달되어 있다. 일본인들은 처벌보다 수치스러운 상황에 놓이는 걸 더욱 두려워한다. 이런 특성은 일본인의 뛰어난 질서 의식으로 드러나기도 하지만 사회 전체의 활력을 저하하고 자살과 같은 극단적인 행동으로 연결되기도 한다.

일본은 동아시아의 다른 불교 국가들에 비해 쾌락에 너그럽다. 일본인들은 계층적이지만 청교도적이지는 않다. 하지만 그 쾌락은 사회가 정한 일정한 한계 안에 머물러야 한다. 서양인들이 성서적인 의미의 '선과 악'이라는 억압기제를 가지고 있다면 일본인들은 '계층의 허용범위'라는 억압기제를 가지고 살아가는 것이다.

국가를 위해 죽음을 각오하고 후쿠시마 원전으로 달려가는, 정년을 6개월 앞둔 기술자의 모습보다 놀라운 건 그의 가족들이다. 한국인들이었다면 가지 말라고 울고불고하며 길을 막거나, 한 집안의 가장을 그곳으로 가게 한 제도나 권력을 향해 울분을 토하면서 1인 시위라도 하지 않았을까.

물론 국민성에 비교우열은 없다. 베네딕트도 말했다. "일본인의 모순, 그것이 바로 일본인의 진실"이라고.

『국화와 칼』은 문화인류학적 방법론을 통해 일본문화의 원형을 탐구한 책이다. 제2차 세계대전이 막바지에 접어든 1944년 미 국무부의 위촉으로 연구를 시작해 집필했다. 이 책의 목적은 일본인의 행동과 사고의 패턴을 탐구하는 것이었다. 루스 베네딕트는 '국화'와 '칼'이라는 두 가지 극단적인 상징을 통해 일본을 분석했다. 아름다움을 사랑하고 예술가를 존경하며 국화를 가꾸는 데 신비로운 기술을 가진 국민인 동시에, 칼을 숭배하며 무사에게 최고의 영예를 돌린다는 것은 일본만의 특징이다. 한편, 루스 베네딕트가 일본을 한 번도 방문하지 않고 이 책을 썼다는 점이 흥미를 불러일으키기도 했는데, 이는 학문적 연구에서 그 대상을 직접 목격하지 않는 것이 오히려 더 엄밀한 결과를 도출할 가능성을 입증한 것이라고도 볼 수 있다.

5

삶의 본질에 관한
보고서

조반니 보카치오, 『데카메론』(1350?~1353)

이탈리아 르네상스
풍자문학의 보석

몬페르라토 후작이 섬기던 왕은 호색한이었다. 왕은 몬페르라토 후작의 부인에게까지 흑심을 품었다. 일이 이쯤 되자 난처해진 후작 부인은 꾀를 내게 된다. 왕의 식탁에 계속해서 암탉으로 만든 요리만 내놓은 것이다. 먹다 먹다 질린 왕이 왜 암탉 요리만 내놓느냐고 묻자 후작 부인은 이렇게 말한다.

이제 아시겠죠. 모든 암컷들은 겉을 어떻게 꾸미든 속은 똑같습니다.

이 말을 들은 왕은 자신의 탐욕을 반성하며 후작 부인에게 품었던 흑심을 거둔다.

조반니 보카치오의 『데카메론』에 나오는 이야기다. 지나치다 싶을 정도로 원색적이면서도 한편으로는 일리가 있다. 『데카메론』은 바로 이런, 인간의 이야기 100가지를 모아놓은 책이다. 그래서 사람들은 비슷한 시기에 쓰인 단테의 『신곡神曲』에 견주어 『데카메론』을 '인곡人曲'

조반니 보카치오 Giovanni Boccaccio 1313년 프랑스 파리에서 태어났다. 사생아로, 피렌체 상인이었던 아버지가 파리에서 어느 공주와 만나 낳았다는 이야기가 전한다. 근대소설의 선구자로 칭송받는 보카치오는 페트라르카와 함께 르네상스 인문주의의 토대를 마련했다. 그는 평생 단테를 존경했는데, 후에 피렌체의 교회에서 「신곡」 강의를 하고 관련 책을 쓰기도 하는 등 최초의 단테 연구자였다. 1350년경 페트라르카와의 만남으로 문학 활동에 변화가 찾아온다. 학식과 웅변이 뛰어났으며 주요 작품으로 『필로콜로』(1336), 『필로스트라토』(1338), 『피아메타』(1343~1344) 등이 있다. 1374년 페트라르카가 사망하고, 이듬해 보카치오 역시 세상을 떠났다.

이라고 부른다. 모두 이탈리아 르네상스를 대표하는 작품이지만 하나는 신성한 이야기를, 하나는 인간 군상의 모습을 담았다는 것에서 큰 차이가 있다.

『데카메론』의 배경은 페스트가 창궐하던 무렵 이탈리아 피렌체다. 이 도시 어느 성당에 여자 일곱 명과 남자 세 명이 페스트를 피해 숨어든다. 이들은 시 교외에 있는 산으로 가 함께 도피 생활을 시작한다. 무료함에 시달리던 이들은 기발한 아이디어를 낸다. 10명이 하루에 무조건 1편씩 재미있는 이야기를 하기로 한 것이다. 이렇게 열흘 동안 나눈 이야기를 모은, 100편의 에피소드로 구성된 것이 『데카메론』이다. 하루하루 끝날 때마다 이들이 부르는 발라드가 1편씩 포함되어 있으므로 『데카메론』에는 100편의 이야기와 10편의 발라드가 담겨 있다.

『데카메론』은 일종의 우화집이다. 보카치오는 100편의 우화로 유럽 사회를 조롱하고 고발한다. 보카치오가 살았던 피렌체는 유럽 경제의 중심지로 돈이 넘쳐나는 도시였다. 호화로운 생활에 물든 사람들은 도덕적으로 심하게 타락했고, 권력자들은 물론 성직자들마저 너 나 할 것 없이 음란하고 방탕한 생활에 젖어 있었다. 보카치오는 페스트를 부패한 피렌체에 신이 내린 벌이라고 생각했다. 그는 문학을 통해 타락한 사회에 경종을 울리고 싶었다. 그렇게 탄생한 것이 『데카메론』이다. 이 책을 일종의 고발문학이라고 보는 것은 이 때문이다.

또한 보카치오는 계몽적 인문주의자였다. 그는 문학이 종교적 속박에서 벗어나 인간을 이야기해야 한다고 생각했고 그것을 실천했다. 그는 신과 인간의 관계 속에서 평가받는 인간이 아닌 그 자체로 훌륭한 예지력을 갖춘 독립적 인간형을 찬양했다. 둘째 날 이야기에 나오는 팜피네아의 발라드에는 다음과 같은 구절이 있다.

사랑이여, 당신 앞에서 당신의 불꽃이 타기 시작했던 날. 그의 아름답고 용기에 찬 예지는 견줄 만한 자가 없었다. 그 사람으로 하여 나의 가슴은 타오르니, 그대와 나의 행복 온누리에 울리노라.

『데카메론』에는 다양한 인간 군상들이 등장한다. 왕과 왕족에서부터 정치인, 기사, 수도원장, 성직자, 법관, 철학자, 여관 주인, 노예에 이르기까지 당시 사회를 구성했던 거의 모든 계층의 사람들이 주인공이다. 보카치오는 당시 중부 이탈리아에 떠돌아다니던 이야기를 수집해 책의 골격을 세웠다. 따라서 책에 수록된 에피소드들은 상당수가 현실에서 비롯한 것들이다. 이 때문에 『데카메론』을 통해 르네상스 초기 이탈리아의 사회상을 들여다보는 재미 또한 만만치 않다.

『데카메론』은 그 구성과 표현법에서도 현대문학의 전범이 됐다. 이야기의 틀 속에 또 다른 이야기가 존재하는 액자식 구성은 많은 소설에 영향을 미쳤다. 특히 기지와 재담, 우화 기법 등은 훗날 셰익스피어나 제프리 초서 같은 작가들에게 전해져 꽃을 피웠다.

페스트가 휩쓸고 지나간 자리에서 다시 인간을 외친 보카치오의 짓궂은 용기가 있어 르네상스는 더욱 빛날 수 있었다.

많은 작가들이 모방하고 변형한 작품으로 유명한 『데카메론』. 이 작품은 문학적인 인기를 넘어서, 14세기 삶에 관한 중요한 역사적 문서이다. 한때 교황청에서 금서로 지정되기도 했다. 르네상스 후기 작가들에게 많은 영향을 주었는데, 특히 초서에게 직접적인 영향을 주었다. 제프리 초서는 『데카메론』 형식을 본떠 『캔터베리 이야기』를 썼다고 전해진다.

일연, 『삼국유사』(1281?)

베일 속 고대사의 비밀 풀어준
한국 스토리텔링의 위대한 원전

어린 시절 피부가 검은 편이었던 나는 친구들에게 자주 놀림을 받았다. 이름은 '허연'인데 얼굴은 까맣다는 게 이유였다. 초등학교 5학년 때였던가, 고민 끝에 할머니를 붙잡고 따졌다.

"할머니 왜 난 얼굴이 까매?"

"응, 아주 오래전에 인도에서 와서 그래."

"할머니가 그걸 어떻게 알아."

"이야기책에 다 나온단다."

충격이었다. 내가 인도에서 왔다니.

나는 그날부터 할머니가 말한 '이야기책'을 찾아 헤맸다. 아버지에게 물어보고 그 이야기책이 『삼국유사』라는 걸 알았고 청계천 헌책방에서 책을 샀다. 삼중당에서 펴낸 문고본이었는데 최남선이 편역했던 것으로 기억한다.

나는 한문투성이 책을 들고 온 가족을 괴롭혀가며 읽었다. 책에는 정말 허씨의 조상이 된 가락국 김수로왕의 왕비 허황옥許黃玉이 인도 아유타국阿踰陀國에서 왔다는 내용이 실려 있었다.

일연 一然   1206년에 경상북도 경산에서 태어났다. 9세에 전남 무량사에 들어가 학문을 닦다가 승려가 되었다. 22세에 선불장에 나가 상상과에 뽑힌 뒤 포산에 머물렀다. 56세에 원종의 부름을 받아 선월사 주지로 있으면서 목우牧牛화상의 법을 이었다. 1289년에 생을 마감했다. 작품으로 『어록語錄』『계승잡저界乘雜著』『중편조동오위重編曹洞五位』『조도祖圖』『대장수지록大藏須知錄』『제승법수諸僧法數』『조정사원祖庭事苑』『선문점송사원禪門拈頌事苑』 등이 있다.

이뿐만이 아니었다. 『삼국유사』는 내가 알고 있던 모든 옛날이야기의 보물 창고였다. 곰이 환웅과 결혼해 단군왕검을 낳았다는 단군신화에서부터 활을 잘 쏘았다는 주몽, 알에서 태어난 박혁거세, 처용, 만파식적, 서동과 선화공주, 지렁이에서 태어난 견훤 등 한반도 모든 설화의 원전이 『삼국유사』에 담겨 있었다.

고려 충렬왕 7년 1281년에 승려 일연이 쓴 『삼국유사』는 전체 5권 9편이다. 삼국, 가락국, 후고구려, 후백제의 연표를 담은 「왕력王歷」, 고조선부터 후삼국까지의 단편적인 역사를 적은 「기이紀異」, 삼국의 불교 수용을 담은 「흥법興法」, 탑과 불상에 관한 이야기 「탑상塔像」, 불교와 승려들의 이야기가 주로 담긴 「의해義解」 등으로 구성되어 있다.

『삼국유사』는 김부식의 『삼국사기』와 자주 비교된다. 『삼국유사』보다 136년 먼저 나온 『삼국사기』는 국왕의 명령으로 만들어진 정사인 반면, 『삼국유사』는 일연 개인이 쓴 야사다. 따라서 정제된 체계는 『삼국사기』를 따라갈 수 없다. 하지만 『삼국유사』에는 『삼국사기』에서는 볼 수 없는 설화와 자료가 가득하고, 문학작품처럼 분방하게 서술되어 있다. 또 『삼국사기』가 중국의 영향권 아래에서 우리 고대사를 바라봤다면 『삼국유사』는 독자적인 시각이 돋보인다.

일연은 문헌에만 의존하려고 하는 유학적 사관에 반발해 우리 역사를 더 독창적인 세계로 끌어올렸다. 그는 민간과 사찰에서 전해 내려오는 이야기를 바탕으로 역사를 재구성하려고 했다. 우리가 알고 있는 설화 성격의 이야기는 대부분 「기이」 편에 수록되어 있는데 일연은 첫머리에 이렇게 적고 있다.

삼국의 시조가 모두 신비롭고 기이한 데서 나온 것이 어찌 괴이하다 하겠는가?

일연은 무지개가 신모神母를 둘러싸 복희를 낳았다는 등의 중국 설화를 거론하며 우리도 그에 버금가는 신비로운 역사가 있음을 강변한다. 시조가 용이나 무지개에서 나왔다는 중국 설화는 줄줄 외우고 다니면서 우리 시조에 관한 이야기는 그저 괴이하다고 치부하던 당시 중화주의자들에게 일침을 가하고 싶었던 것이다.

『삼국유사』는 문헌의 보고다. 삼국유사 5편에 실려 있는 신라 경덕왕 때 월명사가 지은 〈제망매가祭亡妹歌〉를 보자.

삶과 죽음의 길은, 여기 있으니 두려워지고, 나는 간다는 말도, 못다 이르고 어찌 가는가. 어느 가을 이른 바람에, 여기저기 떨어지는 나뭇잎처럼, 한 가지에서 나서, 가는 곳을 모르는구나.

죽은 누이의 명복을 비는 이 향가는 신라 문학의 백미다. 이처럼 『삼국유사』에는 〈처용가〉〈서동요〉〈찬기파랑가〉〈모죽지랑가〉〈헌화가〉〈도솔가〉 등 보석 같은 신라 향가들이 수록되어 있다. 학계에서는 현재까지 남아 있는 신라 향가를 25수 정도로 보는데 이중 14수가 『삼국유사』에 실려 있는 것이다.

『삼국유사』는 우리 고대사의 화석이자 스토리텔링의 위대한 원전이다.

1999년 11월 부산유형문화재 31호, 2003년 4월 국보 제306호로 지정되었다. 『삼국유사』는 『삼국사기』에서는 볼 수 없는 고대 사료들을 담고 있으며 삼국시대의 역사와 문화를 종합해서 전해준다. 육당 최남선은 『삼국사기』와 『삼국유사』 중에서 하나를 선택해야 한다면, 서슴지 않고 『삼국유사』를 택할 것이라고 말하기도 했다.

존 밀턴, 『실낙원』(1667)

창세기에 인간 의지 접목한
장엄하고 방대한 서사시

　서양은 우리에게 생소하다. 그래서 근대 이전에 쓰인 서양 고전을 읽는다는 건 긴 시간과 인내가 필요한 일이다. 서양 고전이 우리에게 어려운 이유는 명확하다. 그들의 문화적 토대와 역사적 배경이 우리에게 익숙하지 않기 때문이다.

　서양사를 이해하기 위해서는 그들의 문명을 만든 양대 축, 즉 헬레니즘과 헤브라이즘을 알아야 한다. 성과든 과오든 유럽 문명의 모든 결과물은 이 두 사상의 영향권 안에서 진화한 것이기 때문이다.

　헬레니즘Hellenism은 그리스 · 로마 문화에서 전승된 흐름이고, 헤브라이즘Hebraism은 기독교에서 비롯한 사상을 의미한다. 헬레니즘이 이성적이고 과학적이며 미적인 세계관이라면 헤브라이즘은 의지적이며 윤리적, 종교적이다.

　시작부터 서양 문명의 양대 조류를 설명한 이유는 존 밀턴의 『실낙원』에 대해 이야기하기 위해서다. 『실낙원』은 명저 목록에 반드시 포함되지만 쉽게 손에 잡히는 책은 아니다.

　설령 손에 잡았다고 해도 물 흐르듯 읽히지 않는다. 내용이 어렵기

존 밀턴 **John Milton**　1608년 영국 런던에서 태어나. 케임브리지대학교 크라이스트칼리지에서 문학 석사를 받았다. 크롬웰의 라틴어 비서관으로 근무했으며, 크롬웰의 공화제를 지지하는 글을 쓰기도 했다. 하지만 왕정복고 후 추방되고 실명과 가정불화를 겪었다. 그 후 시작詩作에 몰두해 『실낙원』(1667)과 『투사 삼손』(1671), 『복낙원』(1671) 등 거작을 남겼다. 일생을 이교와 기독교, 본능과 윤리 사이의 갈등을 느끼며 살았으며 이들이 융합되는 상황을 여러 작품에서 보여주었다. 1674년 지병이 악화되어 생을 마감했다.

도 하거니와 처음부터 끝까지 종교적 서사로 가득 채워져 있기 때문이다. 그래서 혹자는 『실낙원』을 신의 전지전능함을 찬양한 장편 서사시라고 단정한다. 하지만 아무리 미문美文의 대서사시라 해도 이 정도만으로 역사에 기록될 명저가 되기는 어렵다.

『실낙원』은 신에게만 몰두한 단선적인 헤브라이즘 서사시가 아니다. 인간 의지에 초점을 맞춘 소설적 구성을 하고 있다. 실제로 『실낙원』에는 현기증이 날 정도로 빈번하게 그리스·로마 신화를 비롯한 헬레니즘적 세계관이 등장한다. 인간의 의지적인 요소를 강조하는 구절도 자주 나온다. '뭐든지 할 수 있다'는 식의 자기계발서에 자주 등장하는 "지옥 속에서 천국을 만들 수도 있고, 천국 속에서도 지옥을 만들 수 있다"라는 구절도 『실낙원』에 나오는 말이다.

존 밀턴은 「창세기」에 나오는 낙원 상실 모티프를 토대로 방대한 서사시를 쓰면서 헬레니즘과 헤브라이즘을 모두 녹여냈다. 밀턴은 지성 없는 신앙을 경멸한 사람이었다. 물론 신앙 없는 지성도 경멸했지만…….

『실낙원』은 최초의 인간 아담과 하와가 사탄의 유혹에 넘어가 선악과를 따 먹고 낙원에서 쫓겨나는 널리 알려진 이야기를 다룬다. 하지만 1만 500행이 넘는 시에는 장엄체라고 부르는 격조 있는 문체로 아로새겨진 명문장들이 넘쳐난다. 몇 개만 옮겨보자.

허무한 모든 것과 허무 위에다 영광이나 명예, 혹은 행복에 대한 어리석은 희망을 쌓아 올리는 자들이 가벼운 증기처럼 떠오른다. (제3편)

하느님은 그대를 선하게 만드셨으나, 참고 견디는 것은 그대의 힘에 맡기셨으니. (제5편)

어쨌든 『실낙원』은 유일신에 대한 찬사라는 편견을 없애고 본다면 한 문장 한 문장 예사롭지 않은 명문장의 보고이자 축복이며, 한 지식인이 평생 길어 올린 깨달음이다.

런던에서 태어난 존 밀턴은 유명한 신학자인 토머스 영에게 개인 지도를 받으며 학문의 세계에 들어섰다. 열일곱에 케임브리지대학교에 입학한 밀턴은 영어와 라틴어로 시를 쓰기 시작한다. 대학 시절 얌전한 그에게 붙여진 별명은 '크라이스트칼리지의 숙녀'였다. 겉보기에는 단정했지만 밀턴은 교수와의 언쟁으로 정학 처분을 받을 정도로 매우 진보적이고 고집 센 학생이었다.

타락한 왕정과 교회에 불만을 품고 있던 그는 청교도혁명 때 크롬웰의 비서로 정치에 개입했다가 실패하고 시력까지 잃는 불행을 겪는다. 그러나 그는 최악의 절망에서 인류가 두고두고 인용하는 거대한 원전 하나를 만들어냈다. 물론 재미는 없다. 그가 본래 가볍지 않은 사람이었고, 가볍지 않은 시대를 살았기에.

구약성서를 소재로 아담과 하와의 타락과 낙원 추방을 묘사하며 인간의 원죄를 다루는 장편 서사시. 구술로 완성한 이 작품을 통해 존 밀턴은 셰익스피어에 버금가는 대시인이라는 평가를 받았다. 『실낙원』은 단테의 『신곡』과 함께 최고의 종교 걸작으로 인정받는다. 이 작품에 감명받아 영국 시인이자 화가인 윌리엄 블레이크는 유화를, 프랑스 화가 귀스타브 도레는 판화를 남겼다. 밀턴은 『실낙원』을 읽은 한 청년이 '낙원 발견'에 관한 속편을 써달라고 하자 예수 그리스도가 사탄의 유혹을 이기고 낙원을 회복하는 내용의 『복낙원』을 썼다.

블레즈 파스칼, 『팡세』(1670)

"인간은 생각하는 갈대다"
고독과 실존 파헤친 명상록

    1662년 블레즈 파스칼이 서른아홉의 나이로 세상을 떠났다. 임종을 지킨 가족과 친구들은 방을 정리하다 엄청나게 많은 초고를 발견한다. 메모라고 하기에는 너무 길고, 논문이라고 하기에는 너무 짧은 원고 묶음들이 방 여기저기에 널려 있었다. 유족은 이 미발표 원고들을 모아 책으로 발간한다. 『팡세』는 그렇게 탄생했다.

    철학자이자 수학자였으며 발명가이기도 했던 파스칼은 다양한 저술 외에도 많은 업적을 남겼다. 물리학의 기초인 '파스칼의 원리'를 만들었고 전자계산기를 고안했으며 기하학과 확률 이론의 기초를 세웠다. 이뿐이 아니다. 도시 끝에서 끝까지 왕복하는 합승 마차 시스템을 개발해 오늘날 시내버스 제도를 착안해낸 주인공이기도 하다.

    하지만 파스칼을 파스칼이게 한, 사람들에게 그의 이름을 각인한 저술 『팡세』는 그가 숨을 거둔 후에 세상의 빛을 봤다.

    '팡세pensées'는 프랑스어로 '사상, 생각, 회상, 금언' 등을 뜻하는데 파스칼의 가족은 이 책을 명상록 형식으로 정리했다. 사실 『팡세』에서 가장 놀라운 점은 문장 곳곳에 배어 있는 기막힌 아포리즘이다. "인간

블레즈 파스칼 Blaise Pascal　1623년 프랑스 법관 집안에서 태어났다. 12세 때 유클리드 기하학에 몰두해 16세에 『원추곡선론』을 발표하고 1642년 계산기를 발명했다. 자유사상가들과 어울리다 수도원에 들어가 종교에 귀의했다. 사상가이자 수학자, 물리학자로 다방면에서 활동하며 비범한 능력을 발휘했다. 1662년 지병이 악화되어 39세의 나이로 사망했다. 주요 작품으로는 『산술 삼각론』(1665), 『시골 친구에게 보내는 편지』(1656~1657) 등이 있다.

은 생각하는 갈대"라든지 "클레오파트라의 코"라든지 하는 명구들은 지금도 전 세계인들에게 회자되는 상징이자 은유다.

"인간은 생각하는 갈대"라는 구절이 나오는 대목을 보자.

> 인간은 자연에서 가장 연약한 한 줄기 갈대일 뿐이다. 그러나 그는 생각하는 갈대이다. 그를 박살 내기 위해 전 우주가 무장할 필요가 없다. 한 번 뿜은 증기, 한 방울의 물이면 그를 죽이기에 충분하다. 그러나 우주가 박살 난다고 해도 인간은 죽음보다 고귀하다. 인간은 자기가 죽는다는 것을, 그리고 우주가 자기보다 우월하다는 것을 알기 때문이다. 우주는 아무것도 모른다.

파스칼은 인간을 인간답게 하는 것은 사유라고 봤다. 그는 "인간은 자기가 비참하다는 것을 알기 때문에 위대하다"라고 외쳤다.

> 우리의 모든 존엄성은 사유로 이루어져 있다. 우리가 스스로를 높여야 하는 것은 여기서부터이지, 우리가 채울 수 없는 공간과 시간에서가 아니다. 그러니 올바로 사유하도록 힘쓰자. 이것이 곧 도덕의 원리다.

파스칼은 『팡세』를 통해 끊임없이 인간으로서의 자아와 이성을 강조한다. 그런데 사실 이 책을 저술한 원래 목적은 기독교적 세계관을 널리 알리기 위해서였다. 『팡세』에는 대부분 파스칼 자신이 절대자를 인정하게 된 사유 과정이 담겨 있다.

하지만 파스칼의 『팡세』를 종교 서적이라고 단적으로 이야기하는 사람은 드물다. 후세 사람들에게 『팡세』는 지성이 가득한 수상록이자 깊이 있는 명상서로 인식되어 있다. 17세기 중반의 지적 지형도를 생각해보면 답을 찾을 수 있다.

파스칼이 활동하던 시대에는 이성이 본능이나 쾌락에 대비되는 개념으로 자리 잡고 있었다. 따라서 이성은 종종 종교적 경건함과 비슷한 개념으로 쓰였다. 파스칼은 이성과 영성을 동일시하면서 종교가 결코 이성에 어긋나는 것이 아님을 강조했다.

인간이 이따금씩 도달하는 정신적으로 위대한 경지는 인간이 머물러 있을 수 있는 자리가 아니다. (…) 나는 영원하지도 무한하지도 않다. 그러나 자연에는 영원하고 무한한 필연적 존재가 있다는 것을 나는 잘 안다.

종교성 때문에 『팡세』는 처음엔 크게 주목받지 못했다. 하지만 이 책이 종교라는 틀을 벗어나 인간의 고독과 실존을 파헤친 명저라는 것을 파악하는 데는 오랜 세월이 걸리지 않았다. 샤토브리앙, 보들레르, 니체, 에밀 졸라 등 후세의 다양한 지식인들이 스스로가 파스칼의 그늘에 있었음을 인정하면서 『팡세』는 프랑스 사상사의 가장 중요한 자리에 놓인다. 그렇다. "인간은 생각하는 갈대"다. 생각하면서 흔들리고, 또 흔들리면서 생각할 줄 아는…….

파스칼의 유고집인 『팡세』는 『명상록』이라고 번역되기도 한다. 파스칼이 사망한 뒤 발견된 미완성 원고로, 프랑스 국립중앙도서관에 소장된 판본만 세 종류다. 이 작품을 통해 파스칼은 인간이란 무엇이며, 무엇을 추구해야 하는지, 신은 존재하는지 등에 대해 사유하고 신에 대한 사랑에 이르는 길을 모색했다.

토머스 모어, 『유토피아』(1516)

'유토피아'라는 개념 만들어낸
16세기 사회소설의 영원한 고전

   이상향을 의미하는 유토피아utopia라는 말을 처음 만들어낸 사람은 영국의 인문주의자 토머스 모어다. 그는 16세기 영국의 현실을 비판하고 자신이 꿈꾸는 이상향을 담은 책을 집필하면서 제목을 『유토피아』라고 지었다.

   유토피아는 '없다'라는 뜻의 그리스어 'ou'와 '장소'를 뜻하는 'topos'를 합성해 만들어낸 말로 '어디에도 없는 곳'이라는 의미다. 모어는 지금은 어디에도 없지만 언젠가는 도달해야할 곳임을 암시하기 위해 '유토피아'라는 말을 만들었다.

   지금 당장은 유토피아라는 섬나라에 대해 아는 사람들이 극소수일 테지만 아마 앞으로는 모든 사람이 알고 싶어할 것입니다. 그 나라는 플라톤의 『국가』에 나오는 이상향과 닮은 곳이고 아마 그보다 더 훌륭한 나라일지도 모릅니다.

토머스 모어 Thomas More   1447년 영국에서 태어났다. 법률가의 아들로 태어나 옥스퍼드대학교에 들어갔으나 중퇴하고 링컨법학원에 입학했다. 졸업 후 변호사가 되었고 1504년 의회에 진출, 1529년에는 대법관으로 임명되었다. 정치가이자 인문주의자로 르네상스 문화 운동의 영향을 받았고 외교 교섭에도 뛰어났다고 한다. 공평한 재판관이자 빈민들의 보호자로 시민들에게 많은 사랑을 받았던 그는 헨리 8세의 이혼에 동의하지 않아 결국 1535년 단두대의 이슬로 사라졌다. 1935년 로마교황청은 토머스 모어에게 성인의 칭호를 부여했다. 주요 작품으로는 『피코 델라 미란돌라의 삶』(1510), 『리처드 3세전』(1543) 등이 있다.

1515년 토머스 모어는 통상조약을 체결하기 위한 영국 측 협상 대표로 네덜란드를 방문한다. 회의가 지루하게 길어지자 모어는 플랑드르 지방을 돌아보고 여러 사람들을 만나면서 저술과 관련된 아이디어를 떠올린다.

책에는 유토피아에서 5년 동안 살다가 돌아온 라파엘이라는 사람이 화자로 등장한다. 2부로 구성되어 있는데 1부는 라파엘의 입을 빌려 영국 사회를 비판하는 내용이고 2부는 라파엘이 회상하는 유토피아에 대한 추억이다.

집집마다 거리로 나갈 수 있는 앞문과 정원으로 통하는 뒷문이 있습니다. 문들은 모두 양쪽으로 자유자재로 열리는 스윙 도어이며 살짝 밀면 열리고 나간 다음에는 자동으로 닫힙니다. 따라서 누구나 마음대로 드나들 수 있습니다. 사유재산이 전혀 없기 때문입니다. 집은 추첨을 통해 분배되며 10년마다 바뀝니다.

토머스 모어가 꿈꾼 나라는 정말 이상적이다. 농업을 기반으로 자급자족경제로 운영되는 이 이상향에는 사적 소유가 없고 굶주림도 없다. 전쟁도 불로소득도 빈부격차도 없다. 여성이나 귀족, 성직자들도 똑같이 일을 하기 때문에 각자 노동에 시달리는 시간은 줄어든다. 어렸을 때부터 의무교육을 받으며 여가를 즐긴다. 위계질서보다 공공의 약속을 중시하고, 모든 종교를 허용한다.

실제로 모어는 위대한 이상주의자였다. 그는 자신이 옳다고 믿는 가치를 위해서는 그 어떤 양보도 하지 않았다. 그는 세상은 지금보다 나아져야 한다고 굳게 믿었고 자신이 가지고 있는 미래지향적인 신념에 모든 것을 바쳤다.

명문가에서 태어난 모어는 옥스퍼드대학교를 중퇴하고 법학원에 들어가 법학을 공부했다. 1500년 변호사 자격을 취득하고 1504년 스물여섯의 나이에 영국 의회에 진출한다. 그러나 의원이 된 직후 헨리 7세의 세금 법안에 반대하다가 모든 공직에서 물러나게 된다. 그의 첫 시련이었다.

1509년 헨리 8세가 왕위에 오르자 다시 공직에 진출한 모어는 법관이자 통상 전문가로 큰 신임을 얻는다. 이 무렵 그는 공평한 재판관이자 가난한 사람들의 보호자로 대중으로부터도 인기를 얻는다. 1521년에 재무장관이 되고 1529년에는 대법관 자리에 오른다. 그러나 모어의 전성기는 이것이 마지막이었다.

헨리 8세가 가톨릭 규율을 어기고 왕비 캐서린과 이혼하자 대법관이었던 모어는 왕위계승법에 서명하기를 거부한다. 경건한 기독교인이었던 그는 헨리 8세가 신의 뜻을 어기고 스스로 영국 기독교의 수장이 되는 것을 용납할 수 없었던 것이다. 이 때문에 런던 탑에 갇혔고 1년에 걸친 회유와 협박, 설득을 거부하고 당당히 죽음을 맞는다.

모어 개인의 이상주의는 그렇게 막을 내렸지만 그의 유토피아론은 21세기 모든 국가에 근본적인 명제 하나를 던졌다. 유토피아는 포기해야 할 이상 세계가 아닌 도달할 수 있는 모범 국가라는 희망을 우리 모두에게 심어준 것이다.

원래 라틴어로 쓰인 『유토피아』는 이상에 대한 염원을 맨 처음 제시한 책으로, 원제는 '국가의 최선 정체政體와 새로운 섬 유토피아에 관하여'이다. 당시 사회와 현실에 대한 날카로운 비판을 토대로 이상향을 제시했으며, 이는 현재에도 여전히 유효하다. 르네상스 문학의 새로운 지평을 열었고, 유토피아문학이라는 장르를 창시하기도 했다.

리처드 도킨스, 『이기적 유전자』(1976)

인간은 유전자의 꼭두각시일까?
전 세계를 뒤흔든 문제작

암컷 나비는 무슨 기준으로 수컷 나비를 선택할까?

연구 결과, 날개 좌우대칭이 완벽한 수컷 나비가 암컷에게 선택될 확률이 상대적으로 높다고 한다. 암컷 나비는 날개의 좌우대칭이 좋은 수컷 나비를 보면서 멋있다고 느끼는 것이다.

이 상황을 유전자 결정론으로 해석하면 이렇게 된다. 좌우대칭이 잘된 수컷 나비를 보고 사랑을 느끼는 암컷 나비는 유전자에 속고 있는 것이다. 유전자는 오로지 암컷 나비의 몸을 빌려 좋은 조건의 유전자를 복제하는 것만이 목적이다. 날개의 좌우대칭이 잘된 수컷 유전자와 만나야 새의 공격으로부터 살아남을 확률이 높은 유전자를 만들 수 있기 때문이다.

따라서 유전자는 암컷 나비로 하여금 날개가 훌륭한 나비를 보고 사랑을 느끼도록 프로그래밍해놓은 것이다. 물론 이 사실을 암컷 나비는 죽어도 모른다. 그저 사랑이라고 느낄뿐이다. 수컷도 마찬가지다. 수컷

리처드 도킨스 Clinton Richard Dawkins 1941년 케냐 나이로비에서 태어나 8세까지 지내다 1949년 영국으로 돌아왔다. 옥스퍼드대학교에서 동물학을 전공하고 박사학위를 취득했다. 미국 캘리포니아대학교 버클리캠퍼스에서 동물학 조교수로 근무하다 1970년 영국으로 돌아와 옥스퍼드대학교에서 강의를 시작했다. 1995년에는 석좌교수로 임명되었고 현재는 옥스퍼드대학교 뉴칼리지에 소속되어 있다. 왕립문학원상(1987), 왕립학회 마이클 패러데이상(1990), 키슬러상(2001), 셰익스피어상(2005), 루이스 토머스 과학저술상(2006), 갤럭시 브리티시 도서상 올해의 작가상(2007) 등 많은 상과 명예학위를 받았다. 『이기적 유전자』는 그의 대표작이자 세기의 문제작이다. 또한 『만들어진 신』(2006)은 출간과 동시에 과학계와 종교계에 뜨거운 논쟁을 몰고 왔다. 그 외 주요 작품으로 『확장된 표현형』(1982), 『눈먼 시계공』(1993), 『에덴의 강』(1995), 『무지개를 풀며』(1999), 『악마의 사도』(2003), 『지상 최대의 쇼』(2009) 등이 있다.

의 마음을 홀렸을 암컷 나비의 색깔이라든지 냄새 같은 것들 역시 고도로 계산된 유전자의 조종일 뿐이다.

유전자 결정론을 세상에 널리 퍼뜨린 사람은 리처드 도킨스다. 도킨스는 진화나 자연선택의 주체는 집단도, 개체도 아닌 유전자라는 주장을 펼쳤다. 그 주장을 담은 책이 그 유명한 『이기적 유전자』다.

40억 년 전 스스로 복제 사본을 만드는 분자가 처음으로 원시 대양에 나타났다. (…) 이제 복제자들은 거대한 군체 속에 떼 지어서 뒤뚱거리는 로봇 안에 안전하게 들어 있다. 그것들은 우리의 몸과 마음을 창조했으며 그것을 보존하는 것만이 우리가 존재할 수 있는 유일한 이유다. (…) 그것들은 유전자라는 이름을 갖고 있으며, 우리는 그것들의 생존 기계이다.

이 문장에서 "뒤뚱거리는 로봇"은 인간이다. 인간을 "유전자의 꼭두각시"로 규정한 젊은 옥스퍼드대 교수의 발언은 거침이 없다.

인간은 유전자에 미리 프로그램된 대로 먹고 살고 사랑하면서 자신의 유전자를 후대에 전달하는 임무를 수행하는 존재다.

이 책에서 도킨스가 제시한 또 하나의 개념이 이른바 '밈meme'이다. 유전자가 생물학적 전달자라면 밈은 문화심리적 전달자다. 음악이나 사상, 패션, 건축양식, 언어, 종교 등 거의 모든 문화 현상은 밈의 범위에 들어 있다. 문화 현상도 유전자처럼 자기 복제로 생명력을 유지해 나간다. 쉽게 말해 유전적 진화의 단위가 '유전자'라면, 문화적 진화의 단위는 '밈'인 것이다.

도킨스의 이론은 많은 비판에 부딪힌다. 특히 창조론자들에게 심한 비판을 받았다. 도킨스가 나서서 "이 책을 도덕적 관점에서 보지 말고,

오로지 과학적 관점에서만 봐달라"라고 말했지만, 과학적 가설 정도로
남기에는 『이기적 유전자』의 후폭풍이 너무나 컸다. 1976년 책이 출간
된 이후 과학은 물론 사회와 비즈니스, 더 나아가 연애술에 이르기까
지 도킨스의 이론이 활용되지 않은 곳은 드물었다.

도킨스는 『이기적 유전자』 후반부에 희망의 장치를 하나 만들어놓
았다. 다음을 보자.

> 우리는 유전자의 기계로 만들어졌고 밈의 기계로서 자라났다. 그
> 러나 우리에게는 우리의 창조자에게 대항할 힘이 있다. 이 지구에서
> 는 우리 인간만이 유일하게 이기적인 자기 복제자의 폭정에 반역할
> 수 있다.

도킨스도 이성의 존재를 인정했다. 인간에게 눈앞의 이익이 아닌 장
기적인 이익을 도모할 능력이 있다고 본 것이다. 물론 이타적인 행위
조차도 크게 보면 '유전자'나 '밈'의 범주 안에 있는 것일지도 모르지
만, 그래도 인간은 유전자의 폭정에 끊임없이 저항해왔고 앞으로도 저
항할 것이다.

모든 유전자는 개체를 희생해서라도 자손을 남기려는 이기적인 성질을 지니고 있
다는 이론. 도킨스는 인간의 사회적인 행동조차도 유전자에 좌우된다고 주장한다.
세기의 문제작으로 전 세계 25개 이상의 언어로 번역되었으며 지금까지도 과학계
의 명저로 손꼽힌다. 최근 유전자 지도가 완성되어가면서 도킨스의 이론은 다시금
주목을 받고 있다.

버트런드 러셀, 『서양철학사』(1945)

철학의 대가들에게 날 선 비판 던진
20세기 대표 지성

1960년대 록 그룹 비틀스는 베트남전에 반대한다는 공식 입장을 밝힌다. 영국 그룹 비틀스가 동맹국이었던 미국이 수행하는 전쟁을 드러내놓고 비난한 것은 당시로선 놀라운 뉴스였다. 비틀스가 반전 논리로 무장하는 데 결정적 원인을 제공한 사람은 버트런드 러셀이라는 대학자였다.

베트남전이 발발하고 얼마 후 비틀스 멤버였던 폴 매카트니는 우연히 평소 존경하던 노철학자 러셀의 집을 방문한다. 당시 러셀은 사르트르 등과 함께 "베트남전은 미국이 저지른 대량 학살 범죄"라고 연일 비난을 퍼붓고 있었다. 그날 러셀과 대화하면서 큰 감명을 받은 매카트니는 무정부주의 성향이 강했던 존 레넌과 상의해 반전과 평화를 비틀스의 정신으로 받아들이기로 한다.

러셀은 평생을 행동하는 지식인으로 산 인물이다. 우리 식으로 말하자면 "목에 칼이 들어와도 할 말은 하는" 인물이었다. 그는 특정 이념

버트런드 러셀 Bertrand Arthur William Russell 1872년 영국 몬머스셔에서 태어났다. 케임브리지대학교에서 수학과 철학을 공부하고 강사로 재직했으나, 제1차 세계대전 중 반전운동을 하다 대학에서 쫓겨나고 6개월간 감옥 생활을 하기도 했다. 그 후 유럽 각국과 러시아, 미국 등 여러 나라에서 대학 강의를 맡았으나, 주로 저술에 주력했다. 논리학자, 철학자, 수학자, 사회사상가였으며 1950년 노벨문학상을 수상했다. 프레게, 비트겐슈타인과 함께 분석철학의 선구자로 평가받기도 하는 그는 사회 문제에도 관심을 기울였다. 철저한 반전주의자였으며 1970년 죽는 순간까지 국제 평화를 위해 꾸준히 활동했다. 주요 작품으로 『철학의 문제들』(1912), 『외계의 지식』(1914), 『수리철학의 기초』(1919), 『정신의 분석』(1921), 『물질의 분석』(1927), 『의미와 진실의 탐구』(1940), 『자서전』(1969) 등이 있다.

에 치우치지 않고 인권과 자유, 그리고 평화를 침해하는 모든 것을 일관되게 비난했다.

1920년대 볼셰비키혁명을 성공시킨 레닌을 만나고 나서는 이렇게 말했다.

레닌과 1시간 정도 대화를 나눈 후 나는 약간의 실망을 느꼈다. 애초에 그를 대단한 사람일 거라고 생각하지는 않았지만 이야기를 나누다 보니 그의 지적 한계가 뚜렷이 드러났다. 그가 신봉하는 마르크스주의는 다소 편협했고, 작은 악마 같은 잔인한 일면마저 엿보였다.

러셀의 근본은 수학자였다. 1872년 영국 몬머스셔의 명문가에서 태어나 케임브리지대에서 수학과 철학을 공부했다. 러셀의 할아버지는 총리를 두 차례나 지낸 존 러셀 경이다. 졸업 후 강사가 된 러셀은 화이트헤드와 함께 그 유명한 『수학의 원리』를 출간해 세계적 명성을 얻는다. 『수학의 원리』는 지금도 현대 수학의 금자탑이라 불릴 정도로 명저다. 천재 비트겐슈타인이 이 책을 읽고 반해 분석철학의 길로 들어선 이야기는 유명하다.

이후 러셀은 제1차 세계대전에 반대하다가 옥고를 치르는 등 행동파 지식인의 면모를 보이기 시작한다. 유럽과 중국, 러시아 등지를 돌아다니면서 강연과 저술 활동을 펼치며 뛰어난 학자이자 에세이스트로, 무신론자이자 무정부주의자로 시대를 풍미한다. 1950년 노벨문학상을 받기도 한 그는 죽는 날까지 자신의 지성과 가슴이 시키는 대로 정직하게 살았던 인물이다.

워낙 두뇌가 뛰어났던 러셀은 평생 탁월한 저술 70권을 남겼다. 그중 대중적으로 가장 유명한 저서는 『서양철학사』다. 이 책은 그리스철학에서 현대 분석철학에 이르기까지 서양철학의 발자취를 '러셀에 의한 러셀의 시각으로' 정리한 책이다. 러셀은 서양철학을 개괄하면서 누구도 영웅으로 만들지 않는다. 대상이 누구든 날 선 비판을 날리고, 동시에 자신이 모르는 부분은 잘 모르겠다고 솔직하게 고백한다. 거침없다.

니체의 사상에는 과대망상 환자의 말이라고 간단히 치부해도 될 만한 부분이 많다.

마르크스의 판단은 틀렸다. 설명돼야 할 사회 상황은 경제뿐 아니라 정치와 얽혀 있다. 사회 상황은 권력에 좌우될 뿐이다. 부는 권력의 한 형태일 뿐이다.

철학은 애초부터 소수 지식인 사이에서 벌어진 논쟁의 결과물이 아니다. 무기력한 상태에 빠지지 않고 의연하게 사는 법을 가르치는 일이야말로 철학이 해야 할 중요한 일이다.

대중이 러셀의 『서양철학사』를 좋아하는 이유는 흡사 강의를 듣고 있는 듯한 육성이 담겨 있기 때문이다. 골방에 갇힌 지식인이 아닌 행동하는 지성답게, 명쾌하고 솔직하게 모든 억압에 저항한 러셀의 체취를 그대로 느낄 수 있기 때문이다.

서양철학과 지성의 흐름을 알려주는 걸작. 출간되자마자 영국과 미국에서 베스트셀러가 되었다. 러셀의 관점으로 서양철학사에 주요한 철학자들의 사상을 서술하면서, 철학이 사회를 통합하는 역할을 한다는 사실에 주목한다. 고대 철학과 가톨릭 철학, 근현대 철학으로 구성되어 있으며, 기존 철학서와는 달리 유머가 흐르는 흥미진진한 철학서이다.

페르디낭 드 소쉬르, 『일반언어학 강의』(1916)

구조주의 밑그림 그린
전무후무한 명저

1997년 법정 스님이 회주로 있던 서울 성북동 길상사에서 개원 행사가 열렸다. 대원각이라는 요정이 있던 자리가 사찰로 거듭나는 날이었다. 개원식에는 이례적으로 가톨릭 수장인 김수환 추기경이 참석했다. 타 종교 지도자가 참석했기 때문일까, 몇몇 참석 인사들이 앞다퉈 김 추기경과 기념 촬영을 하고 인사를 나누는 통에 행사장은 조금 소란스러웠다. 이런 상황이 못마땅했던지 법정 스님이 장내를 향해 한마디 던졌다.

"어이, 차나 드시게나."

이 말은 싸늘한 비수처럼 장내에 꽂혔고, 주변은 조용해졌다. 단어만 놓고 보면 다정할 수도 있는 이 말이 그 순간에는 비수였던 것이다.

이 대목에서 우리는 천재 언어학자 페르디낭 드 소쉬르를 떠올리지 않을 수 없다. "언어학은 소쉬르 이전과 이후로 나뉜다"라는 말이 통용될 정도로 그의 가치는 우뚝하다.

소쉬르는 저서 『일반언어학 강의』에서 언어는 랑그langue와 파롤

페르디낭 드 소쉬르 Ferdinand de Saussure 1857년 스위스 제네바에서 태어났다. 라이프치히대학교에서 수학하며 『인도유럽어 원시 모음 체계에 관한 연구』(1878)와 박사학위 논문 「산스크리트어 절대 속격의 용법」을 발표했다. 10년간 파리 고등사범학교에서 강사로 일했고, 제네바대학교에서 인도유럽어 언어학과 산스크리트 교수 및 일반언어학 교수로 일하면서 큰 영향력을 발휘했다. 소쉬르가 언어 구조에 대해 확립한 개념은 20세기 언어학의 토대가 되었으며, 구조주의라는 거대한 패러다임을 만들어냈다. 1913년 세상을 떠났다.

parole이라는 두 가지 기본 구조로 구성되어 있다고 정리했다. 랑그는 그 사회에서 공인한 언어 형태이고, 파롤은 누가 언제 어떻게 사용하느냐에 따라 달라지는 언어의 모습을 의미한다.

쉽게 말해 법정 스님이 말한 "어이, 차나 드시게나"는 누군가를 호명해서 차를 먹으라고 권하는 메시지를 담은 하나의 랑그(구조)다. 하지만 똑같은 단어나 문장을 어떤 심리 상태로, 어떤 의도로 누가 어떻게 발음하느냐에 따라 다정한 말이 되기도 하고 싸늘한 말이 되기도 한다. 이것이 소쉬르가 말한 파롤이다. 랑그가 음악의 악보라면 파롤은 연주라고 생각하면 쉽다. 이를 근거로 소쉬르는 파롤은 상황에 따라 달라지기 때문에 랑그만이 언어학의 연구 대상이 되어야 한다는 의견을 최초로 제시했다.

소쉬르는 언어 구조에 관한 또 하나의 신성불가침적인 개념을 남겼다. 시니피앙signifiant, 기표과 시니피에signifie, 기의가 그것이다. 시니피앙은 언어의 소리를, 시니피에는 언어가 지닌 의미를 지칭한다.

예를 들어 한국어에서는 '개'를 '개[gae:]'라고 발음한다. 하지만 미국이나 영국에서는 '도그[d:g]'라고 발음한다. 이 두 단어의 시니피에기의는 같다. 하지만 어떤 언어 공동체에 속해 있느냐에 따라 시니피앙기표은 다를 수 있다. 그리고 그 공동체 안에서만큼은 정해진 기표를 사용해야만 의사소통을 할 수 있다. 이것을 소쉬르는 '자의적 필연성'이라고 정리했다.

랑그와 파롤, 시니피앙과 시니피에 개념은 구조주의와 기호학의 기초가 됐음은 물론, 모든 현대 언어학의 밑그림이 됐다. 더 이상 소쉬르를 능가하는 언어학자는 나오기 힘들 것이라고 감히 말할 수 있을 정도다.

스위스 제네바에서 태어난 소쉬르는 독일 라이프치히대에서 비교언어학을 공부했다. 그가 스물한 살에 쓴 논문 「인도유럽어의 원시 모음 체계에 관한 연구」는 학계를 발칵 뒤집어놓았다. 인도유럽계 언어에서 가장 흔하게 사용하는 모음 'a'의 변화를 연구한 이 논문으로 그는 스타로 떠오른다. 하지만 소쉬르에게는 명예욕이나 물욕이 없었다. 그는 콜레주 드 프랑스를 비롯해 유럽 최고 명문대 교수직을 모두 사양하고 홀연히 고향 제네바로 돌아가 10명 정도의 학생 앞에서 3년 동안 일반언어학 강의를 시작한다. 책 『일반언어학 강의』는 훗날 제자들이 그의 강의를 정리해 펴낸 것이다.

소쉬르는 강의가 끝나면 모든 강의 노트를 갈기갈기 찢어버리는 기벽이 있었다. 따라서 그의 이름으로 남은 저서는 『일반언어학 강의』와 훗날 발견돼서 출간된 『일반언어학 노트』 정도다. 그는 유럽 신화와 중국학에 대해서도 탁월한 연구를 했지만 성과물은 거의 남기지 않았다. 스스로 자기 발자국을 지워버린 그는 전형적인 천재였다.

소쉬르는 자신의 업적이 세상에 알려지고 그것이 현대 인문학의 지형을 송두리째 바꿔버릴 것이라는 사실을 예감하고 있었을까. 정말 궁금하다.

20세기 언어학의 출발점으로 간주되며 현대 언어학의 고전으로 꼽힌다. 이 책의 바탕이 된 1차 강의는 1907년에, 2차 강의는 1908~1909년에, 3차 강의는 1910~1911년에 걸쳐서 이루어졌다. 당시 소쉬르가 강의 자료를 분실해 출판하지 못한다고 밝혔으나, 1996년 제네바의 소쉬르 가문 저택에서 자료가 발견되었다. 원고에는 '언어의 이중적 본질에 관하여'라고 쓰여 있었고, 『일반언어학 강의』라는 제목으로 출간되었다.

손무, 『손자병법』

전 세계인이 읽는
승자를 위한 바이블

한국전쟁이 한창이던 1950년 8월, 미군 수뇌부는 전세를 역전하기 위한 상륙작전을 준비하고 있었다. 문제는 지역이었다. 유엔군 사령관이었던 맥아더는 인천 상륙을, 셔먼 제독과 콜린스 참모총장은 군산 상륙을 주장했다. 셔먼과 콜린스의 주장에 일리가 있어 보였다. 안정적인 상륙에 무게를 둔 그들은 인천이 전투 지역인 낙동강 전선에서 멀리 떨어져 있어 적을 타격하기 어렵고, 조수 간만 차이가 너무 커서 상륙에 지장을 받는다며 반대했다.

하지만 맥아더의 생각은 달랐다. 무리가 있더라도 적이 예상치 못할 곳을 공격하는 게 좋다는 것이 그의 주장이었다. 그는 또 조수 간만 차이는 아군의 진격에도 힘든 요소지만 그 때문에 방어가 허술할 것이라고 생각했다. 결과적으로 인천상륙작전은 대성공을 거두었고, 유엔군은 전세를 뒤집을 전기를 마련할 수 있었다.

맥아더의 전술은 『손자병법』「허실虛實」편에 나오는 전략과 비슷하다.

「허실」편에 보면 "공격을 잘하는 자는 적으로 하여금 수비해야 할

손무 孫武 출생과 죽음의 시기는 불분명하나 러안 출생으로 알려졌다. 춘추시대 제나라 사람으로 자는 장경長卿, 손무에 대한 경칭으로 손자孫子라고 불리기도 한다. 기원전 6세기경 오나라의 왕 합려를 섬겨, 절제 있고 규율이 잡힌 육군을 조직하게 했고 대군을 이끌고 초나라를 무찔렀다고 한다. 이때의 경험으로 전쟁을 바라보는 눈을 길렀다고 전한다. 군대를 중시했으며 전략과 전술을 활발하게 운용해야 한다고 주장했다.

장소를 알지 못하게 한다善攻者, 敵不知其所守"라는 말이 나온다. 또 "허한 곳을 공격하면 방어가 없다進而不可御者, 沖其虛也"라는 구절도 있다. 맥아더의 주장과 딱 떨어지는 대목이다.

재미있는 건 맥아더가 『손자병법』 마니아였다는 사실이다. 『손자병법』에 영향을 받은 서양인은 맥아더뿐이 아니다. 나폴레옹을 비롯한 유명 장수들부터 피터 드러커 등 유명 경영학자들과 빌 게이츠 같은 최고경영자들까지 마니아가 많다. 레이건 같은 정치가들도 연설에 『손자병법』 구절을 즐겨 인용했다.

실제로 『손자병법』은 아시아인이 쓴 책으로는 서양인에게 가장 널리 알려진 책이다. 유럽이나 미국의 각종 미디어나 대학에서 추천하는 필독 고전 목록에 빠지지 않고 들어간다. 하긴 『손자병법』이 처음으로 유럽에 번역된 것이 18세기 초 프랑스 신부들에 의해서였다고 하니 그 역사가 벌써 200년을 훌쩍 넘는다.

『손자병법』은 기원전 6세기 무렵 중국 춘추전국시대에 살았던 손무가 쓴 것이다. 그의 손자인 손빈이 썼다는 설도 있었으나 1972년 산둥성 린이현에 있는 전한시대 묘에서 『손자병법』과 『손빈병법』이 동시에 출토되면서 두 책은 별개의 책이라는 것이 확인됐다.

『손자병법』 원본은 13편에 6000자 정도로 구성된 짤막한 분량이다. 애독자였던 조조가 전체 82편 중에 중요한 내용만 추려 13편으로 만든 것이 지금까지 내려온다고 한다. 단행본 한 권이 채 되기 힘든 분량이다. 서점에 나와 있는 책은 대부분 저자들이 각기 해설을 붙인 해설서다.

『손자병법』은 마키아벨리의 『군주론』처럼 소름이 끼칠 정도의 책략을 가르쳐준다. 그 유명한 "적을 알고 나를 알면 백번 싸워도 이긴다知彼知己, 百戰不殆"는 「모공謨攻」 편에 나오는 말이다.

13편 중 「계計」 편은 전쟁을 하기 전 판단력에 도움을 주는 부분이다. 중요 대목을 요약하면 이런 식이다.

병법은 속임수다. 공격할 능력이 있지만 능력이 없는 것처럼 보여야 하며, 적에게 작은 이익을 미끼로 주어 유인해낸다. 적이 강하면 잠깐 결전을 피해야 하며, 쉽게 분노하는 적은 집요하게 도발해 기세가 꺾이게 만들고, 오만한 적에게는 오히려 더 비굴하게 굴어 그들의 자만심을 부채질한다. 적이 단결하면 이간질로 떼어놓는다.

물론 책에는 군형, 병세, 지형 등 구체적인 전쟁술도 담겨 있다.
인정하고 싶지는 않지만 명분이나 도덕이 승리로 연결되지 않는 경우는 많다. 『손자병법』은 바로 그 측면을 가감 없이 보여준다. 이것이 수천 년이 지난 지금도 『손자병법』이 자기계발서로 팔리는 이유다.

중국 최고의 병서. 춘추시대 말기의 군사 학설과 전쟁 경험을 모두 담은 책이다. 전술은 물론, 인생 전반에 적용되는 통찰을 전한다. 병서이나 비호전적이라 느껴질 만큼 전쟁으로 이기는 것보다 전쟁하지 않고 이기는 것을 최선으로 여긴다. 조조를 비롯해 11명이 주를 달았으며, 전 세계 29개 이상의 언어로 번역되었다.

쇠렌 키르케고르, 『죽음에 이르는 병』(1849)

실존주의 철학 창시자가 쓴
불안과 절망에 관한 보고서

    덴마크 코펜하겐대학교 신학과에서 논문을 준비하던 쇠렌 키르케고르는 어느 날 아홉 살 연하의 연인 레기네에게 이별을 고한다. 이별의 이유는 "그대를 너무나 사랑하기 때문"이었다. 이 말은 유행가 가사에 종종 등장할 정도로 흔한 말이 되어버렸지만 키르케고르에게는 '실존'과 동일한 무게감을 가지고 있었다.

    레기네는 울부짖으며 매달렸지만 키르케고르는 "한 여인을 행복하게 해줄 수 없는 사내를 용서하십시오"라는 편지를 마지막으로 그녀를 만나지 않았다. 그는 그녀와 헤어진 이후 누구와도 결혼하지 않은 채 독신으로 생을 마감했다.

    키르케고르의 책 『죽음에 이르는 병』이 역사 속에서 돋을새김할 수 있었던 이유는 명확하다. 키르케고르 이전의 서양철학은 인식론이 중심이었다. 인식론은 지식 혹은 앎에 대한 탐구를 기본으로 한다. 그러다 보니 인간 내면에 대한 문제를 소홀히 할 수밖에 없었다. 이 같은

쇠렌 오뷔에 키르케고르 Søren Aabye Kierkegaard 1813년 덴마크 코펜하겐에서 태어났다. 수많은 현대 사상가들에게 영향을 미쳤으며 실존주의 철학의 창시자로 전 세계에 알려졌다. 어릴 적 정통 루터교를 엄격하게 지키는 아버지로부터 종교적 훈련을 받았고 코펜하겐대학교에서 신학과 철학을 연구했다. 1837년 14세의 소녀 레기네 올센을 만나 약혼까지 했으나, 내면의 죄의식에 짓눌려 결국 파혼하고 말았다. 이는 그에게 심각한 영향을 미쳤고 일부 저작의 주제가 되었다. 1843년 『이것이냐 저것이냐』를 시작으로 같은 해 『반복』, 『공포와 전율』 등을 익명으로 발표했다. 그리고 1844년에 『불안의 개념』, 『철학적 단편』을, 1846년에는 『철학적 단편에 대한 결론으로서의 비학문적 후서』를 발표했다. 1885년 44세에 죽음을 맞이했다.

흐름에 정면으로 도전한 사람이 키르케고르였고, 그의 도전은 니체, 하이데거, 사르트르 등을 거치며 철학의 한 축으로 자리 잡았다. 이른바 실존주의다.

『죽음에 이르는 병』은 절망에 관한 책이다.

키르케고르는 사람은 누구나 정신성을 타고나는데 그것을 자각하지 못한 채 타락하고 있다고 봤다. 즉 감성과 육체가 시키는 대로만 살아가고 있다고 개탄했다. 감성과 육체만으로 사는 사람은 끊임없이 외부에서 직접적인 욕구를 찾아 헤맨다. 인간이 안고 사는 모든 고뇌의 요인은 여기서 비롯한다. 유한한 세계 그 이상을 살 수 있음에도 감성과 육체만으로 살면서 공포와 불안을 느끼는 것이 대다수 인간의 삶인 것이다.

키르케고르 철학에 있어서 인간이라는 존재는 절망의 총체다.

절망은 죽음과 싸우면서도 죽을 수 없는, 죽을병에 사로잡힌 자의 상태와 비슷하다. 죽음이 희망이 될 정도로 위험이 클 때, 그 죽는다는 희망조차 없는 상태, 그것이 절망이다.

키르케고르는 자신이 어떤 내면의 병에 걸렸는지 똑바로 들여다볼 것을 권한다. 눈에 보이는 곳이 아프면 그 상태는 자기 자신에게도 보이고 다른 사람에게도 보인다. 스스로 치료에 나서고, 주변 사람들에게 동정이나 도움도 받을 수 있다. 하지만 내면의 병은 그렇지 않다. 인식하기 힘들기 때문에 더욱 절망적인 병증을 나타내는 것이 내면의 병이다.

그는 인간과 절망을 쌍생아 같은 존재로 인식했다.

절망은 죽음에 이르는 병이다. 그리고 이 병에 걸리는 것은 인간뿐이다. 인간이기 때문에 절망할 수 있는 것이다.

그에 따르면 절망에 빠지지 않는다면 인간으로서 제대로 살지 않은 것이고, 절망에 빠진 상태에서 벗어나려고 하지 않는 것 또한 불행한 일이다. 키르케고르는 종교 사상가였기 때문에 제대로 된 신앙의 힘으로만 절망이라는 병에서 벗어날 수 있다고 결론 내린다.

사실 키르케고르 저술 대부분은 기독교적 분석 틀을 가지고 읽지 않으면 이해하기 힘들다. 동시에 기독교적 시각으로 읽는다 하더라도 읽고 이해하는 순간 키르케고르의 자기장은 이미 종교를 넘어 철학 전반으로 확장된다. 그는 기독교적 실존주의자였지만 당시 덴마크 국교회와 사사건건 대립하고, 임종 순간에도 기독교 의식을 거부할 정도로 기독교를 비판한 사람이기도 했다. 그 때문에 그의 철학은 종교라는 경계를 넘어 사람들에게 받아들여질 수 있었다. 종교가 유용성이 아닌 진리성으로 평가받아야 한다면 키르케고르의 구원에 대한 정의는 탁월하다.

"절망이 아니고서는 종교적 실존도 구원도 없으며, 인간은 여러 가지 절망을 거친 후에야 비로소 자기 자신이 원래 가지고 있었던 힘으로 돌아간다"라는 키르케고르의 정의는 어느 종교 사상가의 주장보다 강하게 와 닿는다.

키르케고르는 역설을 좋아했다. 그는 절망은 "죽음에 이르는 병"이 아니라 '구원에 이르는 병'이라는 말을 하고 싶었던 것이다. 절망과 친해지자.

1848년 3월부터 5월까지, 두 달여 만에 써 내려간 이 책에 대해 키르케고르는 스스로 "이루 말로 할 수 없을 정도로 귀중하다"라고 평했다. 총 2부로 이루어졌으며 1부에서는 절망을 논리적으로 분석하고, 2부에서는 절망의 진상인 죄에 대해 기독교 측면에서 분석한다. 키르케고르의 기독교적 실존주의자로서의 면모가 배어 있는 이 책의 제목 '죽음에 이르는 병'은 "이 병은 죽음에 이르지 않는다"라는 그리스도의 말에서 유래한다.

순자, 『순자』

"인간은 원래 악하게 태어났다"
성악설 주창한 유가의 이단아

　　순자는 유가儒家 철학의 이단아다. 기원전 3세기 무렵에 살았던 그
는 여러모로 공자나 맹자를 비롯한 다른 유가 사상 대가들과는 구별
되는 사상 구조를 지니고 있었다.

　　순자 이전 유가 사상가들은 모든 것의 근원을 하늘에 두고, 현실에
서는 왕도王道를 논하는 데 치중했다. 하지만 순자는 인간을 중심에 두
었다. 순자 철학을 간단하게 말하면 '제대로 살기 위한 의지적 실천론'
쯤으로 정리할 수 있다. 순자는 당시 사람들이 흔히 운명이라고 치부
했던 것들을 의지로 해결할 수 있다고 주장했다. 그는 인간의 자유의
지가 운명을 결정한다는, 당시로서는 다소 발칙한 사상으로 유가 사상
에 한 획을 그었다.

　　순자 사상의 맥을 짚을 수 있는 책이 『순자』다. 『순자』는 총 32편의 글
을 묶었는데, 한나라 때 유향이라는 사람이 정리했다는 설이 유력하다.
원래는 분량도 열 배쯤 됐고, 제목도 『순자』가 아닌 '손경신서孫卿新書'였
다고 전한다. 『순자』에서 다루는 분야는 방대해서 올바른 정치제도(王制),

순자 荀子　기원전 300년경 중국 조나라에서 태어났다. 이름은 순황荀況, 자는 순경荀卿으로 공자의 유
학을 발전시킨 사상가다. 어려서 수재로 유명했고 장년에 제나라 직하학파의 최고위직을 세 차례나 지냈다.
그러다 중상모략을 받아 주나라로 옮겼고 지방 수령을 지내다가 관직에서 물러난 후 기원전 230년경 죽었
다고 알려졌다. 유학 사상이 2000년 넘게 전통으로 남아 있을 수 있었던 것은 유교 철학을 위해 공헌한
순자 때문이라고 해도 과언이 아니다. 12세기 초 성리학의 출현과 함께 순자의 사상은 냉대받기 시작했
는데, 최근 다시 주목하게 되었다. 『순자』 외에 『한서漢書』 『손경부孫卿賦』 10편 등의 저서가 있다.

나라를 부강하게 하는 법(富國), 군사를 논함(議兵), 하늘에 대해 논함(天論), 사람의 악한 본성(性惡) 등 거의 모든 분야를 망라한다.

순자가 이단 취급을 받는 가장 큰 이유는 역시 성악설 때문이다. 맹자의 성선설에 반박해 내세운 성악설은 이런 식으로 쓰여 있다.

사람의 본성은 나면서부터 이익을 좋아하는데, 이 때문에 싸움이 벌어지고 사양함이 없어진다. 사람은 나면서부터 질투하고 미워하는데, 이 때문에 남을 해치는 일이 생기고 충성과 믿음이 없어진다. 사람은 나면서부터 귀와 눈의 욕망이 있어 아름다운 소리와 빛깔을 좋아하는데, 이 때문에 지나친 혼란이 생기고 예의와 아름다운 형식이 사라진다.

당시 철학자들이 성악설을 비판한 것은 어쩌면 당연하다. 그들은 성악설을 인정하는 순간 자기부정이라는 모순에 빠질 수밖에 없었다. 그들의 기준대로라면 인성이라는 것은 하늘이 내린 신성불가침 같은 것인데, 그것을 악하다고 했으니 성악설은 하늘의 뜻을 비하한 아주 발칙한 사상이었던 셈이다.

순자 철학은 이렇게 고대 운명론에 정면으로 맞섰다. 그는 인간은 악하지만 다행히도 의지가 있어서 극복이 가능하다고 봤다. 그가 실천 방법론으로 제시한 것이 이른바 '예(禮)'라는 개념이다. 다음을 보자.

사람은 태어나서 무리를 짓지 않을 수 없고, 무리를 짓는데 아래위가 없으면 싸우게 되고, 싸우게 되면 세상 어떤 사물에도 이기지 못한다. 그러므로 사람은 잠시라도 예를 버려서는 안 된다.

여기서 '예'는 사회를 구성한 사람들이 공동체를 유지할 수 있는 기본 철학이다. 즉 임금은 임금답고, 신하는 신하답고, 부모는 부모답고, 자식은 자식다워야 한다는 이야기다. '예'가 국가와 사회를 구성하는 요소가 되어야 한다는 것이 순자의 생각이었다.

사실 따지고 보면 성선설이나 성악설 모두 춘추전국시대가 낳은 필연적 산물이다. 약육강식 논리가 지배하는 시대를 살았던 두 사상가는 그 시대를 뛰어넘을 나름의 논리를 고민했다. 인간의 본성이 무시되고 선과 악의 구분조차 모호해진 시대를 뛰어넘을 무엇이 절실했던 것이다.

이 때문에 맹자는 인간은 원래 선한 존재이니 시대를 극복하기 위해선 선으로 돌아가야 한다고 외쳤고, 순자는 인간은 원래 악한 존재이니 예를 통해 시대를 이겨내자고 외친 것이다. 차이가 있다면 맹자는 희망을 심어주는 방식을 선택했고, 순자는 현실을 직시하는 방법을 택했다는 점이다.

유가 사상의 이단이었던 순자를 새롭게 평가하자는 논의가 활발하다. 동급생을 괴롭혀 죽음으로까지 몰고 가는 10대 초반의 어린 학생들을 보면서, 혹은 그와 비슷한 수많은 사건을 현실에서 목도하면서 누구나 한 번쯤 성악설을 떠올리지 않았을까.

성악설에 눈길이 가는 지금은 분명 난세다.

공자의 유학을 완성하고 구조화한 순자는 당시에는 정통 학설을 따르지 않는다는 이유로 탄압을 받기도 했다. 하지만 그의 저작 『순자』는 기존 철학 서적과는 달리 명료하고 총론적인 설명과 논증에 중점을 두었으며 중국 철학 발전에 중요한 역할을 했다. 책에서 보듯 순자의 일차적인 관심은 사회철학과 윤리였으며 책 절반이 넘는 분량으로 이 내용을 다룬다.

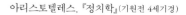

아리스토텔레스, 『정치학』(기원전 4세기경)

"인간은 본질적으로
정치적 동물이다"

　남아 있는 기록을 종합해보면 아리스토텔레스는 외견상 멋진 남자는 아니었던 것 같다. 가자미눈에 대머리였고 언어장애가 있었으며 천박한 패션 감각을 지녔다고 한다.

　그러나 그는 학문의 아버지가 됐다. 우연의 일치일까. 그의 이름 Aristoteles는 고대 그리스어로 '가장 좋은 목표'라는 뜻이다. 말더듬이에다 초라한 외모를 가졌지만 그는 '가장 좋은 목표'를 향해 나아간 내면이 멋진 선구자였다.

　그리스 북부 스타게이라에서 태어난 아리스토텔레스는 소크라테스, 플라톤을 포함한 고대 철학 3인방 중 가장 후대 인물이다. 플라톤은 소크라테스의 애제자였고, 아리스토텔레스는 플라톤 학교에서 수학했으니 3인방은 스승과 제자라는 관계로 얽혀 있다. 차이가 있다면 플라톤이 소크라테스를 긍정적으로 계승한 반면 아리스토텔레스는 플라톤을

아리스토텔레스 Aristoteles 　기원전 384년 의사의 아들로 태어났다. 18세 때 플라톤의 아카데미아에서 20년간 배우고 연구했으며, 플라톤의 영향 아래 강연과 저술 활동을 펼쳤다. 기원전 335년에 자신의 학교를 아테네 동부 리케이온에 세웠는데 이것이 소요학파의 기원이 되었다. 그 뒤 많은 학자의 연구를 통합하여 리케이온을 모든 탐구의 중심지로 만들었으며 과학과 철학 등 광범위한 분야에 걸쳐 강의를 했다. 아리스토텔레스는 물리학, 화학, 생물학, 동물학, 심리학, 정치학, 윤리학, 논리학, 수사학 등 매우 다양한 분야를 연구했으며 그가 세운 철학과 과학의 체계는 여러 세기 동안 중세 그리스도교 사상과 스콜라철학을 뒷받침했다. 플라톤과 함께 그리스 최고의 사상가로 꼽히는 그는 기원전 322년 생을 마감했다. 『형이상학』, 『니코마코스 윤리학』, 『천체론』, 『자연학』, 『시학』, 『정치학』, 『수사학』, 『범주론』, 『분석론 전서』, 『분석론 후서』, 『동물의 생성에 관하여』, 『생성과 소멸에 관하여』, 『동물연구지』, 『기억에 관하여』 등 방대한 저술을 남겼다.

비판적으로 계승했다. 플라톤은 초감각적인 이데아의 세계를 중시했지만 아리스토텔레스는 인간에게 가까운 현실주의적 입장을 취했다.

『정치학Politika』은 아리스토텔레스의 대표 저술이다. 시대를 막론하고 이 책은 가장 중요한 정치학 텍스트 노릇을 해왔다. 마키아벨리의 『군주론』, 홉스의 『리바이어던』 등도 이 책에 힘입은 바가 크다. '폴리티카'라는 말은 '폴리스polis에 관한 이야기'라는 뜻이다. 즉 아리스토텔레스의 『정치학』은 폴리스에 관한 이론을 담은 책이다.

폴리스는 고대 그리스의 도시국가를 지칭한다. 한 지역을 중심으로 형성된 정치 공동체인 폴리스는 군주제에 대립하는 국가 형태 조직으로 성장하면서 오늘날 직접 민주정치의 원형이 됐다. 아테네는 가장 대표적인 폴리스였다. 따라서 아리스토텔레스의 『정치학』은 이 폴리스의 형성과 발전, 바람직한 구조와 통치 기술에 대한 책이다.

책이 더욱 흥미를 끄는 건 아리스토텔레스가 알렉산더대왕의 가정교사였기 때문이다. 알렉산더대왕 통치술의 상당 부분이 아리스토텔레스의 영향을 받았다고 상상할 수 있다.

『정치학』은 플라톤의 이상국가론에 반기를 든다. "인간은 본래 불완전한 존재이기 때문에 공동체 안에서만 완전해질 수 있다"라는 것이 아리스토텔레스의 주장이었다. 그가 남긴 유명한 명언 "인간은 정치적 동물zoon politikon"이라는 전제는 폴리스 공동체 이론의 핵심이다. 이 말은 세월을 거듭하면서 "인간은 사회적 동물"이라는 경구로 더 익숙해졌지만 그 의미는 같다.

인간은 본능적으로 행복을 추구하는 동물이며 공동체를 통하지 않고는 보호받거나 행복해질 수 없다는 게 아리스토텔레스의 생각이었다. 따라서 그는 인간은 공동체 안에서 벌어지는 정치 행위를 통해서만 행복을 추구하는 '정치적 동물'일 수밖에 없다는 결론을 내렸다. 사실 이 개념은 매우 중요하다. 『정치학』이라는 책이 고전이 될 수 있었던 이유는 인간이 가진 정치적 본능을 간파했기 때문이다.

아리스토텔레스는 이데아를 실현하기 위해 재산은 물론 가족까지 공유해야 한다는 플라톤의 주장을 부정하고 조화롭게 잘 짜인 국가 공동체 개념을 제시한다. 그가 중점적으로 거론하는 정치 체제는 세 가지다. 독재자 한 사람이 통치하는 참주정치, 부자나 귀족 몇 명이 통치하는 과두정치, 다수가 통치하는 민주정치가 그것이다.

태생적으로 윤리적 중용 사상을 품고 있었던 아리스토텔레스는 극단을 부정하고 이중 과두정치와 민주정치의 장점을 결합한 체제를 현실적인 대안으로 내세운다. 2400년 전에 쓰인 책이다 보니 간과한 부분도 물론 있다. 노예제를 긍정했으며 남녀평등에 관해서는 무개념이었다든지, 상공인이나 타 인종을 차별한 점 등은 지금 보면 분명 시대착오다.

하지만 아리스토텔레스는 대단한 혜안을 지니고 있었다. 중산계급이 공동체를 이끌어야 한다는 이론을 설파했고, 중산계급이 무너지면 공동체가 붕괴한다는 탁견을 던졌다. 그것도 이미 기원전에 말이다.

『정치학』은 오늘날 정치학 발전의 기초가 되었다. 국가가 개인에 우선한다고 강조하면서 국가의 형성과 구조, 바람직한 국가 형태, 통치 기술 등에 관해 논한다. 이처럼 현실 정치의 여러 종류와 그 발생 과정, 붕괴 원인 등을 상세히 제시하기 때문에 현재에도 꾸준히 읽히고 있다. 마키아벨리, 홉스, 헤겔, 마르크스 등 많은 이들에게 영향을 주었다.

자사, 『중용』

극단의 시대가 낳은
균형의 지혜

춘추전국시대는 극단의 시대였다. 종주국이었던 주周나라가 힘을 잃자 그 자리를 차지하기 위해 제후국들 간에 크고 작은 전쟁이 하루가 멀다 하고 일어났다. 무한 경쟁만이 이데올로기였던 시대, 대중의 삶은 위태로웠다. 세상은 약자를 돌봐주지 않았다.

이 무렵 탄생한 철학이 '중용'이다.『중용』에는 이런 구절이 나온다.

군자는 평범한 곳에 거居하면서 명命을 기다리고, 소인은 험한 곳을 다니면서 행幸을 바란다.

부연하자면 군자는 극단의 길에 가담하지 않고 평범함 속에서 하늘의 뜻을 기다리는 존재고 소인은 스스로 극단을 찾아다니며 요행수를 찾는다는 이야기다. 살아남기 위해 혹은 권력을 갖기 위해 인간의 도에 어긋나는 일들이 넘쳐나는 병든 시대에 공자가 던진 화두인 셈이다.

『중용』은 공자 손자인 자사가 할아버지 어록과 자기 사상을 결합해 탄생시킨 저술로, 유교 사상이 하나의 틀로 완성되는 데 결정적인 기여를 했다.

자사 子思 기원전 483년경에 태어났다. 공자의 손자로 노나라에 살면서 유학 전승에 힘썼다. 맹자가 그의 제자의 제자이다. 자사는 '중용'을 유가사상의 핵심 주제로 보았다. 또한 중용은 사람들이 모든 행동에서 본받아야 할 원칙이자 나라를 다스리는 근본이라고 했다. 과불급過不及 없는 중용을 지향하는 실천적인 일상 윤리가 자사 사상의 중심이다. 기원전 402년경에 세상을 떠났다.

오늘날 전해지는『중용』은 송나라 때 단행본으로 만들어진 것으로 『대학大學』『논어論語』『맹자孟子』와 함께 사서四書로 불린다. 여기서 '中'이란 어느 한쪽으로 치우치지 않는 것을 의미하고, '庸'이란 평상平常을 뜻한다. 인간 본성은 고귀하고 참된 상태인 '성誠'이고 이것을 현실에서 발현하기 위한 방법론이 '중용'이다.

철학자 김용옥은 중용을 "유교 경전의 오케스트라"라고 표현한다. 유교의 모든 논리를 압축해 하나의 완결판으로 만들어냈기 때문이다. 사서를 새롭게 간행해 유교 철학을 확립한 송나라 유학자 주희朱熹는 사서 독서법에 대해 "『대학』을 먼저 읽어 유학의 대강을 정립하고, 그다음『논어』를 읽어 근본을 확립하고, 다음『맹자』를 읽어 논리를 파악하고, 최후로『중용』을 읽어 사유의 세계를 추구해야 한다"라고 말했다. 그만큼『중용』은 유학의 최종 목적지라고 볼 수 있다.

균형을 중시하는 중용은 방법적으로 다원주의를 표방한다. 경직된 원칙이 따로 있는 것이 아니라 상황에 따라 최적 가치를 찾는 게 중용이다. 대립하는 것들 사이에서 연결점을 찾고 그것들의 조화를 이끌어내는 것, 이것이 중용이다.

중용은 말 그대로 '가운데인 상태'다. 그런데 그 '가운데'는 변치 않는 중간점을 의미하는 것이 아니다. 예를 들어 흔들리는 배를 타고 있다고 치자. 흔들리는 배에서는 균형을 잡기 위해 때로는 왼쪽으로, 때로는 오른쪽으로 움직여야 한다. 중요한 건 배가 뒤집히지 않는 것이다. 어떤 흔들림이 있더라도 배를 침몰시키지 않고 원하는 목적지에 도착하는 것, 그것이 중용의 도道다.

부귀는 부귀대로 행하며, 빈천은 빈천대로 행하며, 오랑캐는 오랑캐대로 행하고, 환란에 있어서는 환란대로 행하니, 군자는 들어가는 데마다 스스로 얻지 못함이 없느니라.

중용 철학은 모순마저도 끌어안는다. 어느 한쪽을 개조하기보다는 있는 그대로를 인정하고 조화를 찾는 데 무게를 둔다. 매우 가치 있는 성찰이다. 사실 무한 경쟁을 인정하는 현대 물질문명 사회에서 가장 큰 병폐는 갈등이다. 노사 간, 빈부 간, 보수와 진보 간 갈등은 국가 공동체 미래를 어둡게 할 정도로 첨예하게 치닫고 있다. 그래서 중용 철학이 시사하는 바가 크다.

군자는 자기 자리를 바탕 삼아 살되 자기 밖에 대고 무엇을 바라지 않는다. 자기를 바르게 할 뿐, 남한테서 구하지 않는다. 그래서 원怨이 없으니 위로는 하늘을 원망하지 않고 아래로는 사람을 탓하지 않는다.

『중용』은 현대적 감수성으로 읽어도 충분히 매력 있는 윤리학이자 존재론이다.

유교의 철학적 배경을 밝히고 있어 유교 철학 개론서라 불린다. 전체 33장으로 현존하는 유가 경전 중에서 분량은 가장 적지만, 그에 담긴 내용으로 볼 때 가장 거대한 경전이라 할 수 있다. 인간은 본성을 따라야 하고, 그렇게 행동하는 것이 인간의 도이며, 도를 닦기 위해서는 궁리窮理가 필요하다고 본다. 자사는 이 책을 통해 중용은 모든 행동에서 본받아야 할 원칙이며, 나라를 다스리는 근본이라 주장한다. 그리고 중용을 실천하는 일은 평범한 사람도 할 수 있으나, 철저히 지키는 일은 성인聖人도 어렵다고 했다.

칼 세이건, 『코스모스』(1980)

시인의 가슴 지녔던
과학자의 명저

우리는 나그네로 시작했으며 나그네로 남아 있다. 인류는 우주의 해안에서 충분한 시간 동안 꿈을 키워왔다. 이제야 비로소 별들을 향해 돛을 올릴 준비를 끝낸 셈이다.

텔레비전 교양 프로그램이 이렇게 사람들의 상상력을 확장한 전례가 있을까. 1980년대 초반 전 세계 60개국에 방영된 과학 다큐멘터리 〈코스모스〉 이야기다. 마흔여섯의 코넬대 교수였던 칼 세이건이 기획하고 출연한 〈코스모스〉는 대중에게 우주에 대한 개념을 확고하게 심어줬다. 터틀넥 니트에 황갈색 코르덴 재킷을 입고 나와 시적인 언어로 우주의 신비를 들려준 칼 세이건은 당시 할리우드 스타만큼 인기를 누렸다. 터틀넥 프레젠테이션의 원조는 스티브 잡스가 아니라 칼 세이건이었다.

우리에겐 달나라에서 옥토끼가 방아를 찧고 있다는 설화가 있듯 전

칼 세이건 Carl Sagan 1934년 미국 뉴욕 브루클린에서 태어났다. 1960년 시카고대학교에서 천문학 및 천체물리학 박사학위를 받고 캘리포니아대학교와 하버드대학교에서 강의했다. 1968년 코넬대학교 행성 연구소 소장이 되어 미국이 수행한 금성과 화성으로의 무인우주비행 임무에 관여했다. 데이비드 던컨 천문학 및 우주과학 교수, 캘리포니아 공과대학 특별 초빙 연구원 등을 역임했고, 미항공우주국 자문 위원으로 매리너, 보이저, 바이킹, 갈릴레오호 등의 무인우주탐사 계획에 참여했다. NASA 훈장, NASA 아폴로 공로상, 미국국립과학원 최고상인 공공복지 훈장 등 수많은 상을 받았다. 1977년 출간한 『에덴의 용들: 인간 지성의 진화에 대한 고찰』로 퓰리처상을 받았다. 그 외 『화성과 금성의 대기』(1961), 『행성탐험』(1970), 소설 『접촉』(1985), 『창백한 푸른 점』(1994), 『악령이 출몰하는 세상: 어둠을 밝히는 촛불, 과학』(1996) 등의 작품을 썼다. 1996년 골수암으로 세상을 떠났다.

세계 모든 문명권에는 우주에 대한 각기 다른 전설과 설화가 존재한다. 칼 세이건은 이 모든 비과학적 설화들을 날려 보내고, 우리는 10조 개 별 중 하나인 '창백하고 푸른' 지구라는 행성에서 살고 있는 우주의 나그네임을 일깨워줬다.

『코스모스』는 텔레비전 시리즈 원고를 책으로 재구성한 것이다. 책의 파장도 엄청났다. 1980년 출간된 후 70주 연속 〈뉴욕 타임스〉 베스트셀러에 올랐고 전 세계에서 1000만 부 이상 팔려나갔다. 역사상 가장 많이 읽힌 과학책의 자리를 지금도 지키고 있다.

『코스모스』는 제목처럼 질서와 조화라는 시스템으로 작동되는 우주에 관한 이야기다.

우리도 코스모스의 일부다. 인류는 코스모스에서 태어났으며 인류의 장차 운명도 코스모스와 깊게 연관되어 있다. 인류 진화의 역사 속 대사건들뿐 아니라 아주 사소하고 하찮은 일들까지도 하나같이 우리를 둘러싼 우주의 기원에 그 뿌리가 닿아 있다.

과학 분야 고전 『코스모스』의 가치는 인간의 본질을 지구적 관점이 아닌 우주적 관점에서 봤다는 데 있다. 칼 세이건은 천부적인 유려한 문체와 지식으로 우주의 탄생과 은하계의 진화, 먼지가 생명이 되는 과정, 외계 생명체 문제를 박진감 넘치는 이야기로 만들어낸다. 그러면서도 매우 깊이 있고 철학적이다.

우리가 지구 생명의 본질을 알려고 노력하고 외계 생명체의 존재를 확인하려고 애쓰는 것은 사실 하나의 질문을 해결하기 위한 방편이다. 그 질문은 바로 '우리는 과연 누구란 말인가'이다.

책은 모두 13장으로 구성되어 있다. 은하단, 행성, 항성계 등으로 구성된 코스모스에서 우리가 중심이 아닌 변방임을 깨우치는 데서 책은 시작된다. 그 다음 미세한 유기물질에서 진화해온 지구의 역사, 반지성적 우주관과 싸워온 과학자들의 이야기, 우주 탐험의 역사, 외계 생명체 문제, 별들의 삶과 죽음, 우주에 얽힌 신화의 속성에 이르기까지 인문, 역사, 철학, 생물학 등을 망라한 우주의 모든 것이 담겨 있다.

『코스모스』의 인기는 칼 세이건에게는 재앙이었다. 사실 그는 부지런하고 총명한 학자였다. 학자 생활 40년 동안 논문 500여 편을 발표했고 미항공우주국NASA 우주 프로젝트에서 중요한 역할을 담당하는 등 커다란 족적을 남겼다. 하지만 대중적인 인기를 얻으면서 학계의 질시를 받았고, 과학 장사꾼이라는 비난까지 들어야 했다. 학자들의 반대로 미국국립과학아카데미 회원 자격조차 얻지 못했다. 예순두 살에 생을 마감한 그는 만년 저술에서 의미심장한 말을 남겼다.

이 세계는 더할 수 없이 아름다우며 크고 깊은 사랑으로 가득 찬 곳이기 때문에 증거도 없이 포장된 사후 세계 이야기로 나 자신을 속일 이유가 없다. 그보다는 약자 편에 서서 죽음을 똑바로 보고 생이 제공하는 짧지만 강렬한 기회에 매일 감사하는 게 낫다.

칼 세이건, 그는 시인의 가슴으로 과학을 한, 과학을 대중의 눈높이로 가져온 20세기 아이콘 중 하나였다.

천문학을 대중이 이해하기 쉽게 설명한 책으로 1980년대 세계적인 베스트셀러다. 우주가 인류에게 주는 희망에 대해 이야기하며 수많은 사람들을 매료했다. 우주의 기원과 신비에 대해 우리가 알게 된 것들과 그 과정을 소개하고 이러한 모든 것들이 결국 우리 자신을 알기 위함이라고 설득한다. 다큐멘터리 〈코스모스〉는 전 세계적으로 60개국 6억 인구가 시청했으며, 책은 출간된 이래 영어판만 600만 부가 팔렸다.

마르코 폴로, 『동방견문록』(1934)

성경 다음으로 많이 읽힌
신비로운 베스트셀러

1324년 마르코 폴로가 세상을 떠나던 날 그의 친구들은 지금이라
도 『동방견문록』에 있는 내용이 거짓말임을 고백하고 참회하라고 설
득했다. 하지만 마르코 폴로는 끝까지 굽히지 않았다.

거짓말이라고? 내가 본 것 중 절반도 쓰지 못했어.

『동방견문록』이 출간된 후 사람들은 책에 담긴 신비로운 이야기들
을 믿지 않았다. 친구들마저 거짓말을 참회하라고 했을 정도니 상황이
짐작이 간다. 당시 유럽인들은 유럽 대륙과 이슬람 지역이 세계의 전
부라고 믿었다. 나머지 세계에 대한 이야기들은 바람결에 실려 온 신
화라고만 생각했다.
하지만 모든 사람이 『동방견문록』을 불신했던 건 아니다. 모험심 많
고 발 빠른 사람들은 그 책에 이끌려 하나둘 동방을 향해 길을 나섰다.
콜럼버스도 그중 한 명이었다. 『동방견문록』은 이렇게 유럽인들 머릿

마르코 폴로 Marco Polo 이탈리아 베네치아에서 1254년경 태어난 것으로 추정된다. 15세에 처음 아버
지를 만나 여행길에 오른 마르코 폴로는 24년 만에 베네치아로 돌아온다. 그중 17년을 쿠빌라이 칸이 통
치하는 원나라에 머물렀다. 마르코 폴로는 관직에도 오르는 등 쿠빌라이 칸의 총애를 받았으며, 중국 각
지를 여행하며 풍속과 세태를 쿠빌라이 칸에게 상세하게 보고하고 외국에 사신으로 나가기도 했다고 전
한다. 그 후 베네치아와 제노바 전쟁에 말려들어 포로로 잡혔는데, 이때 감옥에서 작가 루스티 첼로를 만
나 그동안의 경험을 전했고 이것이 『동방견문록』의 시작이었다고 한다. 1324년 베네치아에서 생을 마감
했다.

속에 있는 '세계'라는 개념을 확장했고, 그것은 인류사의 전환점이 됐다. 『동방견문록』은 성서 다음으로 많이 팔린 베스트셀러다.

마르코 폴로는 열일곱에 상인이었던 아버지와 숙부를 따라 동방 원정길에 나선다. 그들 일행은 바그다드와 페르시아를 거쳐 파미르 고원을 지나 카슈가르 등 타클라마칸 사막 지역의 오아시스 도시를 방문한다. 곧이어 간쑤성을 통해 중국 땅에 들어가 1년간 머문 뒤 원나라로 간다. 그곳에 머무는 동안 베이징, 산시, 쓰촨, 윈난, 산둥, 장쑤, 저장 등 웬만한 중국의 주요 도시들을 모두 여행하고, 시집가는 원나라 공주의 호송단에 참여해 수마트라, 말레이, 스리랑카, 인도 등을 돌아본 뒤 25년 만에 베네치아로 돌아온다.

『동방견문록』에는 유라시아 대륙의 서쪽에서 동쪽까지 각 지역의 자연과 풍습, 통치 방식, 사회제도, 종교, 상공업 등에 관한 내용이 흥미롭게 담겨 있다. 특히 유럽인들을 놀라게 한 건 그들보다 한발 앞선 문명이었다.

3월부터 10월까지는 대칸이 통치하는 모든 지역에서 토끼나 사슴 등의 동물을 포획할 수 없다. 동물들의 생장과 번식을 위해서다. (…) 지폐는 특별히 임명된 관원들이 각 장의 지폐 위에 직접 이름을 쓰고 도장을 찍기 때문에 순금으로 만든 것처럼 신뢰할 만하다. 파손된 지폐가 있으면 조폐창에 가져가서 3퍼센트 정도의 비용을 지불하고 새 화폐로 바꿀 수 있다.

당시 유럽에서는 찾아보기 힘든 환경보호에 대한 인식, 공식적인 지폐 통용 등은 유럽이 근대를 열어젖히는 데 적지 않은 상상력을 제공했다.

『동방견문록』은 마르코 폴로가 직접 쓴 책은 아니라는 게 정설이다. 그가 여행에서 돌아온 이후 베네치아와 제노바 사이에 전쟁이 일어났고, 이 전쟁에서 마르코 폴로는 제노바군의 포로가 된다. 감옥에서 피사 출신의 작가 루스티첼로를 만났고 그에게 자신의 여행 무용담을 들려준다. 이렇듯 루스티첼로가 마르코 폴로의 무용담을 받아 적은 것이 『동방견문록』이라는 게 유력한 학설이다.

『동방견문록』은 진위 논쟁에도 자주 휘말린다. 마르코 폴로가 직접 동방 원정을 간 것이 아니라 주변에 흘러 다니는 이야기를 수집했다는 주장이 그것이다. 『동방견문록』이 소설에 불과하다고 주장하는 사람들은 한자, 전족, 만리장성 등에 관한 기록이 없고, 몇 가지 사건이 연대가 맞지 않는다고 말한다. 그 반대 입장에 있는 사람들은 다소 과장은 있을 수 있지만 진실이 틀림없다고 주장한다. 그들은 남송의 멸망이나 쿠빌라이 칸의 행사 장면, 각 지역의 세세한 생활사 등을 다룬 부분을 보면 직접 가보지 않고는 도저히 쓸 수 없는 책이라고 말한다.

진위가 어찌 됐든 『동방견문록』이라는 책은 분명히 남아 있고, 그 책은 유럽인의 세계관을 송두리째 바꿨다.

13세기 유럽인의 눈에 비친 동방 세계를 상세히 묘사한 책이다. 정식 명칭은 '세계의 기술'이라고 알려졌으며, 많은 사본이 전해지다가 1934년에 통합되었다고 한다. 오랫동안 이 책에 대한 논쟁이 계속되었다. 하지만 폴로가 남에게서 전해 들은 이야기는 대부분 근거가 없거나 왜곡되어 있지만, 직접 보고 들은 것은 충실하게 담았다는 것이 정설이다. 콜럼버스가 아메리카 대륙을 발견한 계기가 되었고 중세 유럽인들에게 근대의 영감을 불어넣었다.

마르쿠스 툴리우스 키케로, 『노년에 관하여』(기원전 44)

로마 최고 지성이 써 내려간
노년에 관한 성찰

로마를 하나의 무대라고 본다면, 그 무대에는 각기 다른 캐릭터를 지닌 두 명의 주연배우가 있었다. 그 배우들은 카이사르와 키케로다. 둘은 성장 과정부터 죽음까지 모든 면에서 극단적으로 달랐다.

카이사르가 전쟁터를 누빈 호방한 군인이었다면 마르쿠스 툴리우스 키케로는 지적인 저술가였다. 극적인 죽음을 맞은 카이사르는 오랜 세월 불세출의 영웅 이미지로 남아 있는 반면, 수많은 부침을 겪으며 우유부단하게 정치 생명을 유지한 키케로는 그렇지 않다.

게다가 훗날 많은 저술가들은 상품성이 뛰어난 카이사르라는 인물을 조명하는 데에만 치중했다. 『로마인 이야기』를 봐도 시오노 나나미가 카이사르를 돋보이게 하기 위해, 키케로를 의도적으로 폄하했음을 짐작할 수 있다.

하지만 키케로는 카이사르와는 다른 방식으로 로마를 증명한 로마의 또 다른 전설이었다. 정통 귀족이 아니었음에도 무력이나 재력을 동원하지 않고 콘술 집정관 자리에 오른 입지전적 인물이다. 그만큼

마르쿠스 툴리우스 키케로 Marcus Tullius Cicero 기원전 106년 라티움 아르피눔(이탈리아 아르피노)에서 태어났다. 부유한 집안에서 자라며 로마와 아테네에서 수사학과 철학 등을 공부했다. 원로원 중심 체제를 옹호한 그는 카이사르에 반대하고 폼페이우스를 지지했다. 그 뒤 정치에서 물러나 저술 작업에 매진했고 다양하고 방대한 주제의 저서를 남겼다. 수사학의 대가이자 고전 라틴 산문의 창시자인 키케로는 안토니우스를 탄핵한 뒤 기원전 43년 안토니우스의 부하에게 암살되었다. 『카틸리나 탄핵』 외 58편의 연설과 『국가론』, 『법률론』, 『투스쿨룸 대화』, 『신들의 본성에 관하여』, 『의무론』 등의 저서가 있다.

키케로는 출중하고 탁월했으며 스스로 공화정의 개방성을 전 로마에 보여준 사람이었다. 게다가 그는 탁월한 필력과 웅변술을 지니고 있었으며, 타의 추종을 불허하는 철학자이기도 했다. 로마를 대표하는 저작물 중 『수사학』 『국가론』 『의무론』 『최고 선악론』 『노년에 관하여』 『우정에 관하여』 등이 키케로의 저서들이다.

카이사르가 드라마틱하고 과장된 전설로 로마를 알렸다면, 키케로는 구체적인 기록으로 로마를 후대에 알린 주인공이다.

키케로가 남긴 많은 저서 중 대중이 가장 좋아하고 많이 찾는 것은 『노년에 관하여』다. 『노년에 관하여』는 키케로가 카이사르와의 반목으로 정계를 떠나 은둔 생활을 하던 예순두 살 무렵에 쓴 책이다.

책은 카토라는 주인공 노인이 젊은이들에게 노년의 의미를 설명해주는 형식이다. 주된 질문과 여기에 대한 답변은 곰곰 생각해볼 충분한 가치를 지닌다. 중요 부분만 요약해서 소개하면 이렇다.

"노년이 되면 일을 할 수 없느냐"라는 질문에 키케로는 이렇게 답한다.

노년이 되면 일을 못한다고? 도대체 무슨 일을 의미하는 것인가? 육체가 쇠약하다고 해도, 정신으로 이루어지는 일이 있다. 젊은이들이 갑판을 뛰어다니고 돛을 올리고 할 때, 노인은 키를 잡고 조용히 선미에 앉아 있지. 큰일은 육체의 힘이나 기민함으로 하는 것이 아니라, 깊은 사려와 판단력으로 하는 것이지.

또 "노년이 되면 쾌락을 즐길 수 없다"라는 주제에 대해서는 "욕망·갈등·야망, 이런 것들과의 전쟁이 끝나고 자기 자신의 자아와 함께하는 노년이 얼마나 좋은 것인지 알아야 한다"라고 답한다. 그러면서 "궁리하고 배우는 한가한 노년보다 더 즐거운 삶은 없다"라고 단언한다.

일리가 있다. 어쩌면 연일 분주하게 잔치를 여는 번잡한 젊음보다, 자기 자신을 마주하며 차분하게 궁리하고 익히는 시간이 더욱 매력적일지도 모른다.

"노년이 되면 죽음이 머지않다"라는 주제에 대해서는 이렇게 적는다.

농부들이 봄여름을 보내고 가을이 오는 것을 바라보는 것 이상 죽음을 슬퍼할 이유는 없다. 자연에 의해 이루어진 모든 것은 좋은 것이다. 죽는 것만큼 자연의 순리에 따르는 일이 또 무엇이 있겠는가.

키케로는 말년에 공화정을 저버린 안토니우스에게 반기를 든다. 그는 마지막 순간 옳은 것과 안전한 것 사이에서 옳은 것을 택했고, 그 대가로 죽음을 당했다. 키케로는 결코 '찌질'하지 않았다.

키케로의 대표적인 저작 『노년에 관하여』는 그가 암살되기 직전에 쓰인 것으로 추정된다. 노년에 관해 자신의 견해를 밝히며, 사람의 인생은 각 시기에 알맞은 욕구와 능력이 주어진다고 보았다. 그리고 노년이 불행한 네 가지 이유, 체력이 떨어지는 것, 쾌락을 즐길 수 없는 것, 일을 하지 못하는 것, 죽음이 가까이 있다는 것에 대해 논리적으로 반론을 제기한다.

미셸 에켐 드 몽테뉴, 『수상록』(1580)

"나는 무엇을 아는가?"
인간 성찰 담은 에세이의 원조

속설에 지식인은 세 부류가 있다고 한다. 산속에 들어가서 장자가 되는 부류, 세상에 나와 싸우는 부류, 그리고 또 하나는 경계인이다.

프랑스 철학자 미셸 몽테뉴는 경계인이었다. 몽테뉴가 살았던 16세기 유럽은 겉으로는 르네상스라는 외피를 두르고 있었지만, 실제로는 매우 비이성적인 암흑기였다. 가톨릭과 신교의 대립, 다시 신교 내부에서 벌어진 루터파와 칼뱅파의 갈등이 사회에 먹구름을 드리우고 있었다. 어느 쪽이나 '그리스도'라는 명분을 내세웠지만 실제로 벌어지는 일은 피비린내 나는 살육일 뿐이었다. 여기에 페스트와 기근까지 겹쳐 세상은 혼란스러웠다.

몽테뉴는 프랑스 왕정의 조세심의관을 지내는 등 현실 권력에 참여하기도 했지만 근본적으로는 은둔자 기질이 있었다. 그는 공직에 있으면서도 늘 권력과 법으로부터 거리를 두었고, 가톨릭교도였으면서도 신교도를 적대적으로 보지 않았다. 무능하고 썩어빠진 보수 권력에 회의를 느끼면서도 뭐든지 갈아엎자는 식의 개혁파에도 가담하지 않았다.

이런 면모 때문에 그를 비겁자라고 말하는 사람들도 있지만 내 생

미셸 에켐 드 몽테뉴 Michel Eyquem de Montaigne 1533년 프랑스 보르도의 신흥 귀족 집안에서 태어나 고등법원의 참사관이 된다. 그러나 37세에 공직을 떠나 1592년 사망할 때까지 독서와 사색을 하며 집필에 몰두했다. 그사이 스위스와 독일, 이탈리아 등지를 여행하며 기행문을 썼고, 1581년에는 앙리 3세의 간곡한 요청으로 1585년까지 보르도 시장을 지냈다. 만년에 앙리 4세로부터 관직에 나오라는 요청을 거듭 받았지만 "관직은 제 몸 하나 가릴 수 없는 참 가련한 신세"라며 끝내 고사했고 조용히 죽음을 맞았다.

각에 몽테뉴는 경계인이었다. 그는 지나친 주의나 주장이 지닌 허구를 일찌감치 알았던 것이다. 그는 파벌에 가담하는 것으로 자기를 증명하지 않고 집필을 통해 증명했다.

몽테뉴가 스스로에게 던진 유명한 명제는 "나는 무엇을 아는가?Que sais-je?"였다. 그는 개인과 사회부터 종교와 과학, 교육과 형벌, 남녀평등, 자연과 문명, 권력과 평등, 삶과 죽음에 이르기까지 기나긴 사색 여행을 시작한다. 그리고 사색을 하면서 틈틈이 그 내용을 정리해 책으로 낸다. 『수상록』이다.

그대가 비굴하고 잔인한지, 성실하고 경건한지를 아는 자는 그대 자신밖에 없다. 남들은 그대의 기교를 볼 뿐 그대의 본성을 보지 못한다. 그러니 그들의 판단에 얽매이지 말라. 그대의 양심과 판단을 존중하라.

1570년 몽테뉴가 보르도 고등법원 참사를 그만둔 직후부터 1592년 죽을 때까지 수많은 첨삭을 거쳐 탄생시킨 세 권짜리 『수상록』은 '에세이'라는 글쓰기 장르의 원조가 됐다. 몽테뉴가 책을 출간하면서 붙인 제목이 『에세Les Essais』였다. '에세'는 프랑스어로 '시험, 시도, 경험'을 의미하는데, 몽테뉴가 이 제목을 붙인 이유는 자신에게 질문을 던지고 그 질문에 대한 사색의 결과물을 담았다는 집필 의도를 표현하기 위해서였다. 그것이 언젠가부터 '수필'이라는 뜻으로 쓰이기 시작했고, 지금은 문학작품과 실용문을 제외한 거의 모든 글을 의미하는 뜻으로 확장되었다.

몽테뉴의 『수상록』은 신화와 역사, 자신의 경험을 바탕으로 명제에 답을 하는 형식으로 서술되어 있다. 『수상록』에는 주옥같은 경구들이 무척 많다.

어리석은 자의 가장 확실한 증거는 자기주장을 고수하고 흥분하는 것이다.

우리는 가장 모르는 것을 가장 잘 믿는다.

우리는 죽음에 대한 근심으로 삶을 엉망으로 만들고, 삶에 대한 걱정 때문에 죽음을 망쳐버리고 있다.

세상에서 제일 중요한 것은 어떻게 하면 내가 정말 나다워질 수 있는지 아는 것이다.

인생은 선도 악도 아니다. 어떻게 사느냐에 따라 선의 무대가 되기도 하고 악의 무대가 되기도 한다.

『수상록』은 현대 프랑스, 더 나아가 서구 사회철학의 근간이 됐다. 그의 글이 타인에 대한 이해와 관용, 다양성에 대한 존중, 그리고 자기 자신에 대한 엄격함으로 수렴되기 때문이다.

가장 보편적인 인간상을 제시하며 세상사와 일련의 사건들에 관해 자유롭게 써 내려간 성찰집이다. 수상록에 드러난 회의주의는 평화에 이르기 위한 수단이며, 신 중심의 사고를 인간 중심의 사고로 전환했다는 점에서 서양 근대정신의 시발점으로 평가된다. 지금도 시대를 뛰어넘는 몽테뉴의 탁월한 시각을 엿볼 수 있으며, 그의 글은 파스칼과 셰익스피어, 루소 등의 인물에게 많은 영향을 끼쳤다.

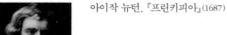
아이작 뉴턴, 『프린키피아』(1687)

현대물리학 역사를 바꾼 '사과 한 알'

사과는 예사롭지 않은 과일이다. 사과 한 알이 역사를 바꾼 예는 흔하다.

인류에게 원죄를 가져다 준 아담과 하와의 사과부터 트로이전쟁 도화선이 된 황금 사과, 스위스 독립의 기초가 된 윌리엄 텔의 사과, 모더니즘 미술의 출발을 알린 세잔의 사과, 그리고 스마트 혁명을 이끈 스티브 잡스의 사과까지. 사과는 긴 시간 빼놓을 수 없는 인류사의 상징으로 자리 잡았다.

여기에 또 하나 빼놓을 수 없는 사과 한 알이 있다. 아이작 뉴턴의 사과다. 뉴턴은 사과가 떨어지는 걸 보면서 만유인력을 발견했고, 우주의 모든 물체 사이에는 서로 잡아당기는 힘이 작용한다고 선언했다. 이 선언은 궁극적으로 현대물리학의 굳건한 토대가 됐다. 뉴턴은 형이상학과 과학의 경계가 모호하게 섞여 있던 시절에 과학(자연철학), 특히 수학의 눈으로 우주 만물을 설명해낸 주인공이었다.

뉴턴의 대표 저작은 『프린키피아』다. 1687년 영국왕립학회에서 처음

아이작 뉴턴 Isaac Newton   1643년 잉글랜드 링컨셔에서 유복자로 태어났다. 9세 때까지 어머니와 떨어져 할머니 손에 자랐는데, 이것이 그에게 큰 영향을 미쳤다. 케임브리지대학교 트리니티칼리지에 입학해 수학자 배로의 지도를 받았다. 그 뒤 케임브리지대학 교수, 조폐국 장관, 왕립협회 회장 등을 지냈다. 17세기 과학혁명의 상징적인 인물인 뉴턴은 미적분법을 창시하고 뉴턴 역학의 체계를 확립했으며, 반사 망원경을 발명했다. 주요 작품으로는 『프린키피아』, 『광학』(1704) 등이 있으며, 평생 독신으로 지내다 1727년 세상을 떠났다.

출간됐을 때 제목은 '자연철학의 수학적 원리Philosophiae Naturalis Principia Mathematica'였는데, 훗날 그것을 줄여서 '프린키피아'라고 불렀다.

『프린키피아』는 총 세 권으로 구성되어 있다. 1권은 유명한 운동법칙들을 소개하고, 2권은 데카르트와 케플러의 법칙이 서로 모순됨을 밝혀내고, 3권에는 만유인력이 등장한다.

과학자들은 이중 가장 의미 있는 부분이 우리가 흔히 'F=ma(힘=질량×가속도)'라고 부르는 '가속도의 법칙'이라고 말한다. 모든 힘이 작용하는 곳에는 가속도가 존재한다는 이 법칙은 물리학의 지평을 열어젖혔다. 비행기를 하늘로 띄운 날개 양력을 설명해낸 '베르누이 정리'의 기초가 됐고, 음파와 파동 이론을 가능하게 했다. 아인슈타인이 등장한 후에도 이 법칙은 부정되지 않았다. 쓰나미 현상을 설명할 때도 'F=ma'는 가장 유효한 법칙으로 굳건한 위치를 차지하고 있다.

만유인력은 발견 중의 발견이다. 뉴턴은 보편중력이라는 개념으로 태양과 달과 지구의 인력을 설명했고, 밀물과 썰물의 원리를 찾아냈다. 뉴턴 이전 사람들은 땅 위에서 일어나는 법칙은 땅에서만 가능하고, 하늘(우주)이나 바닷속에서는 다른 규칙이 적용된다고 믿었다. 뉴턴은 바로 이 허구를 무너뜨렸다. 태양과 달과 지구가 같은 물리력의 영향을 받는다는 주장은 사회적 통념, 더 나아가 사람들의 우주관을 바꿔놓을 만큼 대단한 것이었다.

뉴턴은 이런 유명한 말을 남겼다.

만약 내가 다른 사람들보다 멀리 볼 수 있었다면, 그것은 바로 거인들의 어깨 위에 올라섰기 때문이다.

여기서 거인이란 아리스토텔레스에서 갈릴레오와 케플러를 거쳐 데카르트에 이르기까지 우주와 자연의 원리를 찾고자 했던 모든 과학자를 지칭한다.

실제로 『프린키피아』는 '케플러의 법칙'이 수학적으로 성립한다는 걸 증명하기 위해 쓰기 시작했고, 1법칙(관성)과 3법칙(작용 반작용)은 갈릴레오와 데카르트의 역학을 재해석하고자 한 것이었다. 거인들이 없었다면 『프린키피아』도 없었을 것이다.

뉴턴이 『프린키피아』라는 희대의 고전을 탄생시킬 수 있었던 근본적인 자양분은 미적분이었다. 그는 스승 아이작 배로의 연구를 계승해 미적분 개념을 만들었고, 이를 바탕으로 자신만의 물리학 체계를 만들어냈다.

'뉴턴의 사과'는 논란에 휩쓸리기도 했다. 뉴턴은 1666년 페스트가 창궐해 대학마저 문을 닫자 고향으로 돌아와 소일하던 어느 날 과수원에서 만유인력을 생각해냈다. 만유인력이 널리 알려지면서 호사가들은 사과 이야기는 꾸며낸 것이라고 말하기 시작했고, 본질과는 아무 상관없는 '사과 논쟁'이 불붙었다. 이를 보다 못한 뉴턴은 죽기 얼마 전 수차례에 걸쳐 "사과나무 아래에서 만유인력을 생각해낸 건 틀림없는 사실"이라는 해명을 해야 했다.

> 라틴어로 쓰인 『프린키피아』는 뉴턴의 역학 및 우주론에 관한 연구를 집대성한 책이다. 눈에 보이는 물체의 운동을 계량적 방법으로 다루었고, 만유인력의 원리를 처음으로 세상에 알린 것으로 유명하다. 뉴턴은 이 책으로 세계적으로 유명한 인물이 되었다.

헨리 데이비드 소로, 『월든』(1854)

물질문명을
통렬하게 비판하다

 하버드대학교가 세계 최고 명문이라는 데 이의를 다는 사람은 없다. 하버드 출신으로 세계사에 한 획을 그은 사람들의 면면은 하버드가 명문임을 확인해주는 가장 중요하고 명백한 증거다. 프랭클린 루스벨트에서부터 존 F. 케네디, 오바마에 이르기까지 역대 대통령은 물론, 번스타인이나 엘리엇 같은 예술가, 마이클 샌델, 조지프 나이 같은 학자들, 반기문 유엔 사무총장까지 그 면면은 화려함을 뛰어넘는다.

 하지만 하버드가 공식 홈페이지를 통해 자랑하는 졸업생 명단에는 이들과 반대의 길을 걸었던 의외의 인물 한 명이 반드시 포함된다. 하버드 출신이지만 그럴듯한 직업 없이 임시 교사, 목수 등을 전전했고, 이렇다 할 학위나 직책을 가져본 적도 없고, 그렇다고 돈을 많이 벌지도 못한 한 남자가 자랑스러운 하버드 졸업생 명단에 빠지지 않고 등장하는 것이다. 그 사람이 바로 헨리 데이비드 소로다.

 소로는 때로는 자연철학자로, 때로는 시인이자 저술가로, 때로는 사회운동가로 불리는 인물이다. 마하트마 간디도, 법정 스님도 머리맡에

헨리 데이비드 소로 Henry David Thoreau　1817년 매사추세츠 주 콩코드에서 태어났다. 하버드대학교를 졸업하고 형과 함께 사립학교를 열어 교사로 지내다 목수, 석공, 강연 등 여러 일을 했다. 하지만 대부분의 시간을 산책하고 독서하고 글을 쓰면서 보냈다고 한다. 소로는 노예제도 폐지 운동에 헌신하며 강연과 저술 활동을 펼치다 1962년 결핵으로 생을 마감했다. 『월든』 외에 『콩코드 강과 메리맥 강에서 보낸 일주일』(1849), 『소풍』(1863), 『메인 숲』(1864) 등의 작품이 있다.

두고 읽었다는 책『월든』은 그의 대표작이다.

『월든』은 스물여덟의 소로가 1845년 매사추세츠 주 월든 호숫가에 통나무집을 짓고 자급자족하며 살았던 2년간의 삶을 기록한 책이다.

자본주의가 널리 퍼지기 시작한 19세기 중반 미국은 기회의 땅이었다. 사람들은 모든 것이 돈으로 측정될 수 있다고 믿었고, 부자가 되고 출세를 하기 위해 근본적인 가치를 버리기 시작했으며, 권력기관의 횡포가 확대되고 있었다.

소로는 이 무렵 문명사회에 등을 돌린다. 그는 하버드대 1년 기숙사 비에도 못 미치는 28달러를 들여 호숫가에 손수 통나무집을 짓는다. 통나무집은 미국의 독립기념일인 7월 4일에 완성되고, 이 '호숫가 공화국'에서 소로는 자신의 철학을 글로 남기기 시작한다.『월든』에는 다음과 같은 구절이 있다.

왜 우리는 성공하려고 그처럼 필사적으로 서두르며, 그처럼 무모하게 일을 추진하는 것일까? 어떤 사람이 자기 또래들과 보조를 맞추지 않는다면 그것은 아마 그가 그들과는 다른 고수鼓手의 북소리를 듣고 있기 때문일 것이다. 그 사람으로 하여금 자신이 듣는 음악에 맞추어 걸어가도록 내버려두라. (…) 그가 남과 보조를 맞추기 위해 자신의 봄을 여름으로 바꾸어야 한다는 말인가?

소로는 왜 세상을 등졌을까. 그는 사람들이 점점 노예가 되어간다고 생각했다. 돈과 명예의 노예가 된 사람들은 점점 자신들의 욕망을 채우기 위해 일의 노예가 되어갔다. 일의 노예가 된 사람들은 스스로 불행해지는 것은 물론 타인도 불행하게 만들었고, 아무 감동 없는 쳇바퀴 같은 삶을 연명했다. 소로는 자연과 교감하며 자신이 먹을 것을 자신이 생산하고 자연의 섭리에 맞춰 소박하게 살아가는 것이 궁극의 행복이라고 믿었다. 그리고 그것을 손수 실천해 보여주고 싶어했다.

밥벌이를 그대의 직업으로 삼지 말고 도락으로 삼으라. 대지를 즐기되 소유하려 들지 말라. 진취성과 신념이 없기 때문에 사람들은 그들이 지금 있는 곳에 머무르면서 농노처럼 인생을 보내는 것이다.

부당한 정부에 대한 개인의 저항을 주장한 에세이 『시민불복종』을 펴내기도 한 소로는 유별난 반항아였음이 분명하다. 하지만 그의 반항은 이후 펼쳐질 세상에 큰 영향을 미쳤다. 많은 선지자들이 주장한 무소유 철학의 바탕이 됐음은 물론, 환경보호와 사회참여에 실질적인 논리를 제공했다. 출세 지상주의와 물신주의에 신물 난 현대인에게 『월든』은 지금까지도 상징적 이상향을 향해 가는 안내서로 자리 잡고 있다.

마흔다섯의 나이에 숨을 거두면서 소로는 가족과 친구들에게 "이제야 멋진 항해가 시작되는군"이라는 말을 남겼다. 인생을 엘리트가 아닌 파도와 싸우는 항해사로 살았던 사람, 소박하고 검소하게 온몸으로 물신주의에 저항했던 반항아, 탁월한 감수성으로 삶의 의미를 기록했던 문필가 소로의 가치는 출간 뒤 150년이 지난 지금도 퇴색하지 않고 있다. 아니 오히려 더욱 빛을 발하고 있다.

물질문명을 비판하면서 대안의 삶을 제시하는 이 책은 현대에 이르러 더욱 깊은 깨우침을 전해준다. 출간 당시에는 주목받지 못했으나 많은 이들에게 영향을 주었다. 시인 예이츠는 『월든』에 감동받아 시를 남겼고, 마르셀 프루스트 역시 아름다운 문체에 감동받았다고 한다. 간디는 "나는 큰 즐거움을 가지고 『월든』을 읽었으며 그로부터 깊은 감명을 받았다"라고 했으며, 시인 로버트 프로스트는 "소로는 한 권의 책으로 우리가 가진 미국의 모든 것을 뛰어넘었다"라고 말했다.

6

현실에 눈뜨며
유토피아를 꿈꾸다

권터 그라스, 『양철북』(1959)

통렬한 역설과 풍자로 그려낸
제2차 대전 전후 독일의 참회록

수치심은 한 인간에게 지울 수 없는 상처를 남긴다. 그리고 반드시 어떤 식으로든 그의 인생 전반에 걸쳐 밖으로 표출된다. 권터 그라스란 남자, 그의 생이 그렇다.

그는 나치 친위대였다. 제2차 세계대전이 막바지로 치닫던 무렵 열일곱에 자원입대해 수류탄 파편에 부상을 입고 포로가 된 1945년 2월까지 그는 'SS'가 새겨진 군복을 입고 히틀러의 병사로 지냈다. 그라스는 평생 이 사실을 비밀로 하고 싶어했다.

세월이 흘러 그는 불세출의 명작 『양철북』으로 1999년 노벨문학상을 수상한다. 진작 받았어야 했는데 너무 늦었다는 게 문단의 중론이었다.

그로부터 또 몇 년 후 그라스는 자서전 『양파 껍질을 벗기며』를 통해 자신이 나치 친위대에 복무했음을 뒤늦게 고백했다. 여론은 들끓었다. 노벨문학상을 박탈하자는 이야기까지 나왔다. 그러자 그는 "나는 평생 이 문제를 떠나지 않았고, 이 문제와 함께 있었다"라며 심적 고통을 토로했다. 그라스의 전력은 충분히 문제가 될 만하다. 징집이 아닌

권터 그라스 Günter Grass 1927년 독일 단히치에서 태어났다. 제2차 세계대전 당시 포로 생활을 하다가 농부, 석공 등의 일로 생계를 이어갔다. 1956년 파리로 가서 『양철북』을 썼다. 그는 아이러니와 익살, 직설적인 폭로로 시대를 비평하는 것이 특징인데, 한 예로 "핵무기 보유국인 이스라엘이 이란에 군사 공격을 감행"하려 한다면서 이스라엘이야말로 "세계 평화를 가장 위협하는 나라"라고 비난한 시 「침묵할 수 없는 것」(2012)을 발표했다. 주요 작품으로 시집 『두꺼비들의 재능』(1956), 희곡 『대홍수』(1957), 소설 『고양이와 쥐』(1961) 등이 있다. 2015년 사망했다.

자원입대였고, 그것도 일반 병사가 아닌 친위대였으니 말이다.

각설하고 그의 행위를 용서하느냐 마느냐의 문제를 벗어나 시각을 소설『양철북』에만 맞춰보자. 꼼꼼히 들여다보면『양철북』은 자신을 포함한, 20세기를 살았던 독일인에 대한 비판을 담고 있다. 그는 필생의 역작을 통해 속죄했던 것일까.

『양철북』은 오스카라는 이름을 가진, 성장을 멈춘 한 소년의 이야기다. 소설은 그의 눈에 비친 제2차 세계대전 전후 독일 사회의 뒷모습을 그린다. 전반적으로 어둡고 침울하며 때로는 기괴하기까지 하다.

세 살 때 스스로 계단에서 굴러떨어져 성장을 중지시킨 오스카는 목에 양철북을 걸고 산다. 키가 94센티미터인 그는 어른도 아니고 어린아이도 아니다. 일반인 사회에서 소외됐지만 동시에 모든 책임과 의무로부터 자유롭다. 그래서 오스카의 시선은 냉정하다. 오스카는 여러 가지 사건을 통해 평범한 소시민이 어떻게 나치즘에 물들어가는가를 보여준다. 경계인으로서의 시각, 이것이『양철북』이 이룬 문학적 성취의 상당 부분을 가능하게 했다.

평범한 시절에는 선량하면서도 가끔은 약아빠진 삶을 살던 사람들이 격변이 일어나자 잔혹하고 난잡한 군중으로 변해간다. 바람을 피우고 식탐에 매달리던 사람들은 나치가 집권하자 군중집회에 나가 환호성을 지르는 집단으로 변질된다. 군중집회의 허구에 대해 소설은 이렇게 말한다.

지금까지 연단을 본 일이 있는가. 모든 사람들은 연단 앞에 모이기 전에 연단 뒤 광경을 충분히 보아야 할 것이다. 일찌감치 연단의 뒤를 보아둔 사람은 연단에서 거행되는 그 어떤 마술에도 흔들리지 않게 될 것이다.

소설 속에서 오스카의 저항 방식은 북을 두드리면서 소리를 지르는 것이다. 그가 저항한다고 해서 세상이 달라지지는 않는다. 그저 근처의 유리창들이 깨질 뿐이다. 재미있는 건 오스카가 관찰자 역할만 하는 것은 아니라는 점이다. 때로는 오스카도 이 같은 광기의 세월에 동참한다. 흡사 그라스 자신의 과오를 상징적으로 드러내 보여주는 듯하다.

소설은 3부로 구성돼 있는데 전쟁이 끝나고 정신병원에 입원한, 서른 살쯤 된 오스카가 과거를 회상하는 형식이다.

이제부터 그는 전쟁 후 자신이 어떻게 변해갔는지에 대해 보고하게 될 것이다. 그는 말을 하게 되었고 서툴긴 하지만 쓸 수도 있게 되었으며, 유창하게 읽을 수도 있다. (…) 누구나 그렇듯이, 나도 이제부터 성인의 삶을 시작하겠노라고 다짐하면서.

당사자인 오스카는 이렇게 자신이 성인이 됐음을 선언한다. 독일인들이 지나쳐온 그 시기가 유아적인 광기의 나날이었음을 반성하듯이. 어쨌든 그라스의 과오는 『양철북』이라는 시대의 고백을 탄생하게 했다. E. H. 카의 말대로 "역사란 과거와의 끝없는 대화"다. 『양철북』은 그라스가 치욕적이었던 자신의 과거와 나눈 대화다.

독일 전후문학을 대표하는 『양철북』은 제1차 세계대전 후 독일 문학계에서 커다란 주목을 받았다. 일상적인 구어체와 사투리 등을 동원해 정치 감각이 결여된 소시민의 사고방식을 보여주며, 정치에 무관심한 독일 국민에 경종을 울린다. 그라스는 이 작품에 대해 "어느 시대 소시민계급의 온갖 모순과 부조리, 그리고 더 나아가 그 시대의 차원을 초월한 범죄까지 포함하여 한 시대 전체를 문학 형식으로 표현한 것"이라 했다. 1965년 뷔히너상을, 1999년 노벨문학상을 받았다. 폴커 슐렌도르프 감독이 영화화했으며, 〈뉴욕 타임스〉가 선정한 '20세기 100권의 책'에 뽑히기도 했다.

플루타르코스, 『영웅전』(1세기경)

정의와 민주주의
개념을 정립하다

　스티브 잡스 후계자인 애플 최고경영자 팀 쿡은 2011년 초 경쟁사 태블릿 PC에 대해 "증기처럼 사라질 것"이라는 독설을 날린다. 이 말을 비서양인들은 그저 그런 독설로만 받아들였겠지만, 서양인들에겐 매우 의미 있는 상징이다. 그들이 아끼는 고전 『실낙원』에 나온 말이기 때문이다.

　밀턴의 『실낙원』을 보면 "허무한 모든 것과 허무 위에다 영광이나 명예, 혹은 어리석은 희망을 쌓아 올리는 자들이 가벼운 증기처럼 떠오른다"라는 구절이 나온다. 쿡은 이 말을 라이벌을 비난하는 데 인용한 것이다. 애플을 추종하는 자들에게 이 말은 단순한 비판보다 더 큰 힘을 발휘했을 것이 분명하다.

　명저는 무한한 상징의 원천으로 확대 재생산된다. 플루타르코스의 『영웅전』도 마찬가지. 『영웅전』에는 대중이 2000년간 줄기차게 사용해 온 상징들이 셀 수 없이 많이 등장한다.

플루타르코스 Plutarchos　46년경 그리스에서 태어났다. 명문가 출신으로 아테네에서 플라톤 철학을 공부하고 자연과학과 변론술을 배웠다. 중기 플라톤주의 철학자들 중 한 명으로 정치가이자 작가이기도 하다. 델포이신관, 카이로네이아 지방행정관, 외교 대사의 역할도 수행했으며, 120년경 세상을 떠날 때까지 델포이에서 성직자 생활을 했다. 저작 활동은 매우 광범위하여 철학, 신학, 자연과학, 문학, 수사학 등의 분야를 아우르며 저서가 250종에 달했던 것으로 추정된다. 현존하는 작품은 『전기』 『영웅전』 『윤리론집』 등이다.

소년들은 장난으로 개구리에게 돌을 던지지만, 개구리에게는 삶과 죽음의 문제다.

왔노라. 보았노라. 승리했노라.

용기를 잃는다는 것은 완전한 패배를 의미한다.

시간은 모든 권세를 침식하고 정복한다. 시간은 신중하게 기다려서 기회를 포착하는 사람에게는 친구지만, 때가 아닐 때 조급하게 서두르는 사람에게는 최대의 적이다.

이 모든 경구가 『영웅전』에 등장해 오랜 세월 사랑받아온 말들이다. 『영웅전』은 1세기를 전후해 살았던, 그리스에서 태어나 로마인이 된 철학자 플루타르코스가 쓴 책이다. 원래 제목은 '대비열전(parallel lives)'이다. 이 제목이 붙은 이유는 책의 구성 때문이다. 책은 테세우스와 로물루스, 알렉산드로스와 카이사르, 데모스테네스와 키케로 등 서로 유사점이 있는 그리스와 로마 영웅을 짝지어 비교, 서술하고 있다. 이렇게 46명이 등장하고 별도로 4명이 등장해, 총 50명의 영웅이 주인공이다.

플루타르코스가 활발하게 활동하기 이전 그리스와 로마에서 교훈으로 삼을 만한 스승들은 모두 신화 속 인물이었다. 사람들은 신화를 통해 선과 악을 배우고, 꿈을 키우고 용기를 얻었다. 그러나 플루타르코스는 달랐다. 그는 실존했던 인물에게서 교훈을 얻어야 한다고 생각했다. 그래서 자신이 잘 알고 있는 그리스·로마 영웅들 삶을 기본 자료로 『영웅전』을 집필한다.

『영웅전』은 상당히 사실적이다. 영웅들의 야망과 좌절, 미덕과 치부까지 흥미진진하게 다룬다. 신이 아닌 한 인간이 실패와 배신을 딛고 어떻게 최고 자리에 올랐는지, 또 누구와 사랑을 했으며 무슨 아픔을 안고 있었는지를 써 내려간다.

『영웅전』의 묘사가 얼마나 치밀했는지 알렉산더대왕을 묘사한 부분을 보자.

> 알렉산더의 용모를 가장 잘 나타낸 조상彫像은 리시포스가 만든 것인데, 그것을 보면 고개를 왼쪽으로 약간 기울이고 유난히 눈이 광채를 발하는 것이 가장 큰 특징이다. 또 그는 어릴 때부터 절제력이 강해 열정적인 성격임에도 불구하고 육체적인 쾌락이나 재물을 탐내지 않고 용기와 명예만을 추구했다. 그래서 부왕이 유명한 도시를 함락시켰다는 등 보고를 접할 때마다 그는 기뻐하기는커녕 오히려 맥 풀린다는 듯 친구들에게 "얘들아, 아버지가 다 정복해버리면 우리가 할 일이 없잖니"라고 말하곤 했다.

눈길을 끄는 건 등장하는 인물들이 각기 다른 명확한 개성을 지니고 있다는 점이다.

의무교육 창안자이자 사회통제 모델을 제시한 리쿠르고스, 귀족만이 정치에 참여하는 법을 없앤 솔론, 영웅에서 추방자가 됨으로써 민심이 얼마나 무서운지를 보여준 사례인 테미스토클레스, 아테네 민주정치를 완성한 페리클레스, 특권층이었으면서도 로마 시민의 평등을 부르짖다 좌절한 그라쿠스 형제 등 『영웅전』 주인공들의 삶은 21세기인 오늘도 각기 다른 상징으로 우리에게 다가온다. 한 명 한 명이 상황에 따른 역할 모델로 끊임없이 거론되고 있기 때문이다.

그리스·로마 영웅들이 살았던 광범위한 시대를 탐구해 그들의 생애와 위업을 살펴보는 책이다. 원래 그리스인과 로마인이 서로 존중하도록 북돋우기 위해 쓰였다고 한다. 수많은 출전들이 인용되어 문학사와 고대사의 중요한 사료이다. 셰익스피어 등 수많은 작가들이 그리스와 로마에 대한 지식을 이 책에서 얻었으며, 몽테뉴, 루소, 프리드리히 2세, 나폴레옹, 괴테, 베토벤 등도 플루타르코스의 책을 즐겨 읽었다고 전해진다.

한비, 『한비자』

실천적 정치 이론 집대성한 제왕학의 고전

기원전 3세기 무렵 한韓나라. 말더듬이였지만 논리와 문장이 빼어난 한비라는 인물이 있었다.

그가 살던 한나라는 대륙을 지배하는 전국칠웅戰國七雄 중에서 가장 힘이 약했다. 진·송·위·제 등 강국들과 국경을 맞대고 있었던 터라 약소국의 비애와 울분을 삼키며 불안한 하루하루를 보냈다.

한비는 이런 현실을 매우 안타까워하며 공허한 유학에 매달려 경전이나 읊조리고 있는 한나라 왕을 계도하고 싶어했다. 그는 군주가 법을 바로 세우고 그것을 강력한 힘으로 지켜나가야 나라가 부강해진다고 주장했다. 이른바 '법가 사상'을 내세운 것이다.

> 항상 강한 나라도 없고, 항상 약한 나라도 없다. 법을 받드는 것이
> 강하면 강한 나라가 되고, 법을 받드는 것이 약하면 약한 나라가 된다.

수차례 진언을 했으나 왕이 변화할 기미가 보이지 않자 한비는 붓을 들어 책을 쓰기 시작한다. 이것이 『한비자』다.

『한비자』는 마키아벨리의 『군주론』을 뛰어넘는 냉혹한 현실 정치

한비 韓非 기원전 280년경 태어났다. 전국시대의 약소국이었던 한나라의 귀족 출신으로, 순자 밑에서 공부했으나 훗날 순자를 저버리고 당시 봉건 체계가 붕괴되는 상황과 보다 밀접한 이론을 가진 다른 학파를 따랐다. 도가, 유가, 묵가의 사상을 받아들여 사상을 집대성했다. 이사의 계략으로 진시황이 한비에게 사약을 보냈고, 그는 기원전 233년 진나라에서 생을 마감한다.

서적이다. 그러면서도 놀라울 정도로 진보적이다.

> 법은 귀족을 봐주지 않는다. 법이 시행됨에 있어서 지자智者도 이유를 붙일 수 없고, 용자勇者도 감히 다투지 못한다. 과오를 벌함에 있어서 대신大臣도 피할 수 없으며, 선행에 상을 내리는 데 필부도 빠뜨리지 않는다.

혁명적이고 정연한 저술이었던 『한비자』는 슬픈 운명의 책이기도 하다. 이 책이 세상에 나오자 가장 감명을 받은 사람은 한나라 왕이 아닌 진나라 시황제였다. 강력한 왕권을 꿈꾸었던 진시황은 유가 사상을 비난하면서 법치를 중시한 『한비자』를 읽고 무릎을 쳤을 게 분명하다.

진시황은 한비를 정치에 중용하려고 했다. 그러나 일은 엉뚱하게 풀렸다. 한비와 동문수학했던 인물 중에 이사李斯라는 자가 있었는데, 그는 한비와 라이벌이었다. 이사는 자신을 제치고 한비가 강대국인 진나라 요직에 오르는 걸 못마땅해 했다. 그는 진시황을 찾아가 한나라 귀족인 한비를 중용하면 후환이 있을 것이라고 모함한다. 결국 진시황은 한비를 잡아 가두고 사약을 내려 죽인다.

한비의 운명도 그렇지만 『한비자』의 운명은 더욱 기구했다. 『한비자』는 분서갱유 원인을 제공한 책이라는 오명을 쓴 채 역사의 뒤안길에 오랫동안 묻혀 있어야 했다. 진시황이 유학 서적을 불 지르고 유생들을 생매장하면서 이 책을 이론적 근거로 내세웠기 때문이다. 빛나는 혜안을 담은 동양 최고 현실 정치서라는 『한비자』는 현재 55편 정도가 남아 전한다.

『한비자』에는 나라가 망하는 징조를 제시한 「망징亡徵」편이 있는데, 한마디로 소름이 돋을 정도다. 중요한 부분만 요약해 소개한다.

나라는 작은데 부자의 땅은 넓고, 임금의 권력은 불안한데 신하들 세도가 높으면 나라가 망한다. 법을 완비하지 않고 지모와 꾀로 일을 처리하거나, 나라는 황폐한데 동맹국 도움만 믿고 있으면 나라가 망한다. 신하들이 공리공담을 좇고, 부자 자제들이 변론을 일삼고, 상인들이 재물을 다른 나라에 쌓아놓으면 나라는 망한다. 궁전과 누각과 정원을 꾸미고, 수레·의복·가구를 호화롭게 꾸며 백성들 삶이 황폐해지면 나라가 망한다.

한비는 순자의 직계 제자다. 그는 순자의 성악설에 뜻을 같이했지만, 예禮를 통해 정의를 이루어야 한다는 막연한 생각에는 동조하지 않았다. 그는 현실적으로 실현 가능하지 않은 모든 추상적 사상을 공론空論이라고 비난하면서 자신의 철학을 세웠다.

지금 생각해보면 한비는 대단한 천재였다. 근현대를 뒤흔들었던 유물론이나 실증주의를 이미 기원전 3세기에 책 한 권으로 보여줬으니 말이다.

원래 '한자韓子'라 불렸던 『한비자』는 유가, 법가, 명가, 도가 등의 설을 집대성하여 법은 국가 통치의 근본이라는 법치주의를 주창했다. 오랜 세월 제왕학의 고전으로 불릴 정도로 통치자에 대한 교훈과 가르침이 가득 담겨 있다. 왜곡된 사회 인식과 통치자를 위한 편파적 기술 등 한계가 있긴 하나 인간관계의 부조리를 꿰뚫는 정치 교과서라 할 수 있다.

데이비드 리스먼, 『고독한 군중』(1950)

자아보다 중요한 타인의 시각,
소외가 두려운 현대인의 초상

유명한 심리 실험의 한 장면.

참가자들을 두 그룹으로 나누어 동일한 공간에 모아놓고 짧은 음악을 들려준 다음 음악이 연주된 시간을 맞히게 한다. 한 그룹은 자신이 생각하는 연주 시간을 비밀 쪽지에 써서 제출하게 하고, 다른 한 그룹은 한 명씩 구두로 발표하도록 했다. 어떤 결과가 나왔을까.

비밀 쪽지에 써낸 그룹은 시간 편차가 엄청났다. 이런 식이다. 실제 연주 시간이 2분 정도였다고 한다면 50초라고 써낸 사람부터 4~5분이라고 써낸 사람까지 다양한 분포가 나타났다. 반대로 다른 사람 앞에서 직접 말로 하게 한 쪽은 편차가 매우 작았다. 가장 먼저 발표한 사람의 시간이 표준 역할을 하면서 참가자 대부분이 그 범위에서 크게 벗어나지 않는 시간을 말했던 것.

이 심리 실험에서 얻을 수 있는 건 뭘까. 인간의 시간 측정 능력? 아니다. 인간은 타인을 통해 자신을 확인하는 외로운 동물이라는 사실이다. 특히 현대인들은 '내가 생각하는 나'보다 '남들에게 비치는 나'를 더 의식한다. 이런 속성은 위 실험에서처럼 자신이 속한 집단에서 소외되지 않기 위한 노력으로 나타난다.

데이비드 리스먼 David Riesman 1909년 미국 펜실베이니아 주 필라델피아에서 태어났다. 하버드대에서 문학과 법학을 전공했다. 버팔로대와 시카고대에서 교수를 지냈으며, 1959년부터 하버드대에서 학생들을 가르치다가 1980년 은퇴했다. 2002년 92세로 생을 마감한 리스먼, 그의 사회학은 많은 사회학자에게 영향을 미치고 있다. 주요 저서에는 『군중의 얼굴』(1952), 『개인주의 재검토』(1954) 등이 있다.

이 같은 현대인의 속성을 70년 전에 간파한 연구자가 있었다. 데이비드 리스먼이다. 1950년 시카고대학교에서 사회학을 가르치던 그는 『고독한 군중』이라는 책을 출간한다. 논픽션과 연구서의 중간쯤 되는, 특이한 형식으로 쓰인 이 책은 출간 즉시 베스트셀러가 되면서 학계는 물론 일반인들에게서도 뜨거운 반응을 얻는다.

타인지향형 사회에서 인간은 일정한 가치관을 갖지 않고 타인이나 세상 흐름에 자기를 맞춰서 살아간다. 타인지향형 인간에게 공통된 사항은 그들이 지향하는 근원이 동시대의 타인들이라는 점이다. 그 타인들이란 자기가 아는 사람일 수도 있고, 친구나 매스미디어를 매개로 하여 간접적으로 알게 된 사람들일 수도 있다.

리스먼은 책에서 사회적 성격을 세 가지로 구분하는 탁월한 개념을 제시한다.

첫째가 전통지향형tradition-directed type이다. 이 사회 구성원들은 전통에 의해 통제된다. 중요한 사회관계는 전해 내려오는 규율이나 의식에 따라 형성된다. 전통에 위배되는 창의성이나 이질적인 행위들은 불필요한 것으로 여긴다.

둘째는 내적지향형inner-directed type이다. 보통 자본축적과 기술 발전이 가능해지는 자본주의 초기에 생겨나는 사회적 성격이다. 전통과 관습의 힘은 약해지고 개인이 삶을 결정하기 시작한다. 하지만 사람들 결정은 대부분 부모나 스승 등 연장자들이 주입한 경로를 따라 진행된다. 사람들은 주입된 경로를 내면화하고 성공이라는 일정한 목표를 향해 나아간다.

셋째는 타인지향형other-directed type이다. 자본주의가 고도화되면서 나타나는 현상인데, 사람들은 타인 행동에 영향을 받고 그들의 평가에 민감해진다. 타인지향형 사회 구성원들은 다른 사람들이 무엇에 관심을 두고 어떤 형태로 살아가는지, 또는 그들이 자신을 어떻게 생각하는지에 관심을 기울인다. 타인지향형 사회를 살아가는 사람들은 자신이 사회에서 소외될지도 모른다는 불안감에 늘 시달린다.

타인지향형 사회 형성은 미디어가 발달하는 것과 때를 같이한다. 자기가 속한 사회 전체의 흐름을 시시각각으로 관찰하게 되고, 자신의 모습이 노출되면서 커다란 커뮤니케이션 구조가 만들어지고, 사람들은 그 구조 안에서 안정을 찾고자 한다. 사람과 사람 사이에 완충지대가 사라지면서 사람들은 타인에 의해 구속되고 상처받는다.

리스먼 식으로 본다면 바로 지금 우리가 살고 있는 사회가 타인지향형 사회다. 이 사회의 가장 큰 특징은 고독이다. 자기 내부에서 행복을 찾는 능력을 상실했기 때문에 인간은 늘 불안하고 고독하다. 타인이 곧 지옥이고 천국이기 때문에 자아는 사라져간다.

미국 중산층의 사회적 성격을 다룬 이 책은 현대 산업사회에서 사람들이 느끼는 내면적인 고립감을 분석했다. 불안과 고독에 시달리는 현대사회의 어두운 이면을 날카롭게 비판한 것이다. 책 제목이기도 한 '고독한 군중'은 이러한 사회에서 나타나는 개인의 소외를 뜻하는 대표적인 말이 되었다. 출간되자마자 수만 부가 팔려 나갔으며 미국 사회학자와 비평가들 사이에 논쟁을 불러일으켰다.

에밀 졸라, 『목로주점』(1877)

버림받은 자들에게 바친
근대문학 최초 베스트셀러

근대가 무르익기 시작한 1898년 1월 13일, 프랑스 신문 〈로로르〉 1면
에 "나는 고발한다"라는 제목의 격문이 실린다.

> 대통령 각하, 저는 진실을 밝히겠습니다. 왜냐하면 정식으로 재판
> 을 담당한 재판부가 만천하에 진실을 밝히지 않는다면 제가 진실을
> 밝히겠다고 약속했기 때문입니다. 제 의무는 말을 하는 것입니다. 저
> 는 역사의 공범자가 되고 싶지 않습니다.

글을 쓴 사람은 당대의 문호 에밀 졸라였다. 졸라는 간첩죄를 뒤집
어쓰고 구속된 드레퓌스 소령의 석방과 진실 규명을 요구한다. 자신들
의 과오를 감추기 위해 유대인 장교를 희생양으로 만들고, 뒤늦게 잡
힌 진범은 석방되고, 유력한 증인마저 구속되는 걸 지켜보면서 졸라는
참을 수가 없었다.

에밀 졸라 Émile Zola 1840년 프랑스 파리에서 태어났다. 아버지가 갑자기 사망하면서 생활이 어려워
지고 대학 시험에서 낙방해 궁핍하게 지내다 출판사 영업부에 들어가면서 형편이 나아지기 시작했다.
1864년 첫 책 『니농에게 주는 이야기』를 펴냈다. 이듬해 『클로드의 고백』이라는 자전적 소설에 경찰이
관심을 보여 서점에서 해고된 후 집필에만 열중했다. 여러 권의 책을 집필하다 1867년 '루공마카르 총서'
를 구상한다. '제2 제정시대 어느 집안의 자연적 · 사회적 역사'라는 부제에서 짐작할 수 있듯, 20권의 연
작소설로 이루어진 이 총서에는 『목로주점』을 비롯해 고급 창녀의 인생을 다룬 『나나』(1880), 광산촌 노동
자의 비참한 생활상을 폭로한 『제르미날』(1885) 등이 있다. 드레퓌스사건 때 「나는 고발한다」라는 글을 발
표해 드레퓌스를 옹호하면서 행동하는 지식인의 대명사가 되었다. 1902년 사고로 생을 마감했다.

이 글이 실린 〈로로르〉는 당시 무려 30만 부가 팔렸고, 프랑스 지식인 사회를 뒤흔들었다. 하지만 졸라가 치른 대가는 컸다. 그는 재판에 회부되어 훈장까지 박탈당하고 영국으로 망명을 가야 했다. 드레퓌스사건은 1906년 드레퓌스가 복권되면서 진실이 밝혀진다. 하지만 그보다 4년 앞서 사망한 졸라는 애석하게도 그 순간을 보지 못한다.

드레퓌스사건을 빼고 에밀 졸라를 설명하는 건 불가능하다. 그가 얼마나 작가로서의 양심에 투철한 사람이었고, 얼마나 인간과 사회에 따뜻한 시선을 지니고 있었는지를 낱낱이 보여주는 사례이기 때문이다.

졸라의 대표작은 『목로주점』이다. 『목로주점』은 파리 상류층이 근대의 물결에 취해 흥청거릴 때, 그 반대편에서 비참하게 살아야 했던 하층민의 삶을 노골적으로 다룬 작품이다. 비난도, 미화도 없이 있는 그대로 그려낸 뒷골목 민중의 삶은 가슴이 먹먹할 정도로 육중하게 다가온다.

> 내 꿈은 별 탈 없이 일하면서 언제나 배불리 빵을 먹고, 지친 몸을 누일 깨끗한 방 한 칸을 갖는 게 전부랍니다. 침대, 식탁 그리고 의자 두 개, 그거면 충분해요. (…) 또 하나 더 바라는 게 있다면, 그건 맞지 않고 사는 거예요. 내가 만약 다시 결혼을 한다면 말이죠. 그래요, 다시는 맞으면서 살고 싶지 않아요. 그게 다예요, 정말 그게 다라고요.

주인공 제르베즈는 배불리 먹고, 편히 자고, 매 안 맞고 사는 게 소원인 여인이다. 이른 나이에 결혼해 아이가 둘 있지만 남편이 이웃집 여자와 눈이 맞아 도망가버리고 어렵게 살아간다. 그러던 중 함석공 쿠포가 그녀에게 청혼을 하고 둘은 세탁소를 차려 새로운 삶을 시작한다. 잠시 세탁소로 돈을 벌기도 했지만 쿠포가 다리를 다치면서 세탁소는 기운다.

희망을 잃은 쿠포와 제르베즈는 술로 망가져간다. 세탁소는 악당 비르지니의 손에 넘어가고, 제르베즈는 그 세탁소의 잡부로 전락한다. 엎친 데 덮친 격으로 도망갔던 첫 남편이 돌아와 비르지니와 눈이 맞고 결국 제르베즈는 거리로 쫓겨난다. 거리를 떠돌던 제르베즈는 어느 날 가련하게 죽는다.

소설 『목로주점』은 졸라가 벽화를 그리듯 완성해나간 연작 '루공 마카르 총서'의 일곱 번째 작품이다. 이른바 민중을 거의 전면적으로 다룬 최초 문학작품이라는 평가를 받는다. 그 이전 문학작품에서도 종종 민중이 소재로 등장했지만 대부분 민중과 거리를 둔 피상적 묘사에 지나지 않았다. 이처럼 민중의 시각과 말과 언어로 민중의 삶을 재현해낸 소설은 드물었다.

졸라의 소설은 처절하면서도 아름다운, 기묘한 매력을 지니고 있다. 소설 후반부에 제르베즈의 시신을 수습하는 장의사의 독백을 보자.

누구나 다 가는 거지. 모든 사람의 자리는 다 마련되어 있는 거야. (…) 잘 자라고, 예쁜 아가씨야.

『목로주점』은 단순히 한 편의 소설이 아니다. 이것은 하나의 위대한 기록이자 예술이다. 그리고 출간 3년 만에 100쇄를 돌파한 근대적인 의미의 최초 베스트셀러다.

제르베즈라는 여인의 격동적인 일생을 다룬 『목로주점』은 파리 노동자의 서사시로 평가된다. 에밀 졸라는 이 소설에 대해 "거짓말을 할 줄 모르는, 평범함의 냄새가 나지 않는 평범한 사람들에 대한 첫 소설이자 진실을 이야기한 작품"이라고 말했다. 반反 관료주의와 반성직주의를 비롯해 성을 노골적으로 표현하고 속어를 그대로 사용해 보수적인 비평가들에게 비난을 받기도 했다. 하지만 이로 인해 당시 민중의 생생한 언어를 느낄 수 있다. 앙드레 지드는 "『목로주점』을 다시 읽었다. 나는 졸라가 최고의 자리에 군림할 만한 작가임을 확신했다"라고 극찬했다.

밀턴 프리드먼, 『자본주의와 자유』(1962)

자유주의 경제학의
현실적 지평을 넓히다

학창 시절을 거쳐 어른이 되면서 나를 가장 혼란스럽게 했던 단어는 '자유'라는 말이었다. 현실 속에서 자유라는 단어는 사전적인 본질을 벗어나기 일쑤였다. 국민의 기본권조차 인정하지 않았던 권위주의 정권들이 입만 열면 떠들던 말이 자유였고, 그들을 비호하거나 추종하는 집단들 명칭에는 예외 없이 자유라는 말이 들어 있었다. 어린 나이에도 도무지 이해가 되지 않았다.

세월이 흘러 이번에는 '시장 자유'라는 말이 내 앞에 던져졌다. 시장에서 자유란 무엇인가. 정부의 자유인가, 기업의 자유인가, 아니면 소비자(대중)의 자유인가. 그것도 아니면 시장 참여자 전체의 자유인가. 그렇다면 왜 시장 참여자 중 일부는 목청을 높여 그 좋다는 시장 자유를 비판하는가.

그 무렵 선배 추천으로 읽었던 책이 밀턴 프리드먼의 『자본주의와 자유』였다. 이 책은 나에게 시장 자유에 관한 개괄적인 그림을 그릴 수 있게 해줬다.

밀턴 프리드먼 Milton Friedman 1912년 뉴욕에서 태어났다. 신자유주의 경제학자로 시카고대학교 교수를 지냈다. 자유방임주의와 시장제도를 통한 자유로운 경제 활동을 옹호했으며 '흔들림 없는 자유주의자' '통화주의의 대부' '반케인스학파의 창시자' 등으로 불린다. 1976년 노벨경제학상을 받았다. 프리드먼은 정부 주도의 화폐제도를 인정하고, 1998년에는 국제통화기금(IMF)이 실패했으니 해체해야 한다고 주장하기도 했다. 주요 저서로 『소비의 경제이론—소비함수』(1957), 『미국과 영국의 통화 추세』(1981) 등이 있다. 2006년 세상을 떠났다.

프리드먼을 이야기할 때 반드시 함께 등장하는 인물이 케인스다. 케인스가 사망했을 때 프리드먼이 30대 초반이었으니 두 사람이 함께 활동한 적은 없다. 그렇지만 두 사람은 거시경제학계 양대 라이벌로 받아들여진다. 그 관계는 엎치락뒤치락 지금도 유지되고 있다.

1962년 프리드먼이 『자본주의와 자유』를 출간했을 때까지만 해도 케인스가 대세였다. 여기에 반기를 든 학자들이 시카고대학교를 중심으로 활동한 '시카고 보이'들이었고 핵심인물은 밀턴 프리드먼이었다. 프리드먼은 시장에 정부가 적극 개입해야 한다고 주장한 케인스와는 달리 정부의 시장 개입에 반대했다. 시장 문제는 시장이 알아서 하도록 놔두어야 한다는 게 그의 생각이었다.

책 곳곳에서 프리드먼은 자신의 주장이 케인스를 겨냥한 것임을 감추지 않는다. 정부 재정 지출 증가가 필연적으로 경기를 팽창시키고, 재정 지출 감소가 경기를 후퇴시킨다는 이론을 비판하는 부분에서는 "조잡한 학설" "겉치레"라는 표현까지 써가며 케인스를 비판한다. 프리드먼은 책에서 경제적 자유가 정치적 자유도 함께 가져온다고 주장했다.

경제체제는 권력의 집중이나 분산에 영향을 미친다. 경제적 자유를 제공하는 경제 시스템, 다시 말해서 경쟁적 자본주의는 정치적 자유도 함께 촉진한다.

기업과 노동 정책에 대해서도 그의 자유론은 명쾌하다. "기업의 독점이든, 노동의 독점이든 그 독점을 도와주는 모든 제도를 폐지하고, 재산이나 자유에 대한 침해가 발생했을 경우 양쪽 모두에 동일하게 법이 적용되어야 한다"라는 게 프리드먼식 시장 자유다.

소득분배를 논할 때는 "장기적 불평등과 단기적 불평등을 구별하지 않는 것이 평등에 대한 오해를 불러일으켰다"라고 비판한다. 더 나아가 농업 지원이나 최저임금법에 대해선 "가난한 농부를 도울 때, 그가 농부여서가 아니라 가난하기 때문에 도와야 한다. 정책은 사람을 돕는 것이어야지 맹목적으로 특정 집단을 돕는 것으로 변질되어서는 안 된다"라고 일침을 가했다.

책 출간 이후 얼마 지나지 않아 프리드먼은 케인스에게 압승을 거둔다. 1971년 미국 정부는 그의 주장대로 고정환율제를 포기하고 2년 뒤인 1973년 변동환율제로 제도를 바꾼다.

1976년 노벨경제학상 시상식은 프리드먼의 승리를 세상에 알리는 이벤트였다. 이어 레이건 행정부와 영국의 대처가 프리드먼 이론을 경제 운영의 시금석으로 삼으면서 더 이상 이론은 없는 것처럼 보였다.

물론 2008년 금융위기 이후 시장의 무분별한 욕망으로부터 공동체를 지키기 위해서는 정부 개입이 필수라는 데 의견이 모아지면서 케인스가 다시 빛을 보고 있는 것은 분명하다. 하지만 그렇다고 프리드먼의 업적이 가려지는 건 아니다.

그는 시장 자유에 대한 현실적 지평을 분석한 선구자였다. "어느 누구도 평등주의자인 동시에 자유주의자일 수는 없다"라는 그의 말은 지금 온 세계가 앓고 있는 딜레마의 한 단면을 너무나 적절하게 웅변해 준다.

1950년대 볼커재단 후원으로 개최한 여름 세미나에서 청년들에게 자유주의에 대해 강의했던 내용을 편집한 책이다. 당시만 해도 케인스학파의 경제 이론이 지배적이었으나 결국 자유 시장경제가 꽃피면서 20세기 가장 중요한 경제학 고전으로 자리 잡게 되었다. 1962년 출간된 이후 전 세계 18개 언어로 번역되어 50만 부 이상 팔렸다.

아널드 J. 토인비, 『역사의 연구』(1934~1961)

인간 중심의
역사관을 제시하다

　여름에는 살인적인 더위와 홍수로, 겨울은 혹한으로 시련과 절망의 강이었지만 중국인들은 이 시련에 맞서 적응하고 극복하는 과정에서 황하문명을 이룩했다. 로마인들은 풀 한 포기 없는 자갈밭과 역병이 들끓는 황야에서 인류 역사상 가장 위대한 제국을 건설했다.

　아널드 J. 토인비는 1934년 일생을 두고 매달리게 될 저술을 시작한다. 토인비는 인간이 주인공인 역사를 쓰고 싶어했고 역사는 자유로운 인간의 창조물이라고 믿고 있었다. 그렇게 시작된 저술은 27년이라는 기간 동안 계속된다. 그 결과물이 바로 『역사의 연구』다.
　『역사의 연구』는 기존 학계와는 다른 새로운 렌즈로 역사를 조망했다. 그 렌즈는 바로 '문명civilization'이었다. 당시 대다수 역사서는 국가나 민족이라는 분류법으로 쓰였다. 하지만 토인비는 좀 더 포괄적인 광역 단위인 문명을 기본단위로 삼았다. 그렇다면 토인비에게 문명은 어떤 것이었을까. 그는 의미심장한 말을 남긴다.

아널드 J. 토인비 Arnold Joseph Toynbee　1889년 영국 런던에서 태어났다. 19세기 경제학자 아널드 토인비의 조카로, 옥스퍼드대학교 베일리얼칼리지에서 공부했다. 영국 외무성 조사부장, 런던대학교 국제사 연구 교수를 지냈다. 필생의 역작 『역사의 연구』로 세계사를 폭넓게 다룬 독자적인 문명사관을 제시했다. 왕립국제관계연구소 해외 연구 책임자로 일했으며 은퇴할 때까지 영국경제학교 교수로 재직했다. 1975년 사망했다. 주요 작품으로 『시련에 처한 문명』(1948), 『동방에서 서방으로: 세계여행』(1958), 『헬레니즘: 문명의 역사』(1959) 등이 있다.

문명은 운동이지 상태가 아니다. 문명은 또한 항해이지 항구가 아니다.

멋진 말이다. 역사는 결국 인간이 주도한 "운동"의 결과이자 지금도 끝나지 않은 "항해"라는 이 문장에서 토인비의 매력적인 역사관을 엿보는 것은 어렵지 않다.

토인비가 『역사의 연구』를 저술하면서 만든 개념이 바로 '도전과 응전Challenge and Response'이다. 도전과 응전은 명쾌한 개념이다. 그리스 역사학자 헤로도토스가 "이집트는 나일 강의 선물"이라고 말했듯이, 이집트문명은 해마다 찾아오는 나일 강의 범람이 가져온 선물이었다. 범람 덕분에 이집트인들은 기하학과 측량술, 천문학과 건축술을 발달시킬 수 있었다. 홍수라는 거대한 도전에 맞선 이집트인들의 응전이 곧 문명을 탄생시킨 것이다.

토인비는 또 28개 문명권을 분석하면서 우수한 인종이 우수한 문명을 탄생시켰다는 학설을 부정했다. 그는 지구에 존재하는 대부분의 인종은 모두 어떤 식으로든 문명을 건설하는 데 참여했다는 사실을 발견했다.

토인비가 제시한 또 하나의 탁월한 개념은 바로 '창조적 소수자'와 '지배적 소수자'다. 역사를 발생, 성장, 해체 과정을 주기적으로 되풀이하는 유기체로 봤던 그는 문명이 발생할 때는 반드시 창조적 소수자가 나타났다고 분석했다.

이 소수 창조 그룹은 응전의 방식을 찾아내고 그것을 한 집단에 전파하는 역할을 한다. 이들에 의해 잘못된 인습이나 가치관은 깨어지고 과거와는 다른 사회가 발생한다. 이렇게 정적인 사회에서 동적인 상태로 변모된 사회가 문명을 성장시키는 것이다.

문명이 쇠퇴할 때는 창조적 소수자들의 창조력이 소멸되기 시작한다. 이 때문에 대중은 그들을 추종하거나 모방하지 않게 되고 창조적 소수자들은 힘으로 대중을 통치하는 지배적 소수자로 전락한다. 이것이 지속되면 문명은 해체된다.

토인비는 '내적 프롤레타리아'와 '외적 프롤레타리아' 개념으로 해체 과정을 설명한다. 내적 프롤레타리아는 문명권 안에 살면서 창조적 소수자에 대한 지지를 철회한 대중을 의미한다. 외적 프롤레타리아는 밖에서 문명권을 흠모했으나 문명이 쇠퇴 기미를 보일 때 내부로 들어와 갈등을 유발하는 대중이다. 이렇게 문명이 해체되면 다시 창조적 개인들이 등장해 새로운 문명의 태동을 준비하면서 순환 주기가 또다시 시작된다.

한 가지 아쉬운 건 토인비가 한국에 대해서는 무지했다는 점이다. 최초 저술에서는 한반도에 독자적인 문명이 존재했다는 것 자체를 인정하지 않았다. 사망하기 얼마 전 한국의 효孝 사상을 극찬하는 말로 빚을 갚기는 했지만 두고두고 아쉬운 대목이다.

제1차 세계대전으로 현대사와 서구 문명에 대한 위기의식이 집필 동기가 되었다. 토인비는 종교에 의한 통일만이 서구 문명을 구제할 수 있다고 결론 내리고, 그러기 위해서는 아시아 문명에서 많은 것을 받아들여야 한다고 주장했다. 이로 인해 출간 당시 많은 논란을 불러일으켰다. 열두 권으로 이루어져 있는데, 10권까지가 본문이고 11권은 역사지도이다. 그리고 책을 내고 나서 받은 비판을 반성하면서 12권을 펴냈다.

미겔 데 세르반테스, 『돈키호테』(1605)

과대망상 기사의 밉지 않은
좌충우돌 담은 최초의 근대소설

1597년 '레판토의 외팔이'라 불리던 미겔 데 세르반테스가 비리 혐의로 감옥에 갇힌다. 당시 세르반테스는 전쟁터에서 돌아와 세금 징수원으로 일했는데 징수한 세금을 보관해주던 은행가가 도주하는 바람에 모든 책임을 뒤집어쓰게 된 것이다.

세르반테스는 착잡했다. 지중해 패권을 놓고 오스만튀르크와 싸운 레판토해전에서 세 발의 총알을 맞고도 살아남았던 자신이, 왼팔을 쓸 수 없는 장애를 입고도 전쟁터를 누비고 5년간의 포로 생활에서도 살아남은 자신이 한낱 비리 혐의로 감옥에 있다는 사실을 받아들일 수가 없었다. 하지만 이미 쉰 줄에 들어선 세르반테스가 할 수 있는 일은 없었다. 그저 꿈을 꾸는 것밖에는…….

세르반테스는 무료함과 좌절감을 달래기 위해 소설을 구상한다. 평소 기사도에 관심이 많았던 그는 궁리 끝에 이 비뚤어지고 암담한 현실을 뛰어넘을, 기가 막힌 캐릭터 하나를 만들어낸다. 늙고 볼품없는 시골 남자 '돈키호테'다.

미겔 데 세르반테스 Miguel de Cervantes Saavedra   1547년 스페인에서 가난한 외과의사의 아들로 태어났다. 학교 교육을 거의 받은 적이 없으나, 1585년 첫 책 『라 갈라테아』를 출판한 이래 1587년까지 20~30편의 희곡을 쓰고 1605년 『돈키호테』로 작가로서 명성을 얻었다. 그 외 주요 작품으로 『모범소설집』(1613), 『파르나소에의 여행』(1614), 『여덟 편의 희극과 여덟 편의 막간극』(1615) 등이 있다. 만년에는 종교적인 결사에 가담하기도 했으며, 1616년 4월 23일 셰익스피어 사망일과 같은 날 마드리드에서 유명을 달리했다.

중세 기사에 푹 빠져 정신이 나가버린 돈키호테는 답답하지만 우직한 부하 산초 판사, 늙은 말 로시난테와 함께 세상을 구하러 나선다. 약자를 위하고 정의를 바로 세운다는 명분이었다. 하지만 시작부터 착각의 연속이다.

저기를 보아라, 산초 판사야. 서른 명이 좀 넘는 팔이 긴 거인들이 있지 않느냐. 나는 저놈들을 없애야 한다. 들어라, 이것은 선한 싸움이다. 악의 씨를 뽑아버리는 것은 하느님을 섬기는 일이기도 하다.

하지만 결의를 다지는 돈키호테가 본 것은 거인이 아니라 풍차였다. 매사 이런 식이다. 돈키호테는 시골 처녀 둘시네아를 공주로 착각해 정성으로 보필하고, 여관을 성으로 착각해 여관 주인에게 기사 작위를 내리기도 한다. 그런데 이 정신 나간 남자가 묘하게 매력적이다. 무슨 짓을 해도 밉지가 않다. 이 장면을 보자.

갑자기 산초가 여관 주인의 방으로 뛰어 들어온다.

지금 주인님이 공주님의 원수인 거인과 싸우고 있어요. 가서 도와주세요.

놀란 주인이 달려가서 본 장면은 기가 막혔다. 돈키호테가 다락방 천장에 매달려 있는, 포도주가 가득 든 돼지가죽 자루와 싸우고 있었던 것이다. 겉보기는 그럴듯했다. 돈키호테의 칼에 찔린 가죽 자루에서 포도주가 핏물처럼 쏟아져 그의 머리를 적시고 있었다. 이때 돈키호테가 외친다.

네 몸에 단 한 방울의 피도 남아 있지 않을 테니, 승리는 당연히 나의 것이 되리라.

『돈키호테』는 근대소설의 효시다. 그 이전 소설이 구현해내지 못했던 많은 문학적 장치가 곳곳에 녹아 있기 때문이다. 일반적인 소설의 구성과 전개, 시점과 서술 방식 등을 거부하는 일종의 메타픽션으로, 기존의 형식과 기법을 거부하면서 새로운 소설의 전형을 만들어냈다.

'돈키호테'라는 캐릭터는 소설 속에서 세상을 가지고 노는 주인공이다. 이것은 흡사 코스프레 같기도 하고, 액자소설 같기도 하다. 실제로 『돈키호테』 2부에는 등장인물들이 이 소설을 놓고 이야기하는 장면이 나온다. 갑자기 저자가 책 속에 나타나 이것은 다른 사람의 책을 번역한 것에 불과하다는 어이없는 진술을 하기도 한다. 이 모든 특징이 현대소설의 가장 유력한 특징인 메타픽션의 모습을 띠고 있다.

세르반테스는 마지막까지 운이 없었다. 『돈키호테』는 출간되자마자 대단한 성공을 거두지만 그는 큰돈을 벌지 못한다. 돈이 궁했던 세르반테스가 인세 계약이 아닌 일시불로 돈을 받고 말았기 때문이다.

파란만장한 인생을 살았던 사내 세르반테스는 1616년 4월 23일, 수도원에서 세상을 등진다. 돈키호테만을 세상에 남긴 채.

정편正篇 52장, 속편 74장으로 구성된 『돈키호테』는 출간되자마자 널리 번역되어 큰 인기를 얻었다. 16세기 스페인 사회를 충실히, 그리고 다양한 군상을 깊이 있게 다룬 일종의 풍자소설이다. 허먼 멜빌, 마크 트웨인, 프란츠 카프카 등의 작가들이 가장 위대한 소설로 꼽기도 했고, 프랑스의 비평가 A. 티보데는 '인류의 책'이라 칭했다.

아르놀트 하우저, 『문학과 예술의 사회사』(1951)

"모든 예술은
그 시대의 반영이다"

처음 유럽 배낭여행을 갔을때 어느 나라를 가든 예외 없이 그 나라의 가장 대표적인 미술관을 찾아갔다. 그도 그럴 것이 들고 간 여행 책자마다 그 나라 미술관을 설명하는 데 많은 지면을 할애했기 때문에 미술관 탐방은 유럽 여행에서 필수 코스처럼 느껴졌다.

그런데 막상 가보면 큰 감흥이 일어나지 않았다. 특히 르네상스 이전 그림에서는 어떤 공감 같은 게 생겨나지 않았다. 나는 고색창연한 미술관을 걸어 나올 때마다 고민에 빠졌다. 감흥이 없는 이유가 나의 무지 때문인지, 아니면 다른 이유 때문인지 궁금했다.

고민의 답은 뜻밖에 아르놀트 하우저가 쓴 『문학과 예술의 사회사』에 있었다. 모든 예술은 그 작품을 탄생시킨 시대의 첨예한 반영이다. 그 시대를 이해하지 못한 자에게 그림이 제대로 보일 리가 없었던 것이다.

그 시대를 살지 않았던 내게, 그것도 미술 전공자도 아닌 아시아인에게 서양 중세 작품들이 큰 감흥으로 다가오지 못한 것은 어쩌면 당연한 일이었다. 그리스신화나 성경 속 인물, 요정과 왕족 들만이 등장

아르놀트 하우저 Arnold Hauser   1892년 헝가리의 유대인 가정에서 태어났다. 부다페스트와 베를린 등의 대학에서 문학사와 미술사를 전공하고 부다페스트대학교에서 교수로 지내다 빈으로 망명했다. 1938년 나치가 빈을 점령하자 다시 영국으로 망명해 영화사의 잡역부로 생계를 유지했다. 그 10여 년의 시간 동안 『문학과 예술의 사회사』를 써서 20세기 유럽을 대표하는 지식인으로 인정받았다. 1978년 헝가리 부다페스트에서 사망했다. 주요 저서로는 『예술연구의 방법론』(1960), 『현대예술과 문학의 근원』(1964), 『예술의 사회학』(1974), 『루카치와의 대화』(1978) 등이 있다.

하는 그림이 내게는 낯설 수밖에 없었다. 반대로 내가 중세에 대해 제대로 공부하고 미술관을 찾아갔다면 공감의 크기는 달라졌을 것이 분명하다.

형가리 출신 미술사학자가 쓴『문학과 예술의 사회사』는 말 그대로 문학과 예술에 대한 거대한 시각을 장착하게 해주는 책이다.

다시 미술관 이야기로 돌아가보자. 사실 미술관의 형성은 예술이 대중화되는 기폭제 구실을 했다. 왕궁이나 귀족의 저택에 걸려 있던 그림들을 공개된 장소로 가져온 결정적 사건인 셈이다. 따져보면 그림들이 개인적인 공간을 떠나 미술관으로 왔기 때문에 외국인이었던 나도 그림을 볼 수 있었고, 그로 인해 고민을 했으며, 결과적으로 나름 미술과 시대에 관한 짧은 지식이나마 얻을 수 있게 된 것이다. 이것을 하우저는 이렇게 적고 있다.

예술교육과 민주화에 가장 크게 기여한 것은 미술관의 설립과 확장이었다. 이전까지만 해도 미술가들에겐 위대한 거장들의 작품을 접할 기회가 주어지지 않았다. 1792년 국민의회는 루브르에 미술관을 창설할 것을 결정했다. 이때부터 젊은 예술가들은 자기 아틀리에 근처에 있는 루브르에서 매일 걸작들을 연구하거나 모사할 수가 있게 됐다.

『문학과 예술의 사회사』는 예술작품을 포함한 인류의 모든 정신 활동이 근본적으로 '사회적'인 성격을 띠고 있다는 것을 증명해낸다. 선사시대 동굴벽화부터 영화에 이르기까지 인류가 남긴 모든 예술 유산이 어떤 사회적 연유로 탄생했는지를 정리한 이 책을 읽는다는 것은 존재하지 않았던 하나의 시력을 얻는 것과 동일하다.

네 권짜리로 출간된 두툼하고 통시적인 책에서 하우저는 미켈란젤로를 "최초의 현대적 예술가"라고 정의한다.

초기 르네상스 예술가의 아틀리에는 수공업자조합이나 길드의 작업장이 지녔던 공동체 의식에 의해 운영됐다. 말하자면 예술품은 독자성을 강조하거나 외부 요소를 일체 배격하는 한 개인의 표현이 아니었다. 처음부터 끝까지 조수들의 도움을 받지 않고 혼자서만 작품을 완성하고자 했던 미켈란젤로는 최초의 현대적 예술가였던 셈이다.

이 대목을 나는 이렇게 이해했다. 하우저 표현대로라면 선사시대에는 사냥꾼이 곧 예술가였다. 그는 사냥꾼의 예리한 관찰력과 예민한 감각으로 동굴에 벽화를 남겼다. 그러던 것이 인간에게 계급과 유희라는 게 생기면서 예술은 공급자와 수요자가 따로 존재하는 영역이 됐다. 당연히 작품은 수요자의 구미와 용도에 맞아야 했고 예술가들은 장인이나 공급업자가 됐다. 그들에게 개인으로서 예술가는 존재하지 않았다.

하지만 미켈란젤로는 예술 창작을 사적 영역으로 끌고 왔다. 그가 부린 고집이 예술사에 중요한 변곡점을 제공한 것이다.

사람들은 밀레의 〈만종〉을 보며 목가적이고 평화로운 풍경만을 떠올린다. 하지만 하우저는 〈만종〉에서 농부를 새로운 주인공으로 등장하게 한 그 변혁의 시대를 읽어낸다. 이 책의 가치가 여기에 있다.

20세기 유럽을 대표하는 지식인 하우저가 영화사 잡역부로 일하면서 집필한 책이다. 구석기시대의 동굴벽화에서부터 20세기 영화예술에 이르기까지 서양 문화의 전 분야를 사회사적인 관점에서 정리했다. 하우저는 다양한 장르와 시대를 가로지르며 예술과 사회의 관계에 제기되는 문제들을 해결하는 실마리를 제공하고 사회를 비판적으로 바라볼 수 있는 시선을 제시한다. '서울대 권장 도서 100권'에 선정되었다.

"제국은 전성기 때
멸망하기 시작한다"

　시오노 나나미의 말처럼 "지성은 그리스보다 못하고 체력은 켈트나 게르만보다 못하고, 기술력에서는 에트루리아보다 못하고 경제력은 카르타고보다 뒤떨어진" 로마가 어떻게 역사의 중심이 될 수 있었을까?

　작은 도시국가였던 로마가 특유의 개방성을 바탕으로 대제국이 되기까지는 긴 시간이 걸렸다. 그 긴 시간 수많은 역사적 사건과 격변과 합종연횡이 있었음은 말할 것도 없다. 이 때문에 나온 속담이 바로 "로마는 하루아침에 이루어지지 않았다"라는 말이다. 이처럼 로마는 하루아침에 이루어지지 않았기에 멸망하는 데도 오랜 시간이 필요했다. 로마가 망하기까지는 복합적이고 지루한 사건들이 필요했다. 이 때문에 로마 멸망의 이유를 분석한 이론이나 저작은 무수하게 많다. 그리고 지금도 수많은 역사학자가 이 주제에 매달려 있다.

　하지만 이제까지 나온 로마 멸망에 관한 그 어떤 저작도 에드워드 기번의 『로마제국 쇠망사』를 따라갈 수는 없다. 그만큼 이 책은 유려하고 방대하다. 옥스퍼드대학교를 중퇴하고 영국군 장교로 복무했던 에드워드 기번은 1764년 노을이 지는 로마 유적을 바라보며 로마 멸망에 관한 책을 쓰리라 마음먹는다. 그로부터 12년이 흘러 기번은 전체 여

에드워드 기번 Edward Gibbon　1737년 영국에서 태어났다. 옥스퍼드대학교에 입학했으나 그만두고 스위스 로잔으로 유학을 갔다. 이때 프랑스어와 라틴어를 공부하고 볼테르의 클럽에 드나들며 계몽사상을 익혔다. 1763년 유럽 여행을 시작했는데, 로마 카피톨리움의 폐허를 보고 『로마제국 쇠망사』를 구상했다. 20세에 만난 쉬잔 퀴르쇼와 결혼하지 못하게 되자 1794년 사망할 때까지 평생 독신으로 지냈다.

섯 권인『로마제국 쇠망사』의 첫 권을 세상에 내놓는다. 마지막 제6권을 출간한 것이 1789년이었으니 구상부터 시작해 이 작업에 20년이 훌쩍 넘는 시간을 바친 셈이다.

기원후 2세기부터 콘스탄티노플 함락까지 1400여 년의 로마사를 다룬 이 책은 뛰어난 역사서이자 훌륭한 문학작품으로 세상을 놀라게 한다.

그가 다룬 서술의 규모는 어마어마하다. 황제들의 이야기는 물론, 기독교의 확립, 게르만족의 대이동, 이슬람의 침략, 몽골군의 서방 원정, 십자군 전쟁에 이르기까지 서구 역사의 전반을 종횡으로 누빈다. 여기에 역사학자로서의 통찰과 준수한 문장까지 보태져『로마제국 쇠망사』는 흔들리지 않는 명저의 자리를 차지한다.

아테네와 스파르타는 외래의 피를 섞지 않고 시민의 순수한 혈통을 유지하려는 편협한 정책 때문에 더 이상 번영하지 못했다. 그러나 로마는 공허한 자존심 대신 야망을 택했다. 로마는 노예나 이방인, 적이나 야만족 모두의 장점과 미덕을 취해 자기 것으로 만드는 것이 더 사려 깊고 영예로운 일이라고 생각했다.

바로 이 현실적 개방성으로 로마는 제국이 됐다. 그리고 바로 이 때문에 서서히 멸망해갔다. 개방성은 제국을 이루어지게도 했지만 멸망하게도 했다. 이것이 역사의 순환이다.

기번이『로마제국 쇠망사』에서 거론한 로마 멸망의 원인은 복잡하고 다양하다. 하지만 근본은 하나다. 결국 규모와 그 규모를 유지하기 위한 관계 속에서 멸망한 것이다. 로마라는 거대한 골조가 규모와 연결 고리의 무게감을 이기지 못하고 무너져 내린 것이다.

멀리 떨어진 변방에서는 그곳에 로마를 이식하기보다는 오히려 동화될 수밖에 없었고, 각 지역으로 퍼져 나가 이민족과 융화된 로마 군단들은 되레 로마 공화정을 위협하는 존재가 됐다. 권좌를 유지하는 데 급급했던 황제들은 단호한 결정을 내리지 못한 채 미봉책으로 일관했고, 그런 과정에서 로마 정신은 서서히 훼손되어갔다.

기번은 가라앉기 시작하던 로마의 멸망을 재촉한 것이 기독교의 대두였다고 본다. 사회가 혼란스러워지자 비관에 빠진 사람들이 내세지향적인 기독교에 관심을 갖기 시작했고 점점 현실을 체념하게 되었다는 것. 이것은 결국 로마의 가장 큰 장점이었던 현실주의를 훼손하는 결과를 가져왔다는 시각이다. 사실, 기번은 이 때문에 기독교 진영로부터 불경스럽다는 비판에 시달렸다. 하지만 그가 탐구한 건 제국을 흥하고 망하게 하는 사회심리적 현상이었지, 특정 종교에 대한 비판이 아니었다.

로마의 쇠퇴는 제국의 거대함에서 비롯된 자연스럽고 불가피한 일이었다. 번영이 쇠퇴의 원리를 무르익게 한 것이다. 정복 지역이 확대되면서 파멸의 원인도 증가했다.

기번은 역사라는 거대한 숙명적 순환 고리를 가장 정확하게 간파한 선구자였다.

화려하고 웅대한 로마제국 흥망사를 담아낸 이 책에서 기번은 선거제도의 부재, 빈부격차 확대, 군사력 약화, 부유층의 사치와 책임 회피, 정부와 민중의 괴리 등을 로마 멸망의 원인으로 꼽았다. 역사학뿐 아니라 정치, 경제, 문화에도 큰 영향을 미쳤으며 출간된 지 200년이 넘었지만 여전히 로마제국 역사서의 기본으로 인정받는다. 처칠과 네루가 즐겨 읽었고, 시오노 나나미 역시 『로마인 이야기』를 집필할 때 이 책을 참고했다고 고백했다.

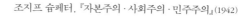

조지프 슈페터, 『자본주의 · 사회주의 · 민주주의』(1942)

자본주의와 사회주의
운명을 내다보다

    요즈음 '인간의 얼굴을 한 자본주의'를 생각하는 사람들이 많아졌다. 그들은 자본주의 장점을 인정하면서도 자본주의가 만들어내는 여러 가지 그늘을 우려한다. 이런 담론을 접할 때마다 생각나는 학자가 한 명 있다. 바로 오스트리아 출신 경제학자 조지프 슈페터다.

    슈페터는 경제적 진화라는 관점으로 자본주의의 성장과 소멸을 연구한 사람이다. 그는 19세기 이후 인간을 괴롭혀온 이념의 문제들을 정치적 관점이 아닌 경제적 잣대로 정리했다. 슈페터의 이론 앞에서는 '자본주의의 반대말이 사회주의'라든지 '사회주의와 공산주의는 동의어'라든지 하는 그릇된 정치적 선입견은 무력해질 수밖에 없다.

    슈페터의 역작 『자본주의 · 사회주의 · 민주주의』는 뛰어난 학자의 40년에 걸친 사색과 경험의 결과물이다.

    슈페터는 빈대학교에서 법학과 경제학을 공부했다. 대학에서 강의를 하다가 제1차 세계대전 직후 오스트리아 연립내각의 재무장관이 된다. 하지만 그의 공직 생활은 길지 않았다. 경제의 전면적인 사회주의

조지프 슈페터 Joseph Alois Schumpeter 오스트리아 출신의 미국 이론경제학자. 1883년 모라비아에서 태어났다. 빈대학교에서 법학을 전공하고, 체르노비치대학교와 그라츠대학교에서 강의했다. 제1차 세계대전 후 오스트리아 정부의 재무장관직을 역임했으며 미국으로 건너가 하버드대학교 교수를 지내면서 미국으로 귀화하여 여생을 보냈다. 경제 이론 분야에 많은 영향을 끼친 슈페터는 미국계량경제학회를 창설했고 1948년 미국경제학협회 회장을 지냈다. 1950년 사망했다. 주요 작품으로 『경기순환론』(1939), 『경제분석의 역사』(1966) 등이 있다.

화에 반대해 다른 각료들과 마찰 끝에 공직에서 물러났고, 곧이어 맡은 은행장직도 은행 파산으로 그만두게 된다. 현실에서 두 번의 실패를 맛본 슘페터는 1932년 미국 하버드대 교수로 부임하면서 연구와 저술에만 몰두한다. 슘페터의 이론이 살갑게 다가오는 이유는 강단에서만 통용되는 탁상공론을 벗어나 있기 때문이다. 실패가 그의 이론을 살찌운 셈이다.

슘페터는 한정된 자원으로 생존해야 하는 필연성 때문에 자본주의가 단계적으로 발전한다고 봤다. 전근대적 경제 형태가 합리화의 필요성 때문에 기업가들이 주도하는 동태적動態的 경제 형태로 변하고, 마지막으로 대기업 경제 형태로 이행된다고 주장했다. 그 다음은 슘페터식 사회주의가 온다고 예측했다. 그는 사회주의라는 목적지는 실패한 자본주의의 결과물이 아니라 승리한 자본주의의 결과라고 봤다.

이렇게 될 수밖에 없는 필연에 대해 슘페터는 책에서 아주 상세하게 설명한다.

슘페터에 의하면 자본주의를 이끌어가는 동인은 기업가정신entrepreneurship이다. 그는 기업가를 기술혁신을 통해 생산 방식과 상품을 개발하는 창조적 파괴에 앞장서는 사람으로 봤다. 창조적 파괴에 기반을 둔 자본주의의 진전은 정치적 민주주의를 확대한다. 이것은 다시 경제적 민주주의 욕구를 불러일으키고 사회 생산물이 생산의 목적에서 벗어난 용도로 전용되기 시작하면서 자본가들로 하여금 생산과 저축의 동기를 말살하게 된다. 이 때문에 결국 자본주의적 가치는 위축되고 새로운 체제가 등장한다.

그렇다면 슘페터는 20세기 초에 이미 등장했던 사회주의를 어떤 시각으로 보고 있을까. 책에서 그는 "볼셰비키들이 관리한 경제는 사회주의 경제가 아니라 '차르 경제'였다"라고 비판한다.

그는 이른바 인민의 의지가 곧 공공선의 토대가 될 것이라는 민주주의 이론에도 반기를 든다. "민주주의는 방법으로 정의되어야 한다"라고 주장하면서 "민주주의적 방법은 정치적 결정에 도달하기 위한 제도적 장치"일 뿐이라고 정의했다. 민주적 장치를 통해 선출된 정치인이 절대적인 리더십을 행사하기 때문에 이것을 인민의 통치라고 이해하는 건 오류라는 것이다. 즉 민주주의는 수단일 뿐 그것 자체를 목적으로 보거나 이념으로 보는 건 잘못됐다는 주장이다.

한국 기업들은 창조적 파괴보다는 권력 승계로 유지되는 등 슘페터의 기업가정신과는 좀 다른 길을 걷고 있다. 이 같은 사실은 우리가 제대로 된 자본주의 이행 과정을 겪지 않았다는 방증이기도 하다. 수많은 사회적 욕구가 분출되는 요즘이 바로 자본주의다운 자본주의가 무엇인지를 고민할 때가 아닌가 싶다.

사실 슘페터가 주목받아야 할 시기는 경제학이 학문으로서의 한계를 드러내고 있는 바로 지금이다. 유명 경제학자 새뮤얼슨은 "슘페터에게는 많은 얼굴이 있다"라고 말했다. 슘페터는 현재의 기준으로 볼 때 경제학자라는 테두리에 넣기에는 어울리지 않는 측면이 강한 인물이다. 그는 기업이나 국가의 재정, 경영 문제보다는 자본주의의 역사적 전개 과정에 더 관심이 많았던 사회학자에 가까운 사람이었다.

5부로 구성된 이 책은 슘페터가 경제, 사회 전반을 40여 년에 걸쳐 정리한 것으로, 자본주의와 사회주의의 본질과 전망을 조망했다. 자본주의의 존속 가능성을 옹호하면서도 그것이 쇠퇴해간다는 예측은 현재 시점으로 볼 때 의미를 상실했지만, 자본주의와 사회주의에 관한 이론과 고찰은 현대 사회과학자들에게 많은 영향을 끼쳤다.

루쉰, 『아Q정전』(1923)

무지몽매한 주인공 아Q로 그려낸
중국 민중의 슬픈 자화상

그는 오른손을 들어 자신의 뺨을 두세 차례 힘껏 후려쳤다. 화끈거리고 아팠다. 실컷 때리고 나자 그때야 마음이 좀 후련해졌다. 때린 것은 자기고 맞은 사람은 남인 것 같은 느낌이 들었다. 그리고 시간이 조금 흐르자 자기가 남을 때린 것으로 생각이 바뀌어 있었다. 아직 화끈거리고 아팠지만 그는 승리감에 도취해 자리에 누웠다.

우스꽝스러운 광경이다. 자기 뺨을 때리고는 자기가 남을 실컷 때린 것이라 착각하고 만족하는 상황이라니 어이가 없다.

이것은 20세기 초 중국의 대문호이자 사상가인 루쉰의 소설 『아Q정전』에 나오는 장면이다. 세상사를 자의적으로 해석하고 착각하는 얼간이의 모습을 두고 루쉰은 '정신 승리법'이라고 조롱했다. 실제로는 승리하지 못했음에도 자기 착각을 불러일으켜 자위하고 넘어가는 세태를 꼬집은 것이다. 루쉰이 꼬집은 건 이제 막 근대의 여명이 비치기 시작할 무렵의 중국 사회와 중국인들이었다.

루쉰 魯迅   1881년 중국 저장성 사오싱에서 태어났다. 1902년 일본으로 유학을 가 센다이의학전문학교에 입학했으나 문학의 길에 접어들기로 결심하고 학교를 그만두었다. 1918년, 30대 후반에 「광인일기」를 발표하면서 작품 활동을 시작하여 대표작인 「아Q정전」을 비롯해 20여 년 동안 글을 썼다. 그 외 「고향」 등의 소설과 산문시집 「들풀」, 산문집 「아침 꽃을 저녁에 줍다」, 시평 등을 발표했다. 1926년 3·18 참사에 대해 쓴 글로 인해 도피 생활을 시작한 그는, 상하이에 정착해 수필집을 편집하기도 하고 반정부적인 단평을 쓰는 등 왕성한 활동을 펼쳤다. 1936년 56세의 나이로 세상을 떠났으며 당시 조문객이 1만 명에 달했다고 한다.

루쉰의 대표작 『아Q정전』의 주인공은 '아Q'라는 인물이다. '아阿'는 친근감을 주기 위해 사람의 성이나 이름 앞에 붙이는 접두어고, 'Q'는 변발한 청나라 사람들의 머리 모양을 상징한다. 루쉰은 주인공 아Q를 통해 중국의 무지몽매함을 신랄하게 비판한다.

아Q는 청나라 말기, 중국 남부 가난한 농촌에 사는 날품팔이꾼이다. 그는 부잣집 허드렛일을 하며 마을 근처 사당에서 먹고 자면서 하루하루를 살아간다. 문맹에다 외모도 볼품없고 자신의 이름도 생일도 모른 채 마을 사람들에게 '아Q'로 불리는 그는 이상한 자존심을 가진 인물이다. 마을 사람들에게 철저히 경멸당하는 상황에서도 아Q는 오히려 그들을 경멸한다. 자신만의 승리법을 알기 때문이다.

건달들에게 얻어맞고도 그는 자신이 최고라고 생각하고 망각해버린다. 가끔은 힘센 사람들한테 당한 것을 자신보다 약한 사람들에게 화풀이하면서 풀기도 한다. 그러던 어느 날 아Q는 권세가인 차오 씨네 집 하녀에게 치근대다 들켜 사정없이 얻어맞고 마을 사람들에게 따돌림을 당하자 마을을 떠나버린다. 그때 아Q는 이렇게 독백한다.

다행스럽게도 몽둥이 소리와 함께 사건도 끝난 것 같아 오히려 홀가분한 느낌도 들었다. 역시 조상 대대로 물려받은 '망각'이라는 보물이 효과가 있긴 있었다.

그러던 중 1911년 신해혁명이 일어나고 마을 사람들이 혁명당에 벌벌 떠는 모습을 본 아Q는 자신이 혁명당이라고 떠벌리고 다닌다. 그러나 곧 혁명은 시들해지고 차오 씨 집이 약탈당하는 사건이 일어난다. 아Q는 용의자로 체포된다. 누가 왜 누명을 씌웠는지도 모른 채 취조를 당하고, 글을 쓸 줄 몰랐던 그는 취조 문서에 붓으로 동그라미를 그리고 마을 사람들이 지켜보는 가운데 처형된다. 그 순간에도 아Q의 자기 합리화식 정신 승리법은 작동한다. 그는 처형을 당한다는 사실보다 동그라미를 잘못 그려서 글을 쓸 줄 모른다는 사실이 들통나는 걸 더 두려워한다.

누군가가 아Q의 손에 붓을 쥐어주었다. 아Q는 소스라치게 놀랐다. 그도 그럴 것이 붓을 쥐어본 게 난생처음이었기 때문이다. 그는 살다 보면 처형을 당하는 수도 있을 것이란 생각이 들었다.

1921년 〈천바오晨報〉라는 잡지에 연재하기 시작해 첫 단편 모음집에 수록되면서 널리 알려진 『아Q정전』은 본질적으로 뚜렷한 계몽적 요소를 지니고 있다. 루쉰은 아Q를 통해 중화주의라는 자기만족에 빠져 자신들의 처지를 정확하게 인식하지 못하고 세상의 흐름에 무지한 중국 사회에 경종을 울린다. 더 나아가 이념이나 역사의 전개 과정을 고민하지 않은 채 부화뇌동하다 서구 열강의 노리개가 되고 결국 내분의 희생양이 되고 있는 중국의 모습을 개탄한다. 소설의 주인공 아Q 말고도 수많은 아Q들이 중국에 널려 있음을 말하고 싶었던 것이다. 황제나 관리들에서부터 민중에 이르기까지 수많은 아Q 아류들이 중국의 운명을 망치고 있음을.

사실 '아Q형 인간'은 20세기 초 중국에만 있는 것은 아니다. 현대 한국 사회는 물론 인간이 존재하는 모든 곳에 반드시 아Q형 인간이 존재한다. 특정 시기 중국을 배경으로 쓴 계몽소설임에도 불구하고 이 소설이 여전히 만만치 않은 울림을 가지고 있는 이유다.

루쉰의 대표작으로 아Q라는 인물을 통해 중국 사회가 만들어낸 민족적 비극을 풍자하고 신해혁명의 본질을 비판했다. 중국 현대문학의 출발점이 되었다는 점에 누구도 이의를 제기하지 않으며 지금도 높은 평가를 받고 있다. 세계 각국어로 번역되었고, 로맹 롤랑은 이 책에 깊이 감동받았다고 한다.

존 스튜어트 밀, 『자유론』(1859)

자유에 관한 영원한
상식을 제시하다

학생 50명이 공부하고 있는 어느 고등학교 교실에서 도난 사건이 발생했다고 치자. 모두 한 사람을 범인으로 지목했다.

평소 행실도 나쁘고 친구들을 수시로 괴롭혔던, 모두가 싫어하는 문제 학생이었다. 그는 아니라고 항변했지만 아무도 믿어주지 않았다. 그는 그렇게 도둑이라는 누명을 쓴 채 학교를 다녀야 했다.

그러던 어느 날 그 학생이 도둑질을 하지 않았다는 유력한 증거가 뒤늦게 나타난다. 하지만 교실은 침묵한다. 자신들의 잘못을 인정하는 순간 불편해지는 것이 싫었던 것이다. 누명을 쓴 학생의 보복이 두려웠을 수도 있다.

진실을 인정하면 50명의 학생 중 49명이 불행해지고, 인정하지 않으면 범인으로 지목된 1명이 계속 불행해야 하는 상황. 그렇다면 과연 49명이 불행해지는 것이 옳은 일일까, 아니면 1명이 계속 불행해지는 것이 나은 것일까.

이른바 '최대다수의 최대행복'을 추구하는 공리주의는 여기서 49명

존 스튜어트 밀 John Stuart Mill 1806년 영국 런던에서 태어났다. 철학자이자 경제학자였던 제임스 밀의 장남으로 3세 때 그리스어를 배우고 8세에 라틴어를 배우는 등 어려서 아버지로부터 남다른 교육을 받았다고 한다. 1823년 17세에 아버지의 조수로 동인도회사에서 근무했고, 논리학과 경제학을 연구하며 벤담의 『증거론』 출간을 돕기도 했다. 동인도회사가 해산될 때까지 30여 년간 근무하면서 틈틈이 저술을 발표했는데, 『논리학 체계』(1843), 『정치경제학 원리』(1848), 『공리주의』(1863), 『자서전』(1873) 등의 작품을 썼다. 벤담의 양적 공리주의와 구분되는 질적 공리주의 사상을 발전시켰으며, 자유주의와 사회민주주의 정치사상 발전에도 크게 기여했다. 1873년 "나는 내 일을 다 끝마쳤다"라는 말을 남기고 세상을 떠났다.

의 행복을 택한다. 이것이 바로 공리주의 이론의 약점이다. 공리주의는 모든 구성원의 행복을 합산하는 일종의 집단이기적 한계를 지닌다.

같은 공리주의 철학자이면서도 존 스튜어트 밀은 1명의 행복도 부정되어선 안 된다고 주장한다.

밀의 『자유론』은 상당히 의미 있는 저술이다. 공리주의를 한 단계 성장시킨 그의 이론은 20세기를 풍미한 공동체주의의 밑그림이 됐다. 존 롤스와 마이클 샌델로 이어지는 '정의론'의 스타들도 밀의 상속자임이 분명하다.

『자유론』은 1859년에 출간되자마자 화제를 불러일으켰다. 막연한 찬양의 대상이었던 '자유'를 철학적 원리로서 본격적으로 분석한 거의 최초의 책이었기 때문이다.

> 단 한 사람을 제외한 모든 사람이 같은 의견을 가지고 있고, 단 한 사람만이 다른 의견을 가지고 있다고 해도, 그 한 사람에게 침묵을 강요할 권리는 없다. 다른 의견을 가지고 있던 그 한 사람이 권력을 장악했을 때 다른 모든 이들을 침묵하게 할 권리가 없는 것과 마찬가지다.

밀은 다른 공리주의 철학자들과는 달리 '개성'이라는 근대적 가치를 존중했다.

> 개성을 파멸하는 것은 그것이 무엇이든 전제專制적인 것이다. 그것이 신의 의지나 대중의 공인된 명령이라고 해도 모두 전제적이다.

밀은 개인의 자유를 역설하면서도 그 한계 역시 분명히 했다. 간단하게 정리해보자.

개인의 자유는 그의 행위가 자신을 제외한 어떤 사람의 이익과도 관계되지 않는 한 사회적으로 제재받지 않아야 한다. 하지만 개인의 자유가 타인에게 해를 끼친다면 개인은 책임을 져야 한다. 이럴 경우 필요하다면 사회적, 법률적 처벌을 가할 수 있다는 논리다. 『자유론』은 개인의 자유와 사회의 권위가 공존할 수밖에 없는 상황에서 둘 사이의 절묘한 역학 관계를 찾아낸 뜻깊은 저작이다. 개인과 사회라는 2개의 공리를 모두 만족시키는 『자유론』이 19세기 이후 등장하기 시작한 근대국가들의 헌법 정신으로 활용된 건 어쩌면 당연한 일이다.

밀은 당대 최고의 종합 지성이었다. 철학자이자 역사학자였던 아버지 제임스 밀의 지도 아래 어린 시절부터 공리주의 대가인 벤담을 비롯한 많은 대가들과 교류했으며, 그리스어와 라틴어 등 언어에 능했고, 대수나 기하와 같은 수학에도 재능을 보였다. 여기에 애덤 스미스와 데이비드 리카도의 정치경제학을 섭렵했다.

밀은 방대한 지식을 바탕으로 점점 복잡해져가는 근대사회에 새로운 논리를 제공한 사람이었다.

"자신의 신체와 정신에 대해서는 자기 자신만이 주권자"라는 그의 결론은 자유주의 사상의 모태가 됐고, 그 가치는 영원한 상식으로 지금도 추앙받고 있다. 어떤 이념도, 어떤 국가도, 어떤 종교도 인간의 양심의 자유를 박해할 수는 없다는 현대적 인권 개념의 기본 틀이 밀의 『자유론』에 입각해 발전해왔기 때문이다. 아직 갈 길은 멀지만 말이다.

자유 민주주의의 이론적 토대를 세운 명저로 부인과 토의를 거듭하면서 집필했다고 전한다. 제1장 서론, 제2장 사상과 언론의 자유, 제3장 복지의 한 요소로서의 개별성, 제4장 개인에 대한 사회적 권위의 한계, 제5장 적용, 이렇게 다섯 장으로 구성되어 있다. 밀이 강조하는 자유는 생각과 토론의 자유, 언론과 출판의 자유다. 그는 개인의 행복한 삶을 위해서는 개별성과 독창성이 존중돼야 한다고 말하면서도 개인의 자유가 남용되어서는 안 된다는 점을 강조한다.

C. 라이트 밀스, 『파워엘리트』(1956)

현대사회의 계급 구조를
파헤치다

뜬금없기는 하지만 미국 갱단 이야기를 해보자.

20세기 초까지만 해도 미국 암흑가는 아일랜드계 갱단이 장악하고 있었다. 긴 코트 차림에 기관총을 난사하고 유유히 포드 승용차를 타고 달아나는 아일랜드계 갱들의 모습은 영화를 통해 우리에게도 익숙하다.

전성기를 누리던 아일랜드 갱단은 1930년대 무렵 마피아라고 불리던 이탈리아계 갱단에게 주도권을 내주기 시작한다. 뉴욕에서 시카고에 이르기까지 거의 모든 주요 도시를 장악하고 있던 아일랜드 갱단이 마피아에게 밀린 이유는 무엇일까.

가장 큰 원인은 범죄 수법이었다. 아일랜드계 갱은 전통적인 의미의 깡패였다. 세를 넓히기 위해 호기를 부리고, 심지어 신분을 드러내고, 당당히 감옥에 가는 낭만적인 동네 깡패의 모습을 지니고 있었다. 하지만 마피아는 그보다 훨씬 은밀했다. 범죄를 직접 저지르기보다는 살인 청부업자를 고용했고, 감옥에 가는 대신 경찰과 법원을 매수했고, 정치자금을 미끼로 정치권과 결탁하기 시작했다. 조직 안에 변호사, 회

C. 라이트 밀스 Charles Wright Mills 1916년 텍사스 와코에서 태어났다. 텍사스대를 졸업하고 위스콘신대학과 콜롬비아대학에서 강의를 했다. 권력 남용에 관심을 가졌던 그는 『파워엘리트』를 통해 미국 사회의 허구성을 고발했다. 이는 수많은 독자들을 매료했고 세계적으로 큰 반향을 불러일으켰다. 그 외 『화이트 칼라: 미국의 중간계급』(1951), 『사회학적 상상력』(1959) 등의 저서가 있으며, 1962년 46세의 나이로 사망했다.

계사 등을 고용해 합법적인 기업으로 위장하기 시작한 것도 이 무렵이었다. 아일랜드계 갱들은 파워엘리트 집단과 한통속이 된 마피아를 당해낼 재간이 없었다.

이처럼 '기회의 땅'이라는 미국에서 낭만이 사라지기 시작할 무렵 한 명의 사회학자가 미국의 그늘에 촉각을 곤두세운다. 그가 C. 라이트 밀스다. 텍사스 출신으로 컬럼비아대학교 교수였던 밀스는 노력에 따라 성공이 보장되는 사회라는 미국의 이면을 파헤친다.

그는 군대, 정치, 경제 등 다양한 사회 엘리트들이 각 집단간 세력 균형을 유지하면서 사회를 유지한다는 이른바 균형이론에 반박하면서, '파워엘리트'라는 개념을 제시한다. 밀스는 엘리트 집단이 세력 균형을 유지하는 것이 아니라 아예 한통속이 되어 권력을 독점하고 있다는 가설을 증명해 보였다. 그 결과물이 1956년 출간되어 사회학에 한 획을 그은 『파워엘리트』다.

밀스는 3000만 달러 이상을 소유한 미국 부자들 275명 가운데 93퍼센트가 상속으로 부자가 되던 당시 지배층 실상을 바탕으로 이론을 구성해나갔다.

> 파워엘리트들은 그들의 지위 덕분에 보통 사람들이 살아가는 평범한 환경의 구속을 뛰어넘을 수 있다. 그들은 매우 중요한 의사 결정을 하는 위치에 있다. 그들이 의사 결정을 하는 결정적인 자리에 있는 것만으로도 그들은 결과에 지대한 영향을 미친다. 그들은 명령을 내리는 지위를 독점하고 있으며, 그들이 누리는 효과적인 권력 수단, 부, 명예가 모두 그 자리에 집중되어 있다.

밀스가 말한 파워엘리트 집단은 대부호들, 기업체 최고 간부, 군 수

뇌부, 대통령을 포함한 정치인들이다. 밀스가 심각하게 계급 이론을 들이댄 이유는 이 같은 파워엘리트 집단이 영속적으로 세습되도록 구조화되어 있기 때문이었다. 즉 엘리트 집단이 매우 폐쇄적이었던 것이다. 파워엘리트들은 특별한 학교와 사교 클럽, 동일한 유행과 취미 등 권력에 기반을 둔 동일한 생활양식을 공유하면서 그들만의 리그를 만들어갔다.

봉건적 신분 질서를 무너뜨린 자리에 새로운 신분 사회가 등장하는 아이러니가 벌어진 것이다. 그리고 이 새로운 신분 질서는 지금도 진화를 거듭하고 있다. 이 때문에 밀스의 파워엘리트 개념은 시공을 초월해 여전히 건재하다.

어느 사회나 엘리트는 당연히 존재했고 앞으로도 존재할 것이다. 문제는 엘리트의 존재 여부가 아니라 엘리트들이 집단화되어 정치, 경제, 군사 등 모든 권력을 폐쇄적으로 독점하고 세습하면서 '자유와 기회 균등'이라는 자본주의의 존재 근간을 위협한다는 사실이다.

한국은 이 문제에서 자유로울까. 아이들의 미래를 위해 고관대작집 자식들이 다니는 유치원에 자녀를 보내려는 부모가 늘고 있다는 뉴스를 접하며, 반세기 전 밀스의 고민이 떠올랐다면 억지일까.

미국 내 권력 집단을 분석하고 그 구조의 변화를 파악한 책이다. 밀스는 미국은 소수 엘리트가 지배하는 사회는 결코 개방적인 기회의 나라가 아니라고 지적했다. 권력과 부를 소유한 일부 파워엘리트들이 정치, 경제, 군사 담당자 자리를 독점한다는 것이다. 결국 선진 자본주의 국가인 미국 사회는 성공에 대한 맹신으로 도덕성을 상실한 병든 사회의 모습을 단적으로 드러내고 있다고 얘기한다. 이 책으로 '파워엘리트'는 정치에서 중요한 위치를 차지하는 사람들을 가리키는 개념으로 일반화되었다.

라인홀드 니버, 『도덕적 인간과 비도덕적 사회』(1932)

"집단은 왜 이기주의로
흐르는가"

하나님 저에게 / 바꿀 수 없는 것을 받아들이는 평온을 / 바꿀 수 있는 것은 바꾸는 용기를 / 그리고 그 차이를 구별하는 지혜를 주시옵소서.

현대 기도문 중 가장 명문이라는 평가를 받는 이 변증법적 기도문은 신학자 라인홀드 니버가 쓴 것이다. 기도문에서 느껴지듯 니버는 막연하게 신을 섬기는 교조적 인물이 아니었다. 그는 냉철한 지성으로 인간과 사회의 모순을 파헤쳤고, 그 해결책을 찾으려고 애썼다.

니버의 기념비적 저작인 『도덕적 인간과 비도덕적 사회』는 그의 경험에서 출발한 책이다.

니버는 예일대에서 신학을 공부하고 엘리트 목사로 사회에 첫발을 내디뎠지만, 현실에 안주하기보다는 종교와 인간에 대한 근본적인 의문에 도전하는 고달픈 길을 택한다. 제1차 세계대전과 대공황 등을 지켜본 이 젊은 목사는 도덕적 개인이 모인 사회가 왜 비도덕적으로 변하는지에 관한 탐구를 시작한다.

라인홀드 니버 Reinhold Niebuhr 1892년 미국 미주리 주에서 복음주의 목사의 아들로 태어났다. 예일대 신학부를 졸업하고 1915년 아버지 뒤를 이어 디트로이트에서 목사를 지냈다. 당시 미국 사회의 문제점들을 폭로하며 사회당에 몸담기도 했다. 그 뒤 1928년 뉴욕의 유니언신학교 교수를 지내다 1960년 은퇴했다. 종교는 물론 정치사상에도 큰 영향을 끼쳤고, 기독교적 인간관 및 기독교적 사회윤리학을 수립하기 위해 노력하며 강연과 저술 활동을 펼치다 1971년 생을 마감했다. 『도덕적 인간과 사회적 인간』 외에 르네상스의 통찰력과 종교개혁 신학을 종합하기 위해 쓴 『인간의 본성과 운명』(1941~1943)으로 유명하다.

제1차 세계대전에 참가한 군인들 대부분은 순수한 애국심과 희생정신을 지닌 평범하고 도덕적인 청년들이었다. 하지만 그들이 모여서 한 전쟁은 전혀 도덕적이지 않았다. 수없이 많은 무고한 사람들이 죽어가야 했고, 어디에도 도덕이 설 자리는 없었다. 니버가 보기에 전쟁이란 결국 국가권력이 순수한 청년들의 애국심을 이용해 자기들의 이익을 챙기는 것에 불과했다. 그는 특히 사회를 주도하는 특권층을 비판했다.

> 특권계급은 그렇지 않은 계급보다 더 위선적이다. 그들은 자신의 특권을 평등과 정의로 포장한다. (…) 그들은 자신들의 특권이 보편적 이익에 봉사한다는 교묘한 증거와 논증을 창안해내려고 노력한다.

니버는 한 사회가 전쟁과 비슷한 나락으로 떨어지는 대공황을 경험하면서 '위기의 신학'이라는 신학적 입장을 지지하게 된다. 인간과 역사를 한 축으로 종교의 가치를 설명하려고 애썼던 그는 인간의 잔인성을 지켜보면서 인간에 대한 낙관적 태도를 포기했다. 차라리 인간의 불완전함을 인정하는 것이 신학의 위기를 벗어나는 길이라고 외쳤다.

니버는 도덕적 개인이 모인 사회가 비도덕적으로 변모하는 데에는 특권층뿐 아니라 대중의 이중적 본성도 작용한다고 봤다. 예를 들어, 대부분의 개인은 장애인 복지시설이 필요하다고 본다. 그러나 그 시설이 자기가 사는 동네에 들어서면 입장은 달라진다. 장애인과 어울리기 싫다거나 집값이 떨어질지 모른다거나 하는 부도덕한 심리가 고개를 들기 시작한다. 이들이 집단을 이루면 이기적인 목소리는 더 힘을 얻고 집단 행동까지 불사하게 된다.

이런 일은 비일비재하다. 옛 유고연방에서 벌어진 내전 때 '인종 청소'라는 이름으로 학살을 자행한 민병 대원들은 내전이 일어나기 전

교사나 의사, 공무원 등 평범하고 선한 사람들이었다고 한다. 집단 심리가 그들을 다른 사람으로 만든 것이다.

니버는 책에서 이런 사회집단의 악悪을 견제하기 위해서는 개개인의 양심이나 윤리 의식만으로는 부족하다고 말한다. 그는 사회가 악을 견제하는 강제력을 지녀야 한다고 주장한다.

> 인간이란 항상 최소한의 비용으로 자신의 욕구를 극대화할 수 있는 상상력을 발휘한다. 그리고 인간에게는 늘 자기 자신의 욕구가 타인의 것보다 더 절실할 수밖에 없다. 따라서 모든 사회는 상충하는 욕구들을 조정하는 방법을 유지해야 한다.

니버는 전쟁을 비롯한 사회집단간의 문제는 결국 힘의 역학에 의해 생겨나며 이것을 조정하는 힘이 필요하다는 결론을 내린다. 그러면서 지속적으로 거론하는 것이 마하트마 간디의 '비폭력 저항운동'이다.

니버의 결론은 이상주의적으로 끝이 난다. 하지만 그의 문제 제기는 매우 중요한 역할을 했다. 그가 지적한 사회의 아이러니는 많은 정치가들과 학자들에게 화두로 남았다. 양심의 명령과 사회의 필요 사이에 모순이 존재한다는 사실을 인정하고, 그것의 변증법적 해결을 꿈꾸었던 니버는 '사리에 맞는 행복reasonably happy'을 누리게 해달라고 죽는 날까지 기도했던 멋진 이상주의자였다.

신정통주의 신학의 지도자였던 니버는 이 책을 통해 국가와 계급들의 이기주의와 자만심, 위선을 비판했다. 책이 출간되자 사회적인 반향을 불러일으켰고, 특히 이성적으로 역사를 이끌 수 있다고 믿었던 미국 지식인들은 커다란 충격을 받았다. 니버는 자신을 신학자라고 부르는 것을 좋아하지 않았는데 기본적 입장은 변증법 신학자에 가까웠다고 한다.

울리히 벡, 『위험사회』(1986)

현대사회는
풍요로운 만큼 위험하다

빈곤은 위계적이지만 스모그는 민주적이다.

1986년 봄, 옛 소련 체르노빌 원자력발전소에서 사상 최악의 폭발 사고가 일어났다. 히로시마에 투하됐던 원자폭탄 400배에 달하는 양의 방사능 물질이 지상에 그대로 유출되면서 전 유럽을 공포에 몰아넣었다.

러시아 환경단체가 발표한 통계에 의하면 직간접적으로 피폭에 의해 사망한 사람만 지금까지 20만 명에 이른다. 방사능은 이렇게 빈부도, 계급도 따지지 않고 노출된 모든 사람을 죽음으로 몰고 갔다.

같은 해 독일의 사회학자 울리히 벡은 뉴스를 통해 체르노빌 원전 사고를 지켜보면서 집필하던 책에 박차를 가한다. 그의 머릿속은 오직 하나의 단어로 가득 차 있었다. 바로 '위험사회Risk Society'. 현대사회를 위험사회로 규정한 이 탁월한 저서는 인류 최악의 원전 사고가 난 그해 다급하게 세상에 얼굴을 내밀었다.

울리히 벡 Ulrich Beck 1944년 독일 쇼톨프에서 태어났다. 프라이부르크대학교와 뮌헨대학교에서 법학, 사회학, 철학 등을 공부했다. 뮌헨대학교에서 사회학과 교수를 지냈으며 사회학연구소 소장을 맡기도 했다. 현대 유럽에서 가장 주목받는 사회학자로 1986년 출간한 『위험사회』는 20세기 후반 가장 영향력 있는 사회분석서로 꼽힌다. 주요 저서로 『정치의 재발견』(1998), 『사랑은 지독한, 그러나 너무나 정상적인 혼란』(1999), 『아름답고 새로운 노동세계』(1999), 『적이 사라진 민주주의』(2000), 『글로벌 위험사회』(2010) 등이 있다. 2015년 세상을 떠났다.

앞에서 언급한 "스모그는 민주적"이라는 말은 울리히 벡의 이론을 상징적으로 보여주는 문장이다.

곰곰이 생각해보자. 과거 계급사회의 가장 큰 문제는 부의 불균형이었다. 인류를 움직인 모든 혁명과 개혁은 사실 배고픔을 해결하기 위해 일어났다고 해도 과언이 아니다. 이처럼 인류의 역사는 아주 오랫동안 '빈곤'이라는 위협과 싸워온 역사였다. 혁명가들이 계급 평등을 외치기 시작한 이유도 다 따지고 보면 배고픔을 해결하기 위한 것이었다.

반면 인류의 새로운 위협인 공해는 계급을 따지지 않는다. 계급은 물론, 국경도 대륙도 의미가 없다. 그저 공평하게 모두에게 보편적이고 잠재적인 위험을 나눠준다.

울리히 벡이 거론한 위험은 공해뿐이 아니다. 근대화 과정에서 양산되는 새로운 위험 모두를 의미한다. 초고속으로 하늘을 나는 대형 항공기는 사고가 일어날 경우 끔찍한 결과를 초래한다. 비행기 탑승객뿐만 아니라 비행기가 추락한 지역에 사는 사람들에게까지 치명적이다. 이 위험은 빈부나 계급과 상관이 없다.

울리히 벡은 급속한 근대화 과정을 "인류의 운명을 좌우할 새로운 위협이 등장한 과정"이라고 말했다. 문제는 위협의 원인은 분명하지만 해결책은 쉽게 보이지 않는다는 데 있다.

19세기와 20세기 초반, 공장이나 일에 관련된 위해와는 달리 새롭게 등장한 위험은 더 이상 특정 지역이나 집단에 한정되지 않는다. 이 위험은 국경을 넘어 생산 및 재생산 전체로 퍼져나가는 전 지구적 경향을 보인다. 이러한 의미에서 이 위험은 초국가적이며 비계급적 특징을 지닌다.

그는 책에서 "위험은 성공한 근대가 초래한 딜레마"라고 선언한다. 산업사회가 발전할수록, 인류가 풍요로워질수록 위험 요소도 따라서 증가하기 때문이다. 위험의 크기는 고도화된 사회에서 오히려 더 커진다. 선진화된 사회일수록 대형 사고와 대형 사건이 일어날 가능성이 더 높아지기 때문이다.

울리히 벡은 인류가 지금까지 진행해온 근대화와는 다른 "새로운 근대화", 즉 "성찰적 근대화"를 향해 나아갈 것을 주문한다. 과학과 산업의 위험을 감소시키고 사회적 안전장치를 마련하는 "제2근대"를 열어야 한다고 주장한다.

또한 "생산력은 근대화 과정에서 그 순결을 잃었다"라고 말한다. 부富를 위해서 약간의 위험을 감수하는 것이 생산력이었는데 근대화 과정에서 생산력 그 자체가 위험이 되고 있다는 이야기다. 각자 자신의 생산력 향상을 위해 거리에 내뿜는 자동차 매연이 결국 전 인류를 위험에 빠지게 하는 딜레마를 지적하는 것이다.

울리히 벡, 그는 '위험사회'라는 규정 하나만으로 인류에게 가장 근본적인 숙제를 안겨줬다. 인간은 위험에서 벗어나기 위해 과학을 발전시켰고, 제도를 만들었고, 종교에 기댔다. 하지만 인간은 더 위험해졌다. 도대체 인간이 할 수 있는 일은 무엇인가. 어떻게 해야 할 것인가.

20세기 후반 사회과학계에서 가장 영향력 있는 책으로 꼽힌다. 울리히 벡은 책을 통해 산업화와 근대화로 물질적으로는 풍족해졌지만 새로운 위험이 생겨났다고 말한다. 우리나라에서는 성수대교와 삼풍백화점 붕괴 등 대형사고가 발생한 1990년대 중반 이후 이 책이 주목을 받았다. 그는 2008년 한국을 찾아 "근대성에 내재한 재난과 사고 등의 위험 요소를 사회 구조적인 문제로 인식할 필요"가 있다며 "숭례문 화재 사건은 한국 사회에 잠재하고 있는 '위험' 그 자체를 보여주는 거울과 같다"라고 말하기도 했다. 결코 가볍지 않은 내용에도 불구하고 초판이 출간된 뒤 5년 동안 6만여 권이 팔렸다.

『강의』 신영복, 돌베개, 2004

『겨울 나그네』 빌헬름 뮐러, 김재혁 옮김, 민음사, 2001

『고독한 군중』 데이비드 리스먼, 류근일 옮김, 동서문화사, 2011

『고독한 군중』 데이비드 리스먼, 이상률 옮김, 문예출판사, 1999

『고리오 영감』 오노레 드 발자크, 임희근 옮김, 열린책들, 2009

『과학혁명의 구조』 토머스 쿤, 김명자 옮김, 까치, 2007

『광기의 역사』 미셸 푸코, 이규현 옮김, 나남, 2003

『구별짓기』 피에르 부르디외, 최종철 옮김, 새물결, 2005

『구운몽』 김만중, 송성욱 옮김, 민음사, 2003

『구토』 장 폴 사르트르, 방곤 옮김, 문예출판사, 1999

『국가론』 플라톤, 이환 옮김, 돋을새김, 2006

『국부론』 애덤 스미스, 김수행 옮김, 비봉출판사, 2007

『국화와 칼』 루스 베네딕트, 김윤식·오인석 옮김, 을유문화사, 2008

『군주론』 니콜로 마키아벨리, 권혁 옮김, 돋을새김, 2005

『군중과 권력』 엘리아스 카네티, 강두식·박병덕 옮김, 바다출판사, 2010

『길 위에서』 잭 케루악, 이만식 옮김, 민음사, 2009

『까라마조프 씨네 형제들』 도스토옙스키, 이대우 옮김, 열린책들, 2009

『꿈의 해석』 프로이트, 이환 옮김, 돋을새김, 2007

『나는 왜 기독교인이 아닌가』 버트런드 러셀, 송은경 옮김, 사회평론, 2005

『나는 왜 쓰는가』 조지 오웰, 이한중 옮김, 한겨레출판, 2010

『나의 친구 마키아벨리』 시오노 나나미, 오정환 옮김, 한길사, 2002

『노년에 관하여 우정에 관하여』 키케로, 천병희 옮김, 숲, 2005

『노년에 관하여』 키케로, 오흥식 옮김, 궁리, 2002

『노인과 바다』 어니스트 헤밍웨이, 황종호 옮김, 하서, 2008

『노트르담의 꼽추』 빅토르 위고, 조홍식 옮김, 신원문화사, 2004

『논리-철학 논고』 루트비히 비트겐슈타인, 이영철 옮김, 책세상, 2006

『논어』 공자, 김형찬 옮김, 홍익출판사, 2005

『뉴턴』 장 피에르 모리, 김윤 옮김, 시공사, 1996

『니코마코스 윤리학/정치학/시학』 아리스토텔레스, 손명현 옮김, 동서문화사, 2007

『다윈 종의 기원』 찰스 다윈, 송철용 옮김, 동서문화사, 2009

『닥터 지바고 상·하』 보리스 빠스쩨르나끄, 박형규 옮김, 열린책들, 2009

『단테 신곡 강의』 이마미치 도모노부, 이영미 옮김, 안티쿠스, 2008

『달과 6펜스』 서머셋 모옴, 김정욱 옮김, 소담출판사, 1992

『달과 6펜스』 서머싯 몸, 송무 옮김, 민음사, 2000

『대학·중용』 주희 엮음, 김미영 옮김, 홍익출판사, 2005

『데미안』 헤르만 헤세, 전영애 옮김, 민음사, 2000

『데미안』 헤르만 헤세, 홍경호 옮김, 범우사, 2004

『데카메론 상·하』 보카치오, 한형곤 옮김, 범우사, 2000

『데카메론』 조반니 보카치오, 장지연 옮김, 서해문집, 2007

『도덕적 인간과 비도덕적 사회』 라인홀드 니버, 남정우 옮김, 대한기독교서회, 2003

『도덕적 인간과 비도덕적 사회』 라인홀드 니버, 이한우 옮김, 문예출판사, 2004

『도리언 그레이의 초상』 오스카 와일드, 김진석 옮김, 펭귄클래식코리아, 2008

『도리언 그레이의 초상』 오스카 와일드, 서민아 옮김, 예담, 2010

『돈의 철학』 게오르그 지멜, 안준섭 외 옮김, 한길사, 1990

『돈키호테』 레두아르도 알론소(미겔 데 세르반테스 원작), 나송주 옮김, 비룡소, 2010

『돈키호테』 미겔 데 세르반테스, 박철 옮김, 시공사, 2004

『동물농장』 조지 오웰, 도정일 옮김, 민음사, 2009

『동방 견문록』 마르코 폴로, 홍신문화사, 1994

『동방견문록』 마르코 폴로·루스티켈로, 배진영 엮어 옮김, 서해문집, 2004

『두이노의 비가 외』 라이너 마리아 릴케, 김재혁 옮김, 책세상, 2000

『등대로』 버지니아 울프, 이숙자 옮김, 문예출판사, 2008

『러셀 서양철학사』 버트런드 러셀, 서상복 옮김, 을유문화사, 2009

『로마제국 쇠망사 1~6』 에드워드 기번, 윤수인·김희용 옮김, 민음사, 2008

『로마제국 쇠망사』 에드워드 기번, 데로 손더스 엮음, 황건 옮김, 까치, 2010

『루소』 리오 담로시, 이용철 옮김, 교양인, 2011

『리바이어던』 토머스 홉스, 하승우 옮김, 풀빛, 2007

『마르코 폴로의 동방견문록』 마르코 폴로, 김호동 역주, 사계절, 2000

『마르크스 평전』 프랜시스 윈, 정영목 옮김, 푸른숲, 2001

『마르틴과 한나』 카트린 클레망, 정혜용 옮김, 문학동네, 2003

『마의 산 상·하』 토마스 만, 홍성광 옮김, 을유문화사, 2008

『망각과 자유: 장자 읽기의 즐거움』 강신주, 생각의나무, 2008

『명상록』 마르쿠스 아우렐리우스, 장백일 옮김, 홍신문화사, 2008

『모비딕』 허먼 멜빌, 김석희 옮김, 작가정신, 2011

『목로주점 1·2』 에밀 졸라, 박명숙 옮김, 문학동네, 2011

『목로주점 상·하』 에밀 졸라, 유기환 옮김, 열린책들, 2011

『몸 주체 권력』 강미라, 이학사, 2011

『몽테뉴 수상록』 몽테뉴, 손우성 옮김, 동서문화사, 2007

『몽테뉴 수상록』 미셸 드 몽테뉴, 손우성 옮김, 문예출판사, 2007

『문학과 예술의 사회사 1~4』 아르놀트 하우저, 백낙청·염무웅 옮김, 창비, 1999

『미디어의 이해: 인간의 확장』 마셜 매클루언, 김상호 옮김, 커뮤니케이션북스, 2011

『방법서설』 데카르트, 이현복 옮김, 문예출판사, 1997

『백경』 H. 멜빌, 정광섭 옮김, 홍신문화사, 2011

『백년 동안의 고독』 가브리엘 가르시아 마르케스, 안정효 옮김, 문학사상사, 2005

『백년의 고독 1·2』 가브리엘 가르시아 마르케스, 조구호 옮김, 민음사, 2000

『변신, 시골의사』 프란츠 카프카, 전영애 옮김, 민음사, 1998

『보들레르의 파리』 발터 벤야민, 조형준 옮김, 새물결, 2008

『보부아르와 사르트르 천국에서 지옥까지』 헤이즐 로울리, 김선형 옮김, 해냄, 2006

『분노의 포도』 존 스타인벡, 김승욱 옮김, 민음사, 2008

『불안의 개념/죽음에 이르는 병』 키에르케고르, 강성위 옮김, 동서문화사, 2007

『비트겐슈타인』 쿠르트 부흐테를 외, 최경은 옮김, 한길사, 1999

『비트겐슈타인은 왜』 데이비드 에드먼즈 외, 김태환 옮김, 웅진닷컴, 2001

『사기본기』 사마천, 김원중 옮김, 민음사, 2010

『사기열전』 사마천, 김원중 옮김, 민음사, 2007

『사르트르』 필립 소디 지음, 정해영 옮김, 김영사, 2008

『사회계약론』 장 자크 루소, 김중현 옮김, 펭귄클래식코리아, 2010

『삼국유사』 이정범(원작 일연), 알라딘북스, 2009

『삼국유사』 일연, 김원중 옮김, 민음사, 2008

『설국』 가와바타 야스나리, 유숙자 옮김, 민음사, 2009

『성의 정치학』 케이트 밀레트, 정의숙 옮김, 현대사상사, 2004

『세계문학의 천재들』 해럴드 블룸, 손태수 옮김, 들녘, 2008

『세상에서 가장 흥미로운 철학 이야기』 이동희, 휴머니스트, 2010

『셰익스피어 4대 비극』 셰익스피어, 셰익스피어 연구회 옮김, 아름다운날, 2006

『소로우의 일기』 헨리 D. 소로우, 윤규상 옮김, 도솔, 2003

『소쉬르』 김방한, 민음사, 2010

『소유냐 존재냐』 에리히 프롬, 차경아 옮김, 까치, 2007

『손자병법』 손무, 유동환 옮김, 홍익출판사, 2005

『손자병법』 손자, 김원중 옮김, 글항아리, 2011

『순자』 순자, 김학주 옮김, 을유문화사, 2008

『순자·한비자』 순자, 안외순 옮김, 타임기획, 2005

『슬픈 열대』 클로드 레비스트로스, 박옥줄 옮김, 한길사, 1998

『신곡』 단테 알리기에리, 김운찬 옮김, 열린책들, 2009

『신곡』 단테 알리기에리, 박상진 옮김, 민음사, 2007

『실낙원 1·2』 존 밀턴, 조신권 옮김, 문학동네, 2010

『실낙원』 존 밀턴, 김흥숙 엮고 옮김, 서해문집, 2006

『아Q정전』루쉰, 김석준 옮김, 하서, 2008

『아Q정전』루쉰, 이욱연 옮김, 문학동네, 2011

『아Q정전』루쉰, 전형준 옮김, 창비, 2006

『아버지의 여행가방』권터 그라스 외, 이영구 외 옮김, 문학동네, 2009

『악의 꽃』보들레르, 윤영애 옮김, 문학과 지성사, 2003

『안데르센 동화』한스 크리스티안 안데르센, 지연서 옮김, 그린북, 2004

『안데르센 동화집 1~3』한스 크리스티안 안데르센, 햇살과나무꾼 옮김, 시공주니어, 2011

『앵무새 죽이기』하퍼 리, 김욱동 옮김, 문예출판사, 2010

『양철북 1·2』권터 그라스, 장희창 옮김, 민음사, 1999

『역사란 무엇인가』E. H. 카, 김택현 옮김, 까치, 2007

『역사의 연구 1·2』아놀드 조셉 토인비, 김규태·조종상 옮김, 더스타일, 2012

『열린사회와 그 적들』칼 포퍼, 이한구 옮김, 민음사, 2006

『열하일기, 웃음과 역설의 유쾌한 시공간』고미숙, 그린비, 2003

『열하일기』박지원, 고미숙 옮김, 그린비, 2008

『영향에 대한 불안』해럴드 블룸, 양석원 옮김, 문학과 지성사, 2012

『오만과 편견』제인 오스틴, 전승희 옮김, 민음사, 2009

『월든』헨리 데이비드 소로, 한기찬 옮김, 소담출판사, 2002

『월든』헨리 데이빗 소로우, 강승영 옮김, 은행나무, 2011

『위대한 개츠비』F. 스콧 피츠제럴드, 김영하 옮김, 문학동네, 2009

『위대한 개츠비』F. 스콧 피츠제럴드, 김욱동 옮김, 민음사, 2003

『위험사회』울리히 벡, 홍성태 옮김, 새물결, 2006

『유토피아』토마스 모어, 나종일 옮김, 서해문집, 2005

『유토피아』토머스 모어, 류경희 옮김, 펭귄클래식코리아, 2008

『율리시스』제임스 조이스, 김성숙 옮김, 동서문화사, 2011

『이기적 유전자』리처드 도킨스, 홍영남·이상임 옮김, 을유문화사, 2010

『이데올로기의 종언』다니엘 벨, 이상두 옮김, 범우사, 1999

『이반 데니소비치 수용소의 하루』 솔제니친, 이영의 옮김, 민음사, 1998

『이반 데니소비치의 하루』 솔제니친, 이동현 옮김, 문예출판사, 2002

『이방인』 알베르 카뮈, 김화영 옮김, 민음사, 2011

『이백시선』 이백, 이원섭 역해, 현암사, 2003

『이야기하기 위해 살다』 가브리엘 가르시아 마르케스, 조구호 옮김, 민음사, 2007

『李太白』 이태백, 장기근 옮김, 명문당, 2002

『인간의 조건』 앙드레 말로, 김봉구 옮김, 지식공작소, 2000

『인형의 집』 헨리크 입센, 안미란 옮김, 민음사, 2010

『일반언어학 강의』 페르디낭 드 소쉬르, 김현권 옮김, 지만지, 2009

『일반언어학 강의』 페르디낭 드 소쉬르, 최승언 옮김, 민음사, 2006

『일침』 정민, 김영사, 2012

『잃어버린 시간을 찾아서 1~11』 마르셀 프루스트, 김창석 옮김, 국일미디어, 1998

『잃어버린 시절을 찾아서』 마르셀 프루스트, 에릭 카펠리스 편, 이형식 옮김, 까치, 2008

『자본론』 칼 마르크스, 김수행 옮김, 비봉출판사, 2005

『자본주의·사회주의·민주주의』 조지프 슘페터, 변상진 옮김, 한길사, 2011

『자본주의와 자유』 밀턴 프리드먼, 심준보·변동열 옮김, 청어람미디어, 2007

『자유론』 존 스튜어트 밀, 박홍규 옮김, 문예출판사, 2009

『자유론』 존 스튜어트 밀, 서병훈 옮김, 책세상, 2005

『장자』 오강남, 현암사, 2003

『적과 흑』 스탕달, 이동렬 옮김, 민음사, 2004

『전쟁과 평화』 톨스토이, 박형규 옮김, 범우사, 1997년

『전체주의의 기원』 한나 아렌트, 이진우·박미애 옮김, 한길사, 2006

『젊은 베르테르의 슬픔』 요한 볼프강 폰 괴테, 박찬기 옮김, 민음사, 1999

『정의란 무엇인가』 마이클 샌델, 이창신 옮김, 김영사, 2010

『정의론』 존 롤스, 황경식 옮김, 이학사, 2003

『정치학』 아리스토텔레스, 천병희 옮김, 숲, 2009

『제2의 성』시몬 드 보부아르, 조홍식 옮김, 을유문화사, 1993

『제인 에어 1·2』샬럿 브론테, 류경희 옮김, 펭귄클래식코리아, 2010

『제임스 조이스』리처드 엘먼, 전은경 옮김, 책세상, 2002

『종의 기원, 생명의 다양성과 인간 소멸의 자연학』박성관, 그린비, 2010

『주홍 글자』너새니얼 호손, 김욱동 옮김, 민음사, 2007

『주홍글씨』너새니얼 호손, 조승국 옮김, 문예출판사, 2005

『죽음에 이르는 병』쇠렌 키르케고르, 임규정 옮김, 한길사, 2007

『죽음에 이르는 병』쇠얀 키르케고어, 임춘갑 옮김, 치우, 2011

『중용 인간의 맛』도올 김용옥, 통나무, 2011

『차라투스트라는 이렇게 말했다』프리드리히 니체, 장희창 옮김, 민음사, 2004

『참을 수 없는 존재의 가벼움』밀란 쿤데라, 이재룡 옮김, 민음사, 2009

『천일야화』앙투안 갈랑 엮음, 임호경 옮김, 열린책들, 2010

『철인 황제 마르쿠스 아우렐리우스』프랭크 매클린, 조윤정 옮김, 다른세상, 2011

『철학의 책』윌리엄 버킹엄 외, 이경희 외 옮김, 지식갤러리, 2011

『철학자의 서재』한국철학사상연구회·프레시안, 알렙, 2011

『철학하라』황광우, 생각정원, 2012

『청소년을 위한 자본론』김수행, 두리미디어, 2010

『침묵의 봄』레이철 카슨, 김은령 옮김, 에코리브르, 2002

『카라마조프 가의 형제들』도스토예프스키, 김연경 옮김, 민음사, 2007

『카뮈를 추억하며』장 그르니에, 이규현 옮김, 민음사, 1997

『카스트로와 마르케스』앙헬 에스테반·스테파니 파니첼리, 변선희 옮김, 예문, 2011

『카프카』클로드 티에보, 김택 옮김, 시공사, 1998

『케인스 vs 슘페터』요시카와 히로시, 신현호 옮김, 새로운제안, 2009

『코스모스』칼 세이건, 홍승수 옮김, 사이언스북스, 2006

『쿤 포퍼 논쟁』스티브 풀러, 나현영 옮김, 생각의나무, 2007

『토마스 만』안삼환·이신구 외, 서울대학교출판문화원, 2011

『토인비와의 대화』 아놀드 조셉 토인비, 최혁순 옮김, 범우사, 1999

『트리스탄과 이졸데』 조제프 베디에, 최복현 옮김, 사군자, 2001

『파리의 노트르담 1·2』 빅토르 위고, 정기수 옮김, 민음사, 2005

『파리의 우울』 샤를 피에르 보들레르, 윤영애 옮김, 민음사, 2008

『팡세』 블레즈 파스칼, 하동훈 옮김, 문예출판사, 2009

『팡세』 파스칼, 이환 옮김, 민음사, 2003

『풀잎』 월트 휘트먼, 허현숙 옮김, 열린책들, 2011

『프로이트 꿈의 심리학』 프로이트, 정명진 옮김, 부글북스, 2009

『프린키피아』 아이작 뉴턴, 이무현 옮김, 교우사, 1998

『프린키피아의 천재』 리처드 웨스트폴, 최상돈 옮김, 사이언스북스, 2001

『플루타르코스 영웅전 1·2』 플루타르코스, 이다희 옮김, 휴먼앤북스, 2012

『플루타르크 영웅전 전집 1·2』 플루타르크, 이성규 옮김, 현대지성사, 2000

『한비자 1·2』 한비, 이운구 옮김, 한길사, 2002

『한비자』 한비, 김원중 옮김, 글항아리, 2010

『햄릿』 윌리엄 셰익스피어, 김재남 옮김, 하서, 2009

『해럴드 블룸의 독서 기술』 해럴드 블룸, 윤병우 옮김, 을유문화사, 2011

『호밀밭의 파수꾼』 제롬 데이비드 샐린저, 공경희 옮김, 민음사, 2001

『황무지』 엘리엇, 황동규 옮김, 민음사, 1974

『16인의 반란자들』 사비 아옌, 정창 옮김, 스테이지팩토리, 2011

『25시 상·하』 C. V. 게오르규, 이선혜 옮김, 효리원, 2006

『25시』 콘스탄틴 버질 게오르규, 최규남 옮김, 홍신문화사, 2002

작품명